VON DÄMONEN GEZEICHNET

SHADOW CITY: DUNKLER ENGEL

JEN L. GREY

KAPITEL EINS

LEVIS SÜSSER PFINGSTROSENDUFT auf den Laken verhöhnte mich. Meine Lunge wollte nicht arbeiten. Ich konnte nicht glauben, dass das Schicksal den gewaltigen Fehler begangen hatte, uns zusammenzubringen. Jetzt war ich gefangen, weil wir die vorherbestimmte Bindung vollzogen hatten ... und er dennoch *gegangen* war.

Seine Worte vom gestrigen Abend fielen mir wieder ein. Er hatte gesagt, er würde Dinge tun müssen, die mir nicht gefallen würden – aber *das* konnte er nicht gemeint haben. Seiner vorherbestimmten Partnerin zu sagen, dass man in die Hölle zurückkehren, aber wiederkommen würde, war schlimm. Sie wie ein Stück Dreck zu behandeln, war unverzeihlich.

Ich hatte nie verstanden, wie es sich anfühlte, *gebrochen* zu sein. Bevor Levi meine Gefühle geweckt hatte, war ich der Meinung gewesen, dass Leute, die einen Nervenzusammenbruch erlitten, unausgeglichen waren. Wie konnte eine Person einem anderen Individuum so viel bedeuten, dass dieses ohne besagte Person nicht länger funktionierte?

Leider verstand ich das jetzt viel zu gut.

Taubheit umhüllte mich, aber sie drang nicht dorthin vor, wo ich sie am meisten benötigte – in mein Herz.

Mein Herz barst und der scharfe Schmerz war schlimmer als die Dolchwunde, die mir zehn Stunden zuvor zugefügt worden war. Die äußere Empfindungslosigkeit verstärkte meine innere Qual, und meine Brust bebte, als ein Schluchzen meinen Körper durchzuckte.

»Rosemary?«, rief Annie mit sanfter Stimme durch die Schlafzimmertür. »Was ist passiert?«

Ich hatte nicht die Kraft, zu antworten. Alles, worauf ich mich konzentrieren konnte, war das niederdrückende Gefühl des Verlusts in mir und der scharfe Stich des Verrats. Es fühlte sich tatsächlich so an, als hätte man mir ein Messer in den Rücken gerammt – und dabei hatte ich das immer für eine Floskel gehalten.

Immer wieder stellte ich mir die dieselbe Frage: Wie hatte er mir – uns – das nur antun können?

Ich hatte ihm mein Herz, meinen Körper und meine Seele anvertraut, und innerhalb weniger Stunden hatte er mich im Stich gelassen.

Als wäre ich wertlos.

Eine unbedeutende Bettgeschichte.

Aber seine Gefühle hätte er nicht vortäuschen können, schließlich hatten wir unser Band geschlossen. Wir konnten unsere Emotionen nicht länger voreinander verbergen. Warum also fügte er mir diesen Schmerz zu?

Schritte näherten sich polternd dem Zimmer, gefolgt von einem lauten Klopfen an der Tür. Killians tiefe Stimme klang besorgt, als er fragte: »Ist bei euch beiden alles in Ordnung?«

Seine Vermutung, dass Levi hier bei mir war, machte die Situation noch realer. Aber warum sollte er das nicht annehmen? Wir waren alle solche Narren gewesen.

Ich musste antworten, aber ich hatte keine Kraft mehr. Mein Körper bebte, während ich mein Schluchzen unterdrückte.

»Sie hat mir auch nicht geantwortet«, murmelte Annie. »Ich mache mir Sorgen. Sie *weint*, Killian. Deshalb habe ich mich mit Sterlyn verbunden.«

»Du hast das Richtige getan«, versicherte er ihr, dann rief er: »Rosemary! Wenn nicht einer von euch in zwei Sekunden diese Tür öffnet, *komme* ich rein. Es ist mir egal, was ich dann vorfinde. Habt ihr das verstanden?«

Nein. Ich wollte nicht, dass er mich so sah. Ich musste meinen Verstand einschalten.

Aber sosehr ich mich auch anstrengte, ich konnte nicht die Kraft aufbringen, ihm zu sagen, dass es mir gut ging. Nicht, dass es etwas ändern würde; er würde wissen, dass ich log. Der schwefelhaltige Gestank würde ihm innerhalb von Sekunden in die Nase steigen.

Ich wünschte, Wolfswandler hätten keinen so ausgeprägten Geruchssinn.

Mir ging es *nicht* gut. Die erst kürzlich vereinte andere Hälfte meiner Seele war verschwunden. Die Verbindung war nicht tödlich kalt, sondern kühl und verriet, dass er in seine Heimatdimension zurückgekehrt war.

Die Hölle.

Levi hatte mich für die Unterwelt verlassen.

Als wäre es nicht schon schlimm genug gewesen, dass er mir den Rücken gekehrt hatte – nein, er zog die Prinzen der Hölle unserer Gesellschaft vor.

Er hatte vergangene Nacht so aufrichtig gewirkt, als er sein Leben riskiert hatte, um meins zu retten. Und als wir uns verbunden hatten ...

Ich konnte nicht an dieses Ereignis zurückdenken, ohne dass ein Teil von mir starb.

Zerschmettert beschrieb mein Herz nur unzureichend.

Vernichtet.

Ausgemerzt.

Mein Herz raste. Ich war nicht sicher, ob ich mich jemals wieder erholen würde.

Die Tür barst und Killian stürmte herein.

Ich vergrub meinen Kopf unter dem Kissen, weil ich nicht wollte, dass er mich so sah, aber ich spürte, wie seine hoch aufragende, ein Meter neunzig große Gestalt über mir schwebte.

»Rosemary?«, fragte er verwirrt.

Seit meiner Kindheit hatte mich noch nie jemand weinen sehen. Ich hatte in meinem Leben erst wenige Male geweint, und alle gingen auf *sein* Konto. Levi – nein, *der Dämon* – hatte zu viel Einfluss auf mich.

Killians Duft – Moschus und Sandelholz – vermischte sich mit Levis, und ich wollte den Alphawolf anschreien, zu gehen. Dies könnte meine letzte Chance sein, mich an Levis Duft zu erinnern, und ich wollte nicht, dass sich Killians Geruch mit seinem vermischte und ihn noch schneller verschwinden ließ.

Bei den Göttern! Meine Emotionen entsprachen denen einer Sterblichen, und ich sehnte mich nach dem eindimensionalen Zustand, den ich einst innehatte.

Emotionen wurden überbewertet, vor allem die negative Art.

Killian seufzte. »Wo ist Levi?«

Da war sie – die unvermeidliche Frage, die ich mehrmals beantworten würde müssen, aber nicht konnte. Noch nicht. Stattdessen schluchzte ich noch heftiger.

»Ich werde ihn *umbringen*«, knurrte Killian, und das Bett senkte sich, als er sich neben mich setzte.

Nicht, wenn ich ihn zuerst erwische. Ich schnitt eine

Grimasse, unfähig, die Wut zu bündeln, die ich brauchte, um an diese Worte zu glauben.

Oh, wie sehr ich mich nach ihr sehnte. Wut wäre eine willkommene Ablenkung von der Verzweiflung, die in mir brodelte.

Starke Arme umschlangen mich, aber nicht die, die ich verzweifelt herbeisehnte. Killian mit mir im Bett zu haben, fühlte sich falsch an, obwohl es unschuldig war. Es gab nur *eine* Person, die mit mir im Bett sein sollte, und diese Person hatte mich verlassen, als wäre ich ersetzbar. Als würde ich nichts bedeuten.

Ich wickelte die Decke fester um mich, da ich nur das Shirt trug, das Levi mir gegeben hatte, nachdem wir vergangene Nacht zusammen geduscht hatten, und zwang mich, auf die Couch zu wechseln, die unter dem Schlafzimmerfenster stand. Meine Kleidung war bei dem Kampf gegen die Dämonen gestern zerrissen.

»Hey, was ist los?« Killian klang verletzt.

Mein Herz pochte. Ich hatte ihn nicht verärgern wollen. »Es fühlt sich nicht richtig an, mit dir im Bett zu sein. Nicht, nachdem ...«

Er rückte neben mich auf die Couch und zog mich in seine Arme. »Ich bin für dich da. Du musst dich nicht verstecken.«

Seine Freundlichkeit verschlimmerte meinen Herzschmerz. Er war einer meiner *besten* Freunde, aber ich fühlte mich trotzdem allein.

Levi sollte hier sein, nicht Killian.

Unfähig, etwas anderes zu tun, vergrub ich mein Gesicht in Killians muskulöser Brust. Seine Haut war heißer als Levis, wegen des Tieres in ihm, und ich genoss den Unterschied.

Er sagte nichts, als ich weiter zusammenbrach. Ich war

mir nicht sicher, was übrig bleiben würde, wenn ich jemals aufhören sollte, zu weinen. Meine Seele war zersplittert, und ich würde mich nie wieder ganz fühlen.

Meine Augen brannten, als stünden sie in Flammen, und schließlich hatte ich keine Tränen mehr. Der lähmende Schmerz blieb, aber alles in mir war ausgetrocknet.

Ich wusste nicht, wie lange er und ich so dagesessen hatten.

Irgendwann schniefte ich und Killian murmelte: »Ich frage nur ungern, aber was ist passiert? Hat er dir etwas *angetan*? Ich habe dich noch nie so gesehen.«

Das hatte niemand. Wenn mich jetzt jemand außer Killian sähe, wäre es mir noch peinlicher. Immerhin war er der Erste, dem ich es erzählte. Übung macht den Meister.

»Er ... ist gegangen.« Diese drei Worte zu flüstern, war das Schwerste, was ich je getan hatte, und das wollte wirklich etwas heißen.

Er lehnte sich zurück. »Gegangen?«

Meine Sicht klärte sich ein wenig, genug, um die Ringe unter Killians schokoladenbraunen Augen zu erkennen. Sein cappuccinofarbenes Haar war aufgrund der verrückten Vorfälle, die wir mit unserem dämonischen Gefangenen durchgemacht hatten, noch wirrer als sonst.

Der dämonische Gefangene, der uns vorgegaukelt hatte, auf unserer Seite zu stehen. Mit ihm hatte ich dummerweise mein vorbestimmtes Band geschlossen, eine Verbindung, die dem ähnelte, was Wölfe als Schicksalsgefährten und Vampire als Seelenverwandte bezeichneten.

Levi war die andere Hälfte meiner Seele, und obwohl wir uns vor nicht einmal zehn Stunden verbunden hatten, war er bereits verschwunden und hatte mich zurückgelassen.

Das hätte nicht möglich sein dürfen.

Wäre er auch gegangen, wenn wir uns nicht verbunden hätten? Oder war er nur geblieben, bis wir uns verbunden hatten?

Diese Fragen schmerzten, aber ich musste pragmatisch sein. Mein Herz schrie, dass der Zeitpunkt ein zufälliger war. Wenn ich ihm nur vertrauen könnte.

Bei Sterlyn, Ronnie und Annie hatte ich beobachtet, dass sich ihre Beziehungen gefestigt hatten, nachdem sie der Verbindung zu ihrer anderen Hälfte nachgegeben hatten. Griffin, Alex und Cyrus hatten sie nicht *im Stich gelassen*, wie Levi mich im Stich gelassen hatte.

Nicht, dass ich eifersüchtig wäre. Das war ich nicht. Diese drei Frauen waren die besten Seelen, die ich in meinem tausendjährigen Leben kennengelernt hatte, aber es tat weh, dass Levi nur wenige Stunden, nachdem wir unsere Bindung vollendet hatten, gegangen war.

Das Gemurmel von unten informierte mich darüber, dass alle wach waren. Ich konnte sogar Griffins und Sterlyns Stimmen ausmachen, obwohl mein Verstand sich nicht genug konzentrieren konnte, um zu hören, was sie sagten.

Das reichte aus, um noch andere Gefühle in mir aufsteigen zu lassen. »Stimmt etwas nicht?«

»Alles ist so gut, wie es unter den gegebenen Umständen möglich ist.« Killians Körper entspannte sich geringfügig, als er das Thema wechselte. »Wir haben die Toten begraben und ein paar Stunden geschlafen. Annie hat sich mit Sterlyn verbunden, als sie gehört hat, dass du ...«

Er musste es nicht aussprechen. Ich hatte das Gespräch an der Tür mitbekommen, selbst als die Trauer mich überwältigt hatte. »Ich habe etwas Dummes getan. Ich habe ...« Meine Brust bebte erneut.

Offensichtlich hatte sich mein Körper ausreichend erholt, und die Tränen flossen wieder.

»Du musst nichts sagen.« Killian schnupperte und drückte mich wieder fester an sich. »Ich kann es riechen.«

Dank des Gestanks von Sex und dem Duft unserer vereinten Seelen wusste er, was wir getan hatten. Wenn sich zwei Seelen verbanden, vermischten sich ihre Düfte, und Killian konnte zweifellos Levis Pfingstrosenduft an mir wahrnehmen. Und das nicht nur, weil er vor nicht einmal einer Stunde mit mir im Bett gewesen war.

Ich konnte nicht weiter auseinanderfallen. Wir hatten eine Menge zu tun. Ich trauerte um meinen vorbestimmten Partner, der mich verlassen hatte, während Sterlyns Rudel den Tod von zwei Silberwölfen beklagte. Jetzt gab es nur noch fünfzehn ihrer Art. Es könnten sechzehn sein, sobald Annies und Cyrus' Baby geboren war, aber wir konnten uns über die Abstammung ihres Kindes nicht sicher sein.

Annie war ein Dämonenwolf, Cyrus ein Silberwolf. Noch nie waren aus einer Verbindung wie der ihren Nachkommen hervorgegangen. Wenn sich ein Silberwolf mit einem normalen Wolf paarte, waren ihre Kinder reine Silberwölfe. Wir hatten gelernt, dass dies auch bei Dämonenwölfen der Fall war. Auch wenn es ungewiss war, was sie von ihrem einzigartigen Nachwuchs zu erwarten hatten, war ich mir in einem Punkt sicher: Ihr Kind würde zu einem starken, guten Wesen heranwachsen, wie seine beiden Elternteile.

Der Drang, in Killians Armen zu verweilen, war allzu verlockend, aber je länger ich mich in meiner Trauer suhlte, desto schwieriger würde es werden, wieder aufzustehen. Wenn ich nicht aufpasste, könnte ich ewig im Bett liegen und um die Liebe meines Lebens trauern.

Ich *weigerte* mich, ihm so viel Kontrolle über mich zu geben.

Ich löste mich von ihm, wischte meine Augen und atmete tief ein, um meine Lunge daran zu erinnern, wie man sich bewegte. Sie war wie eingefroren, als hätte sie vergessen, dass ich, obwohl ich unsterblich war, Sauerstoff brauchte.

»Lass uns nach unten gehen!« Meine Gedanken auf etwas anderes als Levi zu lenken, sollte den Schmerz etwas lindern. Ich musste etwas tun, denn mit dem aktuellen Ausmaß an Pein würde ich nicht leben können.

Killian runzelte die Stirn. »Das müssen wir nicht. Lass uns hierbleiben ...«

»Ich muss.« Mein Herz schrie: *Nein, tu es nicht!* aber ich konnte nicht hier liegen bleiben und meine Welt zusammenbrechen lassen. Meine Mutter brauchte mich in Shadow City, und ich hatte keinen Grund, nicht zurückzukehren.

Zumindest nicht mehr.

Es würde mir guttun, einen Raum zu verlassen, der nach ihm roch und mich an ihn erinnerte. Ich wollte nicht gehen, was bedeutete, dass ich es tun sollte.

»Okay, aber vielleicht solltest du zuerst duschen.« Er biss sich auf die Unterlippe. »Ich laufe nach nebenan, um dir ein paar Klamotten zu holen, und lege sie vor die Badezimmertür.«

Woher wusste er das? Ich blickte an mir hinunter und stellte fest, dass die Decke dünn war, und obwohl er nichts Unanständiges gesehen hatte, trug ich eindeutig ein Männershirt, das mir viermal zu groß war. »Klingt gut.«

Er stand langsam auf und hielt dann inne. Er legte den Kopf schief, sein jägergrünes Baumwollshirt ließ seinen olivgrünen Teint trotz der Erschöpfung in seinem Gesicht leuchten. »Bist du sicher, dass du ...«

»Ja. Bitte hör auf, zu fragen!« Ein Kloß bildete sich in meinem Hals, und meine Unterlippe zitterte. Wenn er mir weiterhin so viel Freundlichkeit entgegenbrachte, würde ich wieder zusammenbrechen. Ich wollte nicht unhöflich sein, aber ich musste mich aufraffen, bevor mich der Liebeskummer noch einmal verschluckte.

Stirnrunzelnd nickte er und ging auf die Treppe zu. Er machte sich nicht die Mühe, die Tür zu schließen, da sie nun schief im Rahmen hing.

Ich scannte das Zimmer. Die Wände waren beige, genau wie alle anderen in diesem Haus. Das Doppelbett stand mittig an einer Wand, und die lange Stoffcouch, auf der ich saß, befand sich unter dem Fenster, das auf die Vorderseite des Hauses zeigte. Die weiche, waldbodenbraune Bettdecke war auf den Boden gefallen, als ich mich in das Laken gewickelt hatte, und die vier großen Kissen lagen verstreut auf dem Bett.

Alles sah unverändert aus. Die Welt drehte sich weiter, trotz meiner Verzweiflung. Wie war es möglich, dass alles so weiterging wie bisher, obwohl ich am Boden war?

Ich stand auf, und meine Brust verkrampfte sich, als ich Levis Shirt nach unten zog, um so viel wie möglich von meinen Beinen zu bedecken. Meine Jeans lagen auf dem Boden, aber sie waren schmutzig, und dieses Shirt war länger als einige meiner Kleider.

Als ich in den Flur trat, warf ich einen Blick nach links, die Treppe hinunter und dann zu den beiden anderen Zimmern, die schräg gegenüber von diesem lagen. Killian hatte das Zimmer gegenüber bezogen, und Ronnie und Alex wohnten in dem großen Schlafzimmer rechts davon.

Das Badezimmer lag zwischen den beiden anderen

Zimmern, und ich stürzte eilig hinein, um nicht gesehen zu werden.

Ich hatte nicht mit der Flut von Gefühlen gerechnet, die mich durchströmte, sobald ich die Tür schloss. Erinnerungen an den Abend zuvor, als Levi sich um mich gekümmert und mich sogar gewaschen hatte, wirbelten durch meinen Kopf.

Ich wünschte, ich könnte zurückgehen und meine Entscheidung ändern ... aber mein Herz beschuldigte mich des Lügens.

Ich verdrängte die Erinnerungen, schritt über die kühlen eichenholzfarbenen Fliesen und schaltete die Dusche ein. Ich zog das Shirt aus, und als ich es auf den Boden werfen wollte, überkam mich ein seltsamer Drang – ich wollte es weder waschen noch schmutzig machen.

Unfähig, den Instinkt zu ignorieren, legte ich das Shirt sanft auf die Marmorwaschtischplatte und bückte mich, um ein sauberes Handtuch unter dem Waschbecken hervorzuholen. Als ich mich wieder erhob, sah ich mein Spiegelbild.

Fast hätte ich mich nicht wiedererkannt.

Mein normalerweise glattes mahagonibraunes Haar war schlaff. Meine sonst so helle Haut wirkte geisterhaft, und das Violett in meinen sternenstaubfarbenen Augen schimmerte nicht. Mein Gesicht sah auf eine Weise hager aus, wie ich es noch nie gesehen hatte.

All die dummen Filme, die Sierra uns hatte anschauen lassen, stellten die Liebe als etwas dar, das einen unvergänglich machte, aber mein Spiegelbild erzählte eine andere Geschichte – eine, in der ich gealtert war.

Die alte Rosemary hätte mich ermahnt, mich zusammenzureißen. *Diese eine Person macht dich nicht aus, und wenn du dich dem Elend hingibst, beweist das, dass du keine*

Kriegerin bist. Sie hätte recht gehabt, aber ... diese Rosemary sah die Dinge in einem anderen Licht.

Manchmal war es nicht nur eine Schlacht, aufrecht stehen zu bleiben – es war der reinste Krieg.

Ich musste es wissen, denn ich hätte mich am liebsten zu einer Kugel zusammengerollt.

Ich zwang mich, mich von meinem Schatten abzuwenden und in die Duschwanne zu steigen. Nicht einmal das heiße Wasser konnte mich beruhigen.

Ein leises Klopfen ertönte und Killians Stimme erfüllte den Raum. »Ich habe deine Sachen vor der Tür abgelegt.«

»Danke. Ich werde mich beeilen.« Schon während ich das Versprechen gab, wurde mir klar, dass es schwer sein würde, es einzuhalten. Meine Arme fühlten sich wie Fünfhundertpfundgewichte an, und mein Atem ging schwer, während ich mein Haar wusch.

»Nur keine Hektik. Wir sind unten und reden.« Killian räusperte sich. »Kira ist auf dem Weg, du hast also noch Zeit.«

Kira.

Levis *Red.*

Eifersucht brannte in meiner Brust, aber ich schob sie beiseite. Er war nicht hier, also spielte das alles keine Rolle mehr.

Ich beschleunigte mein Tempo und genoss das Stechen und Brennen der Bewegung meiner Arme. Sie lenkten mich von meinem inneren Schmerz ab.

Schließlich stieg ich aus der Dusche und schnappte mir die Jeans und den frischen orangefarbenen Pullover, den Killian besorgt hatte. Ein schwaches Lächeln umspielte meine Lippen, als ich feststellte, wie gut er mich und meine Lieblingsfarbe kannte.

Ich zog mich an und machte mich auf den Weg zurück

in Levis Zimmer. Obwohl mein Kopf mir sagte, dass ich mich lächerlich machte, legte ich sein Shirt auf das Bett, unfähig, es wegzuwerfen. Ich hatte das Gefühl, dass ich es bereuen würde, wenn ich es täte.

Plötzlich schrie Kira draußen auf, und mein Herz hämmerte wie wild.

Waren die Dämonen zurückgekehrt?

KAPITEL ZWEI

MEINE FLÜGEL BRACHEN durch die Schlitze in meinem Pullover, als ich zum Fenster rannte. Ich schaute hinaus und öffnete es eilig, wobei sich meine Brust zusammenzog.

Was, wenn die Dämonen Levi gefangen hatten und ihn als Druckmittel benutzten? Der Gedanke bereitete mir Bauchschmerzen, und ich konzentrierte mich auf unsere lauwarme Verbindung.

Er war nicht hier. Er war immer noch in der Hölle.

Der Kofferraum von Kiras blauem Sedan war hochgeklappt und Kiras mohnroter Kopf darüber gebeugt – vermutlich suchte sie nach etwas.

Keine Dämonen.

Ich war mir nicht sicher, ob das besser war. Sie wirkte verzweifelt – etwas stimmte nicht. Ich musste da raus.

Ich überblickte Shadow Terrace und vergewisserte mich, dass keine Gefahren drohten, die ich nicht sehen konnte. Die Sonne ging gerade auf, und ich betrachtete die unmittelbare Umgebung.

Die Häuser, in denen wir wohnten, waren am weitesten

vom Stadtzentrum entfernt. Sie waren ähnlich angelegt wie Killians Rudelsiedlung – jedes Haus hatte einen eigenen Hinterhof –, aber die Haustüren führten alle direkt auf die gepflasterte Straße. Die Häuser waren zweistöckig und grenzten an Wälder voller Judasbäume, Eichen und Zypressen, deren Blätter sich herbstlich rot, orange und gelb verfärbt hatten.

Ich registrierte, dass neben Kiras Auto auch der schwarze Navigator von Griffin und Sterlyn sowie der Mercedes SUV von Alex und Ronnie standen. Weder bei dem abgebrannten Haus zu meiner Linken noch bei dem Haus zu meiner Rechten, in dem noch mehr von uns wohnten, schien etwas nicht zu stimmen.

Die Häuser vermittelten den gleichen altmodischen Eindruck wie der Rest der Stadt. Alle Gebäude waren weiß gestrichen und hatten rote Dächer. Lediglich der Stil und die Lage variierten. Je näher man dem Stadtzentrum kam, desto enger standen die Gebäude beieinander. Antike Gaslaternen säumten die betonierten Bürgersteige, die von Touristen genutzt wurden.

Ein Gebäude allerdings unterschied sich besonders von den anderen: eine steinerne Kathedrale samt Kuppel. Sie befand sich in der Mitte der Stadt, gegenüber der ehemaligen Vampirbar. Die Kathedrale war vor etwa hundert Jahren erbaut worden, um Menschen zu der Futterstelle der Vampire zu locken. Letzteres hatten wir erst kürzlich erfahren, und es hatte damit zu tun, dass Alex nach dem Tod seines älteren Bruders König der Vampire geworden war.

Die Gegend zu überfliegen, wäre ideal gewesen, aber ich konnte nicht riskieren, von Menschen gesehen werden, also eilte ich die Treppe hinunter und hinaus aufs Kopfsteinpflaster. Obwohl ich von dem Kampf, den wir vor nicht allzu langer Zeit ausgefochten hatten, noch immer erschöpft war, lief ich schnell. Körperliche Bewegung erforderte keine Magie. Alles, was für einen Engel natürlich war, wie Gehen, Fliegen oder Atmen, verbrauchte keine zusätzliche Energie.

Kira konnte wahrscheinlich nicht lange bleiben. Als Anführerin der Polizei von Shadow City hatte sie einen anspruchsvollen Job und kam nur hierher, um mit uns in Ruhe – und ohne das Risiko neugieriger Ohren – zu sprechen.

Je näher ich ihr kam, desto hektischer wurde sie. Sie öffnete immer wieder eine Waffenkiste, tastete darin herum und schloss sie wieder.

Das war *nicht* normal.

Die Tür des Hauses, aus dem ich gekommen war, öffnete sich, und meine Freunde rannten nach draußen. Ich konnte die Schritte eines jeden deutlich hinter mir hören: Sterlyn, Griffin, Killian, Sierra, Alex, Ronnie, Annie und Cyrus.

Kira erstarrte und richtete sich auf, während sie ihren Blick weiterhin nach unten richtete.

Die Warnsignale häuften sich, und ich atmete langsam und gleichmäßig, um meine angespannten Nerven zu beruhigen. Sie verhielt sich schuldbewusst, und mein Gefühl verriet mir, dass ein gewisser Dämon, der mich mit gebrochenem Herzen zurückgelassen hatte, daran beteiligt war.

Was hatte er jetzt angestellt?

Sterlyn stellte sich neben mich. Mit ihren ein Meter achtzig war sie etwa so groß wie ich. Ihr langes hellsilbernes Haar, das sie als Alpha des Silberwolfsrudels auswies, war zu einem unordentlichen Dutt gebunden, was nicht ihre übliche Frisur war. Auch ihre lavendelsilbernen Augen waren dunkler als sonst, ein Zeichen für Stress, Trauer und

Schlafmangel. Ihr olivfarbener Teint war eine Spur zu blass, was durch ihr schwarzes Shirt noch unterstrichen wurde, aber würde ich sie nicht kennen, hätte sie gefasst gewirkt. Sie konnte selbst inmitten einer Krise gelassen bleiben. »Was ist los, Kira?«

Die Fuchswandlerin zuckte zusammen, und ihre smaragdgrünen Augen blieben auf Sterlyn haften. Sie biss auf ihre Unterlippe. »Ich habe möglicherweise einen Fehler gemacht.«

Mein Mund wurde trocken. Kira war selbstbewusst und gerissen. Dass sie das sagte, bedeutete, dass die Situation wahrscheinlich schlimmer war, als ich erwartet hatte.

Ein lauter Seufzer entfuhr Griffin, Sterlyns Gefährten, als er neben ihr erschien. Sein honigfarbenes Haar war nicht wie üblich gegelt, sondern eher unordentlich, sodass die blonden Highlights, die zu den Stoppeln in seinem Gesicht passten, hervortraten. Er war muskulös, fast so groß wie Cyrus, und der Alpha von Shadow City. Er war fast zwanzig Zentimeter größer als Sterlyn und damit der größte unter uns. »Sag uns einfach, was passiert ist!«

»Zieh es in die Länge!«, meinte Sierra vorlaut. »Vertrau mir!«

Der überwältigende Drang, ihr eine Ohrfeige zu verpassen, machte sich in mir breit. Ich drehte mich um, mein Blick landete auf ihr, und mein Fuß machte unwillkürlich einen Schritt in ihre Richtung.

Sie hob die Hände vor ihr Gesicht und blinzelte mit ihren grauen Augen. Eine Windböe bewegte den sandblonden Pferdeschwanz, den sie immer trug. Sie war einige Zentimeter kleiner als ich, aber ihre Persönlichkeit machte das wieder wett. Sie schnaubte. »Tut mir leid, aber genau deshalb habe ich ihr geraten, noch ein bisschen zu warten. Ihr wisst echt nicht, wie man etwas auf sich beruhen lässt.«

Oh, ich würde ihr …

Ich erstarrte und erinnerte mich daran, dass es nichts bringen würde, Sierra zu verletzen. Wenn die rationale Rosemary wieder auftauchte, würde ich mich schämen, dass meine Gefühle die Oberhand gewonnen hatten. Schon wieder.

Diese *verdammten* Gefühle!

Sierra nervte mich zwar, aber ich war bereits wegen Levi gereizt, und es wäre nicht fair, meine Frustration und meinen Schmerz an ihr auszulassen. Diese Emotionen gingen mir gewaltig auf den Keks. Ich hatte es immer geahnt, aber es zu erleben, war schlimmer, als ich es mir vorgestellt hatte. Es war nicht leicht, einen klaren Kopf zu behalten.

»Manchmal ist Stille die beste Lösung«, murmelte Alex in seinem leichten Akzent, der einen Hauch britisch klang. Die Blässe seiner Haut war normal, aber seine hellblauen Augen verrieten Müdigkeit. Er stand neben Ronnie, seiner Frau, die Sierra vor ihm abschirmte. Er war nicht wesentlich größer als ich, aber er strahlte eine königliche Autorität aus, die daher rührte, dass er als königlicher Vampir aufgewachsen war. »Daran solltest du arbeiten.«

Ronnie blickte mit ihren leuchtenden smaragdgrünen Augen auf ihren Mann und schüttelte den Kopf. Die Sonne glitzerte auf ihrem kupfernen Haar. Im Gegensatz zu ihrem Mann wirkte sie fast menschlich, da sie in der Welt außerhalb der Stadt Shadow City und deren Umgebung aufgewachsen war. Und obwohl sie seine Vampirkönigin war, konnte man das an ihrem bodenständigen Auftreten nicht erkennen. »Du bist genauso schlimm wie Sierra. Du nutzt jede Gelegenheit, sie zurechtzuweisen.«

»Das ist sehr wahr«, stimmte Annie zu. Sie legte eine Hand auf ihren kleinen Babybauch und lehnte ihren Kopf an die Schulter ihres Gefährten. Ihr langes braunes Haar fiel in Kaskaden über ihren Rücken, und ihre braunen Augen wirkten eingefallen. Erschöpfung war nicht gut für eine schwangere Frau. Ihr Körper machte bereits Überstunden ohne den zusätzlichen Stress und das Drama.

Ihre Gesichtszüge standen im Kontrast zu Cyrus', der eine Hand fest um die Taille seiner Gefährtin legte. Sein Haar war dunkler als das seiner Zwillingsschwester, was verriet, dass er ebenfalls der Sohn eines Silberwolfalphas, aber nicht dessen Erbe war. Nur Silberwolfalphas hatten silbernes Haar. Der Rest der Silberwölfe trug verschiedene Schattierungen, obwohl ihr Fell in Wolfsgestalt immer silbern war. Cyrus' Augen waren von purem Silber, und im Moment befanden sich dunkle Ringe darunter. Er hatte in der letzten Schlacht gekämpft, und obwohl Sterlyn technisch gesehen der Alpha der Silberwölfe war, konzentrierten sie und Griffin sich derzeit darauf, die Korruption in Shadow City zu beseitigen, weshalb Cyrus an ihrer Stelle als Alpha fungierte. Diese Rolle hatte den Verlust mehrerer Silberwölfe in der Schlacht für ihn noch schwerer gemacht.

Die Zuneigung der Paare füreinander zu sehen, riss die Wunde in meinem Herzen wieder auf. Sie alle verdienten ihr Glück, aber was würde ich nicht alles dafür geben, Levi hier an meiner Seite zu haben ...

Ich ballte meine Hände zu Fäusten und meine Fingernägel bohrten sich in meine Handflächen.

Nein. Ich würde es mir nicht erlauben, jemanden zu vermissen, der mich ohne Erklärung verlassen hatte. Ich war ohne ihn besser d...

Ich brachte es nicht über mich, den Satz zu beenden.

Ein scharfer Schmerz durchzuckte meine Brust und meine Sicht verschwamm erneut. Argh, ich musste das unter Kontrolle bringen, bevor ich vor allen zusammenbrach.

»Kira, was ist los?« Ich starrte die Fuchswandlerin angespannt an. Sie musste begreifen, dass ich das nicht auf sich beruhen lassen würde.

Kira schloss die Augen und raufte sich die Haare.

Wenn sie nicht anfing, zu reden, würde ich sie dazu zwingen. Meine Kiefer schmerzten bereits, weil ich sie so heftig aufeinanderpresste, und ich zwang sie, sich zu entspannen.

»Bei den Göttern, Kira«, knurrte Griffin.

Kira straffte die Schultern, wich aber unseren Blicken aus. »Nun, der platte Reifen war nicht der einzige Grund, warum ich mein Auto gestern Abend hiergelassen habe.«

Das bestätigte, dass ihr Fehltritt *tatsächlich* mit Levi zu tun hatte.

Mein Puls hämmerte so stark, dass meine Ohren klingelten. Was hatte *er* getan?

Wenn er uns hintergangen hatte, mussten wir wissen, in welcher Situation wir uns befanden. Wir waren mit unserer geringen Anzahl an Kämpfern gegenüber den Dämonen bereits *enorm* im Nachteil, vor allem, nachdem wir erst vor wenigen Stunden zwei weitere Silberwölfe verloren hatten.

»Es gibt einen Grund, warum Levi neulich Nacht in Shadow City war.« Kira wischte ihre Hände an der Vorderseite ihrer Jeans ab.

Das hatte ich mir schon gedacht. Er war sehr behutsam mit seiner Erklärung gewesen, als hätte er seine Worte bewusst so gewählt, um sicherzustellen, dass er nicht versehentlich log. Denn das hätten wir alle gemerkt und ihn zur Rede gestellt, also musste er wirklich neugierig auf die Stadt gewesen sein. Aber er war ein großes Risiko eingegangen, als er sich dorthin geschlichen hatte, und Neugier war nicht sein einziger Grund gewesen.

»Sondern ...?«, fragte Sterlyn aufmunternd. Anders als ihr Gefährte war sie verständnisvoll und versuchte, Kira zu motivieren. Das war es, was sie zur besten Anführerin der Gruppe machte. Sie verstand es auf natürliche Weise, anderen das Gefühl zu geben, in Sicherheit zu sein und nicht verurteilt zu werden. Kira gegenüber unwirsch zu sein, würde diese nur zum Schweigen bringen.

Ich hatte jedoch nicht die Geduld dafür. Angesichts all der Emotionen, die in mir hochkochten, entsprach meine natürliche Reaktion Griffins – oder noch schlimmer. Ich wollte, dass sie uns informierte, und jede weitere Sekunde, die sie sich nahm, frustrierte mich zusätzlich.

Sierra schnaubte. »Vergiss, was ich gesagt habe, und spuck's aus! Ich *muss* es wissen.«

Alex stöhnte auf.

»Was hast du getan?«, fragte ich forsch. Wenn niemand direkt sein wollte, würde ich es sein.

Zu meiner Überraschung begegnete Kira meinem Blick und murmelte: »Ich habe ihm ein Schwert gegeben.«

Da musste mehr dahinterstecken. Sie wusste, dass Dämonen mit Waffen ausgestattet waren, und würde sich wegen einer gewöhnlichen Waffe nicht so schuldig verhalten. Sie hatte uns nicht alles gesagt ... *noch nicht*. »*Was* für ein Schwert?«

Ihre Lippen verzogen sich zu einem Strich und ich könnte schwören, dass sie »Verdammter Engel« gemurmelt hatte, aber bevor ich reagieren konnte, fuhr sie fort: »Bei dieser Box hier handelt sich um eine Dämonenkiste, aber sie ist leer. Es sieht so aus, als wäre ein Schwert darin gewesen, aber ich war nicht in der Lage, es zu überprüfen, weil sich die Kiste nicht öffnen lassen hat. Levi muss es geschafft haben.«

Mein Magen verhärtete sich. Ich *musste* sie missverstanden haben. Sie konnte unmöglich einem *Dämon* eine *Dämonenwaffe* übergeben haben. Das musste ein kranker Scherz sein – einer dieser dummen Streiche der Sterblichen, die für mich keinen Sinn ergaben. Doch die Luft blieb frei von Schwefel und die einzigen Geräusche waren das Gemurmel der Menschen auf dem Marktplatz ein paar Kilometer entfernt, das Rauschen des Flusses und die Rufe der Kardinäle und Nachtigallen, die durch die Bäume huschten und den kühlen Herbstmorgen genossen.

Ich wagte einen Blick in die Kiste und erkannte die Umrisse einer Waffe ... eines Schwerts. Ich streckte meine Hand aus, aber berührte nur Luft. »Es *ist* weg.«

»Sag ich doch.« Sie winkte mit der Hand. »Die Kiste ist leer.«

Ich schloss die Kiste, und ein Doppelkreuz, das sich am unteren Ende mit einem Unendlichkeitssymbol verband, starrte mich an. Es war ein Symbol der Dämonen. »Ich habe es überprüft, weil ich sichergehen wollte, dass das Schwert nicht unsichtbar ist«, sagte ich. »Wenn ich Ronnies unsichtbares Schwert berühre, ist es unangenehm.«

»Er hat ein Dämonenschwert«, sagte Sterlyn langsam und tonlos.

Sie bemühte sich, bei klarem Verstand zu bleiben, aber der Schmerz in mir verwandelte sich in Wut.

»Warum um alles in der *Welt* hast du einen Dämon mit einer starken Waffe ausgestattet?«, fragte Alex Kira mit zusammengebissenen Zähnen.

Eine Information, die Levi mit uns geteilt hatte, war, dass die Dämonen von Ronnie wussten. Offensichtlich brauchten sie diese Waffe, und ich befürchtete, dass Wrath das Schwert benutzen würde, um sich an der Person zu rächen, die sich mit seinem Dolch verbunden hatte.

Ich war froh, dass ich nicht diejenige war, die diese Frage gestellt hatte. Zumindest waren Alex und Griffin auf einer Wellenlänge mit mir.

Ich war ebenfalls ratlos. Kira war eine kluge Frau. Sie mochte jung sein, etwa so alt wie Sterlyn, aber aus meiner Sicht war die ganze Gruppe noch sehr jung – mit Ausnahme von Alex und mir. Und noch niemand hatte einen so gravierenden Fehler begangen.

»Er hat gesagt, dass er nicht nur seinen Vater beschützen muss, sondern alle Bewohner von Shadow City und den umliegenden Städten. Wenn er die Kiste, die einst seiner Mutter gehört hat, nicht zurückholen würde, könnte ein anderer Dämon sie benutzen, um alles zu zerstören, was ich *liebe* und zu *beschützen versuche*. Er hat geschworen, dass er der Einzige ist, der dafür sorgen kann, dass sie nicht in die falschen Hände gerät.« Kira ließ den Kopf hängen. »Ich meine, er hat mich *gerettet*, und er schien ein guter Kerl zu sein. Er hat nicht gelogen. Die Kiste war versiegelt, also konnte ich nicht nachsehen, aber ich habe nicht realisiert, dass eine Waffe darin gewesen ist, bis ich den Kofferraum geöffnet und das hier gesehen habe.«

Meine Ohren rauschten. Konnte das der Grund sein, warum er sie gerettet hatte? Aber woher hätte er wissen sollen, dass sie die Polizistin war, die für die Bewachung des Artefaktgebäudes zuständig war? Kira verließ Shadow City nur selten, also war sie außerhalb der hohen Stadtmauern nicht sehr bekannt. Vielleicht hatte er sie in der Hoffnung gerettet, dass sie Informationen preisgeben würde? War ich aufgetaucht, bevor sie dazu gekommen war?

Es gab so viele Möglichkeiten, dass mein Kopf schwirrte.

Das eine Mal, als wir unsere Wachsamkeit vernachlässigten, schlich sich Levi mit einer Waffe davon.

Schließlich kam mir ein Gedanke in den Sinn, der mich krank machte. Er hatte seiner *Red* anvertraut, dass etwas Großes passieren könnte, aber mir hatte er nichts davon gesagt.

Ich verstand, warum er es anfangs nicht getan hatte, aber nachdem wir unsere Bindung vollzogen hatten, war alles anders geworden. Er hätte es gespürt. Warum hatte er mir nicht vertraut? Was war so besonders an ihr, dass er in der Hoffnung, dass sie ihm half, alles riskierte?

Er hatte mir gesagt, dass er seinen Vater nicht in der Hölle lassen wollte, aber das bedeutete nicht, ein mächtiges Schwert dorthin mitzunehmen, wo mein Feind es leicht in die Finger bekommen könnte. Warum benötigte er es, um zu seinem Vater zu gelangen? Das ergab alles keinen Sinn und mir wurde flau im Magen.

Und ich hatte so sehr gehofft, dass er einen Plan verfolgte und mich nicht einfach im Stich gelassen hatte. Er hätte die Gefühle, die ich gestern Abend bei ihm wahrgenommen hatte, niemals vortäuschen können.

Oder doch?

Kira verzog das Gesicht. »Er kann doch nicht gelogen haben, oder? Ich hätte es gerochen.«

»Ich glaube nicht, dass er absichtlich gelogen hat – *wenn* er es getan hat.« Ronnie fuhr mit der Hand über ihr Gesicht. »Wenn Levi mit dem Schwert verbunden ist und nicht stirbt, kann niemand außer ihm es benutzen. Das ist es, was er gemeint haben muss.«

»Wie hast du es überhaupt nach draußen geschmuggelt?«, fragte ich. Diese ganze Situation war surreal, aber Levi schien Güte in sich zu tragen. Wenn seine Handlungen irgendwie ein Gleichgewicht zu wahren versuchten, dann tat er, was er für richtig *hielt* – egal, wie fehlgeleitet er auch sein mochte.

Kira atmete aus. »Ich habe ihnen gesagt, dass ich diejenige sein muss, die die Inventur in dem Raum durchführt, in dem die bestgehüteten Waffen aufbewahrt werden. Als eine kleine Lieferung eingetroffen ist, sind die anderen Wachen losgezogen, um sie auszuladen und zu katalogisieren. Es war dunkel und spät, also habe ich die Kiste zum Auto gebracht, ohne zu wissen, dass sich darin eine Waffe befand – oder was er damit vorhatte.«

Sie hatte zwar nicht mit bösen Absichten gehandelt, aber das spielte keine Rolle.

Mein Körper erschauderte und mein Blut gefror. Die Prinzen der Hölle würden verzweifelt nach dieser Art von Macht streben. Auch wenn ich verletzt und wütend war, wollte ich nicht, dass Levi *starb*.

Vielleicht hätte ich die Bindung nicht vollziehen sollen.

Die Erinnerungen an unsere Küsse – Levi, der mich in der Dusche vom Blut des Kampfs befreite, die Art und Weise, wie wir uns zusammen bewegten, wie sich für einen kurzen Moment alles auf der Welt richtig anfühlte – rückten die Wahrheit in den Vordergrund, auch wenn ich sie nicht wahrhaben wollte.

All der Schmerz der Welt war es wert.

Bei den Göttern!

Oh, wie ich gefallen war.

»Gut, er hat vielleicht nicht vor, das verdammte Schwert den Prinzen der Hölle zu übergeben, aber Pläne gehen nicht immer auf.« Killian verschränkte die Arme. »Was sollen wir tun?«

Die Antwort war einfach. »Wir konzentrieren uns auf die Probleme in Shadow City, da sie zu eskalieren scheinen«, antwortete ich. »Wir können nicht riskieren, das

Portal zu schließen, falls Levi mit der Waffe zurückkommt, und wir wissen nichts über die Hölle. Als wir zuletzt ein Portal geschlossen haben, wurde es wieder geöffnet. Wenigstens wissen wir jetzt, dass es ganz in der Nähe ist.« Ein pochender Schmerz durchfuhr mich.

Ich hasste den Gedanken, ihn im Stich zu lassen, aber er hatte seine Entscheidung getroffen ... wie auch immer diese aussah.

»Einverstanden.« Sterlyn bewegte sich so, dass sie uns gegenüberstand. »Kira hat einen Fehler gemacht, aber wenn Levi sein Wort hält, werden wir keine Probleme haben. Bis wir etwas anderes erfahren, kümmern wir uns um die Dinge, die wir beeinflussen können. Die vier Wandler, die Yelahiah und Kira angegriffen haben, werden im Gefängnis sitzen, bis die Bestandsaufnahme im Artefaktgebäude abgeschlossen ist.«

Diese Situation wurde immer schlimmer. »Azbogah führt etwas im Schilde.« Der Engel, der Teil des Rats war, würde nie aufhören, zu intrigieren.

»Warum sagst du das?« Sierra runzelte die Stirn. »Die Angreifer sitzen im Knast. Das ist eine gute Sache.«

Alex schüttelte den Kopf und deutete auf den leeren Kofferraum. »Mindestens ein Artefakt ist verschwunden, und Azbogah wird schwören, dass ihr Angriff gerechtfertigt war, weil in das Gebäude eingebrochen wurde und Dinge entwendet wurden. Sie werden ungeschoren davonkommen.«

Nicht, wenn wir etwas dazu zu sagen hätten. Mir gefiel die Vorstellung nicht, aber es war an der Zeit, mich meiner Mutter anzuvertrauen. Sie wusste immer, was zu tun war.

Doch bevor ich das vorschlagen konnte, glühten Griffins Augen. »Wir müssen zurück nach Shadow City. Es hat einen furchtbaren Unfall gegeben.«

KAPITEL DREI

GRIFFINS sonst so unerschütterliche Gelassenheit bröckelte. »Wir müssen los. Kira, die Polizei braucht dich.« Er drehte sich um und rannte auf den Navigator zu.

Mein Körper wurde schwer. Griffin war völlig aufgelöst, und so hatte ich ihn nur erlebt, als Sterlyn bedroht gewesen war. Ich hatte einen starken Verdacht, was hier vor sich ging.

Seine Mutter war in Gefahr.

Sterlyn ging eiligen Schrittes hinter ihrem Gefährten her und rief über die Schulter: »In der *Höhle der Elitewölfe* brennt es, und Ulva und mehrere andere Wandler sind in ihren Wohnungen gefangen.«

Mein Instinkt war richtig gewesen. Kein Wunder, dass Griffin in Panik war. Ulva war sein letztes überlebendes Elternteil.

»Heilige Scheiße!«, brummte Kira und knallte den Kofferraum zu. Ihr Handy klingelte, und ich vermutete, dass es die Polizei war, die nach ihrer Anführerin suchte. Sie nahm ab, während sie zur Fahrertür eilte. »Ich bin auf dem Weg. Ich habe es gerade gehört. Bis ich dort bin, musst du dich darum kümmern. Kontaktiere ein paar Engel, um zu sehen, ob sie helfen können, die eingeschlossenen Bewohner zu befreien!«

Ich hatte keinen Zweifel daran, was ich zu tun hatte, zumal es schwierig sein könnte, Engel zu finden, die bereit waren, zu helfen. Ich würde darauf wetten, dass Azbogah hinter dem Feuer steckte und die meisten Engel mit irgendeinem Plan beschäftigt hatte, während die anderen entweder trainierten oder ihrer täglichen Arbeit nachgingen.

Als Kira ihre Tür schloss, fuhr der Navigator bereits los und raste zurück in die Stadt. Kira war nicht weit hinter ihnen und ließ den Rest von uns fassungslos in der Einfahrt stehen.

»Wir verschwinden auch«, sagte Ronnie, als sie und Alex schon zu ihrem Mercedes eilten. Innerhalb von Sekunden war ihr Fahrzeug in Bewegung.

Ich war zum Handeln geboren – nicht, um dumm herumzustehen. »Ich werde auch helfen.«

»Bist du sicher, dass das eine gute Idee ist, wenn du ...«, startete Killian, aber mein Blick stoppte ihn.

Ich würde nicht zulassen, dass Levi mich so sehr beeinflusste, dass ich aus den Augen verlor, wer ich war, auch wenn der Schmerz überwältigend war. Ich war immer noch der Engel, der jeder guten Person helfen wollte, unabhängig von ihrer übernatürlichen Rasse, denn das war es, was wirklich gerecht war.

Ulva passte definitiv auf diese Beschreibung.

Sierra seufzte dramatisch. »So spricht man nicht mit einer Frau. Es ist kein Wunder, dass du deine Gefährtin noch nicht gefunden hast – du bist nicht bereit. Du würdest sie verjagen, indem du so einen unangebrachten Mist verzapfst.«

»Du hast deinen auch noch nicht gefunden«, brummte Killian.

Da ich gehen musste, versicherte ich ihnen: »Ich komme schon klar. Ich *muss* helfen.«

Annie und Cyrus nickten. Sie hatten harte Zeiten hinter sich gebracht und Verständnis dafür, dass ich mich auf etwas anderes als Levi konzentrieren musste.

Levi.

Meine Augen brannten, und ich hob ab, damit sie mich nicht weinen sahen. So schnell wie möglich schoss ich durch die Lüfte. Ich musste hoch genug fliegen, damit die Menschen mich für einen Vogel hielten. Ich schlug heftig mit den Flügeln, und die Müdigkeit zerrte an mir. Obwohl ich beim Fliegen keine Magie benutzte, war ich nach dem intensiven Kampf, dem Heilen und vor allem der Tatsache, dass mein Gefährte in einer anderen Dimension war, ziemlich ausgelaugt. Die Leere in mir schmerzte und ich fühlte … so viel.

Die Luft war kühler in dieser Höhe, obwohl die Sonne auf mich herabschien. Das Gefühl half mir, einen klaren Kopf zu bekommen, aber trotz der Freiheit und des Friedens, die das Fliegen mit sich brachte, blieb Levi in meinen Gedanken viel zu präsent.

Ich hatte das Gefühl, dass dies immer der Fall sein würde. Ich würde einen Weg finden müssen, damit klarzukommen, denn für immer mit diesem intensiven Schmerz zu leben, wäre schlimmer als eine Gefängnisstrafe.

Meine Kehle war wie zugeschnürt, und es fiel mir schwer, zu schlucken. Ich drehte mich im Kreis, und Ulva benötigte meine Hilfe. Ich konnte nicht tatenlos meine Wunden lecken, auch wenn ich jetzt sterbliche Gefühle hatte.

Die Menschen behaupteten oft, das Schicksal hätte

einen schrecklichen Sinn für Humor – eine Redewendung, die mir immer seltsam vorgekommen war. Das Schicksal war kein lebendes, atmendes Wesen. Nein, es war das Universum, das wusste, wie die Welt in Balance zu halten war. Jedes Ereignis, selbst die schrecklichen, geschah aus einem bestimmten Grund, und der Zweck heiligte die Mittel. Das Schicksal entschied nicht, wer böse war, sondern wusste, *was* jemand tun würde und wie die Folgen zu korrigieren waren.

Ein Engel, der sich mit einem Dämon zusammentat, war absurd. Eine Vereinigung wie diese führte nur zu noch mehr Zwietracht zwischen Engeln und Dämonen. Wenn dann noch hinzukam, dass der Dämon den Engel *verlassen* hatte, musste es sich um einen grausamen Scherz handeln.

Ein Vogelschwarm stieg in einiger Entfernung auf. Am Himmel war es schwer, Entfernungen einzuschätzen, wenn man es nicht richtig gelernt hatte. Ich hatte an der Shadow Ridge University einen Geografiekurs belegt, um etwas über die Welt außerhalb unseres kleinen, abgeschotteten Gebiets zu lernen. Dort war ein ähnliches Phänomen erklärt worden, das auftrat, wenn jemand am Meer entlanglief. Offenbar konnte ein Objekt an der Küste, wo das Land flach war, mehrere Kilometer weit entfernt sein, auch wenn es ganz nah wirkte.

Ich hatte den Ozean noch nie gesehen, aber ich sehnte mich danach. Ich benötigte eine Erfahrung, die nichts mit Levi zu tun hatte. Er hatte Shadow City und Shadow Terrace für mich ruiniert, und selbst Shadow Ridge trug einen Hauch seiner Erinnerung wegen der Silberwölfe, die wir bei dem Dämonenangriff verloren hatten.

Als ich mich der gigantischen Brücke näherte, die Shadow Terrace mit Shadow City verband, flog ich tiefer. Sobald ich die Brücke erreichte, würden mich die

Menschen nicht mehr sehen können. Die Hexen von Shadow City hatten die Brücke und die riesige kuppelförmige Stadt mit einem konstanten Tarnzauber belegt. Der Zauber erzeugte auch die Illusion, dass der Tennessee River wesentlich schmaler wirkte, als er es tatsächlich war, und wenn sich Menschen auf Booten der Insel von Shadow City näherten, verspürten sie einen überwältigenden Drang, das Gebiet zu verlassen. Alles, um die Stadt vor Entdeckung zu schützen.

Die Verbindungsbrücke ähnelte ihrer Schwesterbrücke auf der Seite von Shadow Ridge. Sterlyn hatte die riesigen Türme, die hoch in den Himmel ragten, mit einer Brücke in Kalifornien verglichen. Die Brücke war großartig, und ich konnte mir nicht vorstellen, dass Menschen etwas Ähnliches entworfen hatten, aber Ronnie hatte mir Bilder im Internet gezeigt, die bewiesen, dass die Golden Gate Bridge in ihrer Aufhängung eine ähnliche Anmut besaß. An ihrem Bau mussten übernatürliche Wesen beteiligt gewesen sein. Das war die einzige Schlussfolgerung, die ich ziehen konnte.

Massive, betonähnliche Mauern umgaben die Stadt und waren weit über hundert Stockwerke hoch. Das Stadtwappen – die Skyline von Shadow City mit einem Pfotenabdruck, der zwischen den beiden höchsten Wolkenkratzern schwebte – war wiederholt in die Außenmauer geritzt worden. Nach dem Tod meines Onkels Ophaniel, dem Vater der Silberwölfe, hatte meine Mutter darauf bestanden, dass der Pfotenabdruck als Symbol für ihn und die Silberwölfe, denen er vor seinem frühen Tod zur Flucht verholfen hatte, aufgenommen wurde. Dank Ophaniels Aufopferung war den Wölfen eine ebenso brutale Zukunft erspart geblieben, aber sie hatten ihre Heimat verlassen müssen. Sie hatte sich eine deutliche

Erinnerung an die befleckte Vergangenheit gewünscht, die Azbogah angerichtet hatte.

Engelsglas bedeckte den oberen Teil der Kuppel, sodass niemand die Stadt durch die Luft betreten oder verlassen konnte. Das war nur durch die Tore auf beiden Seiten der Stadt möglich. Beide Brücken konnten bei Bedarf auch von innen hochgeklappt werden, sodass niemand zu Fuß oder in Fahrzeugen zu den stabilen Toren gelangen konnte.

Ich landete auf der Brücke von Shadow Terrace und hörte, dass sich auch Griffins Navigator mit erhöhter Geschwindigkeit näherte. Das war das Schöne am Fliegen — ich konnte schneller reisen als Autos.

Auch wenn mich die Vampirwächter auf dieser Seite nicht sonderlich gut kannten, so wussten sie doch, dass alle Engel in Shadow City lebten. Es stand also außer Frage, ob ich hineingelassen werden sollte.

Wie zur Bestätigung hörte ich, wie die Kurbel gedreht wurde, als Griffin über die Brücke auf mich zu fuhr. Er würde nicht einmal anhalten müssen, um das Tor zu passieren.

Seit Alex und Ronnie den Thron übernommen hatten, durften endlich alle übernatürlichen Rassen, mit Ausnahme von Dämonen, Shadow Terrace betreten, obwohl die meisten Nicht-Vampire immer noch einen Bogen um die Stadt machten. Die Übernatürlichen waren in ihren Gewohnheiten stecken geblieben. Veränderungen brauchten ihre Zeit, um wirklich zu wirken, und obwohl andere Vampire wussten, dass wir an ihrer Seite gekämpft hatten, wurden ich und andere nicht-vampirische Besucher der Stadt immer noch mit seltsamen Blicken bedacht.

Ich konnte mir nur vorstellen, was alle denken würden, wenn Levi in diesem Moment neben mir stünde.

Mein Herz wurde so schwer, dass es einen Schlag

aussetzte. Die Qualen waren so überwältigend, dass ich nicht sicher war, ob ich jemals wieder zu der Person werden würde, die ich gewesen war, bevor ich ihn getroffen hatte.

Als das Tor geöffnet war, rannte ich los, verzweifelt darauf bedacht, die *Höhle der Elitewölfe* zu erreichen. Die wunderschönen Farben wirbelten um mich herum, und meine Magie lud sich allmählich wieder auf. Da die Sonne auf die Kuppel schien, leuchteten die Farben, und mein Atem wurde gleichmäßiger. Ich fühlte mich sofort zu Hause.

Engelsglas war die beste Energiequelle für Engel, denn das Licht, das es erzeugte, reflektierte die Engelsmagie in uns. Shadow City ähnelte dem Himmel, in dem einige wenige Engel geblieben waren. Die meisten Engel waren auf die Erde gekommen, um die Menschen zu unterstützen, aber auf dem Weg dorthin hatten sich ihre Absichten verworren, und einige Engel hatten beschlossen, die Welt beherrschen zu wollen. Viele Engel waren mit dieser Auffassung nicht einverstanden gewesen, und so hatte Azbogah beschlossen, dass die Engel stattdessen *diese Stadt* regieren sollten. Die Stadt hätte eigentlich ein Zufluchtsort für alle übernatürlichen Wesen sein sollen, aber die Engel hatten dieses Ziel verfälscht und den Ort in einen exklusiven Hafen für die Mächtigsten verwandelt. Wenn man über die Mächtigsten herrschte, regierte man im Grunde die ganze Welt.

Ich überflog das Vampirviertel der Stadt und steuerte auf das Gebiet der Wandler zu. Auf dem Weg dorthin kam ich an der Villa von Alex und Ronnie vorbei. Die königliche Familie, zu der auch Alex' Schwester Gwen gehörte, bewohnte das vierstöckige Gebäude im Neorenaissance-Stil, das sich von den anderen Gebäuden in der Umgebung unterschied. Dort wohnten auch einige ihrer Hausangestellten, und Wachen sorgten dafür, dass der König, die Königin und die Prinzessin in ihrem Haus jederzeit sicher waren. Shadow City konnte unbarmherziger sein als die Außenwelt, denn hier lebten vier sehr unterschiedliche übernatürliche Rassen dicht beieinander an einem Ort, den nur einige wenige verlassen durften.

Ich flog weiter, und meine Flügel wurden stärker, als sich meine Magie wieder erholte. Als das weiße Kapitolgebäude in Sicht kam, wusste ich, dass ich ungefähr die Hälfte der Stadt durchquert hatte, was bedeutete, dass ich in ein oder zwei Minuten bei der *Höhle der Elitewölfe* sein würde. Ähnlich wie die Villa von Alex und Ronnie nahm das Kapitolgebäude einen ganzen Häuserblock ein – ein riesiges weißes Rechteck mit einem kathedralenartigen Dach. Die Farben der Luft reflektierten auf dem Gebäude und verliehen ihm einen schillernden Glanz.

Ich streifte das Stadtzentrum und seine modernen Gebäude. Sie besaßen eine ähnliche Ästhetik wie die in der Innenstadt von Shadow Ridge. Als Killians Rudel sich in Shadow Ridge niedergelassen hatte, nachdem die Silberwölfe abgezogen waren, hatte das Rudel die Stadt nach dem Vorbild ihrer ehemaligen Heimat errichtet. Die Ungerechtigkeit dieser Situation lag mir wie Blei im Magen. Im Laufe der Zeit war das Rudel von der Stadt abgeschnitten worden, als wäre dessen Aufopferung bedeutungslos gewesen. Dennoch patrouillierten die Rudelmitglieder immer noch an ihrem Ufer und wachten über die Grenzen der Stadt und die Shadow Ridge University.

Mein Lieblingsgebäude, ein stuckverzierter Bau mit einer violetten Glaskuppel, kam in Sichtweite. Das Einzige, was das Kapitol noch schöner gemacht hätte, wäre ein orangefarbenes Glas gewesen, aber das Violett war wegen seiner Assoziation mit Erzengeln gewählt worden.

Schweißperlen standen auf meiner Stirn, als ich dem Rauch entgegenflog, der aus der goldfarbenen *Höhle der Elitewölfe* aufstieg. Er wehte in die Glaskuppel der Stadt, und der Gestank breitete sich bereits in der Umgebung des Kapitolgebäudes aus.

Es war schlimmer, als ich erwartet hatte.

In Shadow City hatte es noch nie gebrannt, und ich war davon ausgegangen, dass der Brand ein viel kleineres Ausmaß haben würde. Von hier sah es so aus, als wären zwanzig der vierzig Stockwerke in Flammen gehüllt. Das Feuer war in der Mitte des Gebäudes ausgebrochen, sodass vor allem die oberen Stockwerke betroffen waren – die Wohnungen der prominentesten Wolfswandler der Stadt.

Die Galle brannte in meiner Kehle. Mein Gefühl sagte mir, dass Azbogah dahintersteckte, auch wenn wir es wahrscheinlich nicht beweisen könnten. Aber dieses Mal war er wirklich zu weit gegangen. Er wollte sicherstellen, dass er ein Mitspracherecht hatte, wer den dritten Sitz auf der Wandlerseite des Rates erhielt, aber diese Art der Verwüstung war inakzeptabel. Sterlyn und Griffin zogen niemanden aus Shadow City für diesen Posten in Betracht, sondern Killian, der außerhalb lebte. Sie hatten ihn noch nicht ins Spiel gebracht, da Azbogah bei der Vorstellung, dass der Vertreter von außerhalb unserer Stadt kommen könnte, aus der Haut fahren würde. Der Plan war, die Lage auf der Wandlerseite zu beruhigen, bevor sie Killian nominierten. Sie wollten Azbogah nicht noch mehr Munition geben, solange die Fronten gegen sie verhärtet waren.

Griffin hatte alles riskieren wollen, aber Sterlyn wusste, dass das nicht klug war. Wie es sich für Partner in einer gesunden, unterstützenden Beziehung gehörte, hatten die beiden die Sache besprochen, und er hatte zugestimmt, zu warten, bis die vier Wandler-Angreifer im Gefängnis waren und die Artefakt-Situation geklärt war.

Jetzt war nicht der richtige Zeitpunkt, um wieder an Levi zu denken.

Ich verdrängte ihn aus meinen Gedanken und flog auf das Gebäude zu. Die Polizei und die Wachen standen unten. Ein paar von ihnen versuchten vergeblich, das Gebäude zu erklimmen. Flammen züngelten aus dem Außentreppenhaus nach oben und hinderten jeden daran, nach oben oder unten zu gelangen. Jeder, der sich in den oberen Stockwerken befand, saß in der Falle.

Meine Lunge brannte in der beißenden Luft, und ich befürchtete, dass es bereits Todesopfer durch Rauchvergiftung geben könnte. Ich war mir nicht sicher, was ich tun sollte. Ulva lebte mit Griffin und Sterlyn im obersten Stockwerk. Wenn das Gebäude einstürzte, wäre sie am schlimmsten dran, aber die Bewohner der unteren Stockwerke standen in direktem Kontakt mit den Flammen.

Ich folgte meinem Bauchgefühl und flog hinunter zu den Wolfswächtern und Polizisten. Verzweifelt beratend, mit angespannten Gesichtern, standen sie da, als wüssten sie nicht, was sie tun sollten.

»Ruft die Hexen! Sie sollten in der Lage sein, das Feuer zu löschen«, sagte ich. Es würde ihnen wahrscheinlich nicht gefallen, sich von einem Engel Anweisungen geben zu lassen, aber sie waren ratlos. »Findet Breena – sie wird euch helfen!«

Von den drei Hexenratsmitgliedern hatte lediglich Breena eine reine Seele. Wenn ich mich auf eine von ihnen verlassen müsste, dann würde ich sie wählen. Ich würde keine Zeit damit verschwenden, Erin und Diana aufzuspüren. Wie ich sie kannte, waren sie dort, wo Azbogah war, und erwarteten, dass jemand nach ihnen suchte – und nicht nach Breena.

Überraschenderweise schienen sie alle erleichtert zu sein. »Okay, ich kümmere mich darum.« Ein Wachmann nickte und rannte zur Seite, um sein Handy zu zücken.

Mit quietschenden Reifen kamen Griffin und Sterlyn vor dem Gebäude zum Stehen, und Griffin sprang aus dem Wagen. Die Adern an seinem Hals traten hervor, und seine Augen waren so weit aufgerissen, dass das Weiß seiner Iriden zu sehen war. Er stolperte auf mich zu, legte eine Hand auf meine Schulter und flehte: »Ich weiß, es ist gefährlich, und ich möchte nicht, dass du dein Leben in Gefahr bringst, aber du bist die Einzige, die sie holen kann. Würdest du sie bitte retten?«

Das genügte.

Mein Freund hatte um Hilfe gebeten, und er war hier, um andere anzuleiten, damit mehr Leben gerettet werden konnten.

Sterlyn sagte: »Füllt Eimer, Schläuche, Schüsseln, was immer ihr auftreiben könnt, mit Wasser! Wir müssen das Feuer eindämmen.«

Gut, sie hatte die Kontrolle übernommen. Das machte es einfacher, zu gehen. »Ich werde sie finden.«

Ich schoss gerade in die Richtung des obersten Stockwerks, als eine Explosion das Gebäude erschütterte.

KAPITEL VIER

DAS LAUTESTE GERÄUSCH, das ich je gehört hatte, drang an meine Ohren, während die Hitze meinen Körper umhüllte. Ich befand mich mit dem Gesicht zum Gebäude, als ein Teil der Wand aus Engelsglas auf mich zu segelte. Das Gerüst war durch die Explosion beschädigt worden, und die Wand stürzte in sich zusammen.

Engelsglas war unzerbrechlich, und eine ganze verdammte Wand war nur Sekunden davon entfernt, mich zu treffen.

Ich versuchte, auszuweichen, aber mein Körper reagierte nicht schnell genug. Das Glas prallte gegen mich, und meine Haut schrie vor Schmerz – wegen der Hitze und des schweren Gewichts. Ich versuchte, fester mit den Flügeln zu schlagen, aber das verlangsamte meinen Fall nur geringfügig.

Ich fiel *weiter*.

Alles in mir schrie mich an, meine Ohren zuzuhalten und mich zu einem Ball zusammenzurollen. Ich hatte noch nie den Drang verspürt, das zu tun, aber selbst der Wind bereitete mir Schmerzen.

Als Engel auf diese Weise zu sterben, wäre ironisch. Wir waren dazu bestimmt, in der Luft zu sein, nicht durch einen *Sturz* zu sterben.

»Rosem...!«, rief Sterlyn verzweifelt von unten, »... Hilfe ... bitte!«

Das Klingeln in meinen Ohren wurde lauter und verschluckte einige ihrer Worte. Mein Kopf pochte, und Übelkeit machte sich in meinem Magen breit.

Das wenige, was ich hören konnte, klang nicht nach der Sterlyn, die ich kannte, was mein ungutes Gefühl bezüglich meiner Situation noch verstärkte.

Zähneknirschend zwang ich meine Flügel zu einem stärkeren Flügelschlag, um den Fall zu verlangsamen. In wenigen Sekunden würde ich auf dem Boden aufprallen, und dieses Glas würde mich zerschmettern, wenn ich nicht schnell etwas dagegen unternahm. »Bewegt euch alle!«, rief ich und spannte mich an ... oder ich dachte es zumindest. Der ohrenbetäubende Lärm wurde immer lauter, sodass ich nicht einmal mehr meine eigene Stimme in meinem Kopf hören konnte.

»Bewegung!«, befahl Sterlyn. »Sie wird ... Glas ... fallen lassen.« Ich danke den Göttern für das Gehör der Wandler.

Während ich mich durch den Schmerz quälte, wurde mir schwindelig. Wie zum Teufel sollte ich auf diese Weise andere Leben retten können? Mit jeder Sekunde, die ich mit diesem verdammten Ding rang, schwanden die Chancen der Bewohner. Außerdem hörte ich nichts mehr.

Ein schwacher Blumenduft stieg in meine Nase, und Wärme breitete sich in meiner Brust aus. Es war der Geruch der Engel. Waren vielleicht endlich ein paar von ihnen gekommen, um mir zu helfen?

Ich hoffte, dass es sich nicht um eine Situation handelte, in der mein Verstand mir einen Streich spielte, aber ich musste meinen Instinkten vertrauen. Sie hatten mich noch nie im Stich gelassen.

»Irgendjemand ... Rosemary!« Azbogahs befehlsgewohnte Stimme klang wie die eines Generals in der Schlacht.

Säure kochte in meinem Magen. Natürlich tauchte er hier auf wie ein Ritter in glänzender Rüstung. Das würde nicht nur den Anschein erwecken, dass er nichts mit dem Feuer zu tun hatte, sondern auch, dass er gerade noch rechtzeitig gekommen war, um den *Wandlern* zu helfen. Die überlebenden Wölfe würden ihm gegenüber Loyalität empfinden.

Ich weigerte mich, ihm den ganzen Ruhm zu überlassen.

Ich klammerte mich an meine Wut, und sie half mir, neue Kraft zu schöpfen. Adrenalin pumpte durch meinen Körper und erlaubte es mir, den Schmerz zu ignorieren. Meine Flügel schlugen fester, aber sie besaßen nicht so viel Einfluss wie sonst.

»Ro...ry«, sagte Mutter aus unmittelbarer Nähe, und dann wurde das Glas leichter.

Ich war nicht so arrogant, zu glauben, dass ich plötzlich so viel stärker geworden war. Ich blickte nach rechts und sah Mutter neben mir fliegen. Sie hatte ihre waldgrünen Augen zusammengekniffen, und ihr bernsteinfarbenes Haar war durch den Rauch getrübt. Ihre blutroten Lippen waren zu einem Strich zusammengepresst, als sie ihre Seite des Engelsglases anhob und mit ihren riesigen schwarzen Flügeln heftig schlug.

Zu meiner Linken befand sich mein Vater. Er war in vielerlei Hinsicht das Gegenteil meiner Mutter, vor allem aber im Aussehen. Während sie dunkel war, war er hell, mit strahlend weißen Federn und strahlend blauen Augen.

Selbst sein karamellblondes Haar war eher weiß als gelb, und er trug seinen geliebten weißen Anzug. Der dunkle Rauch, der uns umgab, ließ ihn irgendwie noch engelhafter erscheinen.

Die beiden hoben das Glas von mir, und der Druck auf meinen Körper ließ nach. Ich hatte gar nicht bemerkt, wie schwer es wirklich gewesen war. Meine Schwierigkeiten damit waren also nicht verwunderlich.

Mutters Lippen bewegten sich, aber ich konnte sie nicht hören. Der ohrenbetäubende Lärm hatte die Oberhand gewonnen, und mein Kopf dröhnte.

Ich musste Ulva retten. Azbogah würde sie als Letzte befreien, um Griffin zu schaden und letztlich zu vernichten.

Die Flammen kletterten weiter, aber ich entdeckte Breenas hüftlanges braunes Haar. Sie hatte ihre zusammengekniffenen kaffeebraunen Augen nach oben gerichtet, während sie und ein paar andere Hexen einen Zauberspruch murmelten.

Gut. Das sollte die Sache ungemein erleichtern, obwohl ein ganzer Hexenzirkel besser gewesen wäre. Ich hatte Breena schon zuvor mit diesen Mädchen gesehen, und es handelte sich um die schwächeren Mitglieder des Hexenzirkels. Ich nahm an, dass sie diejenigen waren, die bereit waren, Erins Zorn zu trotzen, indem sie sich mit dem schwarzen Schaf ihrer Familie verbündeten.

Wasser sammelte sich in der Luft und bildete Regenwolken, die sich über dem Gebäude zu ergießen begannen. Die Bewohner hier hatten noch nie Regen erlebt, und ein paar Leute rannten unter die Markisen nebenan, um sich zu schützen.

Das wäre mir vielleicht auch so gegangen, wenn ich Shadow City nicht so oft verlassen hätte, aber jetzt genoss ich das Wasser vom Himmel.

Ich flog zum Dach des Gebäudes und an Azbogah vorbei. Er schwebte in der Luft und sah zu, wie seine Gefolgsleute seine Befehle ausführten. Er war über zwei Meter groß, und das Wasser rann über seinen schwarzen Anzug. Sein karamellfarbenes Haar war nicht wie üblich zu Spitzen aufgetürmt, sondern durch den Regen, der den Himmel erfüllte, geglättet worden. Seine großen nachtschwarzen Flügel schlugen eindrucksvoll hinter ihm und verschmolzen mit dem Rauch, aber am beunruhigendsten fand ich die Art, wie seine eindringlichen wintergrauen Augen mich scannten. Er sagte etwas, aber ich konnte es nicht verstehen. Er deutete auf seine Ohren.

Instinktiv griff ich nach meinen Ohren, spiegelte seine Bewegungen und spürte, wie eine warme Flüssigkeit an meinen Fingern hinablief.

Meine Trommelfelle.

Sie waren geplatzt.

Ein Problem für später.

Säure kroch meine Kehle hinauf, während unglaubliche Schmerzen meinen Kopf, meinen Körper und mein Herz durchbohrten, aber ich weigerte mich, mich den Verletzungen zu beugen.

Ich war eine verdammte Kriegerin, und ich würde mich nicht vom Schicksal unterkriegen lassen.

Neue Kraft durchströmte mich und mischte sich mit den Schmerzen. Ich würde jeden Feind köpfen, der sich mir in den Weg stellte – auch wenn ich dabei möglicherweise unkontrolliert schluchzte.

Ich würde es trotzdem tun, denn das war mein wahres Ich.

Ich landete oben auf dem großen Balkon vor dem Wohnzimmer von Griffins Wohnung. Meine Füße berührten die dunklen platinfarbenen Fliesen, die sich durch das ganze Haus zogen. Das zementähnliche Material des Dachs zitterte und riss unter der intensiven Hitze, die in der klimatisierten Umgebung von Shadow City unmöglich sein sollte.

Das Material gab nach, und die beiden großen goldenen Kronleuchter, die über den schwarzen Sesseln neben der schwarzen Steinbar hingen, stürzten herab und zerbarsten.

Ulva stand an der Glastür und versuchte verzweifelt, sie zu öffnen. Ihr aschblondes Haar war verrußt, und ihre saphirblauen Augen waren vor Schreck geweitet. Der Engelszement musste sich verzogen haben, denn die Tür ließ sich nicht mehr bewegen.

Ich eilte auf sie zu, und ihre Unterlippe bebte, als sie mich sah. Sie sagte Worte, die ich nicht hören konnte. Wenn ich raten müsste, würde ich auf »Geh! Geh, bevor du verletzt wirst!« tippen.

Aber wenn ich ginge, würde niemand mehr kommen, um ihr bei der Flucht zu helfen. Normalerweise hätte ich mit den Augen gerollt, aber ich behielt meine negativen Gedanken für mich, obwohl ich sie für idiotisch hielt, weil sie keine Hilfe wollte. Gleichzeitig wurde mir warm ums Herz – sie würde lieber sterben, als mich mein Leben riskieren zu lassen. Nicht viele Leute würden so denken, und es bewies, wie selbstlos sie war.

»Mach einen Schritt zurück!«, sagte ich, obwohl ich mir nicht sicher war, wie laut oder leise ich gesprochen hatte.

Ulva schüttelte den Kopf und deutete hinter mich.

Das genügte.

Sobald sie die Tür freigab, schnappte ich mir den Griff an der Außenseite und spannte mich an. Mein Körper schrie auf, und ich biss auf meine Zunge, um den Schmerz nicht dorthin zu lenken, wo mein Körper stark bleiben musste.

Meine Hände rutschten ab, und als ich nach unten blickte, waren sie blutverschmiert. Was zum ...

Blut sickerte aus meiner Haut. Sie war rot von Verbrennungen dritten Grades. Bei den Göttern! Ich war in schlimmerer Verfassung, als mir bewusst gewesen war.

Der Regen war hier nicht angekommen, er wurde durch den Überhang des Balkons abgeschirmt, und der Rauch im Inneren der Wohnung wurde dichter. Ulva blieben nur noch wenige Augenblicke, bevor sie erstickte.

Ich schlug alle Vorsicht in den Wind, drehte meine Flügel auf ihre scharfe, stachelige Seite und stellte fest, dass die Hälfte meiner Federn ebenfalls verbrannt war. Kein Wunder, dass ich mich nicht gut bewegen konnte.

Ohne innezuhalten, stürzte ich mich auf die Zementmauer. Das Material war heiß. Ich war mir nicht sicher, ob es nachgeben würde, aber ich wirbelte hin und her und schlug weiter zu, ohne zu bemerken, dass mir immer mehr Federn abfielen.

Ulvas Kopf knallte gegen das Glas, während ihr Körper zu Boden sackte. Ich konnte die weißen Ledersofas des Wohnzimmers nicht sehen, so dicht war der Rauch darin.

Ihr Gesicht landete neben dem Glas, und ihre Augen wurden schwer.

Sie wurde schnell schwächer.

Als ich meine Flügel so fest wie möglich gegen die Wand stemmte, wurde ich von Azbogahs Geruch überwältigt. Das musste ich mir einbilden; er würde niemals sein Leben riskieren, schon gar nicht für eine Wandlerin.

Zwei starke Hände packten meine Taille und zogen mich von der Tür weg. Ich wirbelte herum und sah mich dem dunklen Engel gegenüber.

Er sagte etwas, aber ich machte mir nicht die Mühe, auf seine Lippen zu achten. Ulvas Leben stand auf dem Spiel.

Ich konnte nicht zulassen, dass erneut jemand unter meiner Aufsicht starb. Ich konnte Griffin nicht im Stich lassen. Und ich musste mir selbst beweisen, dass ich immer noch derselbe Engel war. Vielleicht etwas sterblicher, aber immer noch ein Engel, der alles in seiner Macht Stehende tat, um das Richtige durchzusetzen, auch wenn es hart war.

Ich konnte Azbogahs schwebende Präsenz spüren, und ich ließ meinen Hass tief in mir aufsteigen. »Ich *werde* sie nicht sterben lassen. Also hilf mir entweder oder verpiss dich, *verdammt noch mal!*«

Ich fluchte selten. Aber wenn es jemals eine passende Zeit für ein loses Mundwerk gab, dann jetzt.

Azbogahs Augen verengten sich, und als ich an ihm vorbei humpelte, packte er mich erneut und schleuderte mich zur Seite.

Ich landete auf den Füßen und machte mich bereit, auf ihn zu zu sprinten, aber hielt inne, als er seine Flügel benutzte, um ein ausreichend großes Loch zwischen dem Zement und der Tür zu schaffen, damit sie sich öffnen ließ. Er schob die Tür auf und drehte sich zu mir um.

Ulva fiel auf den Boden des Balkons, während Rauch aus der Öffnung in den Himmel quoll. Azbogah sah sie nicht an. Das hatte ich von dem dunklen Engel erwartet, aber ich verstand nicht, warum er mir geholfen hatte.

Er trat an mich heran, seine Hände glühten. Er legte seine Hände auf meine Ohren, und ich spürte, wie sich seine Kraft mit meiner vermischte. Das Gefühl kam mir irgendwie bekannt vor, aber es musste eine Illusion sein, bedingt durch den Schmerz und die Leere in mir. Nach einigen Sekunden, in denen er mein kaputtes Trommelfell heilte, konnte ich leise Geräusche um mich herum hören. Er ließ die Hände sinken und flüsterte mir ins Ohr: »Sag es niemandem, Kleines!«

Kleines.

Warum nannte er mich immer so, wenn wir allein waren?

Genauso schnell, wie er gekommen war, verschwand er auch wieder und flog zu seinem Posten an der Front zurück, um seinen Truppen bei ihrem Kampf zuzusehen.

Obwohl er meine Ohren nicht vollständig repariert hatte, konnte ich jetzt Umgebungsgeräusche registrieren.

Das Feuer knisterte, aber es hörte sich an, als wäre es etwas schwächer geworden, was daran liegen könnte, dass mein Gehör noch nicht wieder vollständig intakt war.

Ich eilte zu Ulva, hob sie sanft hoch und wiegte sie in meinen Armen. Der Schmerz der Verbrennungen an meinem Körper überwältigte mich, und ich sah bereits schwarze Flecken. Außerdem war ich so verdammt müde, dass ich nicht wusste, wie lange ich noch durchhalten würde.

Aber ich musste es schaffen, den Boden zu erreichen.

Ihre Atmung war flach. Sie aus der brennenden Wohnung zu holen, hatte womöglich nicht gereicht, um sie zu retten. Jeder Augenblick, den ich zögerte, brachte ihr Leben in Gefahr.

»Rosemary!«, rief Mutter verzweifelt, als sie auf dem Balkon landete. Sie warf einen Blick hinter mich und dann auf die Frau in meinen Armen. »Das war dumm! Du hättest ...«

»Bitte nimm sie!«, flehte ich. »Sie muss schnell geheilt werden.« Nach der Explosion war meine Magie erschöpft, und da die Lichter der Stadt vom Rauch verdeckt waren, fehlte mir der Impuls, den ich bei meiner Ankunft verspürt hatte.

Mutter nickte. Sie nahm Ulva und sah mich an. »Schaffst du es nach unten?«

Ich war mir nicht sicher, und ich wollte nicht lügen. »Beeil dich, bitte!«

»Mach schon, Yelahiah«, sagte Vater, der neben mir landete. »Ich bleibe in ihrer Nähe.«

Sein Geißblattduft umhüllte mich, und ich spürte, wie mich seine Gegenwart beruhigte.

Mit einem Nicken verschwand Mutter und ließ uns beide allein zurück.

»Lass mich ...«, begann Vater.

Ich hob einen Finger. Ich musste allein fliegen, aber ich wollte ihn neben mir haben, falls ich abstürzte. So schwach wie jetzt war ich noch nie gewesen. Mein Herz war gebrochen, mein Körper geschunden, und mein Verstand war wegen der Müdigkeit nicht mehr das, was er hätte sein sollen. Ich war bereit, zuzugeben, dass ich jemanden an meiner Seite brauchte, und ich wünschte, Levi könnte derjenige sein.

Ich hatte den Begriff *Tiefpunkt* schon gehört, aber bis jetzt nie das Ausmaß verstanden. Ich war nicht in der Lage, mich gegen eine Horde Dämonen zu wehren, die Silberwölfe waren fast ausgerottet, ich hatte mich mit Levi vereint, nur um von ihm zurückgelassen zu werden, und jetzt war ich körperlich angeschlagen und nicht in der Lage, den Wandlern in Shadow City zu helfen – ich hatte das Gefühl, dass ich nicht mehr viel tiefer fallen konnte.

Tränen brannten in meinen Augen angesichts der verzweifelten Sehnsucht in mir. Ich würde fast alles dafür geben, ihn wiederzusehen, aber ich konnte mich nicht darauf konzentrieren.

Nicht hier. Nicht jetzt.

»Bleib einfach in meiner Nähe, okay?«, fragte ich und biss auf meine Unterlippe. Ich war noch nie so verletzlich gewesen, und ich war mir nicht sicher, wie er darauf reagieren würde.

Seine blauen Augen funkelten, und er trat auf mich zu, vorsichtig, ohne meinen verbrannten Körper zu berühren. »Immer.«

Es regnete in Strömen, als wir beide vom Balkon sprangen. Ich ließ mich fallen.

Das kühle Wasser prasselte auf meine heiße Haut, und das heftige Pochen ließ etwas nach. Ich musste nach Hause zurückkehren und mich heilen, aber zuerst musste ich mich vergewissern, dass es Ulva gut ging, und herausfinden, ob andere Bewohner verletzt worden waren.

Als ich an den brennenden Stockwerken vorbeiflog, sah ich, dass die Flammen erloschen waren. Erin und Diana hatten sich zu den anderen Mitgliedern des Hexenzirkels gesellt und wirkten einen Zauber, um das Feuer zu bekämpfen.

Als die Gebäude errichtet worden waren, hatte niemand an Dinge wie Wassersprinkler gedacht – schließlich war ein Hexenzirkel in der Nähe und die Elemente waren nie extrem. Die Hexen kontrollierten das Klima im Inneren der Stadtkuppel, und es war immer angenehm.

Die meisten der Engel waren mittlerweile vor Ort und flogen in das Gebäude, um die eingeschlossenen Wölfe zu retten. Glücklicherweise hatte sich die Katastrophe tagsüber ereignet, sodass zumindest die Hälfte der Wölfe unterwegs gewesen war, um ihren Geschäften nachzugehen.

Ein weiterer politischer Schachzug, hinter dem – so vermutete ich – Azbogah steckte.

Polizisten und Wachen versorgten die Leute medizinisch, und Vampire heilten die am schwersten verletzten Wandler. Engel und Vampire heilten normalerweise keine anderen – das war verpönt. Wenn die Engel herausfänden, dass ich in den Schlachten der vergangenen Tage Wandler geheilt hatte, würden sie mich ächten.

Alex und Ronnie scherten sich offensichtlich nicht um die Wahrnehmung der Öffentlichkeit. Ronnie stand über Ulva; Blut tropfte von ihrem Handgelenk in den Mund der Wandlerin, während Griffin und Sterlyn neben ihr kauerten. Die Wölfe machten sich nicht die Mühe, sich dagegen zu wehren, das Blut der Vampire zu trinken; so schlecht war ihr Zustand.

Erin rannte umher, um nach den Leuten zu sehen, als interessierte sie deren Zustand wirklich. Sie konnte die Abscheulichkeit ihrer Seele weder vor mir noch vor einem anderen Engel verbergen, aber nur Leute mit engelhafter Abstammung konnten sie spüren.

»Rosemary ...« Sterlyn seufzte, als ihr Blick auf mir landete. »Bist du okay?«

Ich konnte nicht sprechen. Ich taumelte und wäre beinahe gestolpert.

Vater legte sanft seine Hände auf meine Schultern.

»Offensichtlich ist sie nicht okay«, höhnte Azbogah und ließ sich neben mir auf den Boden sinken. »Genauso wenig wie euer Gebäude oder euer Volk.«

Nein, davon wollte ich nichts hören. Jetzt war nicht der richtige Zeitpunkt. Ich drehte mich um, bereit, es mit ihm aufzunehmen.

KAPITEL FÜNF

»NIEMAND HAT mit dir *gesprochen*.« Meine Geduld war am Ende und meine Toleranzgrenze für Bullshit erreicht. Normalerweise hielt ich den Mund, wenn es um Azbogah ging, denn mit ihm zu streiten, war wie der Versuch, keine Feder zu verlieren: sinnlos.

Normalerweise war ich diejenige, die Sterlyn oder Ronnie kritisch beäugte, weil ich wollte, dass sie unter seinem Radar blieben.

Warum unnötiges Drama verursachen?, fragte ich mich immer, aber ich begann, die Sache anders zu sehen. Meine Emotionen behinderten meine Logik – oder vielleicht hatte mich der Brand des Hauses zu sehr beeinflusst –, aber ich war es leid, mich zu verstellen.

Mutters Mund blieb offen stehen und ich konnte es ihr nicht verdenken. Ich scheute nie die Konfrontation, aber ich suchte sie auch nicht.

Vater raufte sich die Haare und biss sich auf die Unterlippe.

Azbogahs Unterkiefer zuckte. »Was hast du zu mir gesagt?«

Ronnie drückte noch immer ihr Handgelenk an Ulvas Mund und starrte dabei den dunklen Engel an. »Du hast sie gehört. Sterlyn hat *Rosemary* gefragt, wie es ihr geht. Sofern ich das beurteilen kann, kann sie gut für sich selbst sprechen.«

Azbogahs Nasenflügel weiteten sich. »Die Tatsache, dass die *Silberwölfin* fragen musste, obwohl die Antwort so offensichtlich ist, spricht Bände über ihre Intelligenz.«

Das war der Grund, warum ich normalerweise schwieg. Azbogah weigerte sich, sich unterkriegen zu lassen.

»Es ist die nette Art der Sterblichen, sich nach jemandem zu erkundigen«, erklärte ich auf eine Art und Weise, die er hoffentlich nachvollziehen konnte. »Sie weiß, dass ich verletzt bin, aber sie will nicht sagen, dass ich aussehe, als könnte ich jeden Moment abkratzen. Das war ihre Art, einzuschätzen, ob ich so schwer verletzt bin, wie sie vermutet.«

Er legte den Kopf schief.

Ich fröstelte. Dass Azbogah mir mit Ulva geholfen hatte, ergab keinen Sinn, aber ich hatte keine Energie, um über seine Motive nachzudenken. Auch wenn ich erschöpft und meine Magie fast aufgebraucht war, gab es so viel zu tun. »Wie kann ich helfen?«, fragte ich. Möglicherweise könnte ich jemanden heilen, der ernsthaft verletzt war, um ihn zu stabilisieren, bis Alex oder Ronnie zu ihm gelangen konnten.

»Du hast schon mehr als genug getan«, sagte Sterlyn, während sie von Ulva wegtrat und sich auf den Weg zu mir machte. »Du musst nach Hause gehen und dich ausruhen. Das Feuer ist unter Kontrolle, Alex und Ronnie heilen die verletzten Wandler, und die Hexen arbeiten daran, die Flammen vollständig zu löschen. Es gibt nichts mehr, was du tun kannst.«

Obwohl sie nicht beabsichtigt hatte, mir das Gefühl zu geben, nutzlos zu sein, übermannte mich genau dieses Empfinden. Ich hatte Mühe, tief Luft zu holen. »Ich bin sicher, es gibt etwas ...«

»Rosemary, du musst auf sie hören.« Mutter runzelte die Stirn. »Pahaliah, sag deiner *Tochter*, dass wir alle nach Hause gehen sollten! Wir müssen sie heilen – und sie muss sich erholen.«

Azbogah versteifte sich. »Gut, aber gleich morgen früh müssen wir eine Krisensitzung abhalten, um zu besprechen, was hier passiert ist.«

Seine Worte ließen mich innehalten. Hatte er die Sitzung tatsächlich auf morgen verschoben, obwohl er sie für heute Abend hätte einberufen können? Warum sollte er das tun ...? Hatte er einen Plan, den er durchziehen musste? Das musste es sein.

Anstatt zu argumentieren, sah ich mich um. Ronnie war zu einem anderen verletzten Wandler weitergegangen, und ich stellte fest, dass Gwen, Alex' Schwester, ebenfalls unter denen war, die die Verwundeten heilten. Selbst im Zustand der Bedrängnis bewahrte die Prinzessin wie ihr Bruder eine königliche Haltung. Sie stolzierte in ihren schwarzen High Heels durch die Menge, hatte ihr schulterlanges elfenbeinfarbenes Haar zu einem unordentlichen Pferdeschwanz gebunden und ihre kastanienbraunen Augen zeigten einen Hauch von Karmesinrot, während sie sich den Wandlern widmete. Sie und Alex bewiesen, dass Individuen sich verändern konnten. Sie waren abgestumpft und egoistisch aufgewachsen, aber Ronnie hatte ihnen die Augen geöffnet und ihnen einen besseren Weg gezeigt.

Jede vorherbestimmte Partnerschaft, mit der ich in Berührung gekommen war, hatte nicht nur das Leben der beiden verbundenen Seelen, sondern auch das Leben der Personen um sie herum zum Besseren verändert.

Nun, mit einer Ausnahme – mir.

Es gab nicht viel, was ich tun konnte. Mindestens fünfzig Engel retteten die Bewohner, und die meisten Etagen schienen leer zu sein. Ich seufzte und versuchte, den brennenden Schmerz in meiner Kehle zu überwinden. »Okay.«

Auch wenn ich versuchte, zu fliegen, wäre es in diesem Zustand ein Kraftakt, und ich wollte nicht, dass sich meine Mutter oder mein Vater vor den Augen Azbogahs verausgabten, um mich zu heilen. Unter seinem wachsamen Blick fühlte ich mich schon verletzlich genug.

Ronnie löste ihr Handgelenk von Ulvas Mund, und die Mutter des Alphas wandte sich mir zu. Ihr Gesicht war rußverschmiert, aber ihr olivgrüner Teint hatte sich wieder normalisiert, und ihre Atmung war gleichmäßig. »Ich danke dir, Rosemary. Wenn du nicht gewesen wärst ...« In ihrer Stimme schwang viel Gefühl mit.

Ich war nicht diejenige, die sie gerettet hatte, aber ich musste Azbogah nicht ansehen, um zu wissen, dass er mich anstarrte. Ich konnte seinen Blick tief in meinem Inneren spüren.

Ich hatte gedacht, er würde wollen, dass Griffin wusste, dass seine Mutter seinetwegen in Sicherheit war – vielleicht, um eine Art vermeintlichen Einfluss auf die Familie zu haben. Aber er war klug und wusste, dass Griffin deswegen nicht einknicken würde. Griffin besaß Moral und Ethik und dachte nicht nur daran, was für die Wolfswandler richtig war. Er sorgte sich um ihr Wohlergehen, aber auch um das aller anderen. Was das Beste für die Wandler war, war nicht unbedingt das Beste für die Welt, und eine Welt mit einem negativen Gleichgewicht würde sich auch negativ auf die Wandler auswirken.

Azbogah hätte das erkennen müssen, als er zum ersten Mal versucht hatte, die Kontrolle über Shadow City zu übernehmen. Offensichtlich hatte er nichts dazugelernt, denn er war wieder bei seinen politischen Spielchen angelangt.

»Ich habe nichts Besonderes getan.« Das war die sicherste Antwort, die ich geben konnte, ohne sie darüber zu informieren, was Azbogah getan hatte.

Ihre Stimme wurde weicher. »Du hast ein Gespür dafür, anderen in Not zu helfen. Das ist eine seltene Eigenschaft, und ich bin stolz darauf, dich eine Freundin nennen zu dürfen.«

Eine Freundin.

Obwohl ich alt genug war, um ihr entfernter Vorfahre zu sein, betrachteten sie mich als ihresgleichen. Früher hätte ich diesen Gedanken verabscheut, aber das war vorbei. Ich fühlte mich geehrt, dass sie mich in ihrer Gruppe aufgenommen hatten. Ich biss auf die Innenseite meiner Wange, um zu verhindern, dass meine Augen glänzten. Das Letzte, was ich gebrauchen konnte, war, dass Azbogah oder ein anderer Engel meine Emotionen mitbekam.

Unsicher, wie ich reagieren sollte, sagte ich das Erste, was mir in den Sinn kam. »Ruh dich aus! Trotz des Vampirbluts solltest du es ruhig angehen lassen, bis du wieder bei Kräften bist.«

»Gehen wir.« Mutter hielt den Atem an. »Wir müssen uns um dich kümmern.«

»Je schneller sie heilt und sich ausruht, desto besser.« Azbogah schnalzte mit der Zunge. »Das Treffen wird für morgen früh angesetzt.«

Ich wollte mich seinem wachsamen Blick entziehen und ging in Richtung des Walds, der das Wandlerviertel von unserem trennte.

Ich drehte mich um, als Griffin auf mich zustürzte. Als er meine Seite erreichte, knabberte er an seiner Unterlippe und murmelte: »Danke. Ich hätte nicht ...«

»Ist schon gut.« Auch wenn er nicht darum gebeten hätte, so hätte ich doch alles daran gesetzt, seine Mutter zu retten. Ulva war immer nett zu mir gewesen.

»Nein, ist es nicht.« Griffin machte eine Bewegung, als wollte er seine Hände auf meine Schultern legen, hielt aber inne.

Den Göttern sei Dank! Meine Haut pochte immer noch, als stünde sie in Flammen. Ich hasste es, Schwäche zu zeigen, und wenn er mich berührte, würde ich höchstwahrscheinlich wimmern. Ich wollte nicht, dass das jemand mitbekam, vor allem nicht Azbogah.

Er rieb seinen Nacken und brummte: »Es war nicht *richtig* von mir, das zu verlangen. Du bedeutest mir sehr viel, und die Tatsache, dass ich dich in Gefahr gebracht habe, zusammen mit ...«

»Du warst verzweifelt. Ich verstehe das, und ich bin nicht verärgert. Es gibt *nichts*, wofür du dich entschuldigen müsstest.« Meine Augen brannten. Wenn er weiterredete, würden unweigerlich Tränen fließen. Aber ich wollte ihn nicht unterbrechen und seine Gefühle verletzen. Ich legte eine Hand auf seine Schulter, da er nicht verletzt war, und versuchte, zu lächeln, aber meine Haut fühlte sich an, als würde sie reißen.

Lächeln war offiziell keine Option. Die Wahrheit war, dass seine Bitte, Ulva zu helfen, mir geschmeichelt hatte. Er hatte meinen Instinkten vertraut und geglaubt, dass ich von allen hier am ehesten in der Lage war, seine Mutter zu retten. »Das war eine der ehrbarsten Bitten, die man einem Engel gegenüber äußern kann, und wir sind Freunde.«

Obwohl der Rauch noch dick in der Luft hing, könnte ein Wandler den Geruch von Schwefel wahrnehmen, der mit jeder Art von Lüge einherging.

Sein Gesicht glättete sich, und die Anspannung wich aus seinem Körper. »Äh, okay, aber tu das nie wieder! Du bist auch Teil meiner Familie.«

Wow. Diese ganze Situation hatte Griffin sehr mitgenommen. Normalerweise war er nicht so emotional, wenn es nicht um Sterlyn ging. Meine Kopfhaut kribbelte. Ich war mir nicht sicher, wie ich reagieren sollte. Sollte ich mich bei ihm bedanken? Nicken? Ich war mir ziemlich sicher, dass Weggehen keine Option war, denn das wäre unhöflich. Meine Gefühle halfen mir nicht – ich vermutete, dass sie mein Unbehagen noch verstärkten. Mein Herz raste, während ich versuchte, eine angemessene Antwort zu finden.

Azbogah räusperte sich laut und ruinierte damit den Moment.

Zum ersten Mal seit einem Jahrtausend war ich irgendwie versucht, jemanden zu umarmen. Doch auch wenn ich gekonnt hätte, wäre ich der Begegnung mit Griffin nicht aus dem Weg gegangen. Er hatte recht. Wir *waren* eine Familie.

Ich ließ meine Hand fallen und drehte mich wieder zu meinen Eltern um. Mutter funkelte Azbogah an, während Vaters Stirn von Sorge gezeichnet war.

Dichter Rauch schwebte zur Kuppel hinauf, die surreale Dunkelheit der Stadtsilhouette wurde nur von glühenden Kohlestücken durchbrochen und erinnerte mich an Dämonen in Schattenform.

Mein Herz pochte.

Levi.

Würde er meine Gedanken auf ewig heimsuchen? Ich war mir sicher, dass ich die Antwort kannte, und sie gefiel mir nicht.

»Ruh dich aus!«, sagte Sterlyn, während sie Griffins Hand nahm und ihn zu Ulva zurückzog. »Rufst du uns später an?«

Ich nickte. Jetzt, da die unmittelbare Bedrohung vorbei war, schrie meine Haut vor Schmerz, und meine Ohren klingelten immer noch, wenn auch nicht mehr so stark. Mein Herz ... nun, das war irreparabel geschädigt. Aber diese Momente mit meinen Freunden gaben mir ein Gefühl des Friedens, wie ich es noch nie zuvor verspürt hatte. Obwohl es Zeiten gegeben hat, in denen ich mich nicht zugehörig gefühlt hatte, weil ich nicht aus ihrer Zeit stammte, hatten sie mich nie ausgegrenzt. Nicht einmal dann, wenn ich ihre Sprache, ihren Humor oder Sierras Zurechtweisungen nicht verstand.

»Wir werden morgen früh bei der Ratsversammlung sein«, sagte Mutter steif, während sie und Vater mich flankierten.

Als ich meine Flügel zum Abheben ausstreckte, protestierte mein Körper. Ich stieg langsamer auf als damals, als ich als kleiner Engel das Fliegen gelernt hatte.

Mutter, die noch immer beide Füße auf dem Boden hatte, rief mir nach: »Wir können laufen, oder wenn du willst, dass ich dich jetzt heile ...«

Ein Teil von mir wollte nicht geheilt werden, aber wenn etwas passieren sollte, musste ich in der Lage sein, zu kämpfen. »Na schön«, murmelte ich.

Meine Füße erreichten wieder den Boden, und Mutters Hände leuchteten hell auf, als sie ihre Engelsmagie anzapfte. Als sie ihre Hände sanft auf meine Ohren legte, hätte ich fast gewimmert.

Ihre reinweiße Essenz floss in meine, und die Magie wirbelte in mir herum, verband sich sofort mit meiner vertrauten Essenz und ging an die Arbeit.

Mein Gehör klärte sich weiter. Jetzt konnte ich das leise Gemurmel der Leute hören, die noch in der *Höhle der Elitewölfe* waren. Sie würden wahrscheinlich noch stundenlang dort sein und versuchen, das Chaos zu beseitigen, die Brandursache zu ermitteln und den Rauch aus der Luft zu entfernen.

Ich lauschte aufmerksam, um sicherzugehen, dass niemand über uns stolperte. Auch wenn Mutter nichts Unrechtes tat, mochten es Engel nicht, als schwach angesehen zu werden – und ich war da keine Ausnahme. Obwohl es keine Schwäche war, Hilfe zu benötigen, wurde es so wahrgenommen, besonders bei einer Frau. Ich wollte auch nicht, dass Mutter zu viel von ihrer Kraft für mich einsetzte. Azbogah wusste, dass zumindest eins meiner Elternteile mich heilen würde, und er könnte versuchen, daraus irgendwie Kapital zu schlagen.

Ich traute dem Mann nicht.

»Ich bin okay.« Am nächsten Morgen würde ich wieder auf der Höhe sein. Ich würde einen Kampf ohne Probleme bewältigen können.

Sie ignorierte mich und fuhr fort, ihre Magie in mich hineinzupressen, bis Vater ihre Schulter berührte. »Du hast sie gehört, Liebes.«

Mutter presste die Lippen aufeinander und ließ die Hände sinken. »Gut. Dann lasst uns schnell nach Hause gehen. Es gibt viel zu besprechen.«

Mein Herz wurde schwer. Ich hatte gehofft, wir könnten dieses Gespräch auf den nächsten Morgen verschieben. Ich könnte darum bitten, aber das wäre nicht fair, zumal ich körperlich fast geheilt war. Mutter hatte mich schon seit Tagen gebeten, zurückzukommen und bei der politischen Arbeit zu helfen. Ich hatte jedes Mal abgelehnt und behauptet, ich hätte etwas zu regeln.

Und Mann, das hatte ich furchtbar vermasselt. Sie verdiente es, zu erfahren, was passiert war. Das ganze Drama würde unweigerlich auf uns zurückfallen, da die Wandler sie beschuldigt hatten, aus dem Artefaktgebäude gestohlen zu haben.

Sie hob ab, und Vater lächelte mich traurig an. Früher hatte ich es immer als etwas seltsam empfunden, wenn er mir diesen Blick zugeworfen hatte, aber nicht mehr. Er spürte alles viel intensiver, weil er die besondere Fähigkeit besaß, die ihm im Himmel gegeben worden war.

Da ich nicht wollte, dass er mich durchschaute, folgte ich meiner Mutter. Ich brauchte ein paar Minuten, um mich zu sammeln.

Als wir an dem Artefaktgebäude vorbeikamen, schaute ich absichtlich nicht auf den Parkplatz hinter dem Gebäude, weil ich Angst hatte, dass mein Gehirn mir einen Streich spielen könnte. Levi hatte mich dort fast geküsst – und ich hatte ihn dummerweise fast gelassen.

Aber trotz meiner Entschlossenheit schweifte mein Blick immer wieder zu der Stelle, an der wir gestanden hatten.

Bald erreichten wir die Eichen, Zedern und Judasbäume, die den Wald von Shadow City ausmachten. Wir flogen dicht an den Baumkronen vorbei, um dem stärksten Rauch zu entkommen. Normalerweise sah ich zu dieser Tageszeit Füchse, Wölfe, Pumas oder Falken in der Gegend, aber heute war der Wald wie ausgestorben – eine weitere Erinnerung an die furchtbaren Ereignisse, die zu diesem Moment geführt hatten.

Der Rauch war immer noch dicht um uns herum, und ich hoffte, dass die Hexen einen Weg gefunden hatten, ihn schnell zu zerstreuen. Meine Lunge brannte beim Atmen.

Unser gigantisches gläsernes Apartmenthochhaus kam in Sicht, und ich seufzte. In meinem Zimmer schlafen zu können, ohne an Levi erinnert zu werden, würde mir das größte Gefühl von Frieden geben, das ich in nächster Zeit haben würde.

Die *Höhle der Elitewölfe* war nach dem Vorbild der Engelsresidenzen errichtet worden, aber im Gegensatz zu den Wandlern hatten wir keinen Zement in unseren Gebäuden verbaut. Unsere Wände waren ganz aus Glas, was für die Wölfe sehr nützlich gewesen wäre, wenn sie sich ganz nach unserem Entwurf gerichtet hätten. Ein Feuer war hier fast unmöglich, obwohl es nicht ganz so viel Privatsphäre gab.

Unsere Wohnung befand sich im obersten Stockwerk, wie auch die von Griffin und Sterlyn. Da der Wohnraum in der Stadt begrenzt war, mussten Kinder, die nach der Schließung der Grenze geboren worden waren, bei ihren Eltern leben, bis sie sich zu Fortpflanzungszwecken mit einem anderen Engel verbanden. Dann warteten die beiden Engel darauf, dass ein Platz frei wurde. Oder sie fanden eine vorübergehende Unterkunft in der Stadt, um zusammenzuleben, auch wenn sie nicht exklusiv waren, um hoffentlich vom Schicksal gesegnet zu werden und gemeinsam ein Kind aufzuziehen.

Ich landete auf dem Glasboden des Balkons, der mattiert war, sodass wir unsere Nachbarn unten nicht sehen konnten. In der Mitte standen vier Sessel aus Korbgeflecht, jeder so groß, dass sich ein Engel mit seinen Flügeln darin ausbreiten konnte.

Mutter schwebte zu der Glasschiebetür, öffnete sie und winkte mich hinein.

Es war sinnlos, dieses Gespräch noch länger hinauszuzögern. Ich trat ein.

Vater folgte mir, als wollte er sicherstellen, dass ich nicht versuchte, zu fliehen.

Mein Magen kribbelte. Die Tatsache, dass sie das für möglich hielten, beunruhigte mich, aber konnte ich es ihnen verdenken? Mutter hatte mich wiederholt gebeten, nach Hause zu kommen, und ich hatte sie ohne Erklärung abgewiesen.

Ich betrat das weitgehend leere Wohnzimmer. In der Mitte des Raums standen sich zwei anthrazitgraue Sofas gegenüber, die fast dem Farbton meiner Flügel entsprachen.

Von diesem Punkt des Hauses aus konnte ich die Küche auf der linken Seite sehen. Alles war aus Glas, auch die Schränke. Das einzig Solide war ein runder Tisch mit Glasplatte, der von großen weißen flügelförmigen Beinen getragen wurde. Vier Stühle in Form von schwarzen Flügeln umgaben den Tisch, an dem wir bei seltenen Gelegenheiten zusammensaßen und aßen.

Da Engel nur über begrenzte Emotionen verfügten, waren unsere Häuser ziemlich nüchtern eingerichtet, und wir hielten keine Versammlungen ab, es sei denn, wir feierten den Abschluss des Kriegerstudiums oder Ähnliches. Durch meine neue Brille betrachtet, fühlte sich das Haus nicht wirklich heimelig an.

Mein Zimmer befand sich auf der linken Seite, und Milchglas verhinderte, dass jemand hineinsehen konnte.

Das Gleiche galt für das Zimmer meiner Eltern auf der rechten Seite.

Ich war zu müde, um zu stehen, und setzte mich auf eins der Sofas. Ich legte die Hände in den Schoß und wartete darauf, dass Mutter oder Vater mit der Befragung begannen.

Vater ließ sich auf der Couch mir gegenüber nieder. Er leckte sich über die Lippen, während er meine Haltung widerspiegelte, und sagte leise: »Es ist schön, dass du wieder zu Hause bist.«

Wie immer war er der Friedensstifter. Mutter und ich waren uns ähnlich und verstanden uns normalerweise sehr gut. Wir standen uns nach Engelsmaßstäben nahe, und wenn wir uns stritten, dann über etwas, bei dem wir uns grundsätzlich nicht einig waren. Normalerweise unterstützte meine Mutter mich und meine Entscheidungen. Unser letzter Konflikt hatte sich ereignet, als ich beschlossen hatte, eine lockere Beziehung mit Ingram einzugehen. Sie hatte mich gewarnt, dass er Hintergedanken hatte, und ich hatte ihre Bedenken ignoriert.

Aber Ingram war eine jüngere Version Azbogahs, also hätte mir klar sein müssen, dass ich ihm nicht trauen konnte.

»Ja, es wurde Zeit, dass du nach Hause kommst.« Mutter drehte sich zu mir und sah mich finster an. »Jetzt sag mir, was so wichtig war, dass du nicht hier sein konntest, obwohl ein Bürgerkrieg droht! Und warum riechst du so anders? Ich schwöre, dass sich der Hauch eines neuen, süßen Blumendufts mit deinem vermischt hat. Selbst der Rauch hat das nicht verbergen können.«

Ein Bürgerkrieg.

Natürlich hatte sie nicht am Handy darüber sprechen wollen.

Zweifellos würde ich morgen in der Ratssitzung alles darüber erfahren, aber die Informationen, die ich mitzuteilen hatte, durften diesen Raum nicht verlassen. Am besten war es, mit der schlechtesten Nachricht zu beginnen.

Obwohl ich versuchte, meine Entscheidung zu rechtfertigen, wusste ich, dass es eine schreckliche gewesen war, aber die Worte verließen meinen Mund, bevor ich meine Strategie überdenken konnte. »Ich habe meinen vorbestimmten Partner gefunden.«

»Was?« Vaters Mund blieb offen stehen. »Das ist doch nicht möglich. Wer ist er?« Er sah sich im Raum um, als wartete er darauf, dass ein Engel hereinkam und sich neben mich stellte.

»Und warum hat er dir eben nicht geholfen?«, fügte Mutter hinzu.

Wenn sie das schon als schlimm empfanden, dann wollte ich nicht wissen, wie sie auf den eigentlichen Clou reagieren würden. »Weil er ein Dämon ist – und mich verlassen hat.«

Mutter wurde so starr wie eine Statue. Die Augen meines Vaters weiteten sich vor Schreck. Doch das war nur die Ruhe vor dem Sturm.

KAPITEL SECHS

ICH SCHLANG MEINE Arme um mich und versuchte, meine zitternden Hände zu verbergen. Mein Bein wippte vor nervöser Energie auf und ab, und der Drang, schnell den Rest der Geschichte zu erzählen, übermannte mich fast. Ich zwang mein Bein, ruhig zu bleiben, damit sie nicht sahen, wie aufgewühlt ich war. Sie wussten bereits, dass etwas nicht stimmte, und sie benötigten Zeit, um diese Informationen ohne Ablenkungen zu verarbeiten.

Im Umgang mit meiner Mutter hatte ich früh gelernt, sie nicht mit einem riesigen Problem zu konfrontieren, sondern sie die Informationen Stück für Stück verarbeiten zu lassen. Ich war hin- und hergerissen gewesen, was ich zuerst verkünden sollte: dass ich mit einem Dämon verbunden war oder dass ein Dämonenschwert fehlte. Ich dachte mir, dass letzteres in die Diskussion, die sie mit mir führen wollen würde, einfließen könnte, also war mein Herz das dringlichere Thema.

Sie faltete die Hände vor der Brust. »Und ihr habt die Vereinigung *vollzogen?*«

Meine Kehle wurde eng. Sie musste nicht so tun, als

wäre es das Schlimmste, was je hätte passieren können. Ich verstand, dass es nicht ideal war. Ich hatte mich gegen die Verbindung gewehrt, aber als Levi sein Leben für meines riskiert hatte ... Nun ja, ich hatte gedacht, wir beide wären für immer verbunden. Mir war nicht klar gewesen, dass er mich am nächsten Tag verlassen würde.

»Würden wir sonst dieses Gespräch führen?« Ich wölbte eine Braue.

»Du konzentrierst dich auf das Falsche, Liebes.« Vater räusperte sich. »Sie hat ihr *Schicksal* gefunden. Das ist seit über einem Jahrtausend nicht mehr passiert.«

Mutter fuchtelte mit ihrem langen schwarzen Fingernagel. »Wir werden *nicht* so tun, als wäre das etwas Gutes. Das letzte vorbestimmte Paar war die ultimative Katastrophe. Das weißt du doch.«

Einen Moment lang fühlte ich mich so wie früher im Umgang mit Sterlyn und ihren Freunden: verwirrt. Normalerweise war ich wenigstens einigermaßen auf einer Wellenlänge mit meinen Eltern. »Worauf willst du hinaus?«

»Das geht dich nichts an«, blaffte Mutter.

Ihr Unbehagen bereitete mir eine Gänsehaut. Vielleicht hatte ich mich verkalkuliert und hätte zuerst über das Schwert sprechen sollen, aber der Schaden war angerichtet. »Ich verstehe, dass du verärgert bist, aber ich dulde nicht, dass du so mit mir sprichst. Du bist nicht diejenige, die eine Verbindung zu einem Dämon hat. Du musst nur mit der Schande fertig werden, dass deine Tochter eine hat.«

»Glaubst du, *darum* geht es hier?« Ihre Augen verengten sich. »Das hat nichts mit meiner Reaktion zu tun.«

»Dann sag mir *bitte*, was das Problem ist!« Meine Stimme wurde lauter, und ich hasste es, dass meine

Emotionen durchgesickert waren. Mein Blut kochte, und ich versuchte, tief durchzuatmen, damit ich nicht irrational wurde.

Sie runzelte die Stirn, als sie mich musterte. »Weil eine Vorbestimmung verändert – und das nicht immer zum Guten.«

Mein Inneres schmerzte, als hätte man mir einen Schlag versetzt. »Woher weißt du das?« Ich hatte noch nicht gelebt, als andere vorbestimmte Partner existiert hatten. Früher hatten Engel oft ihre andere Hälften gefunden, aber dann hatte sich etwas geändert. Keiner wusste, wie oder warum das geschehen war.

»Wir sind schon länger dabei, als du es dir überhaupt vorstellen kannst.« Vater streckte die Hand aus und tätschelte meine. »Aber das ist unwichtig. Was mich beunruhigt, ist, dass du nicht nur deine vorbestimmte Hälfte gefunden hast, sondern auch die Verbindung mit dem ...« Er hielt inne, als wäre es zu schwer, es auszusprechen.

»Dämon?«, sagte ich. Seine Hand auf meiner trübte meine Sicht, aber ich blinzelte die Tränen zurück. Wenn Mutter sie sähe, würde sie sich noch mehr aufregen. Es war zwar nicht ideal, aber es war nicht meine Schuld. Ich hatte ihn mir nicht ausgesucht. Das Schicksal hatte uns füreinander auserwählt.

Mutter zischte wie ein Vampir. »Sprich dieses Wort nicht aus, als könnte es irgendein anderes sein! Wir haben dich besser *erzogen*.«

Der Instinkt, Levi zu verteidigen, verschlug mir den Atem. »Er ist weder böse noch strahlt er negative Energie aus. Er konnte es sich nicht aussuchen. Er wurde so *geboren*.«

Mutter hob eine Hand und ich zuckte zurück. Sie blieb selbst bei den bissigsten Ratssitzungen immer so gefasst, weil sie eine gewaltige Portion Selbstbeherrschung besaß. Hier war sie nicht um ihr Image besorgt. »Und doch hat er dich verlassen.«

Mein Herz brach erneut – etwas, das ich nicht für möglich gehalten hätte.

Sie hatte nichts Unwahres gesagt. Sie nannte Fakten, was ich respektierte, aber ihr Motiv war grausam.

So hatte ich wohl jedes Mal auf meine Freunde gewirkt, wenn Sierra mit mir wegen meiner Unhöflichkeit geschimpft hatte. Als diejenige, die sich das nun anhören musste, hätte ich am liebsten mein Gesicht verborgen.

Ich wollte antworten, dass er das hatte *tun müssen*, aber ich war mir dessen nicht sicher. Wenn er gegangen wäre, um seinen Vater zu retten, hätte er mir das sicher gesagt. Er hatte deutlich gemacht, dass er seinen Vater nicht da unten lassen würde, und dafür respektierte ich ihn. Das unterschied ihn von den anderen Dämonen, von denen ich gehört hatte.

Aber er hatte nicht mit mir gesprochen und zu allem Übel auch noch ein Dämonenschwert eingesteckt. Für mich schrie das nach Verrat, nicht nur nach einer vorübergehenden Abwesenheit.

Der Schmerz durchzuckte meinen Körper und ich hätte mich fast gekrümmt. Ich würde überleben, aber ich hoffte, dass die Qualen mit der Zeit nachlassen würden. Andernfalls würde sich die Ewigkeit ziemlich in die Länge ziehen. Und auch wenn mir der Gedanke an den Tod nicht gefiel, so wäre es doch schön, diese Art von Qual nicht allzu lange mitmachen zu müssen.

»Yelah...«, setzte Vater an.

»Nein, Pahaliah.« Sie stemmte die Hände in die Hüften und plusterte ihr Gefieder auf. »Du wirst hier nicht den netten Kerl spielen. Sie muss die Fakten erkennen.«

»Glaube mir, das tue ich.« Ich wünschte, es wäre anders. Ich wünschte, ich könnte in Verleugnung leben und so tun, als würde er jeden Moment zurückkommen. Aber obwohl ich eine törichte Entscheidung getroffen haben mochte, war ich keine Idiotin. Meine Verzweiflung bewies, dass ich die reale Möglichkeit, dass ich betrogen worden war, nicht ignoriert hatte.

Mein Herz protestierte. Ich hatte in jener Nacht seine Gefühle wahrgenommen, und sie waren so tief wie meine eigenen gewesen.

Aber die Liebe konnte nicht alles aushalten. Egal, wie tief diese Gefühle gingen – wenn etwas dazu bestimmt war, zerstört zu werden, konnte es nicht gerettet werden.

»Zu spät.« Sie seufzte und kniff sich in den Nasenrücken.

»Ich mache mir schon genug Vorwürfe. Du musst mich in dieser Angelegenheit nicht noch zusätzlich unter Druck setzen«, sagte ich knapp. Sie wollte mich nicht verletzen oder grausam sein – das wusste ich –, aber das änderte nichts an der Tatsache, dass ich mich durch sie noch schlechter fühlte. »Glaub mir, ich bin mir der Konsequenzen bewusst.«

»Das ist es ja gerade.« Ihre Flügel hingen schlaff an ihrer Seite. »Ich glaube nicht, dass du das bist. Es gibt einen Grund, warum ich dich immer wieder gebeten habe, nach Hause zu kommen.« Sie ließ ihr Kinn auf die Brust sinken und blickte nach unten. Sie sah niedergeschlagen aus, und das erschütterte mich.

Mit zittrigem Herzen versuchte ich, mich zu beruhigen. »Der Bürgerkrieg?«

Vater nickte. »Azbogah gewinnt immer mehr Anhänger. Dass Yelahiah von Wandlern angegriffen und dann beschuldigt wurde, etwas mit dem Diebstahl der Artefakte zu tun zu haben, hat sie als ungeeignet für die Führung abgestempelt.«

Das mussten Azbogahs Worte sein. Er war immer noch der selbst ernannte Richter, auch wenn dieser Titel offiziell weggefallen war, als er auf die Erde gekommen war. »Und meine Abwesenheit hat den Anschein erweckt, dass ich sie auch nicht unterstütze.« Ein Schauer durchlief meinen Körper.

Ich hatte viel mehr Mist gebaut, als mir bewusst gewesen war.

»Du bist jetzt hier.« Yelahiah atmete aus und schritt langsam auf uns zu. »Das sollte etwas bedeuten, obwohl es schon vor Tagen hilfreich gewesen wäre.«

»Ich hatte einen stichhaltigen Grund für meine Abwesenheit.« Ich wollte mein Gesicht verbergen. Ich hatte meine Eltern im Stich gelassen, die beiden Personen, die immer für mich da gewesen waren. Sie waren elterlicher als die meisten Engel, zeigten sich besorgt und waren immer erreichbar. Das hatte ich bis jetzt nicht wirklich verstanden. »Und dafür, dass ich nicht wie erwartet die Universität besucht habe, um Engel darin auszubilden, wie man sich integriert, wenn die Zeit dafür gekommen ist.«

Mutter setzte sich neben Vater und schlug ihre Beine übereinander. »Weil du geschlechtlich mit einem Dämon verkehrt hast?«

Meine Wangen brannten, doch ich weigerte mich, den Blick zu senken. Das würde nur die Illusion von Schuld hervorrufen. Ich hatte zwar mit Levi geschlafen, aber das war erst vor ein paar Stunden gewesen. Es war ja nicht so, dass wir es heiß und wild getrieben hätten ...

Mein Herz riss erneut auf und ich musste meine Gedanken stoppen. Wie konnte ich jemanden so sehr vermissen, obwohl ich ihn in Relation zu meinem langen Leben nur eine so kurze Zeit gekannt hatte?

»Nein, das ist nicht der Grund.« Ich konnte es nicht leugnen. Das würde nur dazu führen, dass mich ein schwefliger Gestank umwehte.

»Dann erzähl doch bitte«, sagte sie und fuchtelte mit der Hand. Ihr Tonfall war herablassend.

Gleich würde sie sich wünschen, ich wäre nur deshalb nicht gekommen, weil ich mit Levi zusammen gewesen war. »Ich habe Annie und Sterlyn und den anderen geholfen, dafür zu sorgen, dass der Dämon nicht entkommt, bevor er uns Informationen gegeben hat.«

»Hast du etwas erfahren?« Mutter zog ihre Flügel zurück und krümmte die Finger.

Ein anderer Engel hätte vielleicht noch »bevor du mit ihm geschlafen und deine Seele an ihn gebunden hast, nur um dann von ihm verlassen zu werden« hinzugefügt, aber nicht sie. Das bewies wiederum, dass sie sich auf eine Weise kümmerte, wie es andere Engel nicht konnten.

Konnte auch sie menschliche Gefühle erleben?

»Die Prinzen der Hölle wissen von Ronnie, und Wrath will seinen Dolch zurück.« Das war eine der wichtigsten Informationen, die wir von Levi erhalten hatten. Wir hatten zwar vermutet, dass sich jemand in der Hölle irgendwann fragen würde, wer sie war, aber wir hatten nicht bedacht, dass Wrath es vielleicht schon wusste. »Und nicht alle Dämonen sind böse. Es gibt viele, die wirklich unentschlossen sind.«

»Was?« Vater runzelte die Stirn. »Das ist unmöglich. Sie hätten noch Flügel, wenn sie nicht gefallen wären.«

»Ich sage nicht, dass sich nicht viele für die Hölle entschieden haben, aber einige hatten nicht das Gefühl, eine Wahl zu haben, und einige wurden dort geboren.« Ich hätte Levi zu mehr Informationen drängen sollen, anstatt zu versuchen, mich von ihm fernzuhalten. In den zwei Tagen, in denen ich ihn gemieden hatte, hätte ich so viel mehr erfahren können. Ich hatte es getan, um mein Herz zu schützen, aber das hatte nicht geholfen. Die Tatsache, dass ich jetzt hier saß, bewies, dass meine Bemühungen vergeblich gewesen waren. »Nicht alle haben sich entschieden, bösartig zu sein.«

»Ach, Rosemary.« Mutter rieb den Bereich zwischen ihren Augen. »Und du *glaubst* ihm? Er hätte seine Worte sorgfältig wählen können, um dir zu ermöglichen, das zu hören, was du hören wolltest. Schließlich warst du ja offensichtlich in ihn«, sie hielt inne und suchte nach dem richtigen Wort, »*investiert*.«

Ich lachte. Das Wort funktionierte, aber aus irgendeinem Grund war die Wahl seltsam.

Sie legte den Kopf schief, als starrte sie jemanden an, den sie nicht kannte.

Das war nur fair. Ich hatte einige meiner Ecken und Kanten verloren. Oder vielleicht wäre *stumpfsinnig* für Engelsohren verständlicher.

»Ich glaube, sie ist immer noch verletzt«, murmelte Mutter, als glaubte sie, ich könnte sie nicht hören. »Ich muss mich bei der Heilung verkalkuliert haben.«

Ich rollte mit den Augen. Ich war bereit, zu beweisen, dass Levi mich nicht angelogen hatte. »Mir geht's gut. Ist dir an jenem Abend, an dem ich die Ratssitzung überstürzt verlassen habe, etwas Seltsames aufgefallen?«

»Natürlich, aber du hast gesagt, du würdest es später erklären.« Sie wölbte die Stirn. »Ich nehme an, jetzt ist der richtige Zeitpunkt.«

»Levi ... Ich meine, der Dämon hat sich in die Stadt geschlichen – und kein einziger Engel hat es bemerkt.«

Wenn er wirklich böse wäre, hätten wir ihn gespürt, vor allem, sobald er die Stadt erreicht hatte. »Er ist der Grund, warum Kira nicht gestorben ist, als die Wandler sie angegriffen haben.«

Die Augen meines Vaters weiteten sich. »Ein Dämon ist nach Shadow City gelangt?«

»Ja. Er ist *nicht* böse.« Zumindest war er es damals nicht gewesen.

Mutters Wut verschwand und wurde durch Besorgnis ersetzt. Sie stand auf und löste ihre Flügel von ihrem Rücken. »Das ist nicht gut. Sie schicken wohl Dämonen mit neutraler Energie, um zu versuchen, Dinge für sie zu stehlen. Er muss innerhalb der Stadt nach etwas gesucht haben.«

»Das hat er.« Es war kein Geheimnis. Sie erstellten eine Inventarliste des Artefaktgebäudes, also würde das ohnehin an die Öffentlichkeit gelangen. »Und er hat es gefunden.«

Sie stand so still, dass ich mir nicht sicher war, ob sie noch atmete. Vater lehnte sich vor und stützte die Ellbogen auf die Knie.

Ich straffte meine Schultern und bereitete mich darauf vor, es ihnen zu sagen. Meine Handflächen wurden schweißnass, aber ich ignorierte sie. »Er hat ein Dämonenschwert in die Finger bekommen.«

Sie schüttelte langsam den Kopf und flüsterte: »Sie zählen gerade alle Artefakte. Deine Fuchswandlerfreundin führt die Bestandsaufnahme sogar an.«

Vater streckte beide Hände aus. »Zumindest wissen wir Bescheid.«

»Wie soll uns das helfen?«, schnaubte Mutter. »Sie werden versuchen, mir das anzuhängen. Warte, wusste Azbogah von dem Dämon? Ist er so hereingekommen?«

Daran hatte ich nicht gedacht, aber ich bezweifelte, dass

er davon gewusst hatte. Wenn er geahnt hätte, dass wir ein Dämonenportal geschlossen hatten, hätte er mich und die anderen ins Gefängnis gesteckt. Ich war mir sicher, das hätte seine Pläne durchkreuzt. »Nein, der Dämon hat sich unter Sterlyns und Griffins Auto versteckt, als sie zu dem Treffen gefahren sind.«

Mutter rieb ihre Schläfen. »Ich bewundere deinen Einsatz für Sterlyn und ihr Rudel und stimme dir zu, dass wir die Silberwölfe schützen sollten. Sie gehören zur Familie. Aber seit sie hierhergekommen sind, haben sie nur für Unruhe gesorgt.«

Das entsprach der Wahrheit. Trotzdem war ich so froh, dass sie gekommen waren. Sie brachten mich dazu, an eine Mission zu glauben, und gaben mir mehr Sinn, als ich ihn je zuvor verspürt hatte.

Vater stellte die Frage, vor der ich mich gefürchtet hatte. »Wie habt ihr den Dämon erwischt?«

Und ich erzählte ihnen alles. Das hätte ich schon früher erledigen sollen, aber ich hatte dummerweise gedacht, ich würde sie beschützen. Ich hätte es besser wissen müssen, nachdem ich gesehen hatte, was mit Eliza, Ronnie und Annie geschehen war. Geheimnisse hatten die Eigenschaft, ans Licht zu kommen.

In aller Eile erzählte ich ihnen von den Dämonenwölfen und wie sie uns vor Monaten angegriffen hatten, um Annie an einen Prinzen der Hölle zu übergeben. Ich erklärte, dass unsere einzige Chance darin bestanden hatte, die Hexen dazu zu bringen, das Tor zur Hölle zu schließen. Ich informierte sie über Eliza und ihren Hexenzirkel und darüber, wie die starke ältere Dame in das Portal gesogen worden war, Sekunden bevor der Zauber es endgültig versiegelt hatte. Ich fügte hinzu, dass die Prinzen der Hölle unruhig wurden und weitere

Dämonen, die wir nicht spüren konnten, auf die Erde kamen.

Als ich fertig war, fühlte ich mich noch schlechter.

Mutter drückte eine Hand auf ihren Unterleib. »Meinst du nicht, dass wir in jede dieser Entscheidungen hätten einbezogen werden sollen?«

Bis heute war sie noch nie von mir enttäuscht gewesen. Meine Lunge brannte. »Ich hätte es euch sagen sollen, aber ich wusste, dass Azbogah euch das Leben schwer macht, und ich wollte mich selbst darum kümmern.«

»Das wird unsere Familie in ein schlechtes Licht rücken.« Mutter senkte den Kopf. »Wenn du uns zerstören wolltest, dann hast du das geschafft.«

Meine Sicht verschwamm, aber ich weigerte mich, das hinzunehmen. Ich hatte nichts falsch gemacht. »Ich habe getan, was jeder in dieser Situation tun würde. Ich habe auf der Seite der Gerechtigkeit gekämpft. Die Frauen, die von den Dämonenwölfen entführt worden waren, wurden misshandelt. Die Dämonenwölfe haben ihre eigenen Töchter aus unerfindlichen Gründen an Dämonen ausgeliefert. Mir ist klar, dass das alles nicht ideal ist, aber Strategie ist selten einfach, und ich *habe* die besten Entscheidungen getroffen, die ich in jenem Moment hätte treffen können. Ich würde auch heute nichts anders machen.« Noch während ich diese Worte sprach, erkannte ich die Wahrheit dahinter, und ich hatte gar nicht bemerkt, wie stark ich sie empfand. »Ich bedaure nur, dass ich euch nicht informiert habe, als sich die Vorfälle ereignet haben.«

Mutter öffnete den Mund, aber Vater ergriff ihre Hand. »Das reicht jetzt. Rosemary ist verletzt, und wir wissen, dass sie die edelsten Absichten hatte. Lass sie sich ausruhen! Wir können diese Diskussion später fortsetzen.«

Er hatte recht. Ich brauchte Schlaf, um klar denken zu

können. Ich hatte nicht viel davon bekommen, und trotz der Heilungsbemühungen meiner Mutter war mein Körper angeschlagen. Meine Magie war fast nicht mehr zu spüren.

Ich nickte und machte mich auf den Weg zu meinem Zimmer auf der linken Seite der Wohnung. Ich hatte nichts mehr zu sagen; ich war emotional, körperlich und magisch erschöpft.

Als ich ging, murmelte Mutter: »Das klingt nach Eleanor – sie würde so etwas tun. Was ist nur in Rosemary gefahren?«

Eleanor.

Der Engel war nur ein paar Jahre älter als ich. Vor meiner Geburt hatte Mutter sie bei sich aufgenommen, weil Eleanors Mutter sich für das Böse entschieden hatte und gefallen war. Das Mädchen hat alles getan, um Aufmerksamkeit zu bekommen, und war sogar so weit gegangen, mit Ingram zu schlafen, während ich es getan hatte – als hätte mich das interessiert. Ich hatte es sogar begrüßt, weil es seinen Fokus von mir abgelenkt hatte.

Als Mutter mit mir schwanger geworden war, hatte sie ebenfalls mit dem Verlust ihres Bruders zu kämpfen gehabt. Sie hatte ein anderes Engelspaar gefunden, das Eleanor während dieser überwältigenden Zeit bei sich aufgenommen hatte. Natürlich gab Eleanor mir für alles die Schuld.

Da ich nichts mehr hören wollte, fuhr ich mit der Hand über die Milchglaswand. Ich schätzte meine Privatsphäre mehr als die meisten Engel, und ich ließ mich auf die orange Decke fallen, die meine große Matratze zierte. Tränen flossen über mein Gesicht, als ich die Qualen der letzten vierundzwanzig Stunden auf mich einprasseln ließ. Schluchzend schlief ich ein.

Etwas pochte in mir und ich öffnete die Augen. Ich sah mich in meinem Zimmer um und betrachtete die anthrazitgraue Kommode, die dem Bett gegenüberstand, und den dazu passenden Beistelltisch an einer Seite.

Das Unbehagen pulsierte in meiner Brust, und ich hob meine Hände. Meine Haut war wieder vollkommen glatt und die Spuren des Feuers waren verschwunden.

Warum fühlte ich mich dann so?

Mein Gehör schien in Ordnung zu sein, aber als ich mich auf mein Innerstes konzentrierte, spürte ich, dass meine Magie nicht einmal halb voll war. Ich hatte erwartet, schneller zu heilen, aber die Rauchinhalation hatte mir zugesetzt. Doch die Empfindungen, die mich durchströmten, ergaben keinen Sinn.

Ein weiterer Stich durchzuckte mich, und ich erkannte das Zentrum des Schmerzes.

Es war meine Verbindung zu Levi.

Etwas *stimmte nicht*.

KAPITEL SIEBEN

JEDE ZELLE meines Körpers schrie danach, Levi zu helfen. Unsere Verbindung pulsierte vor Pein, obwohl er in einer anderen Dimension war. Ein Schrei bildete sich in meiner Kehle, aber ich schluckte ihn hinunter.

Trotz all der Kämpfe, für die ich trainiert hatte, war ich nie auf diese Art von Kampf vorbereitet gewesen – die innere Schlacht, bei der ich nichts tun konnte, um der Person zu helfen, die litt.

Es war unmöglich, ihn zu erreichen, und die Verzweiflung, die in mir aufkeimte, erdrückte mich. Ich warf meine Beine über das Bett und richtete mich auf, während ich nach Sauerstoff rang. Aber egal, was ich tat, ich bekam keine Luft. Hier zu sitzen, war nicht richtig. Ich musste ihm helfen, aber das war unmöglich.

Die Dämonen würden mich spüren, sobald ich in ihre Welt eintrat. Dann würden sie angreifen, und selbst der beste Krieger könnte es nicht mit der schieren Masse aufnehmen.

Etwas Warmes tropfte auf meine Hände.

War es Blut?

Der salzige Geruch verriet mir, dass es Tränen waren, und als ich die Augen öffnete, entdeckte ich die klare Flüssigkeit auf meiner Handfläche.

Vor einem Monat wäre das noch nicht möglich gewesen. Ich hatte noch nie so geweint. Das hatte sich geändert, als ich *ihn* getroffen hatte.

Vieles hatte sich durch ihn verändert.

Ein leises Klopfen an der Tür ließ mich zusammenzucken. Ich sprang auf und knirschte mit den Zähnen. Ich hätte mich nicht überraschen lassen dürfen. Levi beeinflusste mich, ohne überhaupt hier zu sein, und mein Blut kochte.

»Rosemary?«, fragte Mutter. »Kann ich kurz mit dir reden?«

Bei den Göttern, ich musste mich vor der Ratssitzung zusammenreißen.

Ich atmete tief ein und beruhigte meine Stimme, obwohl meine Seele innerlich zerriss. »Einen Moment, bitte.«

Ich rannte in das angrenzende Badezimmer zu meiner Linken und schob die Glastür hinter mir zu.

Ich ging an dem kohlegrauen Waschbecken vorbei zur Dusche. Die verschleierte Duschtür schwang auf und gab den Blick auf eine riesige Regendusche frei. Engel genossen den Luxus und obwohl es mir nichts ausmachte, das Beste zu haben, brauchte ich es nicht.

Ich legte meine Hände auf die Waschtischplatte und betrachtete nervös mein Spiegelbild. Ich sah normal aus. Meine Haut hatte wieder ihren hellen Ton angenommen und mein lila schimmerndes mahagonibraunes Haar war voluminös. Nur meine Augen deuteten auf den Aufruhr in meinem Inneren hin, sie waren dunkler als sonst, der Hauch von Dämmerung war selbst für mein übernatürliches Sehvermögen kaum wahrnehmbar. Die einzigen Anzeichen dafür, dass ich verletzt worden war, waren das blutbefleckte Shirt und die schmutzigen Jeans, die ich immer noch trug.

Widerlich.

Ich hätte gestern Abend duschen sollen, aber mir hatte die Energie gefehlt. Ich hätte gern behauptet, dass das an meiner Verletzung gelegen hatte, aber die Schuld daran trug exklusiv ein sexy, dunkelhaariger Dämon mit mokkabraunen Augen, den ich mehr als alles andere im ganzen Universum vermisste – die Welt allein war nicht allumfassend genug.

Ich konnte nicht zulassen, dass Mutter mich so sah. Sie wäre entsetzt.

Nachdem ich das Wasser aufgedreht hatte, zog ich mich aus und stieg unter die Dusche. Sie würde sich ärgern, dass ich sie warten ließ, aber ich konnte ihr nicht erlauben, mich so zerzaust zu sehen. Ich wollte ihr nicht den Eindruck vermitteln, völlig am Ende zu sein.

Ich ließ mich vom Wasser berieseln und wünschte, es könnte alles wegspülen.

Den Schmerz.

Die Erinnerungen.

Den Kummer.

Aber das Verrückte daran war, dass ich das eigentlich gar nicht *wollte*.

Was ich wirklich wollte, war, Levi nach wie vor an meiner Seite zu haben. Wir hätten zusammen sein sollen, irgendwo, wo wir uns selbst sein konnten, ohne Konsequenzen daraus zu ziehen. Wo auch immer das sein mochte.

Ein lautes Klopfen ertönte an meiner Badezimmertür.

Mutter konnte unerbittlich sein.

»Ich habe *gesagt*, dass ich mit dir sprechen will«, sagte sie laut. »Das bedeutet nicht, dass du Zeit hast, in Ruhe zu duschen.«

Verärgerung flammte in mir auf, während ich die Zähne zusammenbiss. »Und *ich* habe gesagt, ich brauche einen *Moment*.«

Sie keuchte und ich zuckte zusammen.

Ich hatte mich von meinen Gefühlen überwältigen lassen, was für einen Engel unerwartet war.

Ich atmete tief durch und versuchte, meine Verbindung zu Levi zu unterdrücken, aber ich konnte es nicht.

Ich musste mich zusammennehmen. Wenn ich das nicht täte, würde die Situation nur noch schlimmer werden.

Nachdem ich ein paar Mal tief durchgeatmet hatte, fand ich die Kraft, fast normal zu klingen. »Es tut mir leid. Ich bin heute Morgen ein wenig neben der Spur. Ich dachte, unser Gespräch würde einige Zeit in Anspruch nehmen, und ich wollte schnell unter die Dusche springen, damit wir nicht zu spät zur Ratssitzung kommen. Du weißt doch, dass Azbogah gern früh dort ist, um seine Kampagne zu beginnen.«

»Ja, natürlich.« Mutter seufzte vor Erleichterung. »Ich bin in der Küche und warte auf dich.« Ihre Absätze klackerten über den Glasboden.

Der Drang, unter der Dusche zu bleiben, war stark, aber ich *musste* ihn ignorieren. Ich hatte das Gefühl, dass meine Mutter erleichtert war, dass ich wieder wie mein altes Ich geklungen hatte, und ich wollte die kleinen Fortschritte bei ihr nicht zunichtemachen.

Während ich duschte, flimmerte das Band zu meinem vorbestimmten Partner. Meine Haut kribbelte. Irgendetwas lief furchtbar schief und ich konnte nichts dagegen tun.

Als Kriegerin hatte ich immer ein Ziel vor Augen

gehabt, aber ich wusste nicht mehr, wie das ausgesehen hatte. Ich würde alles riskieren, um ihn zu erreichen. Wäre er nicht weggelaufen, hätte ich nicht gezögert, mir den Weg zu ihm zu erkämpfen.

Aber er war gegangen, ohne sich zu verabschieden.

Und ich musste seine Entscheidung respektieren ... oder etwa nicht?

Die Angst lähmte mich.

Was, wenn er die andere Seite gewählt hatte? Könnte das die Ursache für das Unbehagen sein – dass etwas mit unserer Verbindung nicht stimmte? Wenn jemand der Erde den Rücken gekehrt hatte, konnte er keinen vorbestimmten Partner mehr haben. Könnte es sein, dass sich unser Band auflöste?

Meine Beine gaben nach, und ich kniete nieder, als der Schmerz durch meine Brust schoss. Die Vorstellung, unsere Verbindung zu verlieren, schmerzte schlimmer als der Gedanke, ohne ihn zu leben.

Wie war das möglich? Ich hatte gedacht, dass dann alles so einfacher wäre – aber meine Seele brüllte in mir.

Meine Knie pochten vom Aufprall auf dem Fliesenboden, und mein Körper zitterte. Ich musste mich zusammenreißen. Wenn er eine Entscheidung getroffen hatte, konnte ich nichts dagegen tun, schon gar nicht jetzt.

Langsam stand ich auf, obwohl sich meine Lunge aus Protest zusammenzog. Meine Brust bebte, aber ich hielt das Schluchzen zurück. Ich hatte schon zu viel um ihn geweint, und ich hasste es, dass er so viel Kontrolle über meinen Geist und meinen Körper hatte.

Das konnte nicht gesund sein.

Früher hatte ich geglaubt, dass das Göttliche uns so viel zumutete, damit wir uns darauf stützen und dem Schicksal uneingeschränkt vertrauen konnten, aber ich war mir nicht sicher, ob ich diesen Schmerz noch lange aushalten würde.

Konnte man an einem gebrochenen Herzen sterben? Das Wort *Ja* dröhnte in meinen Ohren, aber vielleicht war das nur Wunschdenken. Der Gedanke, die Ewigkeit mit diesen Gefühlen zu verbringen, ließ die Zukunft düster erscheinen, aber ich würde nicht zulassen, dass irgendjemand oder irgendetwas meinen Lebenswillen zerstörte.

Ich zwang mich, mein Haar auszuspülen, und stellte das Wasser ab. Als die kühle Luft auf meinen Körper traf, erinnerte mich der Temperaturunterschied an jene Nacht, in der Levi und ich uns kennengelernt hatten. Mein Herz pochte, als würde es wiederholt von einem Dolch – oder einem gestohlenen Dämonenschwert – durchbohrt.

Meine Augen brannten, aber ich verließ das Bad und zog mir mein orangefarbenes Lieblingsshirt und Jeans an. Obwohl sich meine Eltern förmlich kleideten, zog ich legere Kleidung vor, vor allem, um jederzeit auf einen Kampf vorbereitet zu sein. Ein langer, wirbelnder Rock war eine Komplikation, mit der ich mich lieber nicht auseinandersetzen wollte. Meine Mutter hatte mich früher wegen meiner Kleiderwahl kritisiert, aber seit ich die Shadow Ridge University besuchen durfte und gelernt hatte, mich dem Rest der Welt anzupassen, hatte sie diesen Kampf aufgegeben.

Als ich fertig war, nahm ich mir einen Moment, um mich auf das Gespräch mit meiner Mutter vorzubereiten. Je mehr ich mich wie die Rosemary verhielt, die sie erwartete, desto besser würde das Gespräch verlaufen.

Der Schmerz des Bands wurde stärker, als würde jemand ein Messer in meinem Herzen umdrehen. Voller Naivität rieb ich meine Brust – als könnte das helfen.

Mit zitternden Händen öffnete ich meine Schlafzimmertür. Dies war der letzte Moment der Schwäche, den ich mir bis zum Ende der Ratssitzung erlauben durfte.

Als ich die Küche betrat, entdeckte ich Mutter, die in der eisblauen Kaffeekanne neben dem silbernen Kühlschrank Kaffee aufbrühte. Aus den Milchglasvitrinen über dem Tresen holte sie zwei silberne Kaffeetassen.

Eine Tasse Kaffee war genau das, was ich brauchte.

Nachdem sie beide Tassen gefüllt hatte, schwebte sie mit wehenden Federn zum Küchentisch. Sie setzte sich auf einen Stuhl und stellte die zweite Tasse auf den freien Platz zu ihrer Rechten.

»Bitte setz dich. Wir haben noch ein paar Minuten, bevor wir aufbrechen müssen.« Mutter zog den Stuhl vor und machte deutlich, dass sie keine Widerworte duldete.

Ich versuchte, die Qualen, die in mir tobten, zu ignorieren, ließ mich auf den gewünschten Platz gleiten und war dankbar, dass sie nur Kaffee hinausgestellt hatte. Ich war mir nicht sicher, ob mein Magen Essen vertragen würde.

Ich nahm einen Schluck von dem bitteren Getränk, und die Anspannung in meinem Kopf ließ etwas nach. Koffein war das einzige Laster der Sterblichen, das ich schon verstanden hatte, bevor ich emotional geworden war.

Mutter hielt meinen Blick fest. »Ich möchte ...« Sie stockte und zuckte zusammen.

Das war merkwürdig. Engel ließen sich von Worten normalerweise nicht verunsichern. Unbehagen war selten, wenn man Fakten mit begrenzten Emotionen betrachtete. Ich schwieg, anstatt meine Neugierde zu äußern. Ich würde ihr Zeit lassen. Irgendwann würde sie schon damit herausrücken.

Sie schlug die Beine übereinander und hob mit einer Hand ihre Tasse an. »Es tut mir leid, dass ich gestern Abend so hart mit dir umgegangen bin.«

Meine Augen weiteten sich. Mutter entschuldigte sich selten. Ich konnte an einer Hand abzählen, wie oft ich sie in meinem ganzen Leben hatte sagen hören, dass ihr etwas leidtat. »Ich habe es verdient. Ich war völlig ...« Ich hielt inne.

Es war gestern Abend schon schwer genug gewesen, darüber zu sprechen. Ich würde die Worte nur ungern wiederholen, vor allem nicht, solange meine Haut kribbelte und ich kaum bei Verstand war. »Ich habe etwas Fragwürdiges getan, aber Mutter, ich habe *versucht*, mich zurückzuhalten. Es ist nur ...« Erinnerungen an Levi schossen durch meinen Kopf und verstärkten das Elend des schmerzenden Bands.

Ich musste aufhören, über *ihn* zu reden.

»Ich verstehe dich in gewisser Weise.« Sie atmete aus und stellte die Tasse wieder auf den Tisch. »Ich hatte auch einmal sehr starke Gefühle für jemanden, und das hat zum schlimmsten Fehler meines Lebens geführt. Ich möchte einfach nicht, dass du das Gleiche erlebst wie ich, und es frustriert mich, dass ich nichts tun kann, um dir dieses ... Unbehagen zu nehmen.«

Unbehagen.

Sie hatte *keine Ahnung*, was ich durchmachte. »Ich bezweifle, dass du das verstehst, denn das beschreibt nicht einmal annähernd, was ich fühle.«

Mutters Gelassenheit zerbröckelte. Falten, die von Schmerz geprägt sein mussten, erschienen um ihre Augen. »Ob du es glaubst oder nicht, Engel hatten früher starke Gefühle. Es ist kaum vorstellbar, da es schon so lange her ist, aber es hat eine Zeit gegeben, in der ich jemanden sehr gemocht habe.«

»Deshalb seid du und Vater einander treu.« Aber ihre Beziehung war nicht sonderlich emotional. Für Engelsverhältnisse war sie seltsam, aber sie waren schon so lange zusammen, dass sie nicht länger seltsam wirkte.

»Es war nicht Pahaliah, für den ich das empfunden habe, obwohl ich wünschte, es wäre so gewesen. Es hätte die Dinge so viel einfacher gemacht.«

Sie hatte gerade so viel offenbart, aber mein Verstand war auf einen Teil fixiert. Sie hatte Gefühle für jemanden gehabt – und das war ein schrecklicher Fehler gewesen.

Nur ein Name kam mir in den Sinn, aber er *konnte* es nicht sein. »Du meinst doch nicht etwa Azbogah ... oder?«

Ich holte tief Luft. Mutter war eine gute Seele, aber sie war abgestumpft, vor allem, weil ihr Bruder auf Azbogahs Befehl hin gestorben war. Sie hatte nicht eingegriffen, um meinen Onkel Ophaniel zu retten, was mich immer verwirrt hatte, aber ich hatte sie nie darauf angesprochen, weil ich wusste, wie tief ihre Schuldgefühle saßen – selbst für einen Engel. Aber ich hatte mich immer gefragt, warum sie nicht in der Lage gewesen war, Ophaniels Hinrichtung zu verhindern. Wenn sie Azbogah *geliebt* hatte, dann hatte sie möglicherweise nicht gedacht, dass er die Sache durchziehen würde. Vielleicht hatte sie die Hinrichtung deshalb nicht rechtzeitig verhindern können.

»Ja, er. Die Engel wagen es aufgrund der Feindseligkeit, die jetzt zwischen uns beiden herrscht, nicht, darüber zu sprechen.« Mutter seufzte und starrte an die Kristallglasdecke. »Ich war so vernarrt in ihn. Als er sich dann verändert hat, habe ich es geleugnet. Die Verurteilung Ophaniels ... Zu dem Zeitpunkt hatte sich schon so viel zwischen uns verändert. Er war kalt und distanziert. Als er dann auch noch unverhohlen gegen meine Familie – meinen Bruder und seine Kinder – vorgegangen ist, habe ich erkannt, dass die Verbindung, die wir hatten, immer schwächer wurde. Ich hätte nie gedacht, dass jemand auf Azbogah hören würde, aber ich habe mich geirrt. So sehr.« Ihre Augen verdunkelten sich, als sie sich gedanklich immer weiter von der Gegenwart entfernte. »Seine Beziehung zu mir – einem Erzengel – hatte seinen Status zumindest vorübergehend erhöht, und mein Bruder ist gestorben, bevor mir klar geworden ist, dass sein Leben wirklich auf dem Spiel stehen könnte. Zu spät habe ich erkannt, dass ich von *Gefühlen* geblendet worden war und Azbogah mich benutzt hatte, um mehr Anhänger zu gewinnen.«

All das hatte ich gewusst, aber über den Teil mit der Vorbestimmung kam ich nicht hinweg. »Habt ihr ...«

»Das Thema ist für mich beendet.« Sie schüttelte entschieden den Kopf. »Die Gefühle sind erkaltet, und er hat sich in den Engel verwandelt, der er immer werden wollte. Ich möchte nicht, dass deine Entscheidungen dich einen ähnlichen Preis kosten.« Sie legte ihre Hand auf meine, und ihre Augen nahmen wieder die Farbe an, die ich immer bewundert hatte.

Meine Unzufriedenheit mit ihr schmolz dahin, obwohl ich bezweifelte, dass sie das Ausmaß meiner Gefühle für Levi wirklich verstand. Wäre ich an ihrer Stelle, würde ich mir auch Sorgen um mich machen, besonders nachdem ich von ihr und Azbogah erfahren hatte. »Ich kann dir eines versprechen: Ich werde *nicht* zulassen, dass der Dämon jemanden verletzt, den ich zu beschützen geschworen habe«, sagte ich. Nach Abschluss der Kriegerausbildung hatte ich ihr versprochen, immer für die Gerechtigkeit zu kämpfen. Und nur weil ich an jemanden gebunden war, hieß das nicht, dass sich das ändern würde. Ich war immer noch ich selbst und hatte dieselben Werte.

»Er ist bereits mit einem Dämonenschwert entkommen«, sagte sie unverblümt und legte ihre Hände auf den Tisch.

Ihre Worte waren ein Schlag ins Gesicht. »Ich wusste nicht, dass Kira eine Dämonenwaffe mitbringt, sonst hätte ich das Schwert zurück nach Shadow City getragen. Ich hätte ihm *niemals* erlaubt, es zu nehmen – egal, ob vorbestimmt oder nicht.« Ihr einstiger Fehler ließ sich nicht mal annähernd damit vergleichen. Sie hatte von Azbogahs Vorhaben gewusst. Ich hatte keine Ahnung gehabt, dass Levi Kira benutzt hatte. »Versuche nicht, meinen Fehler mit deinem gleichzusetzen!« Ich wollte noch mehr sagen, und vielleicht hätte ich das auch getan – aber es widerstrebte mir, die Last, die sie trug, noch größer werden zu lassen. Ich wollte rücksichtsvoll sein, aber ich würde mich nicht von ihr herumschubsen lassen. Ich musste meine Frau stehen und diese Scharade beenden. »Übertrage deine schlechten Entscheidungen und Unsicherheiten nicht auf mich! Ich bin *nicht* du, und ich sollte nicht für dein Bedauern bezahlen müssen.«

Sie legte den Kopf zurück, als sie mich ansah, und mein Magen verkrampfte sich.

»Du hast recht.« Sie stand auf und strich ihr Kleid glatt. Als sie nickte, kehrte auch ihre Gelassenheit zurück. »Und es ist Zeit, zu gehen. Die Ratssitzung beginnt in Kürze, und wir müssen so schnell wie möglich dorthin, um herauszufinden, was Azbogah geplant hat.«

»Ist es Zeit?«, fragte Vater, der sich zu uns in die Küche gesellte.

Er musste zugehört haben, um sein Erscheinen so perfekt zu timen, aber das überraschte mich nicht. Wahrscheinlich war er der Grund, warum meine Mutter beschlossen hatte, mit mir zu reden.

»Ja, lasst uns gehen.« Mutter marschierte ins Wohnzimmer und öffnete die Glasschiebetür nach draußen.

Ich wollte hierbleiben und mich nicht noch mit

weiterem Drama beschäftigen, aber das würde die Situation nur noch schlimmer machen.

Also verhielt ich mich ruhig, schloss die Balkontür hinter mir und flog dann neben meinen Eltern in Richtung Kapitol.

Der Rauch war verschwunden, nur noch Spuren waren zu erahnen. Die Lichter flimmerten nicht so stark wie sonst, was wahrscheinlich daran lag, dass sich meine Magie noch nicht wieder vollständig aufgeladen hatte. Es waren keine Wandler unterwegs, und ich nahm an, dass sie sich nach der anstrengenden Nacht zuvor ausruhten. Obwohl nur die Wölfe betroffen gewesen waren, hatten sich schließlich alle eingefunden, um die Bewohner zu retten.

Selbst in der Stadt waren die Leute nicht wie sonst unterwegs, nur wenige eilten durch die Straßen. Ich hatte Shadow City noch nie so verlassen gesehen, aber es hatte auch noch nie ein Feuer gegeben, und in das Artefaktgebäude war auch noch nie eingebrochen worden. Alle waren nervös und das zu Recht.

Mutter wählte den langen Weg, an der *Höhle der Elitewölfe* vorbei. Als das Gebäude in Sichtweite kam, kroch mir die Galle in die Kehle. Es war kein Wunder, dass sich der Rauch noch nicht ganz verzogen hatte. Das einstmals goldene Gebäude war mit Asche und Schmutz bedeckt und an mehreren Stellen eingestürzt, ein deutliches Zeichen der Verwüstung.

Wir drei sprachen nicht, als wir flogen. Es gab nichts zu sagen.

Als wir uns schließlich dem weißen Kapitol näherten, sah ich, wie eine bestimmte Person durch die große jägergrüne Tür ging. Eine Person, die nicht hier hätte sein sollen.

ICH BLINZELTE UNGLÄUBIG, aber Grady Rossos rubinrotes Haar war unverkennbar.

Mein Magen rumorte noch heftiger. Es war, als wollte das Schicksal sehen, wie weit es mich treiben konnte.

»Was macht *er* hier?«, fragte ich mit zusammengebissenen Zähnen. Es gab keinen Grund für den Fuchswandler, an diesem Treffen teilzunehmen. Grady war eine Bedrohung, und meine Freunde und ich vermuteten, dass er hinter den Angriffen der Wandler auf meine Mutter und Kira steckte.

Kira war das einzige Kind des ehemaligen Anführers der Füchse. Weil Kira weiblich war, hatte Hank Rosso sie nicht für würdig befunden, seine Rolle nach seinem Rücktritt zu übernehmen. Stattdessen hatte er Grady, seinen Neffen, zu seinem Nachfolger ernannt. Aber während der jüngsten Zeit des Umbruchs hatte Kira uns geholfen und Sterlyn und Griffin dazu gebracht, ihre Positionen im Rat zu nutzen, um sie bei der Amtsübernahme zu unterstützen. Kira war in jeder Hinsicht die bessere Anführerin und hatte lediglich aufgrund von Vorurteilen nicht die Unterstützung ihres Vaters erfahren.

Vater grunzte. »Ich nehme an, Azbogah hat ihn aus einem Grund hergebeten, der keinem von uns gefallen wird.«

Ich zog mein Handy aus der Hosentasche und tippte eine Nachricht an Sterlyn und Ronnie, um sie über unseren kleinen Besucher zu informieren. Die beiden würden ihre Gefährten benachrichtigen, also musste ich mir keine Sorgen darüber machen, die Männer einzubeziehen.

Als wir drei den Rasen vor dem Kapitol erreichten, ließ ich meinen Blick über die Umgebung schweifen. Die unnatürliche Stille der Stadt beunruhigte mich. Selbst mitten in der Nacht huschte normalerweise noch das eine oder andere nachtaktive Wesen umher. Abgesehen von dem schwachen Rauchgeruch, der die Luft verpestete, wirkte nichts ungewöhnlich.

Mein Handy vibrierte – eine SMS von Sterlyn: *Wir sind am Kaffeekiosk und warten auf dich.*

Mehr musste sie nicht sagen. Ihre kurze Antwort drückte ihr Unbehagen aus.

»Ich nehme an, du hast Sterlyn und ihre Freunde benachrichtigt?«, fragte Mutter, als sie zur Tür schritt.

Pflichtbewusst antwortete ich: »Ja, aber sie hat es wohl schon gewusst, denn sie sind bereits drinnen.«

»Gut.« Sie nickte und ihre Flügel entspannten sich ein wenig.

Hätte ich sie nicht so gut gekannt, wäre es mir nicht aufgefallen, aber ich hatte schon früh gelernt, dass ich, um meine Mutter wirklich zu verstehen, auf subtile körperliche Veränderungen achten musste, wenn sie in der Öffentlichkeit unterwegs war. Sie hielt an ihrer Maske der Gleichgültigkeit fest, weil sie glaubte, jemand könnte sie ausnutzen, wenn sie auch nur das kleinste bisschen nachgab.

Ich könnte mir vorstellen, dass wir das Azbogah zu verdanken hatten. Er versuchte immer, sie zu lesen, und ihre vermeintliche Apathie verschaffte ihr wohl einen strategischen Vorteil ihm gegenüber.

Zu dritt betraten wir den riesigen, kahlen Eingangsbereich. Die vergilbten Wände benötigten einen neuen weißen Anstrich, aber Azbogah hatte seit jenem ersten Tag, an dem die Türen zum Saal geöffnet worden waren, keine Veränderungen erlaubt – eine Erinnerung daran, wie lange der Rat schon herrschte. Seine Arroganz ärgerte mich, aber Mutter erinnerte mich oft daran, dass weise Personen ihre Schlachten sorgfältig auswählten, und diese Wände waren keine Schlacht, die geführt werden musste.

Ich entdeckte Sterlyn, Griffin, Ronnie und Alex in der Nähe des Kaffeekiosks in der Ecke des Raums stehen. Alle vier waren leger gekleidet, sogar Alex, was für eine Ratssitzung ungewöhnlich war. Sie sahen müde aus, mit dunklen Ringen unter den Augen und Rußflecken im Gesicht. Es war offensichtlich, dass sie die ganze Nacht nicht geruht, sondern daran gearbeitet hatten, das Feuer zu löschen und eine Unterkunft für die geflüchteten Wölfe zu finden.

Ich hätte sie nicht allein lassen sollen.

Vater berührte meine Schulter. »Ich nehme an, wir treffen uns drinnen.«

Ich nickte. Die Mischung aus Schuldgefühlen, Schmerz und Angst, die mich durchströmte, war ungewohnt. Jeder Atemzug war ein Kampf, und auch das Trauma meiner Verbindung mit Levi wurde mit jeder Sekunde intensiver. Ich versuchte mit aller Kraft, so zu tun, als zerbräche ich nicht innerlich.

Als ich mich den vieren näherte, überkam mich der

Drang, den Blick abzuwenden. Ich hatte sie im Stich gelassen, indem ich nicht länger geblieben war, um zu helfen.

Ronnie nahm einen großen Bissen von ihrem Zimt-Rosinen-Bagel, und der süße Duft stieg in meine Nase. Angesichts ihrer banalen Handlung wurde meine Kehle trocken.

»Es tut mir so leid, dass ich euch gestern allein gelassen habe.« Meine Stimme versagte.

Überraschenderweise war es Griffin, der auf mich zukam. Er räusperte sich. »Du musst dich für *nichts* entschuldigen. Du hast meine Mutter gerettet und versucht, so vielen anderen zu helfen, als wir nichts tun konnten. Wenn überhaupt, dann tut es *mir* leid, dass du verletzt worden bist. Du wärst fast gestorben, während du uns geholfen hast. Das ist ein Opfer, das nur wenige bringen würden.«

Meine Kehle drohte, mit einem Schluchzen zu antworten, aber ich hielt es zurück ... gerade so. »Ihr seid meine Familie.« Und das waren sie. Sogar Griffin hatte sich einen Weg in mein Herz gebahnt. Bei den Göttern, ich musste das Thema wechseln, bevor ich den Verstand verlor. »Habt ihr eine Ahnung, warum Grady hier ist?«

»Nein. Wir haben die Wölfe, die keinen Platz in anderen Wandlerwohnungen finden konnten, in die Vampirabteilung verlegt.« Sterlyn seufzte, während sie mir einen Becher Kaffee reichte, den ich bis dahin gar nicht bemerkt hatte. »Die wundervollen Herrscher der Vampire haben uns in ihrem Teil der Stadt mit offenen Armen empfangen und sogar mehrere Stockwerke verschiedener Gebäude für die Wölfe zur Verfügung gestellt, bis die *Höhle der Elitewölfe* wieder hergerichtet werden kann.«

Alex plusterte seine Brust auf und grinste. »*Wundervoll* ist eine recht dürftige Beschreibung für die Royals, aber ich werde es durchgehen lassen.« Er legte einen Arm um seine Frau.

Mein Herz verkrampfte sich vor Neid angesichts der Tatsache, dass ihre Beziehung so stark war ... im Gegensatz zu meiner. Ich bezweifelte, dass man meine Beziehung überhaupt als solche bezeichnen konnte.

»Hochmut kommt vor dem Fall.« Ronnie schob sich den Rest ihres Bagels in den Mund. Im Gegensatz zu anderen Vampiren – sie war außerdem dämonischer Abstammung – brauchte sie sowohl Nahrung als auch Blut. »Er sitzt ohnehin schon auf einem ziemlich hohen Ross.«

»Ich reite tatsächlich gern, aber nicht auf Pferden.« Alex zwinkerte ihr zu.

Normalerweise störte mich ihr sexuelles Geplänkel nicht, aber heute war ich nicht in der Lage, es zu ertragen. »Und ihr beschwert euch, dass Sierra nie bei der Sache bleibt«, schnauzte ich – und bereute es sofort.

Alex wandte den Blick ab und kratzte sich im Nacken. »Sie hat recht. Sierra ist ein furchtbarer Einfluss.«

Ich lächelte, um zu zeigen, dass ich meine harschen Worte nicht so gemeint hatte. Immerhin konnte Alex mit Kritik umgehen, wenn sie gerechtfertigt war, aber das linderte meine Schuldgefühle nicht gerade.

»Ich glaube nicht, dass wir eine Antwort bekommen, bevor wir nicht drinnen sind«, sagte Griffin, während er Sterlyns Hand nahm. »Das ist Teil des Machttrips, auf dem Azbogah gerade zu sein scheint.«

»Lasst uns reingehen!« Sterlyns Unterkiefer zuckte. »Alle anderen sind schon drin. Wir haben nur auf dich und deine Eltern gewartet.«

Ohne ein weiteres Wort marschierten wir fünf durch die zweite jägergrüne Tür, die zum Sitzungssaal führte.

Wie üblich hatte Azbogah einen der zentralen Plätze an

dem großen, hufeisenförmigen Tisch in der Mitte des Raums eingenommen. Erin, die Priesterin des Hexenzirkels von Shadow City, saß neben ihm, ihr schwarzes Haar mit den scharlachroten Strähnen wehte an ihren Armen hinunter, während sie den dunklen Engel mit ihren nebelgrauen Augen anfunkelte. Insgesamt gab es zwölf Stühle, je drei für die Vertreter der vier Rassen; sechs Ratsmitglieder saßen in der Mitte gegenüber der Tür und drei an jedem Tischflügel. Links von der Tür standen mehrere freie Stühle für mich und andere Beobachter.

Mein Magen rebellierte erneut, als ich meine Mutter dabei erwischte, wie sie Azbogah aus den Augenwinkeln beobachtete. Zwischen den beiden hatte schon immer so viel Spannung geherrscht, aber jetzt wusste ich wenigstens, warum.

Ohne einen weiteren Moment zu verschwenden, gingen Sterlyn, Griffin, Ronnie und Alex auf den Tisch zu und nahmen vier der fünf freien Plätze ein. Ronnie setzte sich neben Erin, während Sterlyn den anderen Platz neben Azbogah einnahm. Alex folgte Sterlyn und setzte sich zwischen sie und Breena, die normalerweise auf einem der Seitenplätze des Hexenrats saß, heute jedoch nicht.

Interessant.

Vater saß im rechten Winkel zu Breena, seine weißen Flügel schienen in dem schwach beleuchteten Raum heller zu sein, oder vielleicht wirkte das im Kontrast zu Griffins schmutzigem Gesicht und seiner Kleidung auch einfach nur so.

Ein schmales Lächeln breitete sich auf Gwens Gesicht aus, während sie ein Stück nach rechts rutschte, als sich Griffin zwischen sie und meinen Vater setzte. Obwohl sie nicht so schmutzig war wie die anderen vier, wiesen ihre Augen die gleichen dunklen Ringe auf. Es bestand kein

Zweifel daran, dass Gwen bei den vieren geblieben war und geholfen hatte, Plätze für die Wölfe zu finden. Obwohl sie die Gruppe nicht oft begleitete, war sie definitiv eine Bereicherung und blieb oft zurück, um sich um königliche Angelegenheiten zu kümmern, damit Alex und Ronnie uns helfen konnten.

Ein lautes Glucksen entwich Diana, die am linken Tischende neben Mutter und damit mir am nächsten saß. Sie warf ihr welliges kastanienbraunes Haar über die Schulter und es traf Mutters Arm. Die ebenholzfarbenen Augen der Hexe funkelten bösartig, als sie laut murmelte: »Es wurde Zeit, dass die vier ankommen. Es ist so traurig, wenn Ratsmitglieder nicht pünktlich sein können.«

Mutter strich Dianas Haar von ihrem Arm, aber ihr Gesichtsausdruck blieb stoisch. Der einzige Hinweis auf ihre Verärgerung war die kurzzeitige Anspannung um ihre Augen.

»Wir sind nicht zu spät.« Alex rückte seinen Stuhl zurecht, während er die junge Hexe anfunkelte. »Außerdem waren wir die ganze Nacht auf, um den Brandopfern Unterkünfte zu besorgen.«

»Genau wie deine Schwester, aber sie ist mit uns anderen hier eingetroffen.« Azbogah zog eine Braue hoch.

Ich hasste all die Untergrabungen, die während dieser Treffen stattfanden; es war ein ständiger Strom von Sticheleien. »Doch anstatt das Thema anzusprechen, das dich umtreibt, verschwendest du die Zeit aller mit sinnloser Kritik«, sagte ich.

Ich zuckte zusammen und konnte nicht glauben, dass ich diese Worte laut ausgesprochen hatte. Obwohl ich kein Problem damit hatte, meine Meinung zu äußern, versuchte ich normalerweise nicht, jemanden ohne Grund aktiv zu verärgern. Diese Taktik überließ ich Sierra. Aber meine

Selbstbeherrschung war aktuell mit anderen Dingen beschäftigt.

Mutter schloss für einen Moment die Augen, um mir zu signalisieren, dass sie enttäuscht war. Sie hatte mir beigebracht, keinen Streit anzufangen, wenn ich den Plan der anderen Person nicht kannte. Das führte nur dazu, dass ich ihnen in die Hände spielte.

Erin schmunzelte, während sie mit einem langen Fingernagel über Azbogahs Arm fuhr und säuselte: »Selbst Yelahiah verliert die Kontrolle über ihre Tochter. Erst hat sie sie nicht dazu bringen können, aufzutauchen, und jetzt das.«

Ich sehnte mich danach, sie mit meinen Flügeln zu erstechen. Da der brennende Schmerz meines Bands meinen Körper in zwei Hälften zu zerreißen schien, wäre es schön, ein Ventil für meine Qualen zu haben.

»Ich verstehe, wofür ihr mich braucht.« Grady zupfte an den übergroßen Ärmeln seines weißen Hemds. Sogar seine braune Hose war zu weit und zu lang, und mir war schleierhaft, wie er es schaffte, sie oben zu behalten. Er sah aus wie eine Witzfigur, und es war idiotisch, dass Hank geglaubt hatte, die Fuchswandler würden ihn ernst nehmen.

Ronnie lachte. »Wir kommen schon klar, du kannst jetzt gehen.«

»Du dummes Mädchen«, spottete Azbogah.

»Ich würde mir gut überlegen, wie du mit einer Königin und vor allem mit meiner *Frau* sprichst«, zischte Alex, während sich das Blau seiner Augen rot färbte.

Die Situation drohte, zu eskalieren, aber roher, unbändiger Schmerz durchströmte mich. Ich setzte mich auf den Stuhl an der Wand und legte eine Hand auf meine Brust.

»Was ist der Sinn dieses Treffens, Azbogah?«, fragte

Sterlyn. »Wir haben noch viel zu erledigen und müssen das Ganze vorantreiben.«

Azbogah nickte, während er ein arrogantes Lächeln aufsetzte. »Nun gut.« Er stand auf und nutzte seine hohe Gestalt, um alle zu überragen. »Sterlyn und Griffin verlieren schon seit einiger Zeit die Kontrolle über die Wandler. Es hat mit den Angriffen auf Shadow Terrace begonnen und ist dann zu einem Angriff hier im Kapitol eskaliert. Vergessen wir nicht, dass die beiden – zusammen mit dem jetzigen *König* der Vampire – gegen die Polizei von Shadow City gekämpft haben. Diese hat nicht nur versucht, die derzeitige *Königin* zu schützen, als diese noch ein Mensch war, sondern auch unsere vampirischen Bewohner, die sterben mussten, weil sie ihren Blutrausch in ihrer Nähe nicht kontrollieren konnten.«

»Dessen sind wir uns alle bewusst«, knurrte Griffin. »Hat es einen Sinn, die Vergangenheit wieder aufzuwärmen?«

Der dunkle Engel richtete seinen Blick auf Griffin. »Ich verstehe, dass es dir schwerfallen muss, dir deine Unzulänglichkeiten anzuhören, aber es hat alles seinen Sinn.«

Sterlyns Augen leuchteten schwach und sie sagte leise: »Bitte fahr fort.«

»Gewiss.« Azbogah rieb seine Hände aneinander. »Dann hat es einen weiteren Angriff gegeben, nicht nur auf einen Erzengel«, sagte er und deutete auf Mutter, als wüssten wir nicht, von wem er sprach, »sondern auch auf die Fuchswandlerin, der Griffin und Sterlyn eine Menge Verantwortung übertragen haben. Diese Fuchswandlerin ist, wenn ich euch daran erinnern darf, auch für die Polizei zuständig, die das Artefaktgebäude schützt, in das nun unter *ihrer* Aufsicht eingebrochen worden ist. Die Wandler haben weder der Polizei noch den Wächtern getraut, das

Artefaktgebäude zu schützen, also haben sie die Sache selbst in die Hand genommen.« Er schüttelte den Kopf und verschränkte die Hände hinter dem Rücken. »Nun hat die *Höhle der Elitewölfe* Feuer gefangen, was eigentlich unmöglich sein sollte. Manche mögen behaupten, es seien die Flammen der Gerechtigkeit eines gewissen Erzengels gewesen, der selbst versucht, andere für den Untergang zu rüsten.« Er hielt inne und warf einen Blick auf Mutter, bevor er seinen Blick abwandte und den Rat musterte. »Wie dem auch sei, je länger diese beiden das Sagen haben, desto schlimmer wird es. Selbst Ezra – einst ein hervorragendes Ratsmitglied – hat sich gegen die beiden gestellt.«

Mutters Gesicht erbleichte angesichts seiner Andeutungen, aber überraschenderweise blieb sie ruhig. Es war offensichtlich, dass er versuchte, ihr sowohl den Einbruch als auch das Feuer in die Schuhe zu schieben – ein erstaunlicher Akt.

Das Schlimmste war, dass ich, wenn ich in den vergangenen Monaten nicht dabei gewesen wäre, vielleicht etwas an seinen Anschuldigungen hätte finden können. Aber für mich bestand kein Zweifel daran, dass Azbogah der Schuldige hinter all den Katastrophen war und Sterlyn und Griffin etwas anhängen wollte. Da Mutter sich vehement dagegen wehrte, einen Silberwolf zu töten, vermutete ich, dass Azbogah eine andere Strategie verfolgte, um Sterlyn aus der Stadt zu entfernen.

Ich warf einen Blick auf Vater, der wie immer schwieg. Er verschränkte die Finger und starrte Azbogah an, als könnte er sehen, wie sich alles entwickeln würde. Ich wünschte, es bestünde die Möglichkeit, telepathisch mit ihm zu sprechen.

»Ich schlage vor, dass Grady als drittes Ratsmitglied der Wandler fungiert, bis die Bestandsaufnahme im Artefaktgebäude abgeschlossen ist. Sobald wir die Ergebnisse kennen, können wir die nächsten Schritte besprechen.« Azbogah deutete auf Grady. »Es scheint nur fair, dass dieser feine, herausragende Fuchswandler zumindest vorübergehend eine Führungsrolle übernimmt, da die beiden Wolfsratsmitglieder ihm die ihm zustehende Zukunft vorschnell genommen haben. Er wäre frei von Vorurteilen zu ihren Gunsten, sodass eine faire Anhörung beginnen kann, sobald alle Informationen vorliegen.«

Und da war es. Alles in mir schrie, dass er Grady den Ratsposten als Entschädigung für die Inszenierung des Wandlerangriffs und möglicherweise des Feuers versprochen hatte.

Grady richtete sich auf. »Die Ehre, die du mir erweist ...«

»Das kann nicht dein Ernst sein.« Ronnie stand auf, ohne sich die Mühe zu machen, ihren Gesichtsausdruck zu kontrollieren. »Dafür wirst du niemals eine Mehrheit bekommen.«

»Das wollen wir doch mal sehen.« Diana kicherte – offensichtlich genoss sie das Drama. »Ich weiß, dass Breena, meine Priesterin, Azbogah und ich einer Meinung sind. Fragen wir doch die anderen Ratsmitglieder im Raum!«

»Nun gut.« Gwen nickte. »Ich unterstütze Azbogahs Vorschlag nicht.«

Ronnie, Alex, Griffin und Sterlyn folgten ihrem Beispiel und überließen es damit meinen Eltern, die Angelegenheit zu klären.

Warum glaubte Azbogah, hier gewinnen zu können? Ich musste etwas übersehen haben.

»Bitte, Yelahiah.« Azbogah legte den Kopf schief, während er meine Mutter betrachtete. »Du und *dein Mann* werdet die endgültige Entscheidung treffen. Ich bin mir sicher, dass alle Engel daran interessiert sein werden, zu beobachten, ob du die Vertreter der Wolfswandler weiterhin unterstützt, nachdem sie sich geweigert haben, gegen deine Angreifer vorzugehen.«

Unter normalen Umständen hätte ich mich über ihn geärgert, aber angesichts der Schmerzen, die in meinem Körper tobten, konnte ich mich nur darauf konzentrieren, nicht in meinem Stuhl zusammenzusacken. Ich konnte nicht einmal aufrecht sitzen, und ich war nicht sicher, wie lange ich noch hierbleiben konnte. Der überwältigende Drang, zu gehen, wuchs mit der Intensität der Schmerzen.

Es stand außer Frage, dass ich Levi finden musste. Egal, wie.

Yelahiah atmete scharf ein. »Du hast recht.«

Ich hob den Blick und sah, wie Vater sie besorgt anstarrte. »Yela...«

»Nein, Azbogah hat recht. Seit die Silberwölfe aufgetaucht sind, gibt es nichts als Drama. Ich werde ihm den Gefallen tun und dafür stimmen, dass Grady *vorübergehend* als drittes Mitglied des Wandlerrats fungiert.«

Sterlyn nickte, ohne auch nur mit der Wimper zu zucken. Sie verstand die Lage, in der sich meine Mutter befand, aber Griffin runzelte die Stirn und machte sich nicht die Mühe, seine Emotionen unter Kontrolle zu halten.

Vater kniff sich in den Nasenrücken, als er ebenfalls zustimmte. »Ich werde Azbogahs Vorschlag ebenfalls unterstützen.«

»Sehr gut.« Azbogah flatterte feierlich mit den Flügeln.

Mein Magen verkrampfte sich und ein schwarzer Schleier schob sich vor meine Augen. Ich konnte auf keinen Fall hierbleiben. Ich stand zittrig auf und eilte verzweifelt durch den Eingangsbereich in Richtung Tür, bevor jemand meinen Zustand bemerkte.

Ich bewegte mich langsamer, als ich wahrhaben wollte, und erreichte die Haupttür, die nach draußen führte, in dem Moment, in dem sich mein Herz und mein Körper zusammenzogen. Ich zitterte, als ein brennender Strom durch meine Adern floss. Während ich verzweifelt nach der Tür suchte, gaben meine Beine nach und ich sackte zu Boden.

KAPITEL NEUN

SEKUNDENBRUCHTEILE, bevor mein Gesicht den Boden berühren konnte, schloss sich ein Arm um meine Taille und zog mich hoch. Ronnies süßer Duft erfüllte meine Nase, als sie mich gegen die Wand neben der Tür lehnte.

Ihre Augen verdunkelten sich zu einem satten Grün und ihre Stirn war vor Sorge gerunzelt. »Hast du dich immer noch nicht von dem Feuer erholt?«

»Ich weiß nicht, was los ist«, presste ich zwischen zusammengebissenen Zähnen hervor.

Wenn es nur das wäre, dann wüsste ich, wie ich vorgehen müsste. Aber ich hatte keine Ahnung, wie ich die wütende Pein in mir beenden konnte. Ich war mir nicht einmal sicher, ob die Suche nach Levi die Lage verbessern würde. Wenn er versuchte, unser Band zu trennen, könnte das die Dinge noch schlimmer machen, obwohl ich mir nicht sicher war, ob das eine Rolle spielte. Ich war schon fast so weit, dass mir die Konsequenzen egal waren und ich ihn dazu zwingen wollte, mich zu sehen.

Auf der anderen Seite der großen Eingangshalle öffnete

sich die Tür zum Ratssaal, und ich zwang mich, mich aufzurichten, trotz des Schmerzes, der in mir tobte. »Mir geht es gut«, sagte ich zu Ronnie und hoffte verzweifelt, dass sie ihren Arm fallen ließ.

Verständnis blitzte in ihren Augen auf; sie trat einen Schritt zur Seite und löste ihren Griff um mich.

Ich konnte mich nicht dazu bringen, von der Wand wegzutreten. Ich ballte meine Hände zu Fäusten, meine Nägel bohrten sich in meine Handflächen. Vielleicht würde es die Qual erträglicher machen, wenn ich den Schmerz anderswo erzwang.

Mir wurde bald klar, dass diese Logik nicht funktionierte, aber ich war entschlossen, mir kein Scheitern einzugestehen.

Alex trat als Erster durch die Tür, was mich angesichts seiner vampirischen Geschwindigkeit und der Tatsache, dass Ronnie bei mir war, nicht überraschte. Sterlyn, Griffin und meine Eltern folgten. Niemand sonst erschien unmittelbar hinter ihnen. Es war schon schlimm genug, dass diese Gruppe mich in diesem Zustand sah, und ich vertraute jedem einzelnen von ihnen.

»Rosemary, was ist los?« Mutter klang besorgt, als sie an meine Seite eilte. Sie musterte mich verwirrt.

Die Beweise für meinen Schmerz waren alle innerlich, und bei den Göttern, wie sehr wünschte ich, sie wären es nicht. Dann wüsste ich wenigstens, wie ich ihr das Unbehagen erklären sollte. »Ich ...« Ich holte zittrig Luft und meine Lunge protestierte unentwegt. »Ich weiß es nicht ...« Ich gab das Sprechen auf. Es kostete mich zu viel Mühe, und ich wollte nicht noch einmal hinfallen, schon gar nicht vor ihr.

Vater strich ein paar Strähnen hinter mein Ohr. »Sie kann so nicht hierbleiben.«

Ein plötzlicher Hitzeschub erwärmte meinen Körper, als die Verbindung zwischen Levi und mir wieder auflebte und eine natürlichere Ebene erreichte.

Er war zurück auf der Erde.

Mein Herz hämmerte vor Freude.

Levi?, verband ich mich, unfähig, ihn zu ignorieren. Meine rationale Seite wollte ihn mit Schweigen bestrafen, aber meine besorgte Seite musste sicherstellen, dass es ihm gut ging.

Die Stille, die mich empfing, ließ mein Blut gefrieren. Der Schmerz in mir formte sich zu etwas Eiskaltem ... einer Art drohendem Tod. Etwas stimmte nicht mit Levi.

Er ignorierte mich nicht – das andere Ende unserer Verbindung reagierte nicht, als würde er schlafen ... oder zumindest hatte es sich in jener Nacht unserer Vereinigung so angefühlt, als wir zusammen eingeschlafen waren. Aber es ergab keinen Sinn, dass er schlief, da er gerade erst wieder auf der Erde angekommen war.

Etwas *zerrte* an meiner Brust. Das Gefühl war so stark, dass ich es nicht ignorieren konnte, vor allem, weil es mit meinem Herzen verbunden war. »Ich muss hier raus.«

»Ja, das musst du.« Mutter seufzte. »Geh zurück ins Haus!«

Ich zwang mich, meine Stimme zu kontrollieren, was mich jedes Quäntchen Training kostete, das ich vor all den Jahren erhalten hatte. Ich wollte forsch auftreten, aber damit würde ich nicht weit kommen, schon gar nicht bei ihr. »Nein, Mutter. Ich muss die Stadt verlassen. Er ist zurück.«

Vater war der Einzige, der verwirrt wirkte, während er sein Kinn rieb. »Woher kannst du das wissen?«

»Ihr Gefährtenband«, murmelte Sterlyn vorsichtig, für den Fall, dass jemand zuhörte.

Mutter musste das mehr oder weniger gefolgert haben, denn sie nickte, als hätte sie das letzte Wort. »Dann musst du dich von ihm fernhalten.«

Ich war kein junges Federgewicht mehr und konnte meine eigenen Entscheidungen treffen. Es half auch nicht, dass mein Herz so sehr strapaziert wurde, dass ich Angst hatte, es könnte aus meiner Brust springen. »Ich kann nicht.« Ich schnitt eine Grimasse angesichts der rohen Verletzlichkeit dieser Aussage. Ich senkte meine Stimme, um sicherzustellen, dass nur diese Gruppe meine nächsten Worte hören konnte. »Er hat das Dämonenschwert. Ich muss es zurückbekommen, damit ich es zum Artefaktgebäude bringen kann.« Zum Glück stimmte das.

»Kann das nicht jemand anders machen?« Mutter seufzte, aber sie ließ besiegt die Schultern hängen. Sie kannte die Antwort genauso gut wie ich.

Griffin verschränkte die Arme vor der Brust. »Sie ist die beste Wahl, wenn es darum geht, ihn zu finden, und wenn er sich in seine Schattenform verwandelt, ist sie eine der wenigen, die ihn noch sehen kann.«

Ich verzog das Gesicht. Griffin wollte mir helfen, aber die Dämonenform meines vorbestimmten Partners zu erwähnen, war wie ein Stich in eine fast verheilte Wunde.

Ronnie verlagerte ihr Gewicht, schaute ihren Mann an und sagte: »Alex und ich können es riskieren, sie zu begleiten, da wir im Moment nicht im Visier sind. Gwen liebt es, die königlichen Pflichten zu übernehmen, und sie ist fantastisch darin, uns auf dem Laufenden zu halten. Außerdem bin ich genau wie Rosemary in der Lage, ihn zu sehen.«

Als Alex nicht sofort zustimmte, stemmte Ronnie eine Hand in die Hüfte und starrte ihren Gefährten an; zweifellos nutzte sie ihre Seelenverwandtschaft, um mit ihm zu sprechen.

Jeder Teil von mir wollte sich umdrehen und wegfliegen, aber ich war mir nicht sicher, ob ich die Kraft hatte, zu ihm zu gelangen. Der Schmerz durchströmte meinen Körper, und der Druck auf mein Herz machte die Situation noch unangenehmer. Ich fühlte mich wie eine tickende Zeitbombe, die gleich explodieren würde.

Ich musste gehen.

Gerade als ich den Mund öffnete, um das zu sagen, seufzte Alex besiegt. Er grummelte: »Sie hat recht. Wir können Rosemary mitnehmen und dafür sorgen, dass ihr nichts zustößt.«

Mutter schnaubte. »Dafür ist es etwas zu spät.«

Zum Glück hatte ich genug Erfahrung mit ihr, um zu wissen, dass ich meine Energie nicht darauf verschwenden sollte, zu reagieren. Gegenwärtig galt mein ganzer Fokus darauf, hier rauszukommen und ihn zu finden.

Wegen der Waffe ... natürlich.

»Komm schon, Liebes«, sagte Vater, während er Mutters Hand nahm. »Lass uns wieder reingehen. Wir können nicht wissen, was passiert, während wir hier draußen sind.«

Mutter flatterte mit den Flügeln und starrte mich ein weiteres Mal an. »Also gut, aber gib uns Bescheid, wenn du das Schwert wiedergefunden hast! Hast du verstanden?«

Sie wollte sichergehen, dass ich nichts Törichtes tat und ihm wieder vertraute. Die Worte brannten, aber ich konnte sie nicht entkräften. »Das werde ich.« Sie verdiente meine Loyalität. Dank Levi würde der Rat erfahren, dass ein Artefakt fehlte, und es war nicht abzusehen, was Azbogah dann tun würde. Wir mussten das Schwert zurückbringen, bevor sie mit der Inventur fertig waren.

»Ich hasse es, dich nicht zu begleiten.« Sterlyn machte

einen Schritt zurück in Richtung Ratszimmer. Sie kaute auf ihrer Unterlippe und war eindeutig im Zwiespalt.

Ihre Loyalität war selten und bewundernswert, aber mich zu begleiten, wäre eine nicht gerade ideale Entscheidung. Ich beruhigte sie: »Wir kommen schon zurecht. Du musst hierbleiben.«

»Wenn wir nach ihm suchen müssen, nehmen wir einen Silberwolf mit. Wenn wir in Schwierigkeiten geraten, kann dieser sich sofort mit dir in Verbindung setzen«, sagte Alex, während er sich auf die Tür zum Ratssaal zubewegte.

Sterlyns Augen leuchteten, und sie rückte näher an Griffin heran. Zuerst dachte ich, sie wollte sich mit dem Silberwolfsrudel in Verbindung setzen, um sie über unseren Plan zu informieren, aber das Unbehagen, das von ihr ausging, verriet etwas anderes. Sie warf einen Blick auf Griffin und dann wieder auf den Rest von uns. »Annie hat wieder dieses seltsame Gefühl. Was, wenn sich noch mehr Dämonen auf einen Kampf vorbereiten?«

Der Tag wurde immer besser. »Ich spüre keine starke negative Energie, also sind die Prinzen der Hölle nicht hier, und ich glaube nicht, dass sie einen Angriff auf die Stadt starten würden, ohne persönlich zu erscheinen.«

Mutter hob ihr Kinn. »Rosemary hat recht. Wenn die Prinzen der Hölle planen, die Stadt anzugreifen, werden sie an ihrem Sturz teilhaben wollen. Ich weiß nicht, was im Einzelnen passiert ist, weil Azbogah ihren Abgang ausgehandelt hat, aber ich weiß, dass sie nichts füreinander übrigzuhaben scheinen.«

»Das scheint ein gängiges Thema zu sein, wenn ein bestimmter Engel involviert ist.« Ronnie schnaubte, aber ihr Blick war frei von Humor.

»Ihr vier solltet hierbleiben, während wir die Lage einschätzen. Wir werden nicht unvorbereitet in die

Schlacht ziehen, vor allem nicht mit unserer schwindenden Zahl.« Alex machte sich auf den Weg zurück in den Ratsraum. »Ich informiere Gwen über den Stand der Dinge und bin gleich wieder da.«

Seine Worte schmerzten. Wir hatten so viele Leben verloren. Die Silberwölfe bestanden nur noch aus fünfzehn Mitgliedern, darunter zwei junge Silberwölfe, Jewel und Emmy, die sich im Moment nicht im Rudel befanden. Keiner der normalen Wölfe konnte die Dämonen in ihrer Schattenform sehen, sodass Killians Rudel im Kampf einen großen Nachteil hatte. Von den Vampiren konnte nur Ronnie die Dämonen in ihrer Schattenform wahrnehmen, da Vollvampire nur mit dämonischen Kräften gesegnet waren und nicht wirklich zu den Dämonen gehörten. »Er hat recht«, sagte ich. »Ich verspreche, nichts Dummes zu tun. Auch nicht dann, wenn Levi involviert ist.« Die Versuchung könnte zwar groß sein, aber ich würde gegen den Drang ankämpfen. Meine Familie war mir wichtig, und ich konnte ihre Sicherheit und ihr Wohlergehen nicht für einen Mann aufs Spiel setzen, der mich vielleicht gar nicht wollte. Ich konnte Mutters Fehler nicht wiederholen. Diese Leute hatten mir immerzu beigestanden, und ich würde mich revanchieren.

Griffin schnüffelte, wahrscheinlich in der Erwartung, meine Lüge zu erkennen. Er verstand die Macht eines Gefährtenbands und wusste, dass Partner einander mehr bedeuteten als das Leben selbst.

Obwohl ich diese Kraft verstand, musste ich mich daran erinnern, dass Taten lauter sprachen als Worte. Bei jeder Gelegenheit hatte Levi gezeigt, dass ich ihm nicht trauen konnte und er mir nicht vertraute. Ich würde die sicheren Beziehungen, die ich hatte, nicht für eine Beziehung aufgeben, die aus ebenso vielen schlechten wie wunderbaren Gefühlen bestand. Eines Tages musste sich diese Schaukel beruhigen, sonst könnte ich den Verstand verlieren.

»Du bist eine Person, auf deren schlechte Seite ich niemals kommen möchte.« Griffin schüttelte den Kopf und warf einen Blick auf seine Gefährtin. »Ich glaube, sie könnte ihn umbringen, obwohl er ihr so viel bedeutet. Das ist knallhart und beängstigend zugleich.«

Ich schnitt eine Grimasse und mein Herz schmerzte bei der Vorstellung. Es könnte darauf hinauslaufen, und ich war mir sicher, dass Griffin meine Fähigkeiten überschätzte.

Die Tür zum Ratssaal öffnete sich und Alex trat heraus. »Wir müssen gehen, und ihr vier«, er deutete auf meine Eltern, Griffin und Sterlyn, »müsst wieder reingehen. Die Dinge eskalieren und euer Eingreifen ist gefragt.« Er drängte sich an mir vorbei und öffnete die Außentür.

»Seid vorsichtig!« Sterlyn eilte herbei und umarmte erst Ronnie, dann mich.

Ihr Freesienduft erfüllte meine Nase, und ich fühlte mich in ihren Armen nicht mehr ganz so unbehaglich. Mein Herz erwärmte sich und verschaffte mir eine kurze Atempause von der überwältigenden Pein.

Als sie und Griffin zurück in den Ratssaal gingen, tätschelte Mutter meinen Arm und sagte: »Sei bitte vorsichtig.«

Näher kam kein Engel an die Worte *Ich liebe dich* heran, und diese Tatsache berührte mich. Wir wirkten meist kalt und gefühllos, aber wir *fühlten* etwas.

Ich konnte meine Füße nicht länger stillhalten. Der Druck auf mein Herz ließ mich nach vorn stolpern, und ich stürzte aus der Tür, die Hände zitternd an den Seiten. »Wir treffen uns bei Killian«, sagte ich und breitete meine Flügel aus, obwohl ich nicht sicher war, wie gut ich fliegen konnte.

Mein Körper zitterte noch immer vor Schmerz. Der Drang, Levi zu finden, war das Einzige, was mich aufrecht hielt.

»Unser Auto ist hier.« Ronnie deutete auf den schiefergrauen Lexus SUV, der auf dem Parkplatz neben dem Gebäude stand. »Wir haben die Erfahrung gemacht, dass wir nie wissen können, wann wir schnell von hier verschwinden müssen, also haben wir ihn immer dabei, für alle Fälle. Schwing deinen Hintern in den Geländewagen, Rosemary, sonst schaffst du es gar nicht erst aus der Stadt!«

Sie hatte recht. Obwohl der Schmerz nachließ, durchströmte mich immer noch die Angst. Wenn sie mich während der Flucht überwältigte, könnte ich mich verletzen. »Gut, aber der Sog geht eher von Shadow Ridge als von Shadow Terrace aus.«

Ich zog meine Flügel ein und quetschte meine ein Meter achtzig eilig auf den Rücksitz des Wagens. Zum Glück war der Luxuswagen nicht so eng wie einige der Fahrzeuge, in die ich zuvor gezwängt worden war.

Innerhalb von Sekunden saß Alex auf dem Fahrersitz, und wir fuhren auf die Hauptstraße, die zum Tor der Shadow-Ridge-Seite führte.

Ein paar Leute schlenderten durch die Stadt, aber für einen Vormittag war es ziemlich leer.

Das *Ziehen* in meiner Brust verstärkte sich, jetzt, da ich ihm folgte, was einen Teil von mir besänftigte, gleichzeitig aber auch Angst in meinem Magen aufsteigen ließ. Ich war nicht sicher, was ich vorfinden würde, und das versteinerte mich. Ein weiteres neues Gefühl, das ich benennen musste, aber *Furcht* war das Einzige, was die Schwere in meinem Magen, den rasenden Puls und die schweißnassen Handflächen beschreiben konnte. Nicht einmal, wenn ich ausgebildeten Kriegern gegenüberstand, hatte ich jemals auch nur annähernd so empfunden.

Mein Handy klingelte, und meine zittrigen Hände konnten es kaum aus der Hosentasche ziehen. Wir hielten gerade am Tor, als ich Annies Namen auf dem Display aufblitzen sah.

Mit einem schnellen Fingerwisch nahm ich das Gespräch an: »Hallo?«

»Sterlyn sagt, du verhältst dich seltsam, also nehme ich an, dass du es auch spürst.« Annie atmete schnell. »Warum trefft ihr euch nicht mit uns am Rande des Walds, der zum Gebiet des alten Silberwolfsrudels führt, damit wir sofort nach der Ursache suchen können?«

Mit diesem Plan konnte ich mich anfreunden. Ich hatte das Gefühl, dass dieser *Sog* uns dorthin führen würde, wo wir an jenem Tag den Dämonen begegnet waren. Levi hatte mich von etwas ferngehalten, und ich hatte den leisen Verdacht, dass wir herausfinden würden, was das war. »Vielleicht solltest du nicht mitkommen. Wenn wir tatsächlich dort enden werden, ist es das Beste, wenn du deine Sicherheit und die des Babys nicht riskierst.«

»Nicht du auch noch«, knurrte Annie. »Cyrus nervt mich auch schon damit. Ich weiß nicht, wie ich es erklären soll, aber es fühlt sich nicht so bösartig an wie damals, als wir angegriffen wurden. Ich ... ich muss die Sache zu Ende bringen. Dieses Zerren geschieht nicht grundlos.«

Ich verstand sie nur zu gut. Wenn mich jemand gebeten hätte, zurückzubleiben, hätte ich mich auch geweigert, aber in meinem Bauch wuchs kein Kind heran. »Aber ...«

»Versprochen«, sagte sie laut – vermutlich, um gleichzeitig auch Cyrus zu besänftigen –, »wenn auch nur ein Hauch von Gefahr droht, bin ich die Erste, die verschwindet. Ich werde nicht zulassen, dass meinem Baby etwas passiert.«

»Es ist nicht nur das Baby, um das ich mir Sorgen

mache«, raunte Cyrus laut genug, dass ich ihn durch das Telefon hören konnte. »Und obwohl deine Mutter nicht so deutlich ist, stimmt Midnight mir zu.«

Annie hatte recht. Sie liebte das Kind mehr als jeder andere von uns. Es wuchs in ihr heran. Wenn sie bereit war, zu gehen, musste sie spüren, dass es sicher sein würde.

Ronnie drehte sich vom Beifahrersitz aus zu mir um und sagte laut: »Gut, aber du bleibst besser ganz hinten, sonst schnappe ich mir deinen Arsch und fliege dich da raus!«

Das Stadttor öffnete sich, Alex fuhr hindurch und entfernte sich von der Gefängnisstadt hinter der Mauer. Ich hatte noch nie so darüber nachgedacht, aber Shadow City hatte sich in den vergangenen Jahren verändert. Es fühlte sich nicht mehr wie ein Zuhause an.

»Ihr seid unmöglich«, stöhnte Annie, aber es lag Wärme in ihrem Ton. »Wir sehen uns dort.« Dann legte sie auf.

Ich machte mir nicht die Mühe, das Gespräch zu wiederholen, denn Alex und Ronnie hatten jedes Wort gehört. Alex erhöhte unser Tempo, und das *Zerren* wurde von Minute zu Minute stärker.

Ich versuchte, meine Atmung zu kontrollieren, um nicht zu hyperventilieren. Meine Lunge verkrampfte sich und kämpfte gegen die Entschleunigung an, aber ich ließ nicht locker.

Wir brausten über die zweispurigen Straßen der malerischen Innenstadt von Shadow Ridge. Zwischen den miteinander verbundenen Backsteingebäuden tummelten sich Leute, die durch die Stadt eilten, vermutlich auf dem Weg zur Arbeit. Die Luft war hier nicht rauchig und die Sonne ging an einem wolkenlosen Himmel auf.

Die Stadt war klein, und so dauerte es nicht lange, bis Alex uns hindurchgefahren hatte und auf die Straße abbog, die die beiden Nachbarstädte miteinander verband.

Eichen, Zypressen und Judasbäume säumten den Straßenrand, als würden sie die Reisenden vor übernatürlichen Kreaturen schützen. Nachdem Alex nach links Richtung Shadow Terrace abgebogen war, hielt er bald an einer Einbuchtung am Straßenrand und stellte den Wagen ab.

Ich griff nach der Tür, als die Verbindung zu Levi ihre Wärme zu verlieren begann.

Ich erstarrte. Dieses kühle Gefühl rührte nicht daher, dass Levi die Erde wieder in Richtung Hölle verlassen hatte – es konnte nur seinen nahen Tod bedeuten.

Ich muss ihn finden.

Panisch riss ich die Tür auf und sprang hinaus, dann breitete ich meine Flügel aus.

»Rosemary, was ist los?«, rief Ronnie.

Ich hatte keine Zeit für Erklärungen. Ich musste Levi finden. Das musste der Grund sein, warum unsere Verbindung so stark an mir zerrte – und warum er nicht auf mich reagierte. »Levi steckt in Schwierigkeiten.«

Ich war bereits in der Luft, als Alex schrie: »Wir müssen auf Annie und die anderen warten!«

»Wir haben keine Zeit.« Ich konnte nicht glauben, dass ich so dumm und stur gewesen war und nicht auf unser Band gehört hatte. Kein Wunder, dass ich so viel Schmerz empfand – er lag im *Sterben*.

All die Male, die ich ihn selbst hatte töten wollen, gingen mir durch den Kopf und verstärkten den Aufruhr.

»Rosemary!«, schrie Ronnie. »Das könnte eine Falle sein!«

Vielleicht, aber wenn er starb, obwohl ich ihn hätte retten können, würde ich nicht mit mir selbst leben können.

Ich überließ mich dem Band. Obwohl ich fest

entschlossen war, ihn zu erreichen, war ich nicht ignorant; ich behielt die Wildtiere unter mir im Auge. Die Rehe schritten gemächlich durch den Wald, und die Vögel flogen unbeirrt umher und informierten mich darüber, dass keine Dämonen in der Nähe waren.

Die herbstlichen Orange- und Rottöne trösteten mich nicht, als ich mich in Richtung meines vorbestimmten Partners bewegte. Auch wenn ich wütend auf ihn war, wollte ich nicht, dass er starb. Ein Leben ohne ihn wäre unglücklicher als eines, das wir getrennt voneinander verbrachten. Leider hatte es diesen Moment gebraucht, um mir das klarzumachen.

Kurz bevor die ehemalige Siedlung des Silberwolfsrudels zu meiner Rechten auftauchte, lenkte mich das *Zerren* nach links, tiefer in den Wald hinein. Ich flog weiter, wich den Bäumen aus und beschleunigte mein Tempo, um dorthin zu gelangen ... zu ihm.

Nach ein paar Minuten sah ich eine kleine Höhle durch das Laub.

Erinnerungen an das letzte Dämonenportal, das wir entdeckt hatten, tauchten in meinem Kopf auf. Jenes Portal hatte sich ebenfalls in einer Höhle befunden. Das konnte kein Zufall sein – und der *Sog* zog mich dorthin.

Die Öffnung der Höhle kam immer näher, und mein Herz blieb stehen, als mein Blick auf einen schwer verletzten Levi und einen fremden Mann fiel, der über ihm schwebte.

KAPITEL ZEHN

ICH KONNTE NICHTS WEITER TUN, als ihn anzustarren. Levis Haut war blass, nicht hellgolden, wie ich es gewohnt war. Sein hellbraunes Shirt war blutdurchtränkt, und sein Gesicht wies einen dunkelvioletten Bluterguss mit einer großen Wunde unter dem Haaransatz auf. Trockene Blutreste bedeckten sein kurzes espressobraunes Haar und verklumpten in seinem kastanienbraunen Bart.

Er sah aus wie der Tod – und mit der Abkühlung unserer Verbindung kam dieser schnell näher.

Der hochgewachsene Mann hatte ihn an die Steinmauer gezogen, unter der sich die Höhle verbarg. Er beugte sich über Levi, seine Hände auf der Brust meines vorbestimmten Partners, zweifellos bereit, ihn zu vernichten.

»Nein!«, schrie ich, damit sich der Mann um mich kümmerte und nicht um meinen schwer verletzten Partner. »Ich werde dich *töten*.« Und ich musste es schnell tun, damit ich Levi heilen konnte.

Der Mann richtete sich auf und bewegte sich so, dass ich Levi nicht mehr sehen konnte. Die Sonne schien auf sein dunkles kaffeebraunes Haar und seine hellgoldene Haut. Er musterte mich skeptisch und strich mit der Hand über seinen goldbraunen Bart. »Wir belästigen dich nicht. Lass uns in Ruhe!«

Ich landete ein paar Schritte von dem Mann entfernt zwischen zwei Zypressen und breitete meine Federn aus, um so bedrohlich wie möglich zu wirken.

Der Mann war etwa so groß wie Azbogah. Er war muskulös wie Levi, aber besaß eine Härte, die verriet, dass er nicht nur in der Hölle gelebt, sondern sie auch durchlebt hatte. Obwohl er auf den ersten Blick nicht bösartig wirkte, könnte er eine direkte Bedrohung darstellen.

Wenn die Prinzen der Hölle Druck ausübten, um unentschlossene Dämonen vollends auf ihre Seite zu ziehen, könnte dies der entscheidende Moment für diesen Mann sein.

Da ich keine Zeit mit einem Kampf verschwenden wollte, senkte ich den Kopf und starrte dem Dämon in die Augen. »Geh und ich werde dich nicht töten!« Unter anderen Umständen hätte ich das nicht gesagt, aber ich wollte Levi unbedingt retten. Alles in mir war bereit, ihn zu beschützen und zu heilen, so gut ich konnte. Obwohl ich wütend und verletzt war, kam sein Tod nicht infrage.

»Das kann ich nicht.« Der große Mann deutete auf Levi.

Ich verlor die Nerven. Er *würde* diesen Job nicht zu Ende bringen.

Ich stürzte mich auf ihn, fest entschlossen, ihn zu eliminieren. Mit jeder Sekunde, die ich gegen diesen Mann kämpfte, kam Levi dem Tod näher. Mein Herz schmerzte, aber mein Blut kochte, als ich mich anschickte, den Kampf schnell zu beenden.

Ich drehte meine Federn auf die scharfe Seite, um den Plagegeist zu enthaupten.

Der Mann sprang zurück und meine Federn erwischten nichts als Luft.

Er war schlauer als die anderen Dämonen, gegen die ich gekämpft hatte, und das machte mich wütend. Ich konnte gerade keinen kompetenten Kämpfer gebrauchen.

Der Mann verwandelte sich in seine Dämonengestalt und griff an. Ich hatte erwartet, dass er eine Waffe zücken würde, aber das tat er nicht. Ich drehte mich gerade noch rechtzeitig, als er an mir vorbeirauschte. Hätte ich auch nur den Bruchteil einer Sekunde länger gebraucht, um zu reagieren, hätte er mich erwischt.

Ich warf einen Blick auf Levi. Sein Brustkorb bewegte sich kaum und unser Band verlor an Wärme.

Gerade als ich wieder zu dem Dämon blickte, stieß er mit mir zusammen.

Ich stolperte, blieb aber auf den Beinen und nutzte meine Flügel, um mich aufrecht zu halten. Der Dämon griff nach meinem Hals, aber ich hielt seine Schattenhandgelenke fest und grub meine Fingernägel in das schattenhafte Fleisch. In dieser Position konnte ich meine Flügel nicht bewegen, und wenn ich losließe, würden seine Hände meinen Hals erreichen.

In der Hoffnung, dass meine Strategie funktionierte, rammte ich mein Knie in das, was ich für seinen Magen hielt. In der Schattenform war es schwer zu erkennen, auf welchen Körperteil ich zielte.

Der Dämon stöhnte, und sein verzweifelter Versuch, meinen Hals zu umschließen, geriet ins Stocken, während seine Arme erschlafften. Er blinzelte, seine dunklen Augen waren nicht im Geringsten rot. Vielleicht würde Levi erst sterben müssen, bevor er zum Bösen überging, aber das würde ich nicht zulassen.

Meine Ohren dröhnten, als ich dem Dämon erneut in den Magen trat und meine Finger tiefer in seine Haut grub. Bevor ich ihn tötete, wollte ich, dass er den gleichen Schmerz erfuhr, den Levi gerade verspürte. Warmes Blut quoll unter meinen Nägeln hervor, aber ich ignorierte es.

Ich hatte das Töten nie genossen – es war lediglich eine Notwendigkeit –, und dieser Tod war nicht anders. Ich war einfach nur verzweifelter und wollte meine sterbende andere Hälfte retten. »Warum bist du nicht einfach gegangen?« Ich knirschte mit zusammengebissenen Zähnen, als ich meinen Griff um seinen Arm löste und ihm ins Gesicht schlug. »Ich habe keine Zeit dafür.«

Er taumelte einige Schritte zurück, dann richtete er sich langsam auf. Karmesinrotes Blut tropfte von seiner Schattengestalt.

Nicht das blaue Blut der Dämonen, die ich zuvor bekämpft hatte.

Wenn er nicht böse war, warum war er dann hier und tötete Levi?

»Ich kann ihn nicht zurückbringen«, sagte der Dämon niedergeschlagen. »Wir müssen hierbleiben.«

»*Er* kann bleiben.« Auf keinen Fall würde ich Levi erlauben, wieder zu gehen. Er würde wieder unser Gefangener sein, und wir würden ihn zwingen, das Dämonenschwert zurückzugeben. Wenn ich schon unglücklich sein musste, dann würde ich dafür sorgen, dass er mit mir litt. Aus dem Inneren der Höhle drang intensiv die Boshaftigkeit der Dämonen. Das Portal musste dort sein. »*Entweder du stirbst oder du gehst zurück. Entscheide dich jetzt!*«

Ronnies zuckriger Duft durchdrang die Luft, und

innerhalb von Sekunden schwebte ihre schattenhafte Gestalt auf meine andere Seite. Ich musste ihr Gesicht nicht sehen, um zu wissen, dass sie nicht glücklich darüber war, dass ich abgehauen war. Aber ich bereute nichts und würde es wieder tun.

»Bei den Göttern!«, keuchte Ronnie. »Levi!«

Der Schatten hielt inne. »Ihr *kennt* ihn?«

Ich zuckte zusammen. Das Letzte, was wir tun sollten, war, den Dämon über unsere Bekanntschaft zu informieren. Wir konnten ihn jetzt nicht lebend in die Hölle zurückkehren lassen. Nicht, dass das eine Option gewesen wäre, denn der Dämon hätte gewusst, dass er Levi bei mir gelassen hatte. Aber das hier war anders. Wir kannten seinen Namen.

Etwas Verschwommenes raste auf uns, dann materialisierte sich Alex vor mir. Sein Gesicht war zerfurcht, und sein normalerweise makelloses Haar war in völliger Unordnung, zusätzlich zu dem Ruß, der noch immer seine Züge bedeckte. Er und Ronnie hatten sich nicht ausgeruht, aber wir befanden uns in einer weiteren schlimmen Situation.

Dieses Mal trug ich allein die Schuld daran, da wir nicht auf Verstärkung gewartet hatten.

Mein Band zu Levi kühlte weiter ab. Ich hatte keine Zeit mehr zu verlieren. Ich musste die Bedrohung ausschalten. »Es spielt keine Rolle, ob wir ihn kennen – du wirst gleich deinen letzten Atemzug tun.«

»Ich bin nicht hier, um euch Ärger zu bereiten.« Der Dämon hob seine Hände zur Kapitulation.

Aber ich war kein Dummkopf. Das musste ein Trick sein – kein Dämon würde sich freiwillig einem Feind ausliefern, der ihn töten wollte. »Und Shadow City ist ein sicherer Ort«, spottete ich, wobei ich meinen Sarkasmus deutlich zum Ausdruck brachte, damit die Luft klar blieb. Wer ihm glaubte, würde auch die Lüge glauben, auf der die Stadt errichtet worden war. »Hältst du mich für bescheuert?«

»Rosemary, warte!«, sagte Ronnie.

Alex zischte, denn es gefiel ihm nicht, dass sich Ronnie dem Feind näherte.

Sie hatte eine mitfühlende Seele, genau wie ihre Pflegeschwester Annie. Ronnie war in einer Pflegefamilie aufgewachsen, und obwohl sie abgebrüht war, gab sie anderen einen Vertrauensvorschuss. Sie glaubte wahrscheinlich, dass dieser Dämon bereits gefallen wäre, wenn er dazu bestimmt gewesen wäre.

Ich glaubte das nicht. Ich hatte gesehen, wie sich Leute veränderten, und in den vergangenen Wochen hatte ich mich mehr verändert als in einem ganzen Jahrtausend. Er könnte heute genauso fallen wie in fünfhundert Jahren. Situationen veränderten Personen, so wie Azbogah meine Mutter verändert hatte. »Ich warte nicht.«

»Ich meine nur, dass wir vielleicht Informationen von ihm bekommen könnten. Wir sollten ihn gefangen nehmen, schließlich ist er mit Levi hier.« Ronnie biss sich auf die Lippe, während sie den Mann anstarrte.

Das war das Problem, wenn Leute noch nicht viel Erfahrung damit hatten, Essenzen zu sehen – sie suchten nach dem Guten, wo es keines gab.

»Weil das beim letzten Mal *so gut* geklappt hat, Liebes.« Alex atmete aus – er war eindeutig auf meiner Seite.

Wir hatten keine Zeit für dieses Spiel. Jede Sekunde, die wir verschwendeten, brachte Levi dem Tod näher. Alles in mir schrie danach, ihn zu heilen. »Levi liegt im Sterben. Ich muss ihn retten.«

»Du bist *Rosemary*«, sagte der Dämon, als er sich wieder in seine menschliche Gestalt zurückverwandelt hatte. Seine Augen leuchteten hoffnungsvoll auf.

Es war keine Frage gewesen. Ich stürzte mich auf ihn und bewegte meinen Körper, um ihn zu enthaupten, als sich Levi mit mir verband: *Nein … Vater.*

Obwohl mein Kopf protestierte, riss ich meinen Körper eine Millisekunde, bevor meine Flügel den Kopf des Dämons abgetrennt hätten, zur Seite. Der Mann, der Levis Vater sein könnte, stieß einen zittrigen Atemzug aus und murmelte: »Den Göttern sei Dank.«

Der Dämon hatte sich nicht gerührt, als hätte er den Tod als sein Schicksal bereits akzeptiert.

»Warum hast du einen Rückzieher gemacht?«, fragte Alex und klang dabei verwirrt.

Ich konnte es ihm nicht verübeln. Was ich getan hatte, ergab keinen Sinn. Vielleicht träumte Levi in seinen letzten Momenten von seinem Vater. Aber was, wenn das wirklich sein Vater war? Ich konnte dem Mann, den Levi beschützen wollte, nicht wehtun. »Ich bin mir nicht sicher, ob wir ihn töten *sollten*.«

Unser Band kühlte ab, bis die Wärme völlig verschwunden war.

Wir hatten keine Zeit mehr zu verlieren. »Ihr zwei behaltet ihn und die Höhle im Auge. Das Portal befindet sich im Inneren und es könnten jeden Moment weitere Dämonen kommen. Sagt mir Bescheid, wenn ihr mich braucht!« Ich eilte zu meinem Partner und vertraute darauf, dass Ronnie und Alex mit dem Dämon fertig wurden.

Levis Herz schlug kaum noch. Ich umklammerte die kühle, klamme Haut seines Arms und drehte ihn, um meine Hände direkt über sein Herz zu legen. Um sämtliche

Barrieren zu beseitigen, zog ich an seinem Kragen und zerriss den Stoff.

Ich legte meine viel zu zittrigen Hände auf seine Brust und hoffte, dass ich ausreichend Magie in mir hatte, um ihn zu retten. Ich hatte ihn schon einmal geheilt, als er einen tödlichen Schuss abbekommen hatte, der für mich bestimmt gewesen war, und es hatte eine beträchtliche Menge meiner Magie erfordert.

»Was macht sie mit ihm?«, krächzte der Dämon.

Besorgnis ließ sich nicht leicht vortäuschen, aber Dämonen waren ausgezeichnete Manipulatoren. Ein gutes Beispiel dafür war Levi, der sowohl mich als auch Kira verraten hatte. Der Gedanke schmerzte.

Ronnie seufzte, ratlos, was sie sagen sollte.

»Sie heilt ihn«, erklärte Alex. »Es bringt nichts, es ihm nicht zu sagen – er wird es gleich selbst sehen.«

Ein Heulen ertönte, als sich Cyrus und die anderen Wölfe näherten. Sie mussten Alex' Fährte gefolgt sein, um uns zu finden.

Levis Augen zuckten, aber er öffnete sie nicht. Er verband sich: *Es tut mir leid. Ich ...*

Nein. Wir würden uns *nicht* voneinander verabschieden. So leicht würde er nicht davonkommen. »Halt die Klappe!«, knurrte ich, während ich mein Innerstes anzapfte und meine Magie auf ihn lenkte.

Wärme strömte durch meine Handflächen und meine Hände glühten. Ich schob die Energie in Levi hinein und sorgte dafür, dass die Magie zuerst in seinem Herzen wirkte. Es musste sich regenerieren und kräftiger schlagen.

Meine warme Magie kollidierte mit seiner kühlen Energie, und das erfrischende Gefühl erinnerte mich an die Morgen, an denen ich hoch am Himmel flog und die Luft über meine heiße Haut strich. Mein Herz wurde leichter, jetzt, da wir zusammen waren und einander berührten. Unsere Magie verschmolz auf die Art und Weise, wie es vorbestimmten Partnern vorbehalten war. Der Schmerz, den ich empfunden hatte, war durch seine Verletzungen entstanden, zusätzlich zu den verheerenden Folgen der Trennung.

Unsere gemeinsame Magie wirbelte unter seiner Haut und suchte nach den Stellen, die Heilung benötigten. In einer idealen Situation würde ich mich auf bestimmte Punkte konzentrieren, aber ich wusste nicht, wohin ich zielen sollte, außer, dass ich sein Herz wieder in Gang bringen wollte. Offensichtlich hatte sein Herz nicht die Hauptlast des Traumas abbekommen und war lediglich überanstrengt. Da ich kein Ziel hatte, musste ich mehr von meiner Magie einsetzen, als ich wollte, zumal ich mich noch nicht vollständig aufgeladen hatte, aber ich hatte keine andere Wahl.

Pfotengetrappel näherte sich und die Vögel zwitscherten fröhlich am Himmel. Die Welt drehte sich weiter, obwohl die Liebe meiner Ewigkeit unter mir im Sterben lag.

Meine Magie wirbelte verzweifelnd suchend durch seinen Körper. Ich änderte die Richtung der Energie in seinem Inneren und lenkte sie zu seinem Kopf, wo die meisten sichtbaren Verletzungen waren. Ich suchte in seiner Brust, konzentrierte mich auf die größeren Arterien, falls er innere Blutungen hatte, aber das blieb alles ohne Ergebnis.

Nach ein paar Sekunden fand meine Magie seine Wunden. Sein Genick war durch die erlittenen Verletzungen fast gebrochen – eine Verletzung, die eher zu einem langsamen als zu einem sofortigen Tod führte, was wohl die Absicht gewesen war.

Kein Wunder, dass der Schmerz überwältigend

gewesen war – dabei hatte ich nur einen Bruchteil dessen gespürt, was er erlebt hatte. Ich ließ meinen Blick über seinen Körper gleiten und stellte fest, dass er das Schwert nicht bei sich hatte.

Vielleicht war das der Grund, warum die Dämonen versucht hatten, ihn zu töten. Wenn das Schwert sich wie Ronnies Dolch verhielt, nachdem er sich damit verbunden hatte, dann konnte niemand es benutzen, solange er lebte. Wagte ich zu hoffen, dass er sein Schwert zu sich rufen konnte, so wie Ronnie es mit ihrem Dolch tat? Dass es sich aus dem Nichts materialisieren konnte? Wenn das der Fall wäre, hätte Wrath seinen Dolch dann nicht schon vor Äonen herbeigerufen?

Unsere Verbindung flackerte und stärkte meine Entschlossenheit, obwohl die Magie in meinem Körper schwand.

Ich würde alles tun, was nötig war, um ihn zu retten.

Als ich mehr von meiner Essenz in ihn einfließen ließ, heilte meine Magie allmählich seine Verletzungen. Ich konnte ihn nicht vollständig kurieren, aber es würde reichen, um sein Überleben zu sichern.

Tränen liefen über meine Wangen, während sich meine Brust zusammenzog. Seine Rettung war zu nahe, ich konnte ihn jetzt nicht verlieren.

Ich vernahm Schritte, aber konnte es nicht riskieren, meine Konzentration von Levi abzuwenden.

»Bleib zurück«, sagte Ronnie, »oder ich trete dir in den Arsch!« Ich hörte, wie sie sich bewegte.

»Heilige Götter! Du bist diejenige, von der Wrath gesprochen hat«, keuchte er.

Ronnies Dämonenklinge musste aufgetaucht sein und ein Teil meines Unbehagens verschwand. Sie nahm die Gefahr ernst, obwohl er Levis Vater sein könnte.

Levis Wirbelsäule heilte, aber meine Magie war gefährlich erschöpft. Ich wollte nicht in Gegenwart von Levi und seinem Vater bewusstlos werden.

Unsere Verbindung wurde wieder wärmer und der Schmerz ließ nach. Das war ein Segen, denn ich war am Ende meiner Kräfte.

Bei den Göttern, selbst im Tod umgibt mich Roseys Duft, verband sich Levi und Traurigkeit strömte in mich hinein.

Ich erschlaffte, als ich seine Stimme hörte und die Erschöpfung mich traf. Jetzt, da unsere Verbindung wieder auf Normaltemperatur war, zog ich das bisschen Magie, das mir noch geblieben war, in mein Inneres zurück. *Der Tod wird ein Segen sein, wenn ich mit dir fertig bin.* Obwohl der Schmerz immer noch in mir tobte, konnte ich nicht die Wut aufbringen, die ich beabsichtigt hatte.

Er war hier und lebte, und das bedeutete mir mehr, als ich je für möglich gehalten hätte.

Seine mokkabraunen Augen öffneten sich flackernd, und obwohl sein Gesicht zerschlagen war und schmerzverzerrt wirkte, war er nicht mehr leichenblass.

Rosey. Seine Mundwinkel kräuselten sich, aber das Lächeln verwandelte sich in eine Grimasse, wahrscheinlich vor Schmerz. Wärme wehte mir entgegen. *Bist du das wirklich?*

Ich sah ihn stirnrunzelnd an. Auch wenn ich froh war, dass er hier bei mir war, hieß das noch lange nicht, dass ich ihm verziehen hatte. Ich zwang mich, aufzustehen und zurückzutreten. Mein Körper schwankte, aber ich blieb aufrecht stehen, obwohl mein Herz pochte und die Welt sich um mich herum drehte.

»Sohn, geht es dir gut?«, fragte sein Vater ein paar Schritte entfernt. Ronnie hielt ihren Dämonendolch in der Hand, um ihn daran zu hindern, näher zu kommen.

»Vater?« Er setzte sich langsam auf und lehnte sich an die Gesteinswand, sein Gesicht war von Schmerz gezeichnet. »Warum bist du hier?«, fragte er, nachdem sein Blick von seinem Vater zu mir gehuscht war. »Warte! Bist du okay? Ich habe etwas Schreckliches durch unser Band gespürt, und ...« Er verstummte und legte die Stirn in Falten. »Ich war bei den Prinzen der Hölle, als ich es gespürt habe, aber ich musste zu dir ...«

Mein Herz wurde schwer. Er musste meine Verletzungen durch das Feuer gespürt haben ... was mich wieder auf das andere dringende Problem zurückbrachte. »Wo ist das Schwert?«

Er wandte den Blick ab und ich wusste Bescheid.

Zwei knurrende Silberwölfe stürmten zwischen den Bäumen hervor. Einer blieb mit erhobenen Zähnen neben Ronnie stehen, während der zweite, bei dem es sich um Darrell handeln musste, auf mich zukam. Beide waren in höchster Alarmbereitschaft und zum Kampf bereit.

»Hey!« Levi fuchtelte mit einer Hand vor seinem Gesicht herum und betrachtete seinen Körper. »Ich schwöre, ich bin gegenwärtig keine große Bedrohung. Es ist ein Kampf, sich nur aufzusetzen.«

»Besser als der Tod – dem du übrigens bedrohlich nahegekommen bist. Zugegeben, du bist noch nicht über den Berg«, schimpfte ich, wütend darüber, dass er sich nicht entschuldigte oder erklärte, was er getan hatte, und unschlüssig darüber, ob ich ihn weiterhin heilen oder noch schlimmer zurichten sollte.

Er zwinkerte mir zu, zuckte aber wieder zusammen. »Aber das konntest du nicht zulassen.« Seine Freude erfüllte mich.

Das waren seine ersten Worte an mich? Ich ballte

meine Hände zu Fäusten und wollte ihm die Selbstgefälligkeit austreiben.

Doch bevor ich Levi anschnauzen konnte, stürmte Cyrus in Menschengestalt auf die Lichtung, sein silbernes Haar wild zerzaust, während er die Gegend um uns herum scannte. »Wir müssen von hier verschwinden. *Sofort!*«

KAPITEL ELF

DAS LETZTE, was ich tun wollte, war, zu gehen. Ich musste einem Dämon klarmachen, dass seine Flirtversuche die Probleme zwischen uns nicht beheben würden, auch wenn er verdammt sexy war. Er hatte unser prekäres Verhältnis bereits gestört. Wir hätten schon genug Probleme mit unserer Beziehung zu bewältigen gehabt, ohne dass er mich im Stich gelassen und eine dämonische Waffe gestohlen hatte. Die ganze Welt war bereits gegen uns.

»Was ist hier los?«, fragte Ronnie und hielt ihren Blick auf Levis Vater gerichtet.

Mir fiel ihre einsatzbereite Pose auf. Sie wusste, dass eine Bedrohung anstand, und nahm an, dass sie von Levis Vater ausging, da er uns am nächsten war. Dafür, dass sie nicht in der übernatürlichen Welt aufgewachsen war, hatte sie sich schnell zu einer hervorragenden Kämpferin entwickelt. Ihre Instinkte wiesen auf ihr engelhaftes Erbe hin, denn die meisten Engel – und damit auch die Dämonen – besaßen ein Gespür für Strategie und Kampf.

»Annie wittert etwas Seltsames, so wie sie es jedes

Mal getan hat, wenn die Dämonen aufgetaucht sind.« Eine Ader zwischen Cyrus' Augen wölbte sich. Er war schon immer ernst gewesen, aber seit Annies Schwangerschaft lächelte er nur noch selten, es sei denn, es ging um sie. Er war seiner Familie als Säugling entrissen und vom Feind aufgezogen worden. Sie hatten ihn bereits in einem, auch für Silberwolfsverhältnisse, zarten Alter für den Kampf ausgebildet, und er war in dem Glauben aufgewachsen, von seiner Familie verstoßen worden zu sein. Das Finden seiner Schicksalsgefährtin hatte ihn gestärkt, und Annies Schwangerschaft hatte ihn noch fürsorglicher gemacht.

»Die Hexe war wohl nicht in der Lage, den Bann aufrechtzuerhalten. Sie haben vermutlich mitbekommen, dass Levi und ich nicht in unserer Zelle sind.« Levis Vater warf einen Blick auf den Eingang der Höhle. »Wir müssen verschwinden, bevor sie merken, dass wir die Hölle verlassen haben. Sie wollen Levi töten, weil er mit dem Schwert seiner Mutter verbunden ist und niemand außer ihm es benutzen kann. Uns vor den Fährtenlesern zu verstecken, wird schwer genug sein, selbst mit einem Vorsprung.«

Mein Herz setzte einen Schlag aus. *Das Schwert deiner Mutter?*

Levi seufzte. *Sie war der Erzengel der Stärke, bevor sie gefallen ist. Ihr Schwert wird der große Ausgleicher genannt, weil es jedes mächtige Wesen neutralisieren konnte. Die Dämonen wollen es auf ihre negative Energie anwenden, damit sie unerkannt auf der Erde wandeln können. Sie müssen eine Hexe finden, die den Zauber ausführt, aber es kann nicht mit einer Person verbunden sein, wenn der Zauber stattfindet.*

Noch etwas, das er mir *von Anfang an* hätte sagen können.

Ronnie drehte den Kopf in seine Richtung. »Welche Hexe?«

Levis Vater legte den Kopf schief. »Ich erzähle euch nichts mehr, bevor ihr uns nicht in Sicherheit gebracht habt.«

Ich schnaubte und erinnerte mich an jenen Tag, an dem wir über Levi gestolpert waren. Er hatte so ziemlich die gleichen Worte gesagt.

Zischend trat Ronnie näher an den Dämon heran.

Sosehr ich das Gespräch auch fortsetzen wollte – ich konnte nicht zulassen, dass einer von uns starb. »Wir müssen weg, falls sie hier durchkommen. Wo ist Annie?« Annie konnte sich nicht verwandeln, solange sie schwanger war, was sie noch mehr gefährdete und sogar zu einer potenziellen Belastung machte, falls Dämonen angriffen.

Wie erwartet, wirkte diese Frage so entschärfend auf Ronnie, dass sie sogleich rationaler dachte. Ich wusste, was sie sich erhoffte, aber wir hatten alle gesehen, wie Eliza erstochen worden war. Es wäre ein Wunder, sollte sie das überlebt haben.

Sobald sich die Lage beruhigt hatte, würden wir mit Circe, Elizas Tochter und der Priesterin ihres ehemaligen Hexenzirkels, sprechen, um einen Weg zu finden, dieses Portal zu schließen oder zu blockieren, so wie wir es auch in der Umgebung des Dämonenwolfsrudels getan hatten. Derzeit hatten wir nicht genug Leute, um die Bedrohung zu beobachten und anzugreifen, sollte jemand das Portal passieren. Die Zahl der Silberwölfe war mit jedem Kampf geschrumpft, und ich konnte die Engel aus vielerlei Gründen nicht alarmieren. Wir mussten uns einen Plan ausdenken und hierher zurückkommen, um das Portal ein für alle Mal zu schließen ... nachdem wir das Schwert zurückbekommen hatten.

Ein weiteres Problem, um das wir uns kümmern mussten, sobald wir nicht mehr in unmittelbarer Gefahr schwebten.

»Sie ist bei Midnight, etwa eineinhalb Kilometer entfernt. Wir waren nicht sicher, was wir vorfinden würden, also ist sie zurückgeblieben, wie sie es versprochen hat – sozusagen.« Cyrus runzelte die Stirn.

Ihm gefiel es nicht, dass sie überhaupt in der Nähe war, und ich würde wetten, dass ihre Mutter, Midnight, nicht nur aus dem Grund bei ihr geblieben war, weil sie die Dämonen in Schattenform nicht sehen konnte. Annie sorgte sich um ihr ungeborenes Kind, aber sie liebte Cyrus. Wenn er in eine brenzlige Situation geriet, würde es ihr schwerfallen, nicht zu handeln.

Wir verschwendeten zu viel Zeit, während wir uns eigentlich beeilen sollten.

Die Erschöpfung kehrte zurück, aber ich konnte mich ihr nicht hingeben.

»Habt ihr mich nicht gehört?« Levis Vater stöhnte frustriert auf. »Ich habe Levi nicht hierhergeschleppt, um den Dämonen zu ermöglichen, ihn zu erwischen und den Job zu beenden.«

Der Wolf neben Ronnie knurrte und verkündete, dass er dem Dämon nicht traute.

Ich traute ihm auch nicht, und dieses Drängen, zu gehen, könnte eher auf Manipulation als auf eine tatsächliche Bedrohung zurückzuführen sein. *Ist er wirklich dein Vater?* Ich brauchte eine Bestätigung.

Ja. Warum? Levi versuchte, aufzustehen, aber er fiel auf die Seite und schlug mit dem Kopf gegen die Steinwand.

Der Schmerz in mir pulsierte wieder und bestätigte, dass wir durch das Band Empfindungen teilten. Ohne an die Konsequenzen zu denken, beugte ich mich vor und legte meinen Arm um seine Taille, dann stand ich auf. Mir wurde schwindelig, und ich musste mich fest an ihn klammern, damit wir nicht beide fielen. Meine Haut summte an der Stelle, an der wir uns berührten, und meine Gedanken wurden noch verschwommener, als unsere Seelen nacheinander griffen.

Dies war weder der Ort noch die Zeit dafür. Doch auch wenn die Situation anders wäre, würde ich nicht mit ihm ins Bett hüpfen. Es waren bereits zu viele Gefühle im Spiel. Ich würde nicht nur meine sexuelle Frustration abbauen, sondern auch mehr in unsere Beziehung investieren. In unsere *Gefühle*.

Und ich weigerte mich, ihm zu erlauben, mich weiter zu quälen oder mein zerbrechliches Herz zu missbrauchen. Ich war noch nie ein Schwächling gewesen, und das würde sich seinetwegen nicht ändern.

Darrell drückte sich an meine Seite, um mich vor dem Fallen zu bewahren. Es missfiel mir, dass der Wolf erkannt hatte, dass ich Hilfe brauchte, aber es gab nicht viel, was ich dagegen tun konnte.

Trotz des Halbmonds war Darrell in Wolfsgestalt immer noch größer als ein normaler Wolf, was dazu beitrug, meine große Statur zu stützen.

Die Größe der Silberwölfe hing von der Mondphase ab. Bei Vollmond – oder wie sie es nannten, Silbermond – waren sie so groß wie ein Pferd, während sie bei Neumond in Größe und Stärke einem normalen Wolfswandler entsprachen. Ophaniel, mein Onkel, war der Schutzengel des Mondes gewesen; daher war die Engelshälfte eines Silberwolfs an die Mondmagie gebunden.

Die Dämonenwölfe hingegen veränderten sich mit dem Neumond und waren bei Vollmond am schwächsten. Annie war die einzige Erwachsene, die von dieser übernatürlichen Rasse übrig geblieben war. Die anderen uns bekannten Dämonenwölfe waren ein paar junge Burschen, die nach Hause gegangen waren, um bei den Rudeln ihrer Mütter zu leben, nachdem wir die verdorbenen Dämonenwölfe beseitigt hatten, darunter auch Annies Vater.

Levi strauchelte und stolperte, sodass er, Darrell und ich fast umfielen.

»Geht es Levi nicht gut? Ich dachte, du hättest ihn geheilt.« Alex zog eine Augenbraue hoch.

Ich war müde, gestresst – und seine Worte irritierten mich. »Ich konnte mich nach dem Feuer nicht wieder aufladen, weil der Rauch die Lichter der Stadt behindert hat. *Das* war das Beste, was ich tun konnte.« Ich deutete auf Levi, der sich immer noch an mich drückte.

Levi holte scharf Luft. »Gib ihr nicht das Gefühl, unzulänglich zu sein! Sie hat mehr getan, als du es konntest.«

Hör auf! Dieses Recht hast du nicht. Ich würde nicht zulassen, dass er sich nun plötzlich wie mein Ritter in glänzender Rüstung aufführte.

Ich brauchte keinen Ritter. Ich konnte auf mich selbst aufpassen und nicht dulden, dass er plötzlich Interesse anmeldete. Er hatte mich *verlassen*. Wutgetriebenes Adrenalin pumpte durch meinen Körper und verbrannte einen Teil der Müdigkeit, wenn auch nicht genug, um einen bedeutenden Unterschied zu machen.

Levis Kopf schnellte in meine Richtung, als sein Unglaube in mich hineinfloss. *Das Recht, mich auf deine Seite zu stellen?*

Schwarze Flecken trübten meine Sicht, und das hatte nichts mit Erschöpfung zu tun, sondern nur mit der weiß glühenden Wut, die durch meine Adern floss.

Eine Antwort auf seine Frage war mehr, als er verdiente, also verschloss ich meine Gedanken.

»Ich kann helfen ...«, begann Levis Vater.

Cyrus unterbrach ihn. »Ich nehme ihn.« Seine Augen verfinsterten sich, während sie gleichzeitig wild und verzweifelt funkelten.

Er wollte, dass wir von hier verschwanden und dafür sorgten, dass seine Gefährtin und sein Kind in Sicherheit waren.

Da ich Abstand von Levi brauchte, nickte ich. Seine Berührung würde bald meine Widerstandskraft schwächen, und ich musste stark bleiben. »Sei vorsichtig! Sein Rückgrat ist noch immer verletzt, und es bedarf nicht viel, um ihn wieder in einen üblen Zustand zu versetzen. Ich habe nicht die Kraft, ihn so schnell wieder zu heilen.«

Meine Kehle wurde trocken.

Innerlich hatte ich das bereits gewusst, aber die Worte laut auszusprechen, machten sie zu einer Realität – einer Realität, der ich mich nicht stellen wollte, egal, wie wütend ich auf ihn war.

Cyrus eilte herbei. »Ich werde vorsichtig sein.«

Als er Levis Seite erreichte, hob er ihn langsam hoch und wiegte ihn wie ein Baby.

»Lass mich versuchen, zu laufen!«, brummte Levi.

»Du bist im Sitzen umgefallen, mein Sohn.« Sein Vater schüttelte den Kopf. »Je länger wir brauchen, um uns in Sicherheit zu bringen, desto größer ist die Gefahr, dass deine vorbestimmte Partnerin verletzt wird.«

Ohne Levis Beschwerde zur Kenntnis zu nehmen, machte sich Cyrus in einem gleichmäßigen Tempo auf den Weg. Er lief langsamer als sonst und achtete darauf, Levi nicht zu sehr durchzurütteln.

Ronnie nickte in die Richtung, in die Cyrus gegangen war, und sagte zu Levis Vater: »Beweg dich! Ich bin direkt hinter dir, also mach keine Dummheiten!« Sie schnippte mit dem Handgelenk, um die Aufmerksamkeit des Dämons wieder auf ihren Dolch zu lenken.

Alex' Kinnlade zuckte, aber er schwieg, obwohl ich mir sicher war, dass er wollte, dass seine Frau aufhörte, mit dem Dolch herumzufuchteln und zu zeigen, was sie in ihrem Besitz hatte. Wir konnten Levis Vater nicht trauen und sie machte sich selbst zur Zielscheibe.

Levis Vater atmete aus und eilte seinem Sohn nach. Ronnie und Alex folgten ihm, wobei sie in der Nähe des Dämons blieben, um zu reagieren, falls er eine List ausheckte.

Der verbliebene Silberwolf musterte mich mit seinen topasgrauen Augen.

Chad.

Ich hätte ihn erkennen müssen, aber ich hatte mich zu sehr auf Levi konzentriert. Er behinderte bereits mein Urteilsvermögen – dabei war er erst seit ein paar Minuten hier.

Chad drehte seinen Kopf in Cyrus' Richtung und forderte mich auf, seinem Alpha zu folgen. Er und Darrell wollten hinten bleiben, um nach Dämonen Ausschau zu halten, die durch das Portal kommen könnten.

Ich zwang mich, meine Beine zu bewegen, und mein Atem stockte, weil sie sich so schwer anfühlten. Zu fliegen wäre vielleicht eine bessere Option gewesen, als zu laufen. Ich würde lediglich in der Nähe der Baumkronen bleiben müssen, um die Dämonen zu beobachten, die wir in unserer Obhut hatten. »Ich verschaffe mir einen besseren Überblick.«

Da sie in Wolfsgestalt waren, konnten sie nicht verbal protestieren, aber ich hörte ein Knurren hinter mir.

Da ich uns nicht weiter aufhalten wollte, schlug ich mit den Flügeln und stieg in den Himmel auf. Ich flog an einem

Judasbaum und einer großen Eiche vorbei und streifte mit meinen kohlegrauen Federn einige der gelben und roten Blätter. Ich flog langsamer als sonst, weil ich die Gruppe am Boden nicht überholen wollte, aber ohnehin nicht viel schneller hätte fliegen können. Die Sonne stand nun höher und ihre Strahlen wärmten meine Haut, obwohl der Wind kühl war.

Ich holte Cyrus ein, um Levi nicht aus den Augen zu verlieren. Obwohl er mich mehr verletzt hatte, als jeder andere es je getan hatte, konnte ich mich nicht davon abhalten, mich um ihn zu sorgen. Mein Herz sehnte sich so sehr nach ihm, wie mein Körper sich nach seiner Berührung sehnte, aber mein Kopf schrie Nein. Das eine Mal, als ich meinen Widerstand vernachlässigt hatte, wäre ich fast daran zerbrochen.

Wenn ich noch einmal unachtsam wäre, könnte er mich vernichten.

Ich würde wie eines dieser Mädchen in diesen gottverlassenen Filmen sein, die Sierra uns stets aufzwang.

Der Duft von Moschus, Vanille und Flieder – Midnight und Annie – umwehte mich, zusammen mit dem blumigen Moschusgeruch einiger anderer Silberwölfe. Cyrus musste ein paar von ihnen zum Schutz bei Annie abgestellt haben, falls etwas schiefgehen sollte.

Annie, Midnight und drei Silberwölfe in Tiergestalt kamen in Sicht. Midnight könnte leicht als Annies ältere Schwester durchgehen. Ihr Haar hatte fast den gleichen Farbton wie das ihrer Tochter, eine Farbe, die Ronnie gern als braunen Zucker bezeichnete, und sie hatten fast die gleichen Augen, nur waren Midnights etwas brauner. Midnight war auch gut fünfzehn Zentimeter größer als ihre Tochter.

»Er ist hier. Lass uns gehen!«, sagte Midnight, während

sie die Hand ihrer Tochter nahm und sie zurück in Richtung Shadow Ridge zog.

Cyrus kam näher, als Annie nickte, und sie und Midnight gingen zu einem nahe gelegenen Auto. Die drei Silberwölfe blieben stehen und warteten auf uns.

Als sich die Gruppe versammelt hatte, liefen die drei Wölfe vor Cyrus und Levi, während Darrell und Chad hinten blieben.

Hinter mir ertönte lautes Gezwitscher, und als ich mich umdrehte, sah ich mehrere große Vogelschwärme, die in einem Umkreis von mehreren Kilometern auf uns zuschossen. Ihre Bewegungen wirkten hektisch und mein Herz hämmerte.

»Wir müssen uns beeilen«, warnte ich die Gruppe. Ich war mir nicht sicher, was ich sonst tun sollte. Ich spürte keine negative Energie, also waren vielleicht nicht noch mehr Dämonen durch das Portal gekommen.

Alle beschleunigten ihr Tempo.

Es dauerte nicht lange, bis wir uns Alex' Auto näherten, und das Fehlen einer unmittelbaren Bedrohung verwirrte mich. Vielleicht hatte etwas anderes die Vögel aufgeschreckt. Aber der Radius, in dem sie geflogen waren, war derart groß gewesen, dass es mir schwerfiel, nachzuvollziehen, was es sonst hätte sein können.

Ich landete neben Alex' SUV auf dem Boden. Als meine Füße das Gras berührten, knickten meine Beine fast ein. Ich *musste* mich ausruhen. Ich war mir nicht sicher, wann ich zuletzt richtig gut geschlafen hatte.

Ein Klumpen bildete sich in meiner Kehle.

Das war nicht wahr. Nach der besten Nachtruhe, die ich je gehabt hatte, war ich in einem leeren Bett aufgewacht, und Levi hatte sich mit mir verbunden, um mir zu sagen, dass er mich verlassen würde. Obwohl seither erst zwei Tage vergangen waren, fühlte es sich wie eine Ewigkeit an. In seiner Abwesenheit war so viel passiert.

Als die anderen auftauchten, schloss Alex das Auto auf. Cyrus setzte Levi auf den Beifahrersitz, und Unbehagen machte sich in unserem Band breit. Es war nicht gerade Schmerz, also heilte er möglicherweise von allein.

»Wir müssen so weit wie möglich weg von hier.« Levis Vater rieb seine Hände aneinander, als er sich dem Geländewagen näherte. »Vielleicht Kalifornien. China? Australien?«

Er musste scherzen.

»Das ist eine furchtbare Idee«, spottete Cyrus. »Wenn sie Fährtenleser haben, wird es nicht lange dauern, bis sie euch finden.«

Sein Vater runzelte die Stirn. »Was schlägst du dann vor?«

Ein Streit war überflüssig, vor allem, da unsere Zeit begrenzt sein könnte. »Shadow Ridge oder Shadow Terrace«, sagte ich. Ich war mir nicht sicher, was besser war. Die Dämonen schienen über beide Orte Bescheid zu wissen.

»Weder noch.« Levis Vater schüttelte den Kopf. »Wenn die Engel herausfinden ...«

»Wenn du dir Sorgen um die Engel machst, hätte sich dein *Sohn* vielleicht nicht nach Shadow City schleichen und jemanden überreden sollen, ihm ein *Dämonenschwert* zu geben.« Meine Geduld war am Ende.

Levis Vater öffnete überrascht den Mund und starrte Levi an. »Du hast dich nach Shadow City geschlichen, um es zu holen?«

»Lasst uns nach Shadow Terrace gehen!« Cyrus forderte uns auf, aufzubrechen. »Dort sind weniger übernatürliche Wesen unterwegs, und die Häuser, in denen wir wohnen, sind weiter von den meisten Vampirresidenzen entfernt ... wenn Alex und Ronnie damit einverstanden sind.«

»Natürlich sind wir einverstanden«, antwortete Ronnie schnell.

Ein leises Grunzen des Widerspruchs kam von Levis Vater. »Was ist, wenn der Rat davon erfährt? Dann werden wir verurteilt.«

»Genau deshalb sollten wir auf sie hören, Vater«, warf Levi ein. »Die Dämonen sind noch nicht bereit, den Krieg zu beginnen, also werden sie auch nicht kommen.«

Den Krieg beginnen.

Was hatte er vor mir verheimlicht?

Meine Brust verkrampfte sich. Ich wollte es nicht wissen.

Annie umklammerte ihre Brust und sank auf die Knie. »Beeilt euch! Sie kommen.«

KAPITEL ZWÖLF

DIE SITUATION WURDE IMMER PREKÄRER.
Zumindest hatten wir es zurück zum SUV geschafft und
sollten in der Lage sein, vor den Dämonen zurück nach
Shadow Terrace zu gelangen – wenn wir uns beeilten.

Cyrus legte einen Arm um seine Gefährtin, deren
Körper so angespannt war, dass sie eine Statue sein könnte.
Er warf einen Blick über seine Schulter in die Richtung, aus
der wir gekommen waren.

Wir hatten keine Zeit zu verlieren. »Alarmiert Killian
und die anderen Silberwölfe und sagt ihnen, dass Dämonen
hier sind!«, sagte ich. »Ein paar Silberwölfe müssen sich
sofort auf den Weg nach Shadow Terrace machen. Sie
werden dortbleiben müssen, um zu verhindern, von den
Dämonen abgefangen zu werden.«

In ihrer verzweifelten Aktion, Levi zurückzubekommen, hatten die Dämonen versucht, sich zwei Silberwölfe
zu schnappen, als wir die Wache gewechselt hatten. Da nur
wenige von uns Dämonen in Schattengestalt sehen konnten
und wir uns von den anderen in Shadow Terrace fernhiel-

ten, hatten die Wölfe zwischen den Städten hin und her pendeln müssen.

Annies Augen leuchteten schwach. »Wir informieren sie gerade.«

Mein einziger Trost war, dass ich keinen Hauch von Negativität in der Luft spürte.

Darrell, Chad und die drei anderen Silberwölfe stellten sich als Barriere vor die Gruppe. Silberwölfe waren geborene Beschützer, aber wie jede übernatürliche Rasse waren auch sie nicht unbesiegbar, vor allem, wenn der Mond weniger als halb voll war.

»Leute, es tut mir so leid ...«, begann Levi, aber ich ließ ihn nicht ausreden.

»Nein«, unterbrach ich ihn. »Nach dem, was du getan hast, wirst du keine wertvolle Zeit verschwenden, um dich besser zu fühlen.«

Er schloss die Augen.

Wenigstens hatte er den Verstand, beschämt dreinzuschauen.

Ronnie öffnete eine der Hintertüren und deutete hinein. »Annie, du fährst im Auto mit Alex, Levi, seinem Vater und Rosemary. Ich helfe den anderen, Wache zu halten.«

Alex schüttelte den Kopf und hielt ihr die Schlüssel hin. »Du fährst. Ich bleibe bei den anderen.«

Dieser ganze Beschützer-Gefährten-Mist ging mir auf die Nerven. Ich verstand den Impuls – ich hatte ihn gerade mit Levi erlebt –, aber wir konnten es uns nicht leisten, irrational zu handeln. »Sie will bei ihnen bleiben, weil sie die Schatten sehen kann. Du kannst das nicht.«

Annie kicherte, ein krasser Gegensatz zu ihrem stürmischen Auftreten. »Das ist die Rosemary, die ich kennengelernt habe. Sie lässt sich nicht von Bullshit aufhalten.«

Ich nickte ihr zu. Das hatte ich hören müssen. In gewisser Weise schien die alte Rosemary verschwunden zu sein, und ich vermisste sie. Jetzt, da Levi wieder da war und lebte, fühlte ich mich wohler. Vielleicht würde ich mich selbst eines Tages wiedererkennen können.

Dieser Gedanke war tröstlich.

Stirnrunzelnd umklammerte Alex die Schlüssel. Er wusste, dass er diesen Streit nicht gewinnen würde. »Gut, aber wenn dir etwas komisch vorkommt, drehe ich um.«

Meine Geduld ging zu Ende. Wenn wir in einen Kampf verwickelt wurden, könnte sich Levis Zustand problematisch verschlechtern, und wir verschwendeten Zeit, anstatt uns zu bewegen. »Lasst uns fahren, damit *nichts* passiert!«

Cyrus trat sofort in Aktion und begleitete seine Gefährtin zum Fahrzeug. »Sie hat recht.«

Annie biss auf ihre Unterlippe. »Wartet ...! Mom kann die Dämonen auch nicht sehen. Wenn sie angreifen ...« Sie verstummte, schürzte die Lippen und sah Midnight an.

»Ich komme schon klar«, murmelte Midnight, aber es fehlte ihren Worten an Überzeugung.

Levis Vater räusperte sich. »Wenn alle, die zurückbleiben, die Dämonen in ihrer Schattenform sehen können, kann ich mit ihnen zum Haus laufen. Auf diese Weise werden alle, die die Dämonen nicht sehen können, im Fahrzeug sein.«

Das war kein schrecklicher Vorschlag. Wenn die Dämonen sie einholten, könnte es problematisch werden, aber wir hatten Levi, was uns ein Druckmittel in Bezug auf seinen Vater gab.

Unsere Gruppe tauschte einen Blick aus. Keiner lehnte die Idee rundweg ab.

»Gut, aber du bleibst neben mir.« Ronnie wies mit einer Geste auf ihre Seite. »Jede verdächtige Aktivität wird dazu führen, dass dein Kopf von deinem Körper getrennt wird. Verstanden?«

Alex schaute finster drein, sagte aber nichts. Ich konnte mir nur vorstellen, wie sich die beiden telepathisch unterhielten, und hoffte, dass es dabei blieb. Unsere Gruppe war bereits angespannt.

Nachdem das geklärt war, setzte ich mich auf den Platz hinter Levi. Wenn etwas passierte, könnte ich meine Hände schneller um ihn legen, um ihn zu heilen ... oder um ihn zu töten.

Midnight setzte sich in die Mitte des Wagens, und die übrigen Mitfahrer verteilten sich auf den Sitzen. Die Silberwölfe, Cyrus, Levis Vater und Ronnie brachen derweil zu Fuß in Richtung Shadow Terrace auf.

Sobald die Tür zuschnappte, scherte Alex aus der Parklücke. Die Reifen quietschten, als er auf die Straße nach Shadow Terrace abbog. Zum Glück hatten wir in der Nähe der Stadt geparkt.

Silbernes Fell blitzte durch die sich lichtenden Blätter der Eichen und Judasbäume. Die Gruppe kam schnell voran und sollte kurz nach uns in Shadow Terrace ankommen.

Eine Herde Rehe rannte aus dem Wald und überquerte die Straße, als sich die dämonische Energie um mich herum auflud. Das Auto quietschte, als Alex stark abbremste, um ihnen auszuweichen, und dann erneut Gas gab.

Ein unangenehmes Gefühl überzog meine Haut wie Schlamm. Je näher ich einem wirklich gefallenen Dämon war, desto erdrückender fühlte es sich an.

Annie stöhnte, lehnte sich nach vorn und legte ihren Kopf an Alex' Kopfstütze. »Sie sind hier.«

Mein Herz wurde schwer, aber wir überquerten bereits die Holzbrücke nach Shadow Terrace. Wenn die Dämonen hierherkämen, würden sie einen Krieg vom Zaun brechen. So dicht an Shadow City würden auch Azbogah und die anderen Engel ihre negative Energie spüren.

»Wir sollten in Sicherheit sein«, sagte Alex und echote damit meine Gedanken.

Levi stöhnte und wand sich in seinem Sitz. »Sie werden verzweifelt versuchen, mich zu kriegen, sobald sie realisieren, dass ich lebe.«

»Warum?«, fragte Midnight, während sie den Rücken ihrer Tochter streichelte. Sorgenfalten zeichneten sich auf ihrem Gesicht ab.

Annie atmete tief durch und setzte sich aufrecht hin. Das dunklere Braun in ihren Augen hatte sich durchgesetzt und jeden Anflug von Honig verdrängt. »Solange er am Leben ist, können sie sein Schwert nicht benutzen. Nur Levi kann das.«

Mein Mund wurde trocken. Annie sah anders aus. »Was stimmt nicht mit dir?« Ich zuckte zusammen und bedauerte, wie ich die Frage formuliert hatte.

Rosey, das war harsch, verband sich Levi, und meine Brust wurde warm, als er unser Band nutzte. *Ich glaube, du wolltest fragen: »Geht es dir gut?«*

Meine Kehle brannte. Wenn er dachte, er könnte so tun, als wäre zwischen uns nichts vorgefallen, um sich zu rehabilitieren, dann musste ich ihm zeigen, dass das *keine* effektive Strategie war. Also konzentrierte ich mich auf meinen Fehler. Meine Worte waren härter ausgefallen, als ich es beabsichtigt hatte, aber es war keinesfalls mein Ziel gewesen, grausam zu sein.

Etwas Honigfarbe kehrte in Annies Iriden zurück, als sie grinste. »Gut, dass ich dich kenne, sonst wäre ich beleidigt.« Sie legte ihre Hände auf ihren wachsenden Bauch.

Er war bereits über den kleinen Wulst hinausgewachsen. Die durchschnittliche Schwangerschaftsdauer einer Silberwölfin betrug drei bis vier Monate, also doppelt so lang wie die einer normalen Wolfswandlerin und halb so lang wie die eines Engels. Ich stellte mir vor, dass es bei einer Dämonenwölfin ähnlich war. Sie war bereits seit fast eineinhalb Monaten schwanger und ihre Schwangerschaft unübersehbar.

Ich rieb meine Arme. »Ich wollte nicht ...«

Sie winkte ab. »Du musst dich nicht entschuldigen, und ja, es geht mir gut. Dieses seltsame Gefühl wird nur jedes Mal stärker. Es ist nicht schmerzhaft, aber mir wird schwindelig, und es ist, als würde etwas über meine Haut streichen. Das ist schon mal passiert, als wir das Portal in der Nähe der Dämonenwolfssiedlung geschlossen haben und ich ganz nah dran war.«

»Du spürst die Dämonen. Aus dem Portal strömt die Essenz der Hölle.« Ich kannte dieses Gefühl nur zu gut.

»Ergibt Sinn.« Sie fuhr mit den Fingern durch ihr Haar und strich es sich aus dem Gesicht.

Alex' Hände verkrampften sich am Lenkrad, seine Knöchel wurden weiß. »Mir gefällt die Vorstellung von verzweifelten Dämonen nicht. Verzweiflung treibt einen dazu, verrückte Dinge zu tun.«

»Im Moment werden sie keinen Krieg riskieren«, raunte Levi mit schmerzverzerrter Stimme. »Sie sind nicht darauf vorbereitet, es mit den Engeln aufzunehmen, also werden sie es nicht wagen, in ihr Territorium einzudringen. Auch wenn mein Vater und ich die Grenze überschreiten, werden die Engel uns nicht spüren. Deshalb haben sie mich geschickt – weil ich unentschlossen bin.«

Der Gedanke war nicht sehr beruhigend. Ich benötigte Zeit, um mich zu erholen, und unsere Gruppe musste eine

Strategie entwickeln und herausfinden, was mit Levi in der Hölle geschehen war. Und ich schwor bei den Göttern, dass Levi uns *alles* erzählen würde, sonst müsste ich ihn vielleicht wieder heilen, wenn ich mit ihm fertig war. »Wir sollten nicht in Panik geraten. Solange die anderen zurückkommen und niemand verletzt wird, haben wir Zeit, eine effektive Vorgehensweise festzulegen. Alles, was wir jetzt tun, wäre reaktionär.«

»Sie hat recht.« Midnight nickte und sah mich an. »Wir sind alle müde, emotional und gestresst.«

»Und wir kennen nicht die ganze Geschichte und können uns somit nicht für eine vernünftige Taktik entscheiden«, fügte ich streng hinzu. *Schließlich hast du mich verlassen.*

Was? Überraschung durchströmte mich. *Ist es das, worüber du dich aufregst?*

Und ich hatte ihn für klug gehalten. Ich würde ihn nicht einmal mit einer Antwort belohnen.

Die weißen Gebäude von Shadow Terrace wurden sichtbar; ihre roten Dächer reflektierten die Sonne. Es war kurz vor Mittag, und ich konnte nicht glauben, dass der Tag noch nicht vorbei war. Es war so viel passiert und ich war erschöpft. Ein weiterer Minuspunkt für Levi.

Das werte ich als Ja. Seine Freude war ungebrochen, trotz seiner Worte. *Also ... hast du mich wohl vermisst?*

Es juckte mich in der Hand, ihm eine Ohrfeige zu verpassen – kein Faustschlag, da er sich in einem empfindlichen Zustand befand, aber eine ordentliche Ohrfeige bestimmt.

Die Straße, die zu den Häusern am Rande von Shadow Terrace führte, tauchte auf, und Alex bog nach links ab.

Um mich von Levi abzulenken, konzentrierte ich mich

auf meine Freunde, die in Gefahr waren. »Kommen die Wölfe näher?« Sie hätten schon längst im Gebiet sein müssen, aber niemand hatte etwas gesagt. Manchmal vergaßen sie, dass ich an den Gesprächen zwischen den Rudelmitgliedern nicht beteiligt war.

»Sie rennen durch den Wald zu den Häusern«, antwortete Annie und ihr Körper entspannte sich. »Sie haben die Brücke passiert und sind im sicheren Bereich. Sie laufen etwas langsamer, damit sie Levis Vater nicht aus den Augen verlieren, aber sie kommen dennoch gut voran.« Sie hielt inne. »Und mir ist gerade aufgefallen, dass ich nicht weiß, wie der Typ heißt.«

»Bune«, antwortete Levi. »Und ich verstehe, dass du ihm nicht traust ...«

Ich lachte laut auf, was mich selbst überraschte. »*Ihm?*« Trotz meiner Wut spürte ich eine gewisse Erleichterung in meiner Brust. Obwohl ich dank unseres immensen Vorsprungs erwartet hatte, dass wir unbeschadet aus der Sache herauskommen würden, gab es keine Garantien, vor allem nicht, da Bune mit von der Partie war. Levi hatte nur Positives über seinen Vater zu berichten gewusst, aber ich musste mich selbst davon überzeugen. Ich konnte mich nicht auf Levis Wort verlassen. Und wenn die Prinzen der Hölle die Unentschlossenen benutzten, um ihre Ziele durchzusetzen, dann könnte Bune sich jederzeit entscheiden, zu fallen.

Jetzt, da wir alle außer Gefahr waren, überkam mich die Müdigkeit. Meine Augen fielen zu und mein Körper erschlaffte. Die vergangenen zwei Tage waren ein konstanter Albtraum gewesen, und der einzige Grund, warum ich nicht völlig zusammenbrach, war, dass Levi auf dem Sitz vor mir saß.

Es machte mich wütend, dass die Nähe zu ihm mein

Herz und meinen Geist beruhigte. Er hatte mir all diesen Schmerz zugefügt, und ihm wieder nahe zu sein, sollte mir keinen Frieden bringen. Ich würde nicht zu der Art von Frau gehören, die einem Kerl verzieh, nur weil er sie mit seiner Anwesenheit beehrte. Ich war nichts, was er an- und ausziehen konnte, wie eine Rüstung, wenn er in den Krieg zog. Ich war eine Person, die Respekt, Rücksicht und Loyalität verdiente.

Wir hielten vor den Häusern, in denen wir vor ein paar Tagen gewohnt hatten. Levi, Killian, Ronnie und Alex waren in dem Haus neben dem ausgebrannten Gebäude am Ende der Straße untergekommen. Annie, Cyrus und Sierra hatten in dem Haus auf der anderen Seite gewohnt. Ich hatte meine Zeit zwischen den beiden Häusern aufgeteilt, als ich versucht hatte, Abstand von Levi zu gewinnen.

Alex hielt am Ende der Straße. Langsam kletterte ich aus dem Auto; mein Körper fühlte sich an, als würde er das Dreifache von dem wiegen, was er normalerweise wog.

Äh ... Rosey, verband sich Levi. *Ich könnte etwas Hilfe gebrauchen.*

Unwillkürlich warf ich ihm einen Blick zu. Er tastete langsam nach dem Türgriff, sein Gesicht war rot vor Anstrengung.

Der Schmerz pochte in meinem Herzen und ich seufzte besiegt. Trotz meiner Wut musste ich ihm helfen.

Als ich seine Tür öffnete, entspannte sich seine Miene. Er war sich meiner wohl nicht sicher gewesen, aber er würde bald lernen, dass dies nichts an unserer Beziehung änderte. Ich half ihm auf die Beine.

Unbehagen machte sich in mir breit, und ich hatte keinen Zweifel daran, dass er die Auswirkungen seiner Verletzungen unterdrückte. Ich hasste es, dass ich ihn nicht weiter heilen konnte. Beinahe wäre mir eine Entschuldigung herausgerutscht, aber ich unterdrückte sie. Ich hatte nichts getan, was mir leidtun musste, und ich wollte ihm keinen Grund geben, zu denken, dass zwischen uns alles in Ordnung war.

Ich war mir nicht sicher, ob es das jemals sein würde.

Während Levi auf wackeligen Beinen stand, gingen Alex, Annie und Midnight zur Haustür.

Ich half Levi beim Gehen und meine Haut kribbelte dort, wo wir einander berührten. Mein Herz wollte ihm unbedingt verzeihen.

Alex hielt die Tür auf, und Levi und ich gingen an allen vorbei und traten als Erste ein. Im großen Wohnzimmer führte ich Levi auf die hellbraune Ledercouch, die der Tür am nächsten war. Er stöhnte, und seine Augen glänzten, aber das war alles, was er tat. Ich trat zurück und lehnte mich an die beigefarbene Wand auf der anderen Zimmerseite.

Dann bemerkte ich, dass die anderen drei nicht hereingekommen waren.

»Wir gehen in den Hinterhof und warten auf die anderen«, rief Annie. »Ich kann mich nicht entspannen, bevor ich nicht weiß, dass Cyrus es sicher und gesund geschafft hat.«

Mit diesen Worten schlossen sie die Tür und ließen Levi und mich allein zurück.

Mein Mund blieb offen stehen. Ich war nicht darauf vorbereitet, mit ihm allein zu sein. Vielleicht könnten wir einfach ... hier sitzen und schweigen.

Er sagte nichts und ich atmete etwas leichter. Vielleicht war es gar nicht so schlimm. Ich war viel zu erschöpft, um mit den Gefühlen fertig zu werden, die mich durchströmten, und Levi offensichtlich auch.

Doch in dem Moment, als Levis mokkabraune Augen auf mich fielen, wurde mir klar, dass ich mich geirrt hatte.

»Rosemary, was zum Teufel ist los?«, fragte Levi. Ein Muskel in seinem Unterkiefer zuckte.

O nein! Er hatte kein Recht, sich über mich aufzuregen. Ich hatte nichts getan, um ihn zu verletzen.

KAPITEL DREIZEHN

IN DEN FILMEN UND FERNSEHSENDUNGEN, die
Sierra mich hatte sehen lassen, hatte ich es immer als über-
flüssig empfunden, wenn jemand eine Frage wiederholte.
Aber jetzt verstand ich plötzlich, warum die Charaktere so
reagierten. »Was *los* ist?«, murmelte ich, und jeder kluge
Kopf hätte erkannt, dass Vorsicht geboten war.

»Haben meine Worte dich verwirrt?« Seine Arme
zuckten – er war körperlich nicht in guter Verfassung.
Meine Wut auf ihn erlahmte für eine Sekunde. Dann fing
ich mich wieder.

Dass er verletzt war, entschuldigte weder seine
Entscheidungen noch seine Handlungen.

»Ja, das haben sie.« Sein Tonfall vermittelte mir den
Eindruck, dass seine Worte als Beleidigung gedacht
gewesen waren, aber ich war mir nicht sicher, wie das
möglich war. »Ich bin wirklich verwirrt, dass du nicht weißt,
warum ich verärgert bin ...« Nein, *verärgert* drückte nicht
annähernd das Ausmaß meiner Gefühle aus. »Warum ich
mich verletzt und verraten fühle.«

Vor zwei Tagen wäre ich nicht bereit gewesen, zuzugeben, dass er mich verletzt hatte, aber meine Gefühle zu leugnen, war zwecklos. Er konnte sie spüren, besonders die, die laut in mir wüteten. Ich konnte diese intensiven Empfindungen nicht unterdrücken, nicht einmal, wenn ich es gewollt hätte. Meine Hände zitterten angesichts meines inneren Aufruhrs.

Levi schnaubte und seine Iriden verdunkelten sich zu einem dunklen Kaffeebraun. »Ich habe dich gewarnt, dass ich Dinge tun würde, die dir nicht gefallen könnten, und du hast den Eindruck gemacht, das zu verstehen. Du kannst deine Meinung nicht im Nachhinein ändern. So *funktioniert* das nicht.«

Er wollte *mir* erklären, wie etwas funktionierte? Meine Brust hob sich. »Etwas zu tun, das mir nicht gefällt, ist eine Sache. Mich *ohne eine Erklärung* zurückzulassen, eine ganz andere. Ganz zu schweigen davon, dass du ein *verdammtes* Dämonenschwert mit in die Hölle genommen hast. Und woher hast du überhaupt gewusst, wonach Kira suchen sollte, wenn die Kiste schon vor deiner Geburt in Shadow City gewesen ist?«

»Mir waren die Hände gebunden.« Seine Nasenflügel weiteten sich, und ich konnte spüren, wie sich sein Zorn und seine Frustration mit der meinen mischten. »Und es war das Schwert meiner Mutter. Bevor sie gestorben ist, hat sie immer das Symbol unserer Blutlinie für mich gezeichnet. Ich habe gewusst, dass es auf der Kiste sein würde – sie hat es mir gesagt.«

Ich war mir nicht sicher, wie ich darauf reagieren sollte. Wenn ich Sterlyn oder Annie wäre, wüsste ich, was ich sagen müsste, um die Situation zu deeskalieren. Selbst Sierra und Ronnie hätten eine sarkastische Antwort parat, um das Problem zu erklären und gleichzeitig ihre Position zu wahren. Aber ich? Ich hatte keinen blassen Schimmer.

Alles, was ich sagen könnte, wäre unbesonnen, und ich hatte schon intensiv genug reagiert. Ich hatte mich von meinen Gefühlen leiten lassen, und das war inakzeptabel.

Unsere Freunde könnten in Gefahr sein; sie waren nicht ins Haus zurückgekommen. All die Probleme, die zwischen uns standen, würden warten müssen. »Ich gehe nach draußen und sehe nach den anderen.« Ich hatte nicht die Kraft, mich zu streiten. Ich war in jeder Hinsicht erschöpft und brauchte etwas Ruhe. Aber zuerst musste ich mich vergewissern, dass alle in Sicherheit waren.

Levis Kinn zuckte. »Wir müssen darüber sprechen.«

Er hatte recht, aber nicht jetzt. Eine Sache, die ich von Mutter gelernt hatte, war, dass man nicht alles sofort ansprechen musste, auch wenn man es wollte. Manchmal waren eine gute Nachtruhe und ein klarer Kopf wichtig, sonst würde sich die Situation weiter zuspitzen. Levi war gerade erst zurückgekommen, und obwohl nur wenige Tage vergangen waren, hätten es genauso gut Jahre sein können. Dieses Gespräch zu führen, während ich erschöpft und er körperlich am Ende war, würde keinem von uns etwas nützen.

»Ja, irgendwann.«

Ich ging zur Haustür, mein Magen rumorte. Alles in mir schrie danach, bei ihm zu bleiben und mich um ihn zu kümmern, und das würde ich auch tun, aber ich musste nach den anderen sehen und meinen Kopf frei bekommen. Er war zu verletzt, um zu fliehen, falls das sein Plan gewesen war. Das würde nicht lange der Fall sein.

Bitte bleib!, sagte er und zerrte an unserem Band.

Als meine Hand den Türknauf berührte, hielt ich inne. *Im Gegensatz zu dir verlasse ich dich nicht. Ich gehe nur kurz nach draußen, um nach meinen Freunden und deinem Vater zu sehen.*

Etwas Undefinierbares durchströmte ihn, doch ich wollte es nicht analysieren. Die Empfindung würde mich entweder beruhigen oder wütend machen, nichts dazwischen, und keines dieser Gefühle war ideal.

Ich zwang meine Hand, den Knauf zu drehen, öffnete die Tür und trat hinaus. Meine Brust spannte sich an. Ich hasste es, ihn zu verlassen, aber es war nur für einen Moment. Ich konnte mich nicht mit den anderen verbinden, und ich musste sicherstellen, dass sie meine Hilfe nicht benötigten.

Die Sonne wärmte meine Haut trotz der kühlen Herbstbrise. Ich passierte die beiden Häuser, um Annie, Midnight und Alex zu erreichen.

Ich hatte erwartet, dort auch die anderen zu sehen, aber sie waren noch nicht da. »Ist alles in Ordnung?« Mein Herz pochte und meine Ohren klingelten.

»Sie sind auf ein Problem gestoßen.« Annie rieb ihre Arme. »Killian, Sierra und ein paar der Silberwölfe, die auf dem Weg hierher sind, haben es nicht rechtzeitig über die Lichtung geschafft. Ein paar Dämonen waren schon dort.«

Das wirkte alles zu bequem. »Die anderen sollen trotzdem hierherkommen. Wir müssen uns neu formieren und einen Plan ausarbeiten.«

»Außerdem benötigst du Ruhe.« Midnights Iriden erhellten sich und ähnelten Annies damit noch mehr. »Ich sehe, dass das, was passiert ist, dich sehr mitgenommen hat.«

Mit anderen Worten: Ich sollte nicht in den Spiegel schauen.

Alex nickte. »Sie sind auf dem Weg.«

Da ich mich auf das dringendste Problem konzentrieren wollte, wischte ich Midnights Sorge beiseite. »Macht Bune ihnen das Leben schwer?«

»Überhaupt nicht«, antwortete er. »Aber mach dir keine Sorgen. Veronica hält ihn auf Trab.«

Das hatte ich auch nicht anders erwartet. Wir alle hatten uns in Levis Nähe nicht vorsichtig genug verhalten, und wohin hatte uns das gebracht? Jeder von uns hatte diese Lektion gelernt. »Gut.«

Pfotengetrappel näherte sich und ich rollte meinen Nacken, um meine Muskeln zu lockern. Mein Körper war so angespannt, dass ich morgen Muskelkater haben würde. Ein Gähnen drohte, mich zu übermannen, und ich presste meine Kiefer aufeinander, um den Drang zu bekämpfen.

Annie warf einen Blick auf das Haus, jetzt, da ihr Gefährte in der Nähe war. »Ist er in Ordnung?«

Das war eine schwierige Frage. »Er kann nicht entkommen, wenn du das meinst. Ich konnte seine Verletzung spüren, auch nachdem ich ihn vor dem Tod bewahrt habe, aber er ist nicht glücklich darüber, dass ich ihn allein gelassen habe.«

Sie grinste verschlagen. »Darauf wette ich, aber ich bin froh, dass du dich nicht deinem Partnerband unterordnest – nicht, dass ich etwas anderes von dir erwartet hätte.«

Meine Fingerspitzen kribbelten. Sie verstand meine Situation wirklich. »Ich bin nicht verrückt, weil ich nicht weiß, ob ich wütend auf ihn sein soll oder nicht?«

»Du solltest *auf jeden Fall* wütend auf ihn sein.« Alex' leicht britischer Akzent nahm seinen Worten ein wenig ihrer Schärfe. »Er hat ein *Dämonenschwert* mit in die Hölle genommen.«

Er sagte das, als wüsste ich das nicht. »Das ist mir durchaus bewusst.«

»Es geht um mehr als das.« Annie runzelte die Stirn, Besorgnis zeichnete sich auf ihrem Gesicht ab. »Wenn du dich behauptest, widerspricht das dem Band, aber ich bewundere dich. Ich hoffe, ich könnte an deiner Stelle das Gleiche tun.«

Obwohl Annie immer stärker und sicherer geworden war, zweifelte sie manchmal an ihrer inneren Stärke. Sie war die widerstandsfähigste Person, die ich je kennengelernt hatte. Sie war in der Vergangenheit nicht zusammengebrochen, als ihre gelöschten Erinnerungen sie in ihren Träumen heimgesucht hatten. Ich war mir nicht sicher, wie viele ein solches Trauma aushalten könnten.

»Danke.« Ich entschuldigte mich selten, und noch seltener drückte ich wahre Dankbarkeit aus. Mein Herz wurde warm und dämpfte einen Teil des Schmerzes, den Levi verursacht hatte.

Sie hob die Augenbrauen. »Wofür?«

»Verständnis.« Kein einziger Engel würde verstehen, was ich durchmachte. Solange ich lebte, hatte es keine vorherbestimmte Partnerschaft gegeben. Daraus und aus den eindimensionalen Gefühlen, die Engel empfanden, würden sie wahrscheinlich schließen, dass ich den Verstand verloren hatte ... und vielleicht hatte ich das auch. Aber dass Annie es verstand, gab mir das Gefühl, zurechnungsfähig zu sein.

Sie öffnete den Mund, um mehr zu sagen, aber Cyrus, Ronnie, Bune und die drei Silberwölfe traten durch die Bäume. Cyrus' Gesicht wirkte finster, bis er Annie sah. Als er aufrichtig lächelte, brannte meine Kehle.

Ich wünschte, Levi würde mich so ansehen.

Die beiden führten eine gesunde Beziehung. Sicher, es war schwer für sie gewesen, als sie geglaubt hatten, sie könnten nicht zusammen sein, aber nachdem sie ihre Verbindung vervollständigt hatten, war ihr Verhältnis stabil geworden und hatte sich mit der Zeit sogar noch verbessert.

Im Gegensatz zu Levi und mir. Wir waren implodiert.

Ich ließ den Kopf hängen, während mich Scham erfüllte. Ich hatte mich immer für meine Freunde gefreut – so sehr wie ein Engel das eben konnte –, und das würde ich auch jetzt nicht ändern. Annie, Cyrus, Griffin, Sterlyn, Ronnie und Alex hatten einander verdient, und dass mein Partner mit Verständnisproblemen kämpfte, sollte sie nicht von ihrem Glück abhalten.

Bist du okay?, verband sich Levi.

Ich hasste es, dass er meine Gefühle spüren konnte, besonders die, für die ich mich schämte. *Es ist alles in Ordnung. Die anderen sind gerade angekommen und deinem Vater geht es gut.*

Das ist eine Erleichterung, erwiderte Levi, obwohl sich Besorgnis in meine Richtung drängte. *Aber ich mache mir trotzdem Sorgen um dich. Etwas hat dich aufgeregt.*

Ich habe keine Nerven hierfür. Das Letzte, was ich tun wollte, war, zu lügen. Jeder hier würde wissen, dass etwas nicht stimmte, und sie wussten bereits, dass meine Situation mit Levi nicht gerade ideal war.

Rosey ..., setzte er an.

Ich sagte, ich will nicht darüber sprechen. Wir kommen gleich wieder rein. Ich drängte ihm meine Wut entgegen.

Sein Schmerz wehte zu mir zurück. *Okay.*

Anstelle der Wut, die ich als Antrieb brauchte, schwächelte mein Körper. Ich hatte nicht mehr die Energie, mit ihm zu streiten.

Cyrus eilte zu Annie hinüber und zog sie in seine Arme. Eine Hand flog zu ihrem Bauch und umfasste ihr Kind. Meine Augen brannten angesichts der Zärtlichkeit.

»So begrüßen sich Gefährten«, stichelte Alex und zwinkerte seiner Frau zu. »Also komm schon her, *Liebste!*«

Mein Blick fiel auf Ronnie, die vor Bune stand und ihren Dolch immer noch im Blick hatte. Kein Wunder, dass der Dämon nichts versucht hatte. Sie hätte es nicht zugelassen.

Die fünf Silberwölfe umringten den Dämon, und Ronnie machte sich auf den Weg zu Alex.

»Fairerweise muss man sagen, dass ich ihn im Auge behalten habe. Wir brauchen keine weitere Flucht auf Levi-Niveau«, sagte Ronnie und küsste Alex.

Die Artefakt-Situation beunruhigte sie wahrscheinlich genauso sehr wie mich. In Anbetracht der Tatsache, dass die Wandler behaupteten, sie hätten jemanden wegfliegen sehen, dass Mutters Feder bei der zerbrochenen Tür gefunden worden war und mindestens ein Gegenstand fehlte – das Dämonenschwert –, würde Azbogah die Tat meiner Mutter in die Schuhe schieben. Sie war das letzte Hindernis, das er aus dem Weg räumen musste, um die volle Kontrolle über die Engel zu erlangen. Gleichzeitig fürchtete er, seinen Einfluss über die Abstimmungen zu verlieren. Ich war mir sicher, dass Ronnie ebenfalls Bedenken hatte, da sie unabsichtlich einen Dämonendolch aus dem Artefaktgebäude mitgenommen hatte. Der Dolch war auf magische Weise in ihren Händen erschienen, nachdem sie befreit worden und zu Griffins Wohnung zurückgekehrt war.

Bune rieb seine Hände aneinander. »Wo ist Levi? Geht es ihm gut?«

Seine Sorge schien aufrichtig zu sein, aber ich wollte nicht schon wieder manipuliert werden. Ich musste in der Nähe dieser beiden Dämonen vorsichtig bleiben. »Er ist drinnen auf der Couch. Ich bin rausgekommen, um mich zu vergewissern, dass alle in Sicherheit sind.«

Er klopfte mit dem Absatz auf den Boden. »Darf ich ihn sehen?«

Seine Worte erweckten den Eindruck, als bräuchte er

meinen Segen, um seinen Sohn zu sehen. Levi hatte erwähnt, dass Bune Shadow City verlassen hatte, um bei Levis Mutter zu bleiben, die gefallen war. Der Rat hatte ihr nicht erlaubt, ihn zu besuchen, und die Tatsache, dass er das Gefühl hatte, um Erlaubnis bitten zu müssen, rührte mein Herz. »Ja, ich bringe dich rein.« Ich wollte die beiden unbedingt im Haus wissen, bevor Bewohner von Shadow Terrace oder Touristen sie entdeckten. Wir waren hier am Ende der Straße etwas isoliert, aber nicht völlig.

»Wir sollten auch hineingehen.« Cyrus küsste seine Gefährtin auf die Stirn und wandte sich an die fünf Silberwölfe. »Bitte geht in den Wald und haltet die Augen offen, bis wir unser weiteres Vorgehen festgelegt haben.«

Gehorsam rannten Darrell, Chad und die anderen drei zurück in den Wald. Obwohl jetzt alle Übernatürlichen auf dieser Seite des Flusses willkommen waren, fühlten sich viele Vampire immer noch nicht wohl in der Gegenwart anderer Übernatürlicher, und wir wollten keine Fragen darüber aufwerfen, wen oder was die Silberwölfe bewachten. Es war das Beste, wenn sie im Wald versteckt blieben.

Der Rest von uns ging zurück ins Haus. Meine Haut kribbelte vor Erwartung. Ich hatte so viele Fragen, aber würden Levi und Bune sie mir beantworten? Die Prinzen der Hölle hatten einen Plan, den sie auszuführen versuchten, und abgesehen davon, dass sie das Dämonenschwert beschaffen wollten, war ich mir nicht sicher, was sie als Nächstes vorhatten. Ein Dämonenschwert konnte Shadow City nicht zu Fall bringen, also musste etwas anderes im Spiel sein.

Unsere Gruppe betrat das Wohnzimmer, und ich stellte mich an die Wand unter dem Fernseher, ohne mich zu trauen, mich zu setzen. Ich hatte Angst, dass ich nicht mehr aufstehen könnte, wenn ich es täte.

Bune eilte zu Levi und streckte eine Hand aus, um seinen Sohn zu berühren, aber er zögerte. »Hast du immer noch starke Schmerzen?«

Levi gluckste, dann stöhnte er und schloss die Augen.

Ich trat unwillkürlich auf ihn zu, während sich Übelkeit in mir breitmachte. Irgendwie zwang ich mich, stehen zu bleiben. Er durfte nicht merken, dass seine Schmerzen mich beeinträchtigten, sonst könnte er das gegen mich verwenden.

»Er benötigt mehr Heilung.« Bune wandte sich an mich. »Kannst du ihm nicht helfen?«

Seine Frage zerrte an mir. Ich wünschte, ich könnte Levi all seine Schmerzen und sein Unbehagen nehmen, aber ich konnte es nicht. Meine Magie war völlig verbraucht.

»Hör auf, Vater!«, röchelte Levi. »Sie hat getan, was sie konnte, und ich lasse nicht zu, dass sie sich selbst schadet. Mir geht es viel besser als zuvor, und ich schwebe nicht länger in Lebensgefahr.«

Seine faktische Bemerkung traf genau ins Schwarze. Ich rieb meine Stirn und versuchte, die Kopfschmerzen zu bekämpfen. »Du wirst nicht sterben. Das werde ich nicht zulassen.«

»Entspann dich! Ich weiß, dass du das Dämonenschwert zurückhaben willst.« Levi grinste, aber es wirkte nicht überzeugend. »Wir wollen schließlich nicht, dass es einem der Prinzen der Hölle in die Hände fällt.«

»Hör auf, dich so aufzuspielen!«, schimpfte Annie, die ihm direkt gegenüber auf der Couch saß. »Du hast dich selbst in diese Situation gebracht, also versuch nicht, ihr oder einem von uns ein schlechtes Gewissen einzureden!«

Bune stellte sich vor Levi und versperrte Annie den

Blick auf den verletzten Dämon. Sein Kehlkopf wippte, als er sagte: »Er hatte keine Wahl.«

»Hatte er sehr wohl«, warf Ronnie ein, die am Ende der Couch neben ihrer Pflegeschwester stand. »Er hätte uns sagen können, was das Problem ist, dann hätten wir gemeinsam eine Lösung gefunden. Wir haben ihm nach dem letzten Dämonenkampf vertraut.«

Wir drehten uns im Kreis. »Wir müssen uns auf die aktuelle Bedrohung konzentrieren. Was Levi hätte tun oder nicht tun sollen, ist irrelevant.« Es tat weh, das zu sagen, denn ich wollte selbst nur Antworten fordern, aber das könnte uns noch mehr gefährden.

Also ist alles in Ordnung mit uns?, verband sich Levi und seine Wärme strömte in mich hinein.

Das war es, was er aus dieser Bemerkung mitgenommen hatte? *Nein, nichts ist in Ordnung. Aber unsere persönlichen Probleme werden uns nicht umbringen. Es sind die Dämonen, die verzweifelt versuchen, dich in ihre Gewalt zu bringen, die allen, die mir wichtig sind, und Unschuldigen schaden könnten.*

Cyrus, der hinter seiner Gefährtin stand, legte seine Hände auf Annies Schultern. »Ich stimme zu. Die Dämonen werden versuchen, Levi herauszulocken, also brauchen wir einen soliden Plan. Sie wissen, dass wir Menschen, Übernatürliche und alles, was eine reine Essenz hat, schützen wollen.«

»Vielleicht solltet ihr die Städte abriegeln.« Midnight legte den Kopf schief. »Dann würden keine Leute mehr ein und aus gehen.« Sie nahm neben Annie Platz.

Alex klopfte mit den Fingern auf seinen Mund und schürzte die Lippen. »Das ist eine gute Option, aber ich bin mir nicht sicher, wie wir die Stadt effektiv abriegeln können. Die Leute müssten an die Grenzen gehen, um die

Straßen zu verbarrikadieren, was zu ihrer Ergreifung führen könnte, was den Zweck verfehlt.«

»Was ist mit dem Hexenzirkel von Circe?« Ich fragte nur ungern, aber der Zirkel könnte helfen. Nachdem Eliza verletzt und in das Portal gesaugt worden war, das die Hexen geschlossen hatten, hatten wir ihnen etwas Freiraum gelassen. Aurora und Lux hatten geholfen, Levi in dem ersten Haus zu isolieren, in dem wir ihn festgehalten hatten, aber dann waren sie zurückgewichen, weil sie sich mit der Nähe zur Stadt unwohl fühlten. Ihr Hexenzirkel und der Hexenzirkel von Shadow City waren verfeindet.

Annie und Ronnie wechselten einen Blick. Von der Gruppe hier waren die beiden am meisten betroffen, da Eliza sie aufgezogen hatte und Circe Elizas Tochter war. In gewisser Weise waren sie eine Familie, aber es gab eine Menge Spannungen zwischen ihnen, obwohl Circe diejenige gewesen war, die Annie als Säugling an Eliza übergeben hatte. Circe hatte sich von ihrer Mutter im Stich gelassen gefühlt, und es war ihr schwergefallen, zu sehen, wie sehr Eliza die beiden Kinder, die sie aufgenommen hatte, ans Herz gewachsen waren.

»Das ist wahrscheinlich unsere beste Option.« Annie atmete aus.

Bune verkrampfte sich. »Ihr habt eine Verbindung zu Hexen, denen ihr vertraut?« Er musterte jeden von uns, um unsere Reaktionen abzuschätzen.

Er war viel zu neugierig auf die Antwort, aber wenn sie hierherkommen würden, fände er es ohnehin heraus. Wenn sie nicht kämen, würde er nie erfahren, an wen wir uns gewandt hatten. »Warum?«, fragte ich.

»Weil die Hexe, die Levi und mir zur Flucht verholfen hat, in Schwierigkeiten steckt.«

»Was?«, rief Levi aus. »Du hast die *Hexe* dazu gebracht,

uns zu helfen? Warum hast du mir das nicht gesagt? Das ist gefährlich.«

»Sie ist anders als die anderen.« Bune blickte Levi an und hob beide Hände. »Während du auf der Erde warst, haben sie mich neben sie in eine Zelle gesteckt. Ich habe ihre Versuche, sie zu brechen, gehört. Sie ist sehr mächtig – so sind wir entkommen.«

Ronnie lehnte sich nach vorn, Hoffnung flammte in ihrem Gesicht auf. »Wie sieht sie aus?«

»Liebste.« Alex zuckte zusammen, weil er den Schmerz seiner Gefährtin spürte. »Sie kann es nicht geschafft haben.«

»Es ist dunkel da unten – es war schwer zu erkennen.« Bune legte die Stirn in Falten, entweder vor Verwirrung oder vor Konzentration.

Ich wünschte, er hätte das Thema nicht wieder angesprochen. Es machte den Mädchen falsche Hoffnungen.

»Aber sie hat immer von ihren drei Töchtern und ihrer Enkelin gesprochen.« Bune blinzelte. »Und dass sie zu ihnen zurückmuss.«

»War ihr N-N-Name ... Eliza?«, fragte Annie mit zittriger Stimme.

DIE FRAGE hing in der Luft, und ich wünschte, Bune würde sie beantworten. Ich wollte nicht, dass Ronnie und Annie sich zu große Hoffnungen machten.

Cyrus funkelte den Dämon an. »Das ist eine einfache Frage.«

»Ist es *nicht*.« Bune seufzte und setzte sich neben Levi. »Ich weiß nicht, wie sie heißt. Ich weiß nur, dass sie noch nicht lange da unten ist. Sie ist mit einer Gruppe von Dämonen durch ein Portal gekommen und unentdeckt geblieben, bis eine andere Hexe dort unten sie erkannt hat.«

»Hat sie eine Wunde?« Annie rieb ihren Bauch. »Am Bauch oder daneben?«

Levi, tu etwas! Ja, er frustrierte mich, aber er könnte uns helfen. *Er darf nicht mit ihren Gefühlen spielen.*

Das tut er nicht. Da unten ist eine Hexe. Ich habe sie kurz gesehen, aber sie ist im Schatten geblieben. Levi knurrte. *Mein Vater und ich sind nicht manipulativ, auch wenn du das denkst.*

Ich seufzte. *Wie sehr wünschte ich, das wäre die Wahrheit.*

Bune stand auf und schritt in der Mitte des Raums umher. Das könnte ein Zeichen für seine Frustration sein, weil er versuchte, sich zu erinnern – oder ein Zeichen dafür, dass er seine Worte sorgfältig auswählte, um uns eine Lüge aufzutischen, ohne tatsächlich zu lügen. Wenn er versuchte, uns mit vermeintlich guten Absichten zu täuschen, würde er nicht fallen. Aber dies war die Gefahr der Dunkelheit: Sie zerstörte Moral. Eine unethische Entscheidung vereinfachte die nächste, und schon bald erreichte man eine andere Dimension.

Rosey, ich wollte dich nicht verletzen. Levis Verärgerung strömte in mich hinein. *Warum machst du mir die Hölle heiß?*

Hölle. Was für ein passendes Wort, denn er hatte sich tatsächlich dorthin begeben, und ich fühlte mich, als wäre ich selbst dort gewesen, so viel Herzschmerz hatte er mir bereitet. Wenn er glaubte, dass ich ihm aufgrund seiner Frustration verzieh, hätte er mehr Glück beim Versuch, sich Federn wachsen zu lassen.

»Bei den Göttern!«, zischte Alex. »Du denkst furchtbar angestrengt über diese Antworten nach.«

»Gib ihm eine Sekunde!«, sagte ich. »Er hat im letzten Jahrtausend sehr vorsichtig mit seinen Worten sein müssen. Das hat ihn verändert.« Engel durchdachten jede Option, bevor sie antworteten – wenn ihnen die Möglichkeit dazu gegeben wurde. Wenn Bune wirklich *gut* war und lediglich seiner vorbestimmten Partnerin in die Hölle gefolgt war, dann hatte er über tausend Jahre lang in einer äußerst turbulenten Umgebung gelebt. Obwohl ich ihm gegenüber misstrauisch sein wollte, musste ich auch die Möglichkeit in Betracht ziehen, dass er lediglich vorsichtig war. Andernfalls würde ich mich weiterhin von meinen Vorurteilen leiten lassen, wie Levi es gesagt hatte. Obwohl Levi mich –

wie erwartet – verletzt hatte, konnte ich nicht leugnen, dass er mich die Dinge in einem anderen Licht sehen ließ.

Ronnie und Annie waren gut. Und wenn die drei Dämonenwolfsjungen nicht so hasserfüllt aufwuchsen wie ihre Väter, dann waren vielleicht nicht alle Dämonen wirklich dem Untergang geweiht. Ich konnte nicht leugnen, dass die Annahme, dass alle Dämonen böse waren, extrem war. Auch Engel waren nicht grundsätzlich gut, aber sie rechtfertigten ihre Handlungen, indem sie glaubten, dem Allgemeinwohl zu dienen. Die meisten Leute betrachteten sich selbst nicht als böse – mit Ausnahme derer, die gern Schmerzen zufügten.

Midnight hob die Augenbrauen und Alex neigte den Kopf nach hinten, als sie mich musterten. Ich konnte es ihnen nicht verübeln; es klang so, als würde ich Bune verteidigen, und das war nicht meine Absicht gewesen. Aber es gab keinen Grund, irrational auf seine Antworten zu reagieren, wenn dahinter eine vernünftige Logik stecken könnte.

Glücklicherweise galt Annies und Ronnies Aufmerksamkeit Bune, während Cyrus sich bemühte, seine Wut zurückzuhalten.

Der ältere Dämon sah mich an und sein Gesicht glättete sich. »Das ist sehr wahr. Die wirklich Unentschlossenen in der Hölle werden regelmäßig bedroht und schikaniert. Wir müssen unsere Worte sorgfältig abwägen, um nicht noch mehr Angriffsfläche zu bieten.«

Wärme breitete sich in meinem Band zu Levi aus, als er erklärte: *Danke, dass du meinen Vater unterstützt. Ich weiß, dass es nicht einfach ist, und ich schätze ...*

Ich habe es nicht für dich getan. Obwohl ich nicht mit ihm streiten wollte, durfte er die Situation nicht missinterpretieren. *Unsere Gruppe muss einen kühlen Kopf bewahren und darf sich nicht von ihren Gefühlen überwäl-*

tigen lassen. Ein Stich schoss durch mein Herz. Das hätte als Beleidigung aufgefasst werden können, und ich hatte es nicht so gemeint.

Die Wärme zwischen uns schwand. Wie vermutet, hatte ich ihn verletzt, aber ich konnte nichts dagegen tun. Er hatte sich von seinen Gefühlen leiten lassen, und leider verstand ich jetzt, wie leicht das passieren konnte, wenn man nicht aufpasste. Indem er mich verlassen hatte, war mir klar geworden, dass ich trotz meiner Gefühle funktionieren konnte, auch wenn ich mich am liebsten hinlegen und weinen wollte.

»Sie hatte keine sichtbare Verletzung, aber sie hat sich bei jeder Bewegung gekrümmt, weshalb ich vermute, dass sie Schmerzen hatte.« Bune verschränkte die Finger und schloss die Augen, als würde er sich an das Bild erinnern. »Sie hat erwähnt, dass sie sich für die Personen, die sie liebt, geopfert hat.«

»Das muss sie sein.« Annie sprang auf, taumelte aber nach vorn und umklammerte ihren Bauch.

Cyrus warf sich über die Couch und landete hinter seiner Gefährtin, während Midnight und Ronnie Annie flankierten.

»Hey, Leute.« Annie gluckste, als sie sich aufrichtete. »Es ist alles in Ordnung.«

»Was zum *Teufel* ist passiert?« Cyrus legte seine Hand auf ihre. »Geht es dir gut? Geht es unserem kleinen Mädchen gut?«

Annie streichelte sein Gesicht. »Ja. Ich habe mich zu schnell bewegt. Es war nur ein wenig unangenehm, das ist alles. Ich war nicht darauf vorbereitet.«

»Das wird dir noch öfter passieren, jetzt, da dein Bauch größer wird.« Midnight grinste und strich Annie eine Strähne hinters Ohr. »Ich erinnere mich noch gut an die

Bänderschmerzen in meiner Schwangerschaft mit dir. Es war das beste Unbehagen, das ich je erlebt habe.«

Mein Herz schmerzte. Ich hoffte, dass ich eines Tages das Glück erleben durfte, ein solches Geschenk in mir zu tragen. Leben zu erschaffen, war ein Wunder, das die meisten Engel nur mit Mühe erreichen konnten, und die, die es taten, erhielten diesen Segen höchstens ein- oder zweimal. Cyrus und Annie würden die perfekten Eltern sein, und sie wollten beide eine vollwertige und gesunde Familie gründen.

Cyrus atmete aus und fuhr mit der Hand über sein Gesicht. »Du hast mich zu Tode erschreckt.«

»Es wird fortan nur noch intensiver werden. Dann wird die Geburt jede Sorge in den Schatten stellen, die du je hattest.« Midnight kicherte, während sie Cyrus auf die Schulter klopfte. »Du solltest dich dafür wappnen.«

Sein Gesicht wurde eine Nuance blasser, als hätte er das nicht bedacht.

»Ich hasse es, rücksichtslos zu sein«, sagte ich. Ich hatte gelernt, dass meine Worte in der Regel besser ankamen, wenn ich mit Bedauern anfing, bevor ich das, was ich sagen wollte, zu Ende führte. »Aber wenn Eliza tatsächlich die Hexe ist, die ihnen geholfen hat – was bedeutet das dann?« Wenn die Prinzen der Hölle Pläne mit ihr hatten, mussten wir sie und das Schwert aus der Hölle holen, bevor sich die Umstände verschlimmerten.

Bune kratzte sich im Nacken, als er sich wieder auf die Couch setzte, dieses Mal aufs andere Ende. Er stützte die Ellbogen auf seine Knie. »Als Kobal nach der Attacke weggegangen ist ...« Er unterbrach sich und kniff sich in den Nasenrücken. Mit geschlossenen Augen fuhr er fort: »Als Kobal Levi *verlassen* hat, war ich verzweifelt. Ich wusste, dass Levi versucht hat, die Prinzen der Hölle glauben zu machen, er stünde auf ihrer Seite, um mich zu retten. Aber etwas ist schiefgelaufen, und sie haben ihn in die Gefängniszelle gebracht, damit ich seine Bestrafung mit ansehen konnte.«

Eines war klar – Bune sorgte sich um seinen Sohn. Er schauspielerte nicht, und das machte mich noch nervöser. Er würde alles tun, um die Sicherheit seines Sohnes zu gewährleisten, auch wenn er sich gegen uns stellen müsste, um Levi zu helfen.

Ronnie atmete aus.

»Jedenfalls hat sie uns angeboten, uns bei der Flucht zu helfen. Sie hat etwas von der Magie benutzt, die sie versteckt hielt, aber erklärt, dass ihre Kraft nicht lange anhalten würde. Und dass wir die Hexen finden sollen, die die Silberwölfe beschützen, damit sie uns helfen, sie zu retten, bevor es zu spät ist.« Er rieb seine Hände aneinander, als fröstelte er.

»Oh ...« Ronnie schniefte und Tränen rannen über ihre Wangen. »Sie *ist* es.«

Mein Atem stockte. Eliza war am Leben. Ich hatte die ehemalige Hexenzirkelpriesterin und ihre unverblümte Art zu schätzen gelernt. Sie war eine mächtige Hexe, und ich könnte wetten, dass sie stärker war als Erin. Wenn wir sie aus der Hölle befreien könnten, hätten wir nicht nur eine starke Verbündete zurück – auch Annie hätte ihre Pflegemutter hoffentlich rechtzeitig zur Geburt ihres Kindes bei sich. Die Silberwolfalphas benötigten eine mächtige Hexe an ihrer Seite, wenn das Baby geboren wurde, um bei Problemen zu helfen. Ich könnte Annie natürlich auch unterstützen, wenn die Zeit gekommen war. Aber ihr wäre natürlich Eliza lieber. Und an der Tradition würde sie damit auch festhalten.

»Warum hast du das nicht gleich gesagt?« Alex rollte

mit den Augen. »Offensichtlich hätte dieses kleine Detail die Angelegenheit aufgeklärt.«

Bune hob sein Kinn, sah Alex an und sagte spöttisch: »Ich weiß es nicht – mein Sohn wäre gestorben, wenn seine vorbestimmte Partnerin ihn nicht gefunden hätte. Dann sind wir vor Dämonen geflohen, und ich bin in einem Haus voller Leute gelandet, die meinen Sohn und mich behandeln, als würden wir sie im Schlaf umbringen.«

Wären meine Federn ausgefahren, hätte ich sie gesträubt. Es gefiel mir nicht, dass er mir unterstellte, ich würde mich im Schlaf einfach so umbringen lassen, aber ich biss mir auf die Zunge. Levi war gegangen, während ich geschlafen hatte, und obwohl es meinen Stolz verletzt hatte, konnte ich es ihm nicht verübeln. Ich hatte es verpatzt, und das war eine Last, die ich zu tragen hatte.

Die Verbindung zwischen Levi und mir öffnete sich wieder, und sein Unbehagen und sein Schmerz drangen in mich ein. Wie erwartet hatte er seinen Schmerz zurückgehalten, der ihn nun überwältigte. Und ich hasste mich dafür, dass ich mich darüber aufregte, dass er sich unwohl fühlte.

»Levi braucht Ruhe.« Ich deutete auf ihn.

Mir geht es gut, warf er ein.

Ich beschloss, ihn zu ignorieren. »Und ich muss mich regenerieren.« Mit dieser neuen Information waren unsere Aussichten besser als noch vor wenigen Augenblicken.

Levi schwieg, was mich sowohl tröstete als auch ärgerte. Die Tatsache, dass es ihm etwas ausmachen könnte, dass ich nicht in Form war, erleichterte den Schmerz in meinem Herzen, aber sie irritierte mich auch. Warum interessierte er sich jetzt dafür?

»Wir haben immer noch nicht darüber gesprochen, ob Killian, Sierra und Darrell zurückkehren oder ob wir

Darrell zu Martha zurückbringen können«, sagte Cyrus, während er die Hände hinter seinem Rücken verschränkte. »Ich möchte wissen, was ihr denkt, schließlich brauchen wir eure Hilfe wegen ... ihr wisst schon.«

Den Dämonen.

Sie hatten uns erreicht, bevor wir Zeit gehabt hatten, einen Plan zu schmieden. Wir hätten besser vorbereitet sein müssen. »Warum rufen Annie und Ronnie nicht Circe an? Wenn sie davon erfährt, wird sich der Hexenzirkel beteiligen wollen.«

Alex nickte. »Und es ist sinnlos, sich den Dämonen mehr als einmal auszusetzen, also können wir vielleicht die Ankunft der Wölfe und Hexen zeitlich aufeinander abstimmen.«

»Die Dämonen werden auf alles gefasst sein, denn sie sind hier, um Levi und mich zu holen. Aber sie werden vermutlich zögerlich vorgehen.« Bune deutete auf seinen Kopf. »Die meisten der wirklich Gefallenen, die weitgehend unentdeckt auf der Erde reisen können, sind nicht die Klügsten, und die Unentschlossenen werden sich schwertun. Sie fürchten, wie die Gefallenen zu werden, die besessen und unzufrieden sind.«

Ich bemerkte, dass er nicht *glücklich* gesagt hatte. Vielleicht waren die Emotionen der Dämonen genauso begrenzt wie die der Engel, aber Levi schien ziemlich zugänglich zu sein, ähnlich wie sein Vater.

Ronnie nahm ihr Handy aus der Tasche. »Ich rufe Circe an, dann können wir uns einen Plan ausdenken.«

Ich schwankte, meine Knie gaben nach. Ich war mir nicht sicher, wie lange ich noch stehen konnte. Ich hatte mich nur selten so schwach gefühlt, und jedes Mal war diese Gruppe beteiligt gewesen. »Ich sollte nicht zu viel Schlaf benötigen, um wieder zu funktionieren. Wenn ich nicht rechtzeitig wach bin, um den Plan durchzugehen, weckt mich!« Ich wollte sie nicht allein gegen die Dämonen antreten lassen, zumal die Zahl derer, die sie in Schattenform sehen konnten, begrenzt war.

»Wo soll ich ihn hinbringen?«, fragte Bune, während er sich über Levi beugte und ihn hochzuheben begann.

Stirnrunzelnd grunzte Levi und stieß seinen Vater weg. »Ich kann das ...« Aber als er versuchte, aufzustehen, versagten seine Beine.

Ohne zu zögern, hob Bune seinen Sohn auf.

»Folgt mir!« Mein Herz hämmerte, als ich auf die Treppe zu den Schlafzimmern im zweiten Stock zuging.

Keiner meiner Freunde bot an, bei Levi zu bleiben. Sie mussten gemerkt haben, dass ich nicht darauf eingehen würde, denn die andere Hälfte meiner Seele war schwer verletzt. Auch wenn ich weggehen wollte – ich könnte es nicht.

Ich war wie gelähmt.

Als wir den Flur betraten, blickte ich geradeaus in die Küche mit den hellbeigen Schränken und den dunkleren Fliesen bis zum Fenster über der Spüle. Ich konnte die Wölfe draußen nicht sehen, was meinen Puls etwas beruhigte. Zu meiner Rechten sah das Esszimmer unverändert aus. Der runde Tisch war blitzblank, genau wie die sechs passenden Holzstühle, die ihn umgaben.

Es sah so aus, als wäre niemand mehr im Haus gewesen, seit wir vor ein paar Tagen so abrupt gegangen waren. Der einzige Unterschied bestand darin, dass der Duft von Dahlien stärker geworden war, was die Tatsache unterstrich, dass der Herbst vor der Tür stand.

Ich wandte mich nach links und nahm die Eichentreppe zum obersten Stockwerk. »Hier entlang«, sagte ich. Offenbar verspürte ich das Bedürfnis, zu sprechen, was seltsam war. Normalerweise begnügte ich mich mit Schweigen.

»Ich bin direkt hinter dir«, antwortete Bune mit leicht belegter Stimme.

Am oberen Ende der Treppe führte der Flur zu drei Schlafzimmern und einem Badezimmer. Ich wandte mich nach rechts und ging in das Zimmer, das Levi und ich bei seinem letzten Besuch hier gemeinsam bewohnt hatten.

Ich war nicht auf den Ansturm der Gefühle vorbereitet.

Die flauschige waldbodenbraune Decke auf dem Doppelbett war immer noch zerwühlt, die Kissen waren durcheinander und die weißen Laken verheddert von der Nacht, in der Levi und ich unser Band geschlossen hatten. Mein Herz verkrampfte sich und meine Kehle wurde eng.

Ein ebenso herzzerreißendes Gefühl wehte zu mir zurück. Levi verband sich: *Rosey, ich wollte dir nicht wehtun.*

Tränen brannten in meinen Augen, als ich mich zwang, den Raum zu betreten. Meine Sicht wurde trüb, als ich den Tränen gefährlich nahekam. Ich räusperte mich und versuchte, normal zu klingen, als ich sagte: »Leg ihn aufs Bett! Ich werde die Couch nehmen.«

»Du wirst dich nicht zu ihm legen? Das würde euch beiden helfen, schneller zu heilen.« Bune schlurfte zum Bett und legte seinen Sohn langsam auf die Seite, die der Tür am nächsten war.

Ich hatte das noch nie gehört, aber es ergab Sinn. Wenn sich zwei Seelen verbanden, machten sie einander stärker.

»Ich ... ich kann nicht.« Obwohl ich es wollte. Bei den Göttern, der Drang, ihn zu berühren, war überwältigend. Bei der Vorstellung, dass es mir helfen könnte, schneller zu heilen, musste ich meine Arme fest an meine Seiten pressen, um nicht nach ihm zu greifen.

Ich wünschte, Bune hätte nichts gesagt.

»Lass sie in Ruhe, Vater!«, röchelte Levi, seine Stimme war schwer vor Erschöpfung. Das Band wirbelte vor Schmerz.

Mein Herz brach noch ein wenig mehr.

Im vergangenen Jahrtausend hatte ich nicht viel gefühlt, aber mein Herz war ganz gewesen. In den vergangenen zwei Wochen hatte ein Mann es fast zerstört. Ich begann, zu glauben, dass wir zum Elend verdammt waren – und ich war normalerweise nicht der verbitterte Typ.

Ich ging quer durch den Raum zu der Couch, die unter dem Fenster mit Blick auf Shadow Terrace stand. Ich blinzelte die Tränen zurück, legte mich schnell mit dem Kopf auf das Kissen am Ende der Couch und sah zu Bune auf. Ich wollte nicht, dass er merkte, wie verletzt ich war.

Sein Vater starrte mich an. »Warum gehst du dann nicht in ein anderes Zimmer oder zurück zu deinen Freunden? Ich kann bei ihm bleiben.«

Auf keinen Fall. Ich traute keinem von ihnen und ich würde hierbleiben.

»Ich will sie hier haben und sie würde sowieso nicht gehen.« Levi gähnte. »Es wird schon gut gehen. Sie wird mich nicht umbringen. Sie hat es mehrmals angedroht, aber ich bin noch immer hier. Sie hat mich sogar vom Tod bewahrt, und das werde ich ihr auf ewig vorhalten.«

Sogar unter Schmerzen musste er mich necken, aber das bedeutete, dass er überleben würde. Ich hielt den Mund, weil ich nicht auf seine Anspielung reagieren wollte.

»Gut, aber wenn du mich brauchst ...« Bune schritt auf die Tür zu und hielt inne. »Engel und Dämonen haben die Angewohnheit, die Dinge schwarz oder weiß zu sehen, aber es gibt eine Menge Grau in der Welt. Manchmal handeln die Leute nach bestem Wissen und

Gewissen, weil sie denken, es sei ihre einzige Möglichkeit.«

Wenn er glaubte, ich würde hier liegen und mich herunterreden lassen, dann sollte er erfahren, dass ich nicht diese Art von Engel war. »Ich bin in jeder Hinsicht deiner Meinung. Ich habe Dinge getan, die andere Engel nicht verstanden haben, aber so ist das mit Entscheidungen. Man muss sich mit den Konsequenzen seiner Handlungen auseinandersetzen, auch wenn sie *grau* sind.«

Ich hatte erwartet, dass er etwas erwidern und ähnlich wie Azbogah handeln würde. Ältere Engel, vor allem Männer, mochten es nicht, wenn man ihnen widersprach, und ich war nicht nur eine Frau, sondern auch jünger als er. Die meisten würden das als respektlos empfinden, aber ich würde mich nicht dafür entschuldigen, meine Meinung zu sagen.

Er legte den Kopf schief und löschte das Licht. »Das ist sehr wahr. Sei einfach nicht zu hart zu ihm.« Dann schloss er die Tür.

Mir war schwindelig. Seine Zustimmung hatte mich überrumpelt.

Stille kehrte ein, als Bunes Schritte auf der Treppe verhallten. Ich machte mir keine Sorgen, dass er versuchen könnte, zu fliehen. Nicht, solange Levi verletzt war.

Ich schloss die Augen, aber dadurch wurde Levis süßer Pfingstrosenduft nur noch intensiver. Der Drang, ihm nahe zu sein, schmerzte, und ich wälzte mich hin und her, entschlossen, es mir bequem zu machen.

Nach einem Moment beruhigte sich Levis Atmung, und unser Band verlor an Turbulenz, was mir signalisierte, dass er schlief.

Dann räusperte er sich und hauchte: »Rosey ...«

Und ich wusste, dass ich in Schwierigkeiten steckte.

KAPITEL FÜNFZEHN

DER SPITZNAME, der mich am Anfang genervt hatte, war irgendwie tröstlich. Jetzt, da er wieder da war, wollte ich einfach nur seine Stimme hören. »Ich habe dir bereits gesagt, dass ich keine Lust habe, mich zu streiten.«

Mein Kampfgeist war verschwunden. Obwohl mein Herz immer noch schmerzte und ich Levis Verletzungen spüren konnte, war das nichts im Vergleich zu dem Gefühlschaos, das ich erlebt hatte, als er verschwunden war.

Ich will nicht streiten, verband sich Levi.

Seine Worte und Emotionen zerrten stärker an mir, wenn wir auf diese Weise sprachen, also beschränkte ich mich auf das laute Sprechen. »Was willst du dann von mir?«

»Warum bist du sauer auf mich? Ich habe dir doch *gesagt*, dass ich Dinge tun müsste, die dir nicht gefallen würden.«

Unter normalen Umständen würde ich wütend werden, aber ich konnte die Energie nicht aufbringen.

»Genau das hättest du getan – indem du mich über deine Pläne *informiert* hättest und nicht einfach gegangen wärst.«

»Du hättest mich nicht gehen lassen«, sagte er schlicht. »Was hätte ich denn sonst tun sollen?«

Obwohl ich im Grunde *wusste*, dass er nicht versuchte, mich zu verletzen, waren seine Worte wie ein Schlag in den Magen. »Woher willst du das *wissen*? Glaubst du, ich weiß nicht, was es bedeutet, die zu schützen, die ich liebe? Glaubst du, ich bin so herzlos, dass ich dich mit allen Mitteln davon abgehalten hätte, deinen *Vater* zu retten?«

Er atmete scharf ein. »Natürlich hättest du das. Ich würde auch nicht zulassen, dass du deinen Vater rettest, indem du etwas so Leichtsinniges tust.«

Ich musste lachen. Ich hatte nie verstanden, warum Sterbliche lachten, wenn Tränen oder laute Worte eigentlich besser passen würden, aber jetzt tat ich es. Was er sagte, war lustig. »Du glaubst, du könntest mich *aufhalten*? Und was sagt das über dich aus? Dass du mich daran hindern würdest, etwas zu tun, was ich tun muss? Dadurch würde sich unsere Beziehung in etwas Ungesundes verwandeln, aber das spielt wohl keine Rolle mehr. Das hast du bereits erreicht.«

»Ist das dein Ernst?« Aufgrund seiner Verletzungen auf dem Rücken liegend, wandte er mir sein Gesicht zu. »Du hättest mich gehen lassen? Das kaufe ich dir nicht ab.«

Ich erinnerte mich an all die Male, in denen ich das Schlimmste von ihm gedacht hatte, weil er ein Dämon war. Ich war zum Beispiel davon ausgegangen, dass er das Band benutzt hatte, um an das Schwert zu gelangen, oder dass er Kira nur deshalb gerettet hatte, weil sie Zugang zum Artefaktgebäude besaß. Ich hatte gedacht, dass meine schlechte Meinung ihn nicht verletzen könnte, weil ich geglaubt hatte, im Recht zu sein. Jetzt war ich das Opfer seiner

Voreingenommenheit. »Und doch hast du entschieden, was ich tun würde, basierend auf deinen eigenen Entscheidungen. Du hast genau dasselbe getan, was du mir vorwirfst. Du hast mir keine Chance gegeben.«

Er runzelte die Stirn und blinzelte. »Aber ...«

»*Und* du hast nicht nur das Schlimmste von mir gedacht, sondern Kira mehr anvertraut als mir.« Es war, als würde ein Damm brechen.

»Sie hat mich nicht verurteilt«, knurrte er. »Was hast du denn *erwartet*?«

»Dass du ehrlich zu mir bist, nachdem wir das Band geschlossen haben.« Das war es, was am meisten schmerzte. Obwohl ich nie glücklich darüber gewesen war, dass er sich Kira anvertraut hatte, hätte ich es vor der Verbindung verstehen können, aber nicht danach. »Du hast große Töne gespuckt, als es darum gegangen ist, dir zu vertrauen, aber als ich es schließlich getan habe, hast du mich im Stich gelassen.« Meine Stimme überschlug sich vor Emotionalität.

Aber er musste es verstehen. Als ich schließlich meinen Widerstand aufgegeben hatte – obwohl mein Verstand mich angefleht hatte, es nicht zu tun –, hatte er mir bestätigt, dass meine Befürchtungen gerechtfertigt gewesen waren.

Er schloss die Augen, als das Bedauern von ihm auf mich überschwappte. *Rosey, das habe ich nicht gewollt. Ich musste meinen Vater retten. Dafür musste ich den Prinzen der Hölle das Dämonenschwert bringen.*

Er hatte mehr vor mir verheimlicht, als ich geahnt hatte. Dinge, die zu wissen, im Vorfeld hilfreich gewesen wäre. Er hatte gesagt, dass sie seinen Vater verletzen würden, wenn er in die Hölle zurückkehrte – er hatte verschwiegen, dass dies nur der Fall wäre, wenn er ohne das Dämonenschwert auftauchte. Und wieder hatte er die Wahrheit manipuliert.

In mir loderte ein Feuer, als ich mich zwang, Levi den Rücken zuzuwenden. Ich konnte ihn nicht ansehen. Die eindimensionale Rosemary hätte sich darüber lustig gemacht und es für ein Zeichen von Schwäche gehalten, aber das war nicht der Fall. Mein Herz sehnte sich danach, Levi zu sehen, ihn zu berühren, seine Haut noch einmal an meiner zu spüren. Ihm den Rücken zuzudrehen, zerriss mein Herz in zwei Teile, aber ich musste es tun, um stark zu bleiben.

Ich würde nie jemanden verurteilen, der das tut, was nötig ist, um zu bestehen.

Rosey ..., begann er.

»Nicht.« Er drängte weiter, doch ich konnte dieses Gespräch nicht fortsetzen. »Ich habe mit dir gesprochen, obwohl ich mich nicht danach gefühlt habe, und du weißt jetzt, wo ich stehe. Aber eins sollst du wissen – ich hätte dich nicht daran gehindert, deinen Vater zu retten, und wenn es dazu das Dämonenschwert gebraucht hätte, wäre ich natürlich wütend gewesen. Aber er ist deine *Familie*, und das bedeutet etwas. Wir hätten gemeinsam einen Plan schmieden können, der meine Familie nicht beeinträchtigt hätte, aber das spielt jetzt keine Rolle mehr. Ich muss schlafen.«

Schmerz erfüllte ihn, und ich hasste es, dass unsere Beziehung zu diesem Punkt gekommen war. Wir litten beide.

Es war nie meine Absicht, dich zu verletzen, sagte er, und sein Leid war genauso groß wie meines.

Als ich durch die Jalousien blickte, erkannte ich, dass die Sonne zu sinken begonnen hatte. Ihrem Standort nach zu urteilen, schätzte ich, dass es kurz vor dreizehn Uhr war.

Die Schönheit des Tages stand in krassem Gegensatz zu der Tristesse, die drinnen herrschte. »Absicht macht nichts richtig oder besser. Sie erlaubt lediglich, das eigene Handeln zu rechtfertigen. Obwohl ich immer das Schlimmste von dir erwartet habe, war es auch nie meine *Absicht*, dich zu verletzen.«

Zwischen uns herrschte Schweigen, und ich war dankbar dafür. Es gab nichts mehr zu sagen.

EIN WIMMERN WECKTE mich aus meinem Schlummer. Als ich die Augen öffnete, stellte ich fest, dass der Raum dunkler war als zuvor. Und nicht nur das – mein verräterischer Körper war wieder Levi zugewandt.

Ich hatte gehofft, mich besser zu fühlen, aber mein Körper war immer noch von Müdigkeit gezeichnet. Ich drehte meinen Kopf zum Fenster und stellte fest, dass die Sonne schon fast untergegangen war, es war also bestimmt fast neunzehn Uhr.

Engel brauchten nicht viel Schlaf, also war die Tatsache, dass Levi und ich etwa sechs Stunden geschlafen hatten, ohne dass sich etwas gebessert hatte, ungewöhnlich.

Könnte es daran liegen, dass wir unsere Bindung bekämpften, während wir schwach waren?

Levi stöhnte erneut, was meine Aufmerksamkeit wieder auf ihn lenkte.

Sein Gesichtsausdruck war verzerrt, und seine Beine zuckten unter der Decke. Er schnappte nach Luft, während sich in mir eine eisige Ranke der Angst und heiße Blitze der Pein mischten.

Ich sprang auf und eilte an sein Bett. Ich hätte mich

nicht zurückhalten können, auch wenn ich es gewollt hätte. Nicht, wenn er so litt.

Als ich neben ihn ins Bett rutschte, bestand kein Zweifel daran, dass ich einen dummen Fehler beging. Dennoch konnte ich es nicht unterlassen. In dem Moment, in dem meine Arme ihn umschlossen, entstand das vertraute Summen zwischen uns, und der Schmerz, der unsere Verbindung geprägt hatte, ließ nach.

Eine Zufriedenheit, wie ich sie seit seiner Flucht nicht mehr erlebt hatte, durchströmte mich. Mit ihm in meinen Armen fühlte ich mich vollständig, und ich verabscheute es, mich so zu fühlen. Vorbestimmte Partner waren dazu bestimmt, einander zu helfen, nicht zu verletzen. Wie war es möglich, dass das Schicksal ihn für mich ausgewählt hatte?

Er seufzte und drehte seinen Kopf zu mir. Er konnte sich immer noch nicht richtig bewegen, aber sein Gesicht glättete und seine Mundwinkel kräuselten sich.

Wenn ich nicht wüsste, dass er schlief, hätte ich gedacht, er würde mich manipulieren, aber das tat er nicht. Sein Herz und seine Atmung blieben langsam und gleichmäßig.

Das Summen beruhigte meine Gedanken, und meine Augen schlossen sich von selbst, als der Schlaf mich wieder einholte.

***

Draußen zwitscherten Vögel, und etwas Warmes und Raues berührte meine Wange. Ich öffnete die Augen und sah, dass Levi mich betrachtete und mein Gesicht streichelte.

Mein Herz erwärmte sich, und ein Lächeln glitt über meine Lippen.

Hast du gut geschlafen?, fragte er.

Ich nickte. Das musste ein Traum sein, aus dem ich niemals aufwachen wollte. So hätte meine Beziehung zu Levi ausgesehen, wenn er mich nicht verlassen hätte. Sobald ich aufwachte, würde mich der erdrückende Schmerz wieder einholen.

Doch hier konnte ich zumindest für ein paar Augenblicke glücklich sein.

Sein Blick fiel auf meine Lippen, und in mir rastete etwas ein. Ich beugte mich vor und küsste ihn sanft. Sein vertrauter Minzgeschmack kitzelte meine Sinne und ich sehnte mich nach mehr.

Ich ließ meine Zunge in seinen Mund gleiten, weil ich nicht genug von ihm bekommen konnte.

Bei den Göttern, Rosey, stöhnte er, als er meine Berührung begierig erwiderte. *Ich habe dich so verdammt vermisst. Von dir getrennt zu sein, war das Härteste, was ich je erlebt habe.*

Mein Körper erstarrte, und ich zog mich zurück.

Er zuckte vor Schmerz zusammen. *Vorsichtig. Es geht mir schon besser, aber ich bin immer noch ziemlich angeschlagen.*

Das war *kein* Traum. Ich löste mich von ihm und sprang auf die Füße, obwohl ich den Drang verspürte, ihn zu zerfleischen. »Das darf nicht passieren.«

Sein Körper spannte sich an und er runzelte die Stirn. »Wovon sprichst du? Du bist zu mir ins Bett gekrochen. Ich dachte, du hättest endlich verstanden ...«

Ich gab es nur ungern zu, aber ich fühlte mich ausgeruht. Obwohl meine Magie noch immer erschöpft war, hatte ich mich körperlich erholt ... und war bereit, zu streiten. »Es gibt einen Unterschied zwischen *Verständnis*, Levi, und dem *Verzeihen* von Fehlern. Ich verstehe, dass du deinen Vater retten musstest – ich bewundere es sogar –, aber die Ausführung war mehr als mangelhaft. Es war das, was Sierra ein Desaster nennen würde, und es hat unsere Beziehung in genau diesen Zustand versetzt.«

Himmel – ich verstand Sierra nicht nur, sondern zitierte sie sogar. Vielleicht *war* ja die Hölle zugefroren.

»Das haben wir doch schon besprochen.« Levi sah finster drein, als er sich langsam aufrichtete. Seine Brust bebte – entweder vor Wut oder vor Anstrengung, oder wahrscheinlich einer Kombination aus beidem. Obwohl seine Hautfarbe fast wieder hellgolden war, wirkte er immer noch blass. »Ich habe getan, was ich tun *musste*.«

Was die Situation noch schlimmer machte, war nicht, dass er sich nicht entschuldigt hatte. Das war auch nicht nötig. Ich wollte nur, dass er zugab, dass er die Dinge anders hätte handhaben sollen, und dass er mir bewies, dass er dies in Zukunft tun würde. Doch er weigerte sich, sich einzugestehen, dass er die Sache vielleicht schlecht gelöst hatte, und er dachte eindeutig schlecht von mir.

Das tat weh.

Unsere Situation hatte sich verändert. Wenn ich am Anfang nicht so hart zu ihm gewesen wäre, hätte er vielleicht nicht so hart reagiert, als es darauf angekommen war.

Hör auf!, schimpfte ich mit mir selbst. Er war ein erwachsener Mann und verantwortlich für sein Handeln. Was er zu tun beschlossen hatte, beruhte nicht auf meinen Fehlern. Ich würde mich nicht für seine Unzulänglichkeiten verantwortlich fühlen. Er hatte mich in die Pflicht genommen, und das würde ich auch bei ihm tun.

»Ich bin froh, dass du so denkst. Es ist klar, dass es dir egal ist, welche Probleme deine Taten hier verursacht haben – Probleme, die meine Familie betreffen –, denn du kümmerst dich nur um deine.« Meine Brust schmerzte und raubte mir den Atem. Ich brauchte frische Luft und es spielte keine Rolle, dass die Sonne noch nicht aufgegangen war.

Er schnaubte. »Bitte, sei nicht so selbstgefällig.«

Selbstgefällig. Ich hatte erklärt, dass meine Familie in Gefahr war, und er nannte mich selbstgefällig.

Ich marschierte an dem Bett vorbei zur Tür. Vor vier Tagen hatte ich mich geweigert, ihn in diesem Zimmer allein zu lassen, aus Angst, er könnte fliehen. Heute musste ich weg. Außerdem wäre es das Beste, wenn er ginge.

Mein Herz zuckte und verriet meine Lüge. Als ich die Tür erreichte, warf ich einen Blick auf ihn zurück.

Wohin willst du? Eines von Levis Beinen zuckte, als wollte er mir folgen, aber er bewegte sich nur willkürlich.

Ich hasste es, ihn so zu sehen. Obwohl er mir wehgetan hatte, wollte ich nicht, dass er Schmerzen verspürte. War ich zu einer Art Märtyrerin geworden? *Raus.*

Aber wir unterhalten uns doch. Er rückte näher an die Bettkante heran. Er bewegte sich schon besser, aber er war noch nicht wieder ganz der Alte.

Da ich gehen musste, solange ich noch die Willenskraft dazu hatte, öffnete ich die Tür und trat auf den Flur. »Nein, das tun wir nicht. Du wiederholst nur deinen Standpunkt, und mehr gibt es nicht zu sagen.«

Die Tür zu meiner Rechten öffnete sich, und Ronnie trat in den Flur. Sie trug eine jägergrüne Fleece-Pyjamahose und ein weißes Tanktop. Ihr kupferfarbenes Haar stand hinten ab, und sie gähnte, was verriet, dass sie geschlafen hatte. »Bist du okay?«

»Sehe ich okay aus?« Ich hasste es, dass man mir

ansehen konnte, wie verärgert ich war, was mich noch wütender machte.

Sie legte den Kopf schief. »Guter Punkt. Was ist denn das Problem?«

»Alles.« Ich stapfte auf die Treppe zu, weil ich das Bedürfnis verspürte, zu fliegen. Da die Dämmerung nahte, die Sonne aber noch nicht aufgegangen war, würden die Menschen mich nicht sehen. Das Fliegen gab mir eine gewisse Freiheit, die sich auf andere Weise nicht erreichen ließ, und es beruhigte meine übernatürliche Seite.

Alex' Stimme drang zu mir durch, als ich die Treppe hinunterging. »War das Rosemarys dramatische Seite, die da rausgekommen ist?«

»Lass sie in Ruhe!«, schimpfte Ronnie. »Sie leidet.«

Ich wollte nichts weiter hören.

Als ich den Treppenabsatz im ersten Stock erreichte, hörte ich, wie sich die Tür zu dem Zimmer öffnete, das ich mit Levi teilte. Wenn er sich weiterhin so langsam bewegte, würde ich es schaffen, von hier zu verschwinden, ohne ihn wiederzusehen. Ich stürmte ins Wohnzimmer und entdeckte Midnight auf der einen und Bune auf der anderen Couch liegend. Annie und Cyrus schienen im Nachbarhaus zu übernachten, und ich konnte es ihnen nicht verdenken. Aufgrund von Annies Schwangerschaft brauchten sie mehr Privatsphäre.

Bune riss die Augen auf und sah mich an. Er warf seine dünne Decke von sich und setzte sich aufrecht hin, wobei er wegen seiner Größe fast von der Couch fiel. »Ist Levi okay?«

Midnight richtete sich auf und schob ihr langes Haar hinter die Schultern.

»Das ist eine schwierige Frage.« In meinem Kopf drehte

sich alles und ich hätte am liebsten geschrien. Levis Minzgeschmack war immer noch in meinem Mund, und mein Herz verlangte, dass ich wieder nach oben ging. Beide Seiten kämpften härter gegeneinander als vor dem Vollzug der Verbindung. Es fühlte sich an, als lebten zwei Persönlichkeiten in mir, und ich musste ein Gleichgewicht finden, bevor ich implodierte. »Er hat mir nicht gesagt, warum er in die Hölle gegangen ist, und am Morgen, nachdem wir unsere Verbindung vollzogen haben, bin ich in einem leeren Bett aufgewacht. Er hat sich kurz mit mir verbunden, dass er mich verlässt, bevor er plötzlich von der Erde verschwunden ist. Dann ist er zurückgekommen und erwartet nun, dass alles in Ordnung ist. Sag du mir, ob diese Logik *okay* ist!«

Er hob kapitulierend eine Hand. »Ich ... ich kenne die richtige Antwort nicht. Ich habe vergessen, wie man mit einer unvernünftigten Frau argumentiert.«

»Das ist definitiv nicht der richtige Weg«, murmelte Midnight.

»Du hältst mich für *unvernünftig*?« Als ich das Wort aussprach, wurde mir bewusst, wie verstört ich klang. Die Qualen, die mich plagten, erschwerten es mir, aufrecht zu stehen, geschweige denn vernünftig zu sein. Irgendwie fühlte ich mich noch verratener, aber dieses Mal von mir selbst. Ich hatte es besser gewusst, als ich gestern Abend zu Levi ins Bett gekrochen war.

Bune öffnete den Mund und hielt dann inne.

Mein Gesicht glühte und ich holte tief Luft. »Es geht ihm gut. Geh lieber rauf, bevor er versucht, selbstständig nach unten zu kommen.«

Ich ging weiter durch das Wohnzimmer und war innerhalb von Sekunden aus der Tür. Es dämmerte bereits und es roch nach Herbst. Als die Tür nicht hinter mir zuschlug, warf ich einen Blick über die Schulter und sah Midnight nach draußen treten.

Sie machte einen zögernden Schritt auf mich zu. »Können wir kurz reden?«

Das *Nein* lag mir auf der Zunge, aber ich schluckte es hinunter. Ich schloss die Augen und genoss die frühmorgendliche Herbstbrise auf meiner Haut. Sie war kühl und half mir, meinen Verstand wiederzuerlangen.

Ich sollte nicht losfliegen, bevor ich nicht von den anderen erfahren hatte, was die Hexen beschlossen hatten. Ich wollte da sein, wenn die Gruppe mich brauchte. »Ja, ich wollte nur etwas frische Luft schnappen.«

»Ich verstehe.« Sie stellte sich neben mich und blickte in Richtung Shadow Terrace, um mich nicht kontinuierlich zu beobachten. »Ich weiß, dass es nicht das Gleiche ist, da Tate nicht wirklich mein Schicksalsgefährte war, aber es hat sich während unserer gemeinsamen Zeit so angefühlt, und selbst jetzt kämpfe ich mit seinem Verlust.«

»Das ist grauenvoll. Ich finde es scheußlich, dass eine Hexe euch verzaubert hat, um euch glauben zu lassen, ihr wärt füreinander bestimmt.« Ich hatte nicht bedacht, dass sie mit dem Verlust von Tate zu kämpfen hatte. Wenn der Zauber nicht gebrochen worden wäre, hätte sie Herzschmerz empfunden. Eine Hexe hatte mit Tate, Annies biologischem Vater, und Midnight experimentiert, weil ihre Verbindung die Geburt einer Tochter nach sich hatte ziehen sollen – was sie auch getan hatte. Tates Vater hatte den Zauber arrangiert, um Annie zu seinem eigenen Vorteil an einen Dämon zu verschenken.

Sie tätschelte meinen Arm und sagte: »Und ich finde es bedauerlich, dass Levi dich verletzt hat. Aber du bist stark, und wenn ich den Schmerz überleben kann, kannst du es auch.«

Von allen hier war sie diejenige, die mich am besten verstehen konnte. Eliza hätte es auch gekonnt, da sie ihr Gegenstück verloren hatte, aber sie war nicht hier. Doch ich konnte auch Levis Schmerz nicht ignorieren. »Er leidet auch.«

»Ich weiß. Anders als in meiner Beziehung mit Tate liegt Levi viel an dir, aber er muss noch eine Menge lernen, bevor ihr beide zusammen glücklich sein könnt.« Sie blickte auf ihre Hände.

Ihre Worte erfüllten mich mit Hoffnung. Es klang, als glaubte sie, dass wir beide es schaffen könnten. »Woher willst du das wissen? Wir kennen uns doch gar nicht gut.«

»Du hast recht. Wir stehen uns nicht nahe, aber ich bin jetzt seit über einem Monat in deiner Nähe.« Ein trauriges Lächeln huschte über ihr Gesicht. »Selbst in dieser kurzen Zeit ist mir aufgefallen, wie sehr du dich mit seinem Eintritt in dein Leben verändert hast. Als ich dich zum ersten Mal getroffen habe, warst du ernst, nüchtern und hattest einen starken Instinkt für das, was getan werden musste. Den hast du noch immer, aber du bist auch ...«

»Eine emotionale Närrin?« Mein Herz fühlte sich an, als würde es schrumpfen.

Midnight schüttelte den Kopf. »Ganz und gar nicht. Du bist besonders einfühlsam und scheinst mehr zu empfinden. Er hat dich *verändert*, und jetzt ist es an ihm, zu wachsen. Ich habe mich immer gefragt, warum das Schicksal Tate und mich zusammengebracht hat, und inzwischen ergibt alles einen Sinn, weil sie das nicht getan hat. Aber sie hat euch beide zusammengeführt. Ich kann es an der Art sehen, wie er dich ansieht.«

Könnte sie recht haben? Meine Brust dehnte sich, aber Hoffnung war ein gefährliches Gefühl.

Die Eingangstür des Hauses, in dem Annie und Cyrus

wohnten, öffnete sich, und Annie kam herausgestürmt. Ihr Gesicht war gerötet, und ihre Augen waren so groß, dass ich das Weiße darin sehen konnte.

»Circe hat angerufen.« Annie holte scharf Luft. »Sie haben ihre Entscheidung getroffen.«

KAPITEL SECHZEHN

HEXEN WAREN NICHT BERECHENBAR. Auch wenn es keinen Zweifel daran gab, dass Circe und der Hexenzirkel Eliza retten wollten, waren die Dinge in ihrer Welt nicht so einfach. Es gab Regeln, um das Gleichgewicht zwischen Gut und Böse aufrechtzuerhalten. Jede Entscheidung musste gründlich durchdacht werden, um sicherzustellen, dass dieses Gleichgewicht nicht gestört wurde, auch wenn ihr Herz sie zu einer bestimmten Entscheidung drängte.

»Lasst uns reingehen und es allen gleichzeitig sagen. Cyrus ist auf dem Weg.« Annie wippte auf ihren Fußballen vor und zurück, während ihr etwas zu kleines Oberteil nach oben rutschte und ihren wachsenden Bauch entblößte. Ihre schwarze Jogginghose passte perfekt und ließ ihren Bauch wie einen Basketball anmuten.

Angesichts von Annies errötetem Gesicht und ihrem Enthusiasmus war die Entscheidung der Hexen unschwer zu erraten, aber sie wollte die Nachricht überbringen, und das wollte ich ihr nicht verwehren, auch wenn das bedeutete, wieder ins Haus zu gehen und mich *ihm* zu stellen.

Der mir innewohnende Wunsch nach Selbsterhaltung drängte mich dazu, draußen zu bleiben, während mein Herz bei dem Gedanken, hineinzugehen, ihn zu sehen und mich von ihm fernzuhalten, pochte. Keine der beiden Möglichkeiten würde mein gebrochenes Herz heilen. Aber meine pragmatische Seite wusste, dass wir erfahren mussten, was unser Plan war und womit wir es zu tun hatten.

Annie huschte zur Eingangstür des Hauses und stürmte hinein. Sie schrie: »Kommt alle her! Wir haben endlich von den Hexen gehört!«

Das musste der Grund gewesen sein, warum mich gestern Abend und heute Morgen niemand geweckt hatte. Die Sonne begann ihren Aufstieg.

Die Tür des Nachbarhauses öffnete sich und Cyrus kam mit einem herzhaften Gähnen herbei. Er fuhr mit der Hand durch sein zerzaustes Haar und stöhnte. »Ich dachte, Hexen mögen die Nacht.«

Midnight gluckste. »Dann fühlen sich Mondhexen beim Zaubern am wohlsten. Das heißt aber nicht, dass sie nicht früh aufstehen, besonders wenn sie tagsüber Pläne haben.«

»Zum Glück waren wir gestern nicht lange auf.« Er schlenderte zur Eingangstür unseres Hauses und öffnete sie. »Lasst uns herausfinden, was sie zu sagen hatten!«

Meine Beine liefen wie von selbst, ich wollte unbedingt in Levis Nähe sein. Irgendwann mussten mein Körper und mein Geist in Einklang gebracht werden. »Tu nicht so, als wüsstest du nicht, was sie gesagt haben!« Ich grinste ihn an.

Er schüttelte den Kopf, hielt Midnight und mir die Tür auf und winkte uns hinein. »Als sie angerufen haben, ist sie aus dem Bett gesprungen und hat sofort das Zimmer verlassen. Ich habe gewartet, dass sie zurückkommt, aber stattdessen hat sie sich mit mir verbunden, damit ich meinen Arsch hierherbewege.«

»Das ist mein Mädchen.« Midnight strahlte, als wir ins Haus gingen.

Als ich eintrat, war das Zimmer wieder aufgeräumt. Die beiden Decken waren verschwunden, und Levi saß neben seinem Vater auf der einen Couch, während Ronnie und Alex ihnen gegenüber auf der anderen saßen.

Annie stand unter dem Fernseher und hielt ihr Handy in der Hand. Sie gab uns dreien ein Zeichen, einzutreten. »Sterlyn, Griffin, Killian und Sierra sind auf Lautsprecher. Ich dachte, es wäre einfacher, es allen auf einmal zu sagen, anstatt das Gespräch zu unterbrechen.«

Ich bewunderte ihre Effizienz. Es war lästig, wenn wir Informationen mehrmals wiederholen mussten.

Meine verräterischen Augen fielen auf Levi. Er saß am Ende der Couch, am weitesten von Annie entfernt. Er runzelte die Stirn. Er musste meine Aufmerksamkeit gespürt haben, denn er erwiderte meinen Blick. Sein Gesicht war angespannt, und unser Band durchströmte beidseitiger Schmerz, der sich vermischte und die Situation noch qualvoller machte.

Midnight machte sich auf den Weg zur Couch und setzte sich zwischen die Dämonen.

Ich mochte sie mehr und mehr, je länger ich in ihrer Nähe war. Sie hatte ein reines Wesen und mit ihrer Geste soeben bewiesen, dass sie meinen inneren Kampf verstand. Alles in mir hatte diesen Platz einnehmen wollen, und sie hatte etwas von meinem Aufruhr eliminiert.

Cyrus stellte sich neben seine Gefährtin, und ich nahm neben Ronnie Platz. Das einzige Problem war, dass ich nun Levi gegenübersaß, was es nur allzu leicht machte, ihn anzuschauen. Aber es war einfacher, ihn anzuschauen, als neben ihm zu sitzen, ohne ihn zu berühren.

»Ich habe vor ein paar Minuten mit Circe telefoniert.« Annies Iriden leuchteten in der Farbe von Honig. »Sie haben beschlossen, zu helfen, und werden in den nächsten Tagen hier sein.«

Sierras Stimme schallte durch den Raum. »Äh ... verdammt, ja! Ich muss unbedingt etwas Zeit mit Lux und Aurora verbringen.«

Ich rollte mit den Augen. Sierra hatte die Angewohnheit, die Dinge auf eine bestimmte Art und Weise zu sehen und daraus Erwartungen abzuleiten. »Sie kommen, um Eliza zurückzuholen, nicht, um mit dir abzuhängen.«

Sie lachte spöttisch. »Bitte. Ich bin sicher, wir werden Zeit finden, um miteinander chillen.«

»Das würde ich nicht annehmen«, warf Sterlyn ein. »Aurora wird sich darauf konzentrieren, ihre Großmutter zu retten, und die anderen Hexen werden wild entschlossen sein, ihre ehemalige Priesterin zurückzubekommen.«

Alex beugte sich vor, nahm die Hand seiner Frau und fragte: »Wie viele werden kommen?«

»Circe, Aurora, Herne, Lux und Aspen werden sich uns hier anschließen.« Annie rieb mit einem Finger über ihre Unterlippe. »Cordelia, Eliphas und Kamila kommen auch, aber sie bleiben außerhalb des Geländes. Sobald sie ankommen, wollen sie direkt zum Portal, um sich nicht lange in der Nähe von Shadow City aufzuhalten – für den Fall, dass Erin und ihr Hexenzirkel ihre Anwesenheit bemerken.«

Obwohl ich erwartet hatte, dass der Hexenzirkel Eliza retten wollte, war ich überrascht, dass sie wirklich kommen würden. »Bist du sicher, dass sie helfen werden? Oder werden sie nur anwesend sein, falls etwas furchtbar schiefgeht? Es gibt einen Grund, warum sie nicht sofort ihre Hilfe angeboten haben, obwohl es um Eliza geht.«

Ronnie runzelte die Stirn. »Was meinst du? Wahrscheinlich wollten sie die Situation mit dem Hexenzirkel besprechen, wie sie es immer tun.«

Bune rutschte auf dem Sofa hin und her und kratzte sich am Kinn. »Den Hexen geht es immer um Ausgewogenheit, und sie müssen die Konsequenzen ihrer Entscheidungen bedenken. Sie könnten kommen, um zu helfen, die Dinge wieder ins Lot zu bringen, falls sich etwas verschiebt.«

»Oh!« Annie schürzte die Lippen. »Das muss der Grund für Circe' Bemerkung sein. Sie hat gesagt, wenn die Dämonen Eliza für einen bestimmten Zweck brauchen, müssen wir sie zurückholen – und dass sie deshalb verpflichtet sind, uns zu helfen.«

»Wann kommen sie an? Ich mag es nicht, von euch getrennt zu sein«, sagte Killian unwirsch. »Wir sollten mehr Leute postieren, falls die Dämonen auf der Suche nach *Levi* und *Bune* sind.«

Levi lachte laut auf, als die Eifersucht in ihm hochkochte. »Als ob du wirklich eine Hilfe wärst. Du kannst sie in ihrer Schattenform nicht sehen.«

Killian schnaubte dumpf.

Obwohl mein Herz Levi gehörte, fühlte er sich durch meine Freundschaft mit Killian bedroht. Vor einiger Zeit hatte Killian Gefühle für mich gehegt, ohne dass ich es gemerkt hatte. Nachdem Levi in mein Leben getreten war, hatte er mir endlich die Wahrheit gesagt. Es hatte keinen Konkurrenzkampf gegeben, aber die Beziehung zwischen Levi und mir war damals genauso instabil gewesen wie jetzt. Offensichtlich fühlte sich Levi immer noch bedroht, obwohl wir die Verbindung vollzogen hatten. *Hör auf, dich lächerlich zu machen!*

Seine Aufmerksamkeit fiel auf mich, als er spöttisch sagte: *Oh, gefällt es dir nicht, wenn ich so mit deinem Lustknaben rede?*

Meinem … Lustknaben? Ich verstand nicht, was das bedeutete, aber ich hatte das Gefühl, dass es abwertend war. Bevor er es erklären konnte, fuhr ich fort: *Es spielt keine Rolle, was das bedeutet. Du weißt bereits, dass Killian und ich Freunde sind.*

Er wäre gern mehr als das, und du bist sauer auf mich. Ich bin froh, dass er da drüben festsitzt. Levi hob sein Kinn an.

Ich würde dieses Thema nicht weiter erörtern. Er wollte streiten, und ich würde ihm nicht entgegenkommen. »Wir werden einen Weg finden.«

Griffin seufzte. »Das hoffe ich sehr. Sterlyn, Kira und ich werden später aufbrechen. Wir müssen euch noch ein paar Dinge mitteilen.«

Sie blieben vage, für den Fall, dass jemand mithörte. Bei Hexen wie Erin und Diana musste man immer vorsichtig sein, und leider hatte ich das Gefühl, dass ihre Neuigkeiten mit dem Feuer in der *Höhle der Elitewölfe* und dem Einbruch in das Artefaktgebäude zu tun hatten. Ich hatte Fragen, aber jetzt war nicht der richtige Zeitpunkt dafür. Sie würden uns mehr sagen, sobald sie dazu in der Lage waren.

»Red kommt.« Levi grinste.

Mein Blut kochte. Natürlich benahm er sich so, nachdem er mit Killian gesprochen hatte.

Auf der Stirn seines Vaters zeichnete sich Verwirrung ab. »Wer ist Red?«

»Eine Fuchswandlerin namens Kira«, antwortete ich

und achtete darauf, dass mein Tonfall gleichmäßig blieb. Ich konnte ihn nicht an mich heranlassen – das war es, was er wollte.

Levi beugte sich vor und fiel fast um, sein verletzter Zustand war offensichtlich. »Ich habe sie vor einigen Wandlern gerettet, und sie ist die einzige Unterstützerin und Verbündete, die ich hier gefunden habe.«

Seine Worte waren scharf wie ein Messer. Ich biss auf die Innenseite meiner Wange, um nicht zu reagieren und zu weinen. Ich hasste es, dass sein Plan aufging, und es bereitete mir pure Qual, dass er mir wehtun wollte.

»Ich wäre nicht zu enthusiastisch«, warnte Griffin. »Ihre Gefühle für dich haben sich geändert.«

»Was?« Levis Mund blieb offen stehen. »Aber ich habe ihr gesagt …«

Ich hatte genug gehört. Der Drang, zu fliehen, überkam mich wieder. »Du hast eine Menge *gesagt*, also sollte es dich nicht überraschen, dass du mehr Personen als nur mich verletzt hast.« Ich musste weg, bevor ich eine noch unangenehmere Seite von mir zeigte.

Engeln ging es stets um Gelassenheit und Kontrolle und Levi hatte mir diese beiden Dinge genommen.

Ich stand auf, und als ich ein paar Schritte zur Tür machte, sagte Levi: »Rosey.« Die Couch machte ein Geräusch, und ich drehte mich rechtzeitig um, um ihn stolpern zu sehen.

Mein Körper bewegte sich instinktiv auf ihn zu, aber ich zwang mich, stehen zu bleiben. Ich konnte ihm nicht länger helfen, wenn er mich weiterhin verletzte. Er musste doch sehen, dass er mich zu weit getrieben hatte.

»Was zur *Hölle* war das?«, fragte Sierra enthusiastisch. »Heilige Scheiße, ich muss da rüber. Hat Rosemary ihn geschlagen? Bitte sagt mir, dass sie das getan hat!«

Levi fand sein Gleichgewicht, was bewies, dass es ihm besser ging als gedacht. Seine Dämonenmagie musste in ihm pulsiert haben, um ihn vor einer weiteren Bedrohung zu heilen.

Als niemand etwas sagte, rief sie: »Schlag ihn noch mal!«

»Bei den Göttern, Sierra«, schnaubte Alex und lehnte sich unbeeindruckt auf der Couch zurück. »Sie hat ihn nicht geschlagen. Er hat nur für eine Sekunde das Gleichgewicht verloren.«

»Was? Ich dachte, Dämonen wären anmutig«, erwiderte Sierra. »Nach allem, was er ihr angetan hat, *sollte* sie ihn fertig machen.«

»Seine Verletzungen sind noch nicht ganz verheilt.« Ronnies Lippen zuckten, als wollte sie verhindern, dass sich ein Lächeln auf ihrem Gesicht ausbreitete.

Sierra lachte wie eine Hyäne. »Verdammt, ja! Heile ihn bloß nicht, Rosemary! Genial.«

Ich schnitt eine Grimasse. War es das, was alle dachten? »Ich habe ihn geheilt, so gut ich konnte. Er wäre fast gestorben, aber ich ...«

»Mädchen, du musst nichts erklären. Es ist mir egal, was der Grund ist. Er muss leiden«, unterbrach mich Sierra. »Niemand tut meiner Familie weh.«

Bune blies die Backen auf. »Ist sie wahnsinnig?«

Vor drei Wochen hätte ich das noch bejaht, aber jetzt nicht mehr. »Nein, sie sorgt sich um mich, was viel mehr ist, als dein Sohn von sich behaupten kann.«

»Du denkst, du wärst mir *egal*?«, fragte Levi ungläubig und bewegte sich wieder auf mich zu.

Ich würde diese Angelegenheit nicht vor allen anderen austragen. »Annie. Cyrus. Ich werde wieder nebenan bei euch wohnen, wenn das okay ist.«

»Natürlich.« Annies Gesicht wurde weicher, ihre Augen waren voller Verständnis. »Du musst nicht fragen. Du gehörst zur Familie.«

»Danke.« Ich war noch nie jemand gewesen, der Konfrontationen aus dem Weg ging, aber ich wollte keine Szene machen oder wütend werden. Ich hatte oft genug gesehen, wie sich Mutter und Azbogah verhalten hatten. Jetzt wusste ich, warum.

Als ich zur Tür hinausmarschierte, juckten meine Flügel, begierig darauf, sich von meinem Rücken zu lösen, aber ich hielt sie fest. Die Sonne ging gerade auf, und ich wollte nicht riskieren, dass ein Mensch mich sah. Ein Vampir könnte zwar sein Gedächtnis löschen, aber ich wollte nicht der Grund sein, warum das nötig war. Ich hatte in letzter Zeit genug gegen mich aufgebracht.

»Sohn, sie benötigt Zeit«, sagte Bune, kurz bevor sich die Tür schloss.

Mein Herz klopfte heftiger, weil ich wusste, dass Levi mir folgen könnte. Ich wollte nicht in der Hoffnung verharren, dass er mir nachging, um dann herauszufinden, dass er auf seinen Vater gehört hatte. Das würde mich noch mehr verletzen.

Als ich die Tür des Hauses erreichte, in dem Annie und Cyrus wohnten, hörte ich hinter mir Schritte. »Rosey«, rief Levi.

Aus dem Augenwinkel sah ich einen Silberwolf, der sich der Baumgrenze näherte. Er stand unter einer Eiche und verbarg sich im Schatten und im Laub vor den Blicken der Menschen.

Sogar hier draußen hatten wir Zuschauer, aber ihre wachsamen Blicke waren eine gute Sache. Sie mussten nicht nur ein Auge auf die Dämonen haben, die in das Gebiet eindringen könnten, sondern auch auf die

Dämonen im Haus. Keinem von ihnen konnte man trauen.

Ich ignorierte Levi und betrat das Gebäude, das eine exakte Nachbildung des Nachbarhauses war. Sogar die Sofas waren die gleichen, was bei Übernatürlichen üblich war. Diese Städte waren aus der Not heraus schnell gebaut worden, und ähnliche Grundrisse und Ausstattungen hatten den Bau erleichtert.

Da ich eine Barriere zwischen uns brauchte, eilte ich die Treppe hinauf. Bevor wir uns verbunden hatten, war ich hier in dem Zimmer untergebracht gewesen, das dank des identischen Grundrisses dem Raum entsprach, indem Levi und ich nebenan geschlafen hatten, also ging ich dorthin.

Als ich die Schlafzimmertür schloss, öffnete sich unten die Haustür und Levi trat schwerfällig ein.

Rosey, du bist albern. Er eilte mir nach.

Ich schloss die Tür ab. Es war schon schwer genug, ihn zu sehen, ohne ihn zu berühren. Wenn ich ihn berührte, würde ich die Entschlossenheit verlieren, mit der ich versuchte, mein Herz zu schützen. Ich konnte ihm nicht verzeihen, solange er nicht verstand, warum ich so wütend war.

Ich setzte mich auf die Couch unter dem Fenster und schlang meine Arme um mich. Ich musste mir eingestehen, dass es wunderbar und furchtbar zugleich war, Gefühle zu entwickeln. Indem ich Dinge fühlte, verstand ich die Sterblichen besser, aber es machte mich auch labil. So wie jetzt, als Levi an der Türklinke rüttelte und an die Tür klopfte.

»Lass mich rein!«, forderte er. »Wir müssen reden.«

»Wir haben vor nicht einmal einer Stunde alles gesagt, was wir zu sagen hatten.« Und er hatte mir erklärt, dass er die richtige Entscheidung getroffen hatte, obwohl er spürte, was die Entscheidung mit mir gemacht hatte.

Er seufzte, und es klang, als schlüge er seine Stirn gegen die Tür. »Nein, ich habe nicht alles gesagt, was ich sagen wollte.«

»Du hast vorhin vor allen anderen davon gesprochen, wie loyal *Red* ist und dass sie dir den Rücken freihält.« Meine Kehle wurde trocken. »Du hast dich ihr anvertraut und nicht mir.«

»Rosey ...«

»Geh einfach! *Red* wird später eintreffen, dann hast du deine wahre Freundin wieder.« Ich war eifersüchtig, denn er hatte mir das Gefühl gegeben, dass sie ihm wichtiger war als ich, besonders angesichts dessen, was er gesagt hatte.

Er stöhnte auf. »Ich war ein Arschloch. Es tut mir leid. Aber als Killian gesagt hat, dass er hier sein muss, hat mich das daran erinnert, wie ihr zwei miteinander umgeht.«

»Wir hatten diesen Streit bereits. Du weißt, dass er keine Bedrohung darstellt, und ich habe ihn in diesem Gespräch nicht erwähnt. Du hast damit angefangen, indem du ihn beleidigt hast.« Ich würde nicht die Schuld für Levis Unsicherheiten und Entscheidungen auf mich nehmen. »Dann hast du Kira ins Spiel gebracht und die ganze Situation noch schlimmer gemacht. Versuchst du, mich zu zerstören?« Ich fühlte mich verletzlich, aber ich war es so verdammt leid, so zu tun, als wäre alles in Ordnung. Durch unsere Verbindung wusste er ohnehin, dass ich nicht okay war. »Wenn sie hierherkommt, vertraust du dich einfach ihr an und nicht mir.«

Er hämmerte wieder an die Tür. »Verdammt noch mal, Rosey! Ich habe immer nur versucht, dich zu *beschützen.* Darauf bin ich jetzt programmiert, obwohl ich weiß, dass es dich wütend macht.«

»Du hast dich Kira anvertraut, um mich zu beschützen?« Ich stand auf und fuhr mit den Händen durch mein Haar. »Glaubst du, ich bin so dumm, dir zu glauben? Oder so verzweifelt, dir zu verzeihen?«

»Oh, glaub mir, ich weiß es besser, als darauf zu hoffen.« Er klopfte erneut an die Tür. »Mach einfach die Tür auf! Ich will von Angesicht zu Angesicht mit dir reden.«

»Es ist das Beste, wenn wir uns eine Auszeit nehmen, um über alles nachzudenken.« Ich musste mich zusammenreißen. Immer, wenn ich in seiner Nähe war, spielte ich verrückt.

Er seufzte. »Vergiss nicht – ich habe versucht, es auf die nette Art zu machen.«

Mein Blut gefror. Er würde gehen. Obwohl ich wollte, dass er ging, wollte ich auch, dass er blieb. Ich war ein wandelnder Widerspruch.

Etwas am unteren Türspalt erregte meine Aufmerksamkeit, und eine schattenhafte Präsenz schwebte darunter hindurch.

Er hatte mich nicht verlassen, sondern bahnte sich seinen Weg in dieses Haus mit Gewalt.

KAPITEL SIEBZEHN

ICH HATTE NICHT ERWARTET, dass er seine Schattenform benutzen würde, um sich Zugang zu verschaffen. Obwohl er mich regelmäßig auf die Palme brachte, war er noch nie so weit gegangen. Das letzte Mal, als wir in unserer Beziehung einen ähnlichen Punkt erreicht hatten, waren wir nicht miteinander verbunden gewesen und hatten die Qualen des anderen nicht spüren können.

Seine schattenhafte Gestalt materialisierte sich vor mir und schwebte ein paar Schritte über dem Boden. Er musterte mich mit seinen mokkabraunen Augen und wieder einmal war mir versichert worden, dass sie nicht das Rot eines Gefallenen trugen. Bald darauf nahm er wieder seine physische Gestalt an und verfestigte sich vor mir. Sein muskulöser Körper rief mich wie eine Sirene dazu auf, mich an ihm zu reiben.

Welchen Teil von »wir brauchen eine Auszeit voneinander« hast du nicht verstanden? Ich ignorierte den Teil meines Körpers, der sich freute, dass er hier war. Den Teil, der wollte, dass ich vergaß, warum ich wütend war, und in seine Arme rannte.

Er gluckste. *Wir hatten genug Zeit ohneeinander. Ich gehe nirgendwo hin.*

Das Problem war, dass er diese Drohung in die Tat umsetzen konnte. Schatten konnten durch jede noch so kleine Öffnung schlüpfen. Egal, wohin ich ging, er könnte mir folgen. Obwohl er durch die magischen Zauber, die die Stadt schützten, nicht hätte in der Lage sein sollen, Shadow City zu betreten, hatte er sich mithilfe von Griffins Navigator über diesen Bann hinweggesetzt. Niemand hatte ihn entdeckt, weil er sich nicht für das Böse entschieden hatte.

Ich würde mich um ein Problem nach dem anderen kümmern. »Du hast die Trennung *verursacht*. Du hast nicht zu entscheiden, wann wir zusammen sind und wann nicht. Ich habe da auch ein Wörtchen mitzureden.«

Levi funkelte mich an, seine Nasenlöcher weiteten sich. »Ich habe alles für *dich* getan.«

»Es wird nicht wahrer, nur, weil du es immer wieder sagst.«

Er trat näher an mich heran, und ich schwankte ihm entgegen, als sein Pfingstrosenduft meine Sinne übermannte. Er räusperte sich. »Riecht es, als würde ich lügen?«

Ich nahm keinen Schwefelgeruch wahr, obwohl ich mir fast wünschte, es zu tun. Nicht, weil ich nicht wollte, dass er es ernst meinte, sondern weil es zumindest seine Anziehungskraft schmälern würde.

»Mach die Dinge nicht noch komplizierter!« Ich stolperte zurück. In seiner Nähe wurde mir schwindelig, und die Logik versuchte, mich zu verlassen. Ich konnte nicht zulassen, dass er mir zusätzlich zu meinem Herzen auch noch den Kopf verwirrte.

Er konterte meinen Schritt. »Ich bin mir nicht sicher, ob

ich die Dinge noch komplizierter machen könnte, wenn ich es versuchen würde. Ich möchte, dass du mir zuhörst.«

»Ich habe ...«

Er legte einen Finger auf meine Lippen und knurrte: »Nein, ich habe mich nicht klar ausgedrückt. Gib mir eine Minute! Und wenn du danach immer noch willst, dass ich gehe, werde ich nicht widersprechen.«

Meine Lippen kribbelten unter seiner Berührung, und meine Zunge wollte herausschnellen und seinen Finger ablecken. Stattdessen machte ich einen soliden Schritt zurück. »Gut. Bitte fahr fort.«

Er blinzelte. »Ich dachte mir, dass du das sagen würdest.«

Mein Herz flatterte trotz meiner Wut. »Dir läuft die Zeit davon.« Egal, was passierte, ich musste uns beiden klarmachen, dass ich es ernst meinte.

Das schien ihn nicht zu stören. Seine Augen suchten in den meinen nach etwas.

Wenn jemand behauptete, in die Seele eines anderen zu blicken, musste er genau dies damit meinen.

Die Welt verblasste, als er seine Lippen leckte. »Willst du wissen, warum ich dir nicht von dem Schwert erzählt habe?«

Die Luft verließ meine Lunge schlagartig. Ausgerechnet *jetzt* wollte er *Red* zur Sprache bringen? Aber ich sollte dankbar sein. Das würde mir helfen, auf dem Boden zu bleiben. »Weil Kira dich wie ein Individuum und nicht wie einen Dämon behandelt hat. Du hast es erklärt.« Es fiel mir schwer, diese Worte auszusprechen, denn sie waren wahr – bis sie es nicht mehr waren. Und dieser Teil war der, der mich fertig machte.

»Anfangs ja, aber da war noch mehr.« Seine Iriden erhellten sich, und die Intensität seiner Gefühle durchströmte unser Band. »Ich war nicht bereit, dich zu riskieren.«

Ich schnaubte und bedeckte sofort meinen Mund mit meiner Hand. Dieses unangenehme Geräusch hatte ich noch nie erzeugt. »So willst du es also hinstellen? Das ist doch pure Manipulation.«

Er rollte mit den Augen und meine Brust pochte. Bis zu dieser Sekunde hatte er noch nie verärgert oder angewidert auf mich gewirkt.

»Das ist keine Manipulation.« Er ballte die Fäuste. »Es ist die Wahrheit. Je weniger du darüber weißt, was vor sich geht, desto besser kann ich dich beschützen.«

»Mich beschützen?« Ich war mehr als fähig, mich selbst zu schützen. »Ich bin eine Kriegerin ...«

»Siehst du, genau das meine ich.« Er warf die Hände in die Luft. »Du hättest die Dinge in Ordnung bringen oder einen Weg finden wollen, mit mir in die Hölle zu gehen. Das hätte dich in Gefahr gebracht. Ich habe getan«, er schlug sich auf die Brust, »was ich tun musste, um *dich* zu beschützen. Du bist meine verdammte Welt, und wenn dir etwas zustoßen würde ... Ich könnte dich nie in Gefahr bringen.«

»Und du denkst, ich empfinde nicht das Gleiche für dich?« Seine Argumentation war nicht fair. »Aber ich verheimliche nichts vor dir. Ich teile dir meine Gedanken mit, auch wenn sie dir nicht gefallen. Warum konntest du das nicht auch für *mich* tun? Stattdessen hast du den schlimmsten Schmerz verursacht, den ich je durchmachen musste.«

»Ich habe die gleichen Qualen empfunden, als ich in der Hölle war und versucht habe, zu dir zurückzukehren. Aber du hast mich abgrundtief gehasst, und obwohl wir diese wahnsinnige Verbindung haben, warst du fest entschlossen, sie zu bekämpfen.« Sein Gesicht färbte sich vor Wut noch eine Nuance dunkler. »Hätte ich dir auch nur einen Teil der Wahrheit gesagt, hätte ich dir alles verraten. Denn ich *liebe* Red ni...«

Ich ballte meine Hand zur Faust, bereit, ihn zu schlagen. Er war jetzt so weit geheilt, dass ich ein paar solide Treffer landen könnte, ohne ihn zu töten. Ich *hasste* es, dass er sie so nannte, und es machte mich wütend, dass es mich störte, was mich noch mehr verärgerte.

»Kira.« Er räusperte sich, Gewissensbisse wehten mir entgegen. »Ich liebe *Kira* nicht. Ich liebe dich, Rosemary. Nur dich. Also habe ich ihr einen Teil der Wahrheit erzählt, weil es mir nichts ausgemacht hat, ihr den anderen Teil zu verschweigen. Bei dir hätte ich das nicht tun können.«

Ich hatte seine Aufrichtigkeit dringend gebraucht, und ich klammerte mich an sie wie an einen Schluck Wasser nach einem langen Kampf.

Ihm zuzuhören, war also doch nicht klug gewesen.

»Zu schweigen, war schwer genug. Ich wollte dir alles sagen, aber wenn ich dir erzählt hätte, dass ich das Dämonenschwert brauche, damit die Prinzen der Hölle meinem Vater nichts antun, hättest du alle informiert. Dann wäre er jetzt vermutlich *tot*. Auch wenn dir mein ganzes Herz gehört, ist er mein *Vater*. Ich hätte ihn da unten nicht verrotten und sterben lassen können.« Er seufzte. »Das Letzte, was ich wollte, war, dich zu *verletzen*, aber ich wusste auch, dass ich nur für eine kurze Zeit weg sein würde.«

Meine pragmatische Seite verstand, was er damit sagen wollte. »Aber ...«

»Aber nichts«, sagte er, während er den Abstand zwischen uns verringerte. Er zog mich an seine Brust, und das Summen unserer Verbindung erwachte zum Leben. Unsere Seelen griffen nacheinander, wollten sich unbedingt verbinden.

Du bedeutest mir alles und niemand ... Er hielt inne und hob mein Kinn an, um meinen Blick auffangen zu können. *Absolut niemand ist wichtiger als du. Du hast mein Herz für alle Ewigkeit. Nichts könnte das jemals ändern. Es tut mir leid, dass ich dir so viel Leid zugefügt habe.*

Wenn du das noch einmal tust, werde ich dir wehtun, schwor ich.

»Ich erwarte nichts anderes.«

Er senkte seinen Mund auf meinen, und ich fand nicht die Kraft, meinen Kopf zu bewegen.

Als sich unsere Lippen berührten, kam die Welt wieder in Ordnung. Sein Pfefferminzgeschmack erfüllte meinen Mund.

Er stöhnte auf. *Bei den Göttern, du schmeckst so gut.*

Mein Körper wurde warm – dann gab es kein Zurück mehr.

Der Duft seiner Erregung vermischte sich mit dem meinen, und unsere Münder bewegten sich miteinander. Meine Hand glitt unter sein Shirt; ich wollte seine Haut spüren. Seine Bauchmuskeln kräuselten sich unter meinen Fingern. Ein Stromstoß durchzuckte meine Hand und meinen Arm und verstärkte mein Verlangen nach ihm.

Er umfasste meinen Hintern und ein Stöhnen entwich mir. Unsere Verbindung erwärmte sich mit der Intensität unseres Verlangens füreinander. Wir brauchten uns nicht nur gegenseitig, sondern unsere Verbindung verlangte auch, dass wir unsere Hingabe bekräftigten.

Seine Zunge glitt in meinen Mund und ich erwiderte jede Berührung. Er ging in die Knie, um mich hochzuheben, und ein Teil meiner Vernunft kam zurück.

Du bist verletzt. Vor nicht einmal vierundzwanzig Stunden war er dem Tod nahe gewesen.

Ohne auf meinen Widerstand zu achten, warf er mich aufs Bett. Mein Haar fächerte sich um mich herum auf, als mein Körper auf der weichen Matratze landete. Die Art und Weise, wie er mich berührte, ließ mich fast schnurren.

Er kletterte neben mich und fuhr mit einer Fingerspitze über mein Gesicht. Er verband sich: *Ich bin okay. Glaube mir.*

Ich zerrte an unserem Band, suchte nach Schmerz und Unbehagen, aber ich spürte nichts außer Liebe und seiner Verzweiflung nach mir.

Er schwebte über mir und zupfte am Saum meines Shirts. Ich lehnte meinen Kopf zurück, ohne zu wissen, was er vorhatte. Plötzlich riss der Stoff, und kühle Luft traf auf meine Haut. Ich drehte meinen Kopf so, dass ich ihn wieder sehen konnte, und der wahnsinnige Blick in seinem Gesicht war mein endgültiges Verhängnis.

Er brauchte mich, vielleicht mehr, als ich ihn brauchte.

Mein Atem beschleunigte sich, als er eine Hand hinter meinen Rücken schob und meinen BH öffnete. Innerhalb von Sekunden hatte er den Stoff von meinem Körper entfernt, und sein Mund widmete sich meiner Brust.

Die Wärme, die meinen Körper durchströmte, steigerte sich zu einem Inferno, und seine freie Hand löste meine Jeans, glitt dann in mein Höschen und zwischen meine Beine.

Ein kehliges Fauchen entfuhr ihm, als er mich berührte. *Himmel, du bist so verdammt bereit für mich.* Aber das hielt ihn nicht davon ab, mich zu streicheln.

Mein Kopf fiel zurück, als die Reibung zunahm, und ich wand mich unter seinem Griff.

Er gluckste tief, als seine andere Hand meinen Arm

ergriff und mich festhielt, während er meinen Körper neckte.

Levi ..., begann ich, konnte mich aber nicht mehr daran erinnern, was ich hatte sagen wollen. Mein Kopf drehte sich, als ein Orgasmus meinen Körper erschütterte. Ich zuckte, aber er war unerbittlich, erhöhte den Druck und ließ das Vergnügen neue Höhen erreichen.

Als sich mein Körper wieder entspannte, löste er seinen Griff und fragte: *Besser?*

Scheiße, nein, nichts war besser. *Sag du es mir!* Ich drehte ihn auf den Rücken und riss ihm das Shirt vom Leib. Wenn wir Klamotten zerstören wollten, war ich voll dabei. Ich küsste seinen Oberkörper, bewegte mich zu seiner Taille und öffnete seine Jeans. Mit einer schnellen Bewegung entfernte ich alle Barrieren und schlüpfte aus meinen restlichen Sachen.

Du bist so verdammt sexy. Er grinste verrucht, als er mich beim Ausziehen beobachtete.

Der Orgasmus, den er mir beschert hatte, hatte mich nicht befriedigt. Unsere Verbindung benötigte die Vereinigung unserer Körper.

Schnell ging er hinter mir auf die Knie und ließ sich zwischen meinen Beinen nieder. Ich griff nach zwei Kissen, um mich abzustützen, als er in mich eindrang. Er legte eine Hand um meine Taille, fuhr zwischen meinen Beinen hindurch und rieb meine empfindliche Stelle, während er in mich stieß.

Als wir uns synchron bewegten, festigte sich unser Band in uns. Seine Liebe strömte in mich, und ich drängte meine Gefühle zu ihm zurück. Das war genau das, was wir gebraucht hatten.

Er beschleunigte das Tempo, veränderte die Ausrichtung seiner Hüften und stieß tiefer in mich hinein. Jedes

Mal, wenn er mich ausfüllte, wurde die Reibung stärker. Er schwebte nahe an meinem Körper, und ich griff nach hinten und packte sein Haar. Ich zog an ihm, wollte, dass er meine wachsende Leidenschaft spürte.

Ein Knurren ertönte tief aus seiner Brust. Er beugte den Kopf nach vorn, als sich der Rhythmus intensivierte, und knabberte an meiner Schulter, was die Ekstase noch verstärkte.

Mein Körper verkrampfte sich, als seine Lust in meinen strömte. Mein erster Orgasmus war nichts im Vergleich zu diesem Moment, in dem wir beide die Befriedigung des anderen teilten. Das Gefühl war endlos und wir ritten für lange Zeit auf diesem Hoch.

Unsere Verbindung knisterte, erreichte wieder die Temperatur, die sie haben sollte, und unsere Körper kamen langsam zur Ruhe. Er rollte sich von mir herunter und auf die Seite und zog mich in seine Arme.

Ich wandte mich ihm zu und schmiegte mich an seine verschwitzte Brust. Es gab keinen Ort auf der Welt, an dem ich lieber gewesen wäre. Dann, irgendwie, schliefen wir ein.

Ein Handy piepte irgendwo auf dem Boden. Ich hob meinen Kopf von Levis sich hebender Brust und überlegte, ob ich die Unterbrechung ignorieren sollte.

Als es erneut piepte, erkannte ich, dass es ein eingehender Anruf war. Ich musste ihn annehmen. Ich wurde nur angerufen, wenn jemand etwas brauchte oder wenn es ein Problem gab. Obwohl mein Herz mir zurief, still liegen zu bleiben, zwang ich meinen Kopf von Levis Brust weg.

Ignorier es einfach!, sagte er, als er seine Arme um meine Taille schlang. Seine Härte presste gegen mein Bein und erinnerte mich daran, dass wir völlig nackt eingeschlafen waren.

Mein Körper erwärmte sich, als ich an eine Zugabe dachte.

Er gluckste aufreizend. *Ich bin immer bereit für mehr Sex mit dir.* Er drehte mich auf den Rücken und schlüpfte zwischen meine Beine. Er glitt dazwischen, und ich vergaß, was ich eigentlich hatte tun wollen.

Er nahm meine Brustwarze in den Mund und machte da weiter, wo wir aufgehört hatten. Er packte meine Handgelenke, hob sie über meinen Kopf und hielt mich gefesselt.

Dieses Mal hatte er die volle Kontrolle – und das gefiel mir.

Er schien zu ahnen, dass wir nicht viel Zeit hatten, denn wir starteten nicht langsam. Stattdessen waren unsere Körper schnell schweißnass, und er drang zügig in mich ein.

Ich hob meinen Kopf und biss in seine Brust, um ihm zu zeigen, dass auch ich verrückt vor Verlangen war. Ich mochte es nicht, mich unterzuordnen, aber es fühlte sich völlig richtig an. Er versuchte nicht, mich zu dominieren, aber er wollte die Dinge auf seine Art machen.

Ich liebe dich, Rosey, stöhnte er, als er sich dem Höhepunkt näherte.

Seine Worte brachten mich völlig aus dem Konzept. *Ich liebe dich, Levi.*

Unsere Körper zuckten, als wir gemeinsam kamen.

Ich würde nie genug von ihm und den Dingen haben, die er mit meinem Körper anstellen konnte.

Mein Handy läutete wieder und ich konnte es nicht länger ignorieren. *Ich muss da rangehen.*

Bitte nicht. Er küsste mich auf die Lippen, als er seinen

Griff löste. *Lass uns einfach für immer hierbleiben. Wir haben hier alles, was wir brauchen – dich, mich und wahnsinnig heißen Sex.*

Ich lächelte glücklich. *Wir können die Welt nicht ignorieren. Egal, wie sehr ich mir das wünschte.* Es gab zu viele Personen, die auf mich zählten, und er würde seinen Vater auch nicht in Gefahr bringen.

Ohne mir die Mühe zu machen, mich anzuziehen, stand ich auf und nahm das Handy hoch. Mutters Name blinkte auf dem Display auf.

Mein Herz wurde schwer. Ich antwortete: »Hallo?«

»Bist du okay?« Ihre Stimme klang besorgt.

Das fragte sie mich nur selten – und die Frage machte mich nervös. Die Entspannung, die ich dank der sexuellen Eskapaden mit Levi erfahren hatte, war verflogen. »Mir geht's gut. Warum?«

»Weil ich dich schon seit dreißig Minuten anrufe und du erst jetzt antwortest.« Ihr Ton war kalt.

Ich nahm das Handy vom Ohr und schaute auf das Display. Ich hatte zwanzig Anrufe verpasst. Offen gestanden hatte ich gedacht, Levi und ich wären schneller gewesen. Meine Wangen brannten, doch zum Glück konnte sie das nicht sehen. »Ich ... ich ...«

»Du bist mit *ihm* zusammen, nicht wahr?«, fragte sie einfach, und ich wusste, was sie meinte. »Als wir auf ihre Bitte hin bei den Vampirunterkünften vorbeigeschaut haben, hat Sterlyn erwähnt, dass er zurückgekommen ist.«

Dass Wölfe im Vampirbezirk von Shadow City wohnten, klang ungewöhnlich. Aber wohin hätten sie sonst gehen sollen? »Was ist los?«

»Ich musste mich nur aus erster Hand davon überzeugen, dass meine Tochter beschlossen hat, wieder mit dem

Feind zu schlafen«, sagte sie niedergeschlagen. »Und du musst nach Hause kommen.«

Sie machte mir nichts vor. Sie wollte mich von Levi wegholen. »Ich kann nicht. Nicht jetzt.« Genau wie Levi würde ich meine Familie nicht im Stich lassen. »Ich weiß, dass du mich brauchst, und ich sollte bald in der Lage sein, zurückzukommen. Wir haben einen Plan, und ich bin nicht dumm.«

»Ich hoffe, du hast recht.« Sie seufzte. »Es gibt Gerüchte, dass Azbogah weitere Anhänger gewonnen hat. Was auch immer er geplant hat, es funktioniert.«

Mein Herz setzte einen Schlag aus. »Ich werde so schnell wie möglich da sein. Ich verspreche es.«

»Okay«, murmelte sie. »Und Rosemary, bitte sei vorsichtig! Ich ... mache mir Sorgen um dich.«

Ich grinste. »Ich weiß. Ich mache mir auch Sorgen um dich, Mutter.«

Sie beendete die Verbindung, und ich drehte mich zu einem angezogenen Levi um. »Was machst du da?«

»Ich habe Hunger, also dachte ich, du auch. Lass uns nach unten gehen und etwas zu essen suchen!« Er beugte sich vor, schnappte sich meine Jeans und mein Höschen vom Boden und warf sie mir zu.

Ich lachte, und das Gefühl wurde immer weniger seltsam. »Ich dachte, wir hätten alles, was wir brauchen, in diesem Zimmer.«

»*Haben* wir auch.« Er zwinkerte mir zu und ging zum Kleiderschrank, holte zwei weiße Baumwollshirts heraus und warf mir eines zu. »Aber wir brauchen etwas Energie vor der dritten Runde.«

Ich zog mich schnell an und küsste ihn auf die Lippen. *Mit diesem Plan bin ich einverstanden.*

Das wundert mich nicht. Er stupste meine Nase an.

Glücklicherweise hast du meine Logik erkannt, sodass wir unseren Streit hinter uns lassen konnten.

Dass du zugegeben hast, im Unrecht gewesen zu sein, hat auch geholfen. Sonst wären wir nicht bis zu diesem Punkt gekommen. Er musste verstehen, dass das, was er getan hatte, inakzeptabel gewesen war. Er musste mich einweihen und in seine Pläne einbeziehen. Es war nicht richtig, mich zu isolieren.

Er hielt inne und zog die Stirn in Falten. *Ich habe nichts falsch gemacht. Wovon redest du?*

Mein Körper erstarrte und ich blinzelte. Das musste ein Scherz sein.

KAPITEL ACHTZEHN

SEINE WORTE HALLTEN in meinem Kopf wider. Das musste die Pointe sein, aber lustig war es sicher nicht. Ich trat einen Schritt zurück. »Du hast gesagt, dass es dir leidtut.« Ich klang steif.

»Ja, weil ich dir wehgetan habe.« Er konterte meine Bewegung und berührte mein Gesicht. »Ich hasse es, dass ich dir Schmerzen zugefügt habe, aber ich habe getan, was ich tun musste.«

Ich schob seine Hand weg und funkelte ihn an. Ich hatte gedacht, wir wären auf einer Wellenlänge und er hätte eingesehen, dass er sich mir hätte anvertrauen sollen, um gemeinsam mit mir die beste Lösung zu finden – eine, die uns nicht in Bedrängnis gebracht hätte. Offensichtlich hatte ich mich gewaltig geirrt.

Ich hatte gehört, was ich hatte hören wollen. Das war etwas, wofür ich so viele Leute verurteilt hatte. Ich hatte mich überlegen gefühlt, ihre Unwissenheit kritisiert und gesagt, dass meine Logik mir niemals erlauben würde, etwas so ... Absurdes zu tun. Und doch stand ich hier wie ein Narr.

Das Schicksal hatte einen ganz eigenen Sinn für Humor. Ich hatte bisher nicht daran geglaubt. Ich hatte an einen göttlichen Plan geglaubt, aber wie viel mehr Qualen warteten noch auf mich? Ich hatte immer angenommen, ich könnte alles aushalten, was mir zugemutet wurde, aber das hatte ich nicht erwartet.

Meine Seele fühlte sich wieder in zwei Hälften gerissen – und das war unerträglich.

Er schaute auf die Hand, die ich weggeschlagen hatte, und schnitt eine Grimasse. »Was hast du denn jetzt?«

Jetzt? Weiß glühende Wut brannte in mir, und ich versuchte nicht, sie zu verbergen, weil ich wollte, dass er das Brennen durch unsere Verbindung spürte. »Dasselbe wie *zuvor*.«

Er schnaubte und scannte den Raum, als wäre er auf der Suche nach Antworten. »Ich dachte, das hätten wir hinter uns.« Er deutete auf das Bett.

»Ich *auch*.« Ich war so verdammt wütend – vor allem auf mich selbst. Das war alles meine Schuld, auch wenn ich ihm gern die Verantwortung dafür gegeben hätte. »Aber ich habe es vermasselt. Ich dachte, du hättest dich für alles entschuldigt, auch dafür, dass du nicht mit mir gesprochen hast, bevor du in die Hölle zurückgekehrt bist.« Als ich das Gespräch in meinem Kopf wiederholte, wurde mir klar, dass er das offensichtlich nicht getan hatte und ich dumm gewesen war.

Kein Wunder, dass Mutter so besorgt um mich war.

»Rosey ...«, begann er.

Der Spitzname traf mich mitten ins Herz, und ich keuchte auf. Ich wollte, dass mich dieser Name wieder genauso nervte wie damals, als er ihn zum ersten Mal verwendet hatte. »Nenn mich *nicht* so!«

Er lachte trocken. »Ich dachte, Engel seien rational. Und stolz darauf.«

Stolz.

Eine weitere Provokation.

Auch wenn es stimmte – Stolz wurde nicht positiv gewertet. Stolz war etwas anderes als Selbstvertrauen, und seine Beleidigung traf mich *schwer*.

Das Schlimmste war, dass er mich verletzen wollte, nachdem er sich dafür entschuldigt hatte, dass er gegangen war.

Die Ironie erschlug mich beinahe.

»Du hast recht.« Es war sinnlos, zu leugnen, dass ich seine Worte missverstanden hatte, und zu wollen, dass sie etwas bedeutet hatten, was mein Handeln gerechtfertigt hätte. »Ich habe einen Fehler gemacht. Und jetzt musst du gehen.«

Sein Kopf schnellte zurück, als hätte ich ihn geohrfeigt. Sein Schmerz vermischte sich mit meinem und ich hatte Mühe, meine Lunge zu füllen. Er murmelte: »Du meinst das nicht ernst. Ich werde nicht gehen.«

Seine Entschlossenheit beflügelte mich. Er musste gehen, bevor mein Herz und unser Band wieder auf mich einwirkten. Ich klammerte mich an die Wut.

Ich weigerte mich, so behandelt zu werden, als wäre ich in unserer Beziehung nicht gleichberechtigt. Ich hatte die anderen Paare gesehen, die das Schicksal gesegnet hatte, und wenn sie unterschiedlicher Meinung waren, arbeiteten sie gemeinsam daran, auch wenn es anfangs schwierig war.

Ich konnte nur hoffen, dass Levi und ich die Anfangsschwierigkeiten einer neuen Beziehung durchmachten. Ich hatte es verdient, mit Respekt, Höflichkeit *und* Liebe behandelt zu werden.

Ich hob mein Kinn und kanalisierte all meine Gefühle

auf ihn. Er musste spüren, dass ich mit meiner Forderung nicht zögerte, sonst würde er dies zu seinem Vorteil ausnutzen. »Du hast mir versprochen, dass du gehen würdest, wenn ich dir zuhöre und danach immer noch will, dass du gehst. Wirst du dein Wort nicht halten?« Mein Herz pochte aus Protest. Das Unbehagen brodelte tief in meiner Brust, aber ich schob es beiseite.

»Das war, bevor wir miteinander geschlafen haben.« Er schüttelte den Kopf. »Das hat alles verändert.«

Das hatte ich auch gedacht, aber ich hatte mich geirrt. Er würde das auch gleich lernen. »Das war nicht Teil der Absprache, und ich erwarte, dass du dich an dein Wort hältst – es sei denn, du versuchst, zu beweisen, dass du es nicht kannst.«

Er ließ die Schultern hängen und seine Unterlippe zitterte. »Willst du, dass unsere Beziehung so abläuft? Ich dachte, wir würden uns gemeinsam weiterentwickeln? Weil wir dazu bestimmt sind?«

»Das ist nicht einmal *annähernd* das, was ich möchte, aber ich kann nicht mit jemandem zusammen sein, der mich so einfach übergeht.«

»Ich habe dich nicht übergangen. Ich habe dich beschützt. Und ich werde mich nicht dafür entschuldigen.« Seine Iriden färbten sich kaffeebraun und er straffte die Schultern. »Ich habe getan, was ich tun musste.«

Wir steckten in einer Sackgasse. »Du hast mich beschützt, als du in jener Nacht vor die Klinge getreten bist und fast gestorben wärst. Als du gegangen bist, ohne mir etwas zu sagen, war das kein Beschützen. Du hast mich im Stich gelassen, und obwohl deine Gründe edel gewesen sein mögen, hast du sie schlecht umgesetzt. Solange du das nicht verstehst, kann zwischen uns nichts mehr laufen.« Diese

Worte zu sagen, war das Schwerste, was ich je hatte tun müssen.

»Gut.« Er nickte und schritt an mir vorbei, wobei er darauf achtete, dass wir uns nicht berührten, als würde ich ihm nichts bedeuten. Hätte ich nicht den Schmerz gespürt, der ihn durchströmte, hätte ich geglaubt, ihm egal zu sein.

Aber wir konnten unsere Gefühle nicht voreinander verbergen, nur Teilwahrheiten und Geheimnisse.

»Sag mir Bescheid, wenn *du* wieder zur Vernunft gekommen bist!«, sagte er forsch, als er die Tür öffnete. »Du weißt, wo du mich finden kannst.«

Ich wollte etwas Kluges oder Verletzendes erwidern, aber ich wollte mich nicht auf sein Niveau herablassen. Ich hatte nicht die Absicht, ihn zu verletzen, sondern die Frau zu bleiben, die ich war – stark, klug, taktisch geschickt und eine Kämpferin. Ich würde nicht zulassen, dass er meinen Wert herabsetzte, weder mir noch anderen gegenüber.

Das hatte mich meine Mutter gelehrt.

Als er aus dem Haus stapfte, ohne einen Blick zurückzuwerfen, verzehrten mich Schmerz und Wut. Vielleicht war der Grat zwischen Liebe und Hass doch ein schmaler. Ich befand mich jetzt auf diesem Grat und wusste nicht, auf welcher Seite ich stehen würde, wenn alles vorbei war.

EINE STUNDE später betrat Annie allein das Haus. Ich hätte nicht überrascht sein sollen. Ich hatte damit gerechnet, dass jemand kommen würde, und war dankbar, dass man mir Zeit zum Nachdenken gegeben hatte. Annie hatte in einem Kinderheim gearbeitet und einst den Wunsch gehegt, Anwältin zu werden. Zu ihren Stärken gehörte es, andere zu lesen. Das hatte sich als nützlich erwiesen, als sie und Cyrus mit Mila konfrontiert worden waren, die Cyrus für den Tod ihres Gefährten Bart, der außerdem Cyrus' und Sterlyns Onkel gewesen war, verantwortlich gemacht hatte.

Ich saß auf der Couch, mit Blick auf die Tür. Ich konnte mich nicht dazu durchringen, wieder ins Schlafzimmer zu gehen. Ich hatte die Laken vom Bett genommen und sie vor die Tür geworfen. Es gab keine Waschmaschine im Haus, also wusste ich nicht, was ich damit tun sollte. Ich hatte jedoch einen zusätzlichen Satz Laken gefunden, um das Bett zu beziehen und seinen Geruch *loszuwerden*, bevor mich die Sehnsucht nach ihm überwältigte.

Annie wölbte eine Augenbraue, als sie die Laken anstarrte. »Ich kann nicht sagen, ob es gut oder schrecklich gelaufen ist.«

Sie konnte den Sex riechen. Wolfswandler hatten unglaubliche Nasen, sogar bessere als Engel.

Ein ersticktes Lachen entwich mir. »Beides. Definitiv.« Der Sex und der Mittagsschlaf waren fantastisch, aber mit einem hohen Preis verbunden gewesen – ich hatte mehr von meinem Herzen verloren. Ich hatte nicht gewusst, dass das möglich war.

»Es tut mir leid.« Sie seufzte und setzte sich mir gegenüber auf die andere Couch.

Angesichts ihrer Freundlichkeit blieb mir ein Schluchzen im Hals stecken, und ich musste es hinunterschlucken. »Warum sagen die Leute so etwas? Du hast doch nichts getan. Du hast Levi nicht gezwungen, ein Arsch zu sein. Das war allein seine Entscheidung.«

»Wenn Leute so etwas sagen, bedeutet das, dass es ihnen leidtut, dass jemand eine schwere Zeit durchmacht.« Sie beugte sich vor und hielt inne, ihr Bauch war im Weg. »Und es *tut* mir leid. Ich wünschte, ich könnte dir den

Schmerz nehmen. Du bist eine der wichtigsten Personen in meinem Leben – du gehörst zu meiner Familie –, und du verdienst es, glücklich zu sein.«

»Glücklich.« Das Wort klang nicht mehr fremd auf meiner Zunge. Ich verstand jetzt, was es bedeutete, glücklich zu sein. Die Momente mit Levi, in denen sich alles so angefühlt hatte, wie es sein sollte, waren glücklich gewesen. Diese seltenen, flüchtigen Momente würden sich für immer in mein Gedächtnis einbrennen. »Ich bin mir nicht sicher, ob das im Plan des Schicksals für mich vorgesehen ist. Ich glaube, Elend und Schmerz sind meine Zukunft.«

Annie rieb ihren Bauch. »Diese Seite von dir habe ich noch nie gesehen. Du erinnerst mich an eine gewisse blonde Wandlerin.«

Sierra. Ihre Andeutung war klar – ich verhielt mich theatralisch. »Ich meine es ernst. Das Schicksal hat Lieblinge, und ich beginne, zu glauben, dass ich nicht dazugehöre. Ich muss etwas getan haben, was sie verärgert hat, obwohl ich mir nicht sicher bin, was. Wie auch immer, ich muss mich auf die Wahrscheinlichkeit vorbereiten, allein und getrennt von Levi zu leben.«

»So weit wird es nicht kommen.« Annie ließ ihre Hände auf die Seiten fallen und lächelte traurig.

Warum versuchten all diese Leute, mir falsche Hoffnungen zu machen? Realistisch zu bleiben, war die beste Option. »Ich kann nicht nur träumen.«

»Sowohl Ronnie als auch Sterlyn haben mir erzählt, dass sie anfangs mit ihren Schicksalsgefährten gehadert haben, genau wie ich.« Sie berührte ihre Brust. »Es fällt mir schwer, zu glauben, dass das Schicksal zwei Personen verknüpft und nicht die Absicht hat, sie zusammenzubringen.«

»In den vergangenen tausend Jahren hat kein Engel

seinen vorbestimmten Partner getroffen. Die meisten Engel glauben mittlerweile sogar, dass es unmöglich ist. Warum also jetzt, bei ihm und mir?«

»Wer weiß das schon? Darauf hat niemand eine Antwort. Aber was ich dir sagen kann, ist, dass dieser Mann dich *liebt*. Er sieht dich an, als wärst du die Sonne, die ihn am Leben erhält. Und ich sehe, wie du ihn ansiehst – das ist unverkennbar.«

Meine Brust zog sich zusammen, als ein intensiver Schmerz in mir pulsierte. »Ich will nicht unhöflich sein.« Das war der relativierende Satz, den Sierra mir beigebracht hatte. Jetzt war er meine zweite Natur, genau wie der Wunsch, mit Levi zusammen zu sein. »Aber ich will nicht hören, wie sehr er mich liebt. Liebe ist nicht genug, wenn der Respekt fehlt.«

»Ich sage nicht, dass dem so ist. Es war *falsch* von ihm, dich so zu verlassen, aber ihr beide seid nicht nur Feinde, sondern auch in verschiedenen Dimensionen aufgewachsen.« Sie schlug die Beine übereinander, nachdem sie es sich auf der Couch gemütlich gemacht hatte. »Natürlich wird es für euch beide schwieriger sein, euch anzupassen. Es wird Zeit brauchen. Das Einzige, was ihr tun könnt, ist, zu euren Überzeugungen zu stehen, auch wenn ihr das Gefühl habt, zu zerbrechen.«

Das war es, was ich hatte hören müssen. Ich hatte noch nie eine Bestätigung benötigt, und ich brauchte sie auch jetzt nicht, aber es war schön zu hören, dass jemand meiner Meinung war. »Das habe ich vor, denn wenn ich es nicht tue, wird er mich immer so behandeln.«

Sie wippte mit dem Kopf und blickte auf die Laken. Ihre Augen leuchteten schwach. Dann griff sie nach der Fernbedienung und schaltete den Fernseher ein. »Wie wär's, wenn wir uns eine Sendung ansehen?«

Es wäre schön, nicht über Levi zu reden. Er ging mir schon genug durch den Kopf. »Solange es nichts Romantisches ist.«

»Mädchen, bitte.« Sie winkte ab, während sie sich auf der Couch zurücklehnte, damit sie den Bildschirm gut sehen konnte. »Ich rede von Tod, Blut und Rache.«

Ein kleines Lächeln schlich sich auf mein Gesicht. Annie war zu einer meiner engsten Freundinnen geworden, und ihre Anwesenheit und Unterstützung dämpften den Schmerz ein wenig. »Das klingt perfekt.«

»Dann lass uns loslegen.« Sie zappte durch die Kanäle, um die richtige Sendung für uns beide zu finden.

***

DIE NÄCHSTEN EINEINHALB Tage vergingen langsam. Ich blieb die meiste Zeit im Haus, weil ich Angst hatte, in Versuchung zu geraten, ansonsten nach nebenan zu laufen.

Levi respektierte meine Wünsche, und obwohl ich durch unsere Verbindung spüren konnte, dass es ihm genauso schlecht ging wie mir, kommunizierten wir nicht miteinander. Trotzdem war der Schmerz nicht annähernd so groß wie damals, als er diese Dimension verlassen hatte. Auch wenn es nicht angenehm war, wussten wir, dass unsere Gefühle nicht erloschen waren.

Ich versuchte, mich zu beschäftigen, aber mit jeder Stunde wurde ich unruhiger. Ich musste zurück nach Shadow City, um meinen Eltern zu helfen, aber das konnte ich erst, wenn die Hexen eingetroffen waren und wir einen Plan hatten. Ich traute ihnen zwar zu, dass sie sich einigten, aber wir hatten es mit Dämonen zu tun. Bune und Levi *sollten* uns mit Informationen helfen, aber ich wusste mehr als die anderen und konnte ihre

Geschichte hinterfragen, wenn sie nicht kooperativ waren.

Ich stand in meinem Zimmer vor der Couch und starrte aus dem Fenster. Die Sonne ging gerade unter, und an ihrer Position am Himmel konnte ich erkennen, dass es etwa achtzehn Uhr war. Bald würde es dunkel werden, und der Mond würde verschlafen am Himmel erscheinen. Circe und die anderen sollten um die Dämmerung herum eintreffen. Sie wollten in der Zeit ankommen, wenn weder die Sonne noch der Mond sehr stark waren, um sicherzustellen, dass Erin und ihr Zirkel in Shadow City ihre Anwesenheit nicht bemerkten. Sterlyn und Griffin waren ebenfalls auf dem Weg, da sie bis jetzt nicht in der Lage gewesen waren, die Stadt zu verlassen. Laut Mutter gingen sie ein Risiko ein, indem sie in dem ganzen Aufruhr aufbrachen, aber sie wussten, dass die Wiederbeschaffung des Dämonenschwerts entscheidend war, um zumindest einige der Probleme zu lösen. Killian, Sierra und ein paar Silberwölfe würden sich gleichzeitig auf den Weg machen und die Hexen benutzen, um sich vor den Dämonen zu verstecken.

Mein Magen kribbelte vor Angst und Aufregung. Beide Gefühle drehten sich um die nahende Begegnung mit einem großen, dunklen und gut aussehenden Dämon – und ich musste sie unterdrücken. Dass ich mich über ihn ereiferte, bevor ich ihn überhaupt gesehen hatte, war ein schlechtes Zeichen.

Die Silberwölfe hielten abwechselnd Wache, da wir vermuteten, dass die Dämonen die Grenze wie beim letzten Mal beobachteten. In den ersten beiden Tagen hatten die Wölfe zwischen ihrer menschlichen und ihrer tierischen Form gewechselt, aber es juckte sie, sich wieder zurückzuverwandeln. Offenbar konnte es für ihren Verstand gefährlich sein, zu lange in ihrer Tiergestalt zu bleiben, also hatten sie ein System entwickelt. Darrell und Chad waren unten in der Küche mit Annie und Cyrus und besprachen Rudelangelegenheiten. Der dritte Silberwolf, von dem ich erfahren hatte, dass er Jeremiah hieß, hielt draußen Wache. Sie würden sich alle bald in ihre Tiere zurückverwandeln, um für eine eventuelle Katastrophe mit den Dämonen gewappnet zu sein.

Ein vertrautes Motorengeräusch ertönte. Meine Zeit war um. Das war Griffins unverkennbarer Navigator. Mein Herz klopfte, während sich mein Magen zusammenzog.

In wenigen Augenblicken würde ich Levi sehen.

Da ich nicht herumtrödeln wollte, machte ich mich auf den Weg nach unten. Wie ich erwartet hatte, warteten Darrell, Chad, Annie und Cyrus im Wohnzimmer.

Darrell stand der Tür am nächsten und war deutlich kleiner als die beiden anderen Männer. Wie üblich fiel sein mitternachtsschwarzes Haar wie ein langer Pony seitlich in sein Gesicht, und seine blutorangefarbenen Augen waren vor Sorge starr. Obwohl nur Cyrus und Sterlyn von Geburt an silbernes Haar hatten, trug Darrell altersbedingt silberne Stoppeln in seinem kurzen Bart.

Neben dem Beta stand Chad. Er war fünfzehn Zentimeter kleiner als Cyrus und etliche Zentimeter größer als Darrell. Er fuhr mit der Hand durch sein kurzes weizengelbes Haar und blinzelte mit seinen rauchtopasfarbenen Augen, die durch die dunklen Ringe unter ihnen noch mehr als sonst hervorstachen.

Beide Wolfswandler trugen die zerknitterten Klamotten, die sie schon bei ihrer Ankunft hier getragen hatten – sie hatten sich nicht die Mühe gemacht, sich umzuziehen, da sie sich regelmäßig in ihre Tiergestalt verwandelten.

»Wir wollten gerade nach dir rufen«, sagte Annie, während sie den Saum ihres rosafarbenen Shirts über ihren

wachsenden Bauch zog. »Ich werde bald Umstandskla-
motten benötigen. Alles ist viel zu klein.«

»Ich weiß, Babe.« Cyrus nahm ihre Hand und zog sie in
Richtung Eingangstür. »Sierra bringt dir ein paar größere
Sachen mit.«

Annie zuckte zusammen, folgte aber ihrem Gefährten.
»Ich habe Angst davor, zu sehen, was das sein wird.«

Die hätte ich auch. Ausnahmsweise war ich dankbar,
dass ich nicht die Schwangere war.

Als Annie und ich nach draußen gingen, stiegen
Sterlyn und Griffin bereits aus dem Wagen und steuerten
auf das andere Haus zu. Ihre Mienen waren ernst, und
Sterlyns übliches freundliches Lächeln fehlte.

Etwas stimmte definitiv nicht.

Wir erreichten alle gleichzeitig die Haustür, und
Sterlyn nickte steif, als sie sie öffnete und uns hineinführte.

Als ich eintrat, suchte ich den Raum ab, denn die
Kämpferin in mir wollte wissen, wo sich alle befanden, falls
etwas schiefging.

Alex und Ronnie saßen auf der Couch, die weiter von
der Tür entfernt und uns zugewandt war, während Midnight, Levi und Bune auf der anderen saßen. Obwohl Levi
mit dem Rücken zu mir saß, schlug mein Herz
Purzelbäume.

Ich musste keine Rücksicht auf ihn nehmen, aber ich
konnte nichts dagegen tun.

Levi warf einen Blick über seine Schulter, und unsere
Blicke trafen sich sofort.

Die Welt stand still, während der Schorf an meinem
Herzen aufriss. Ich stand wie erstarrt im Eingangsbereich.

Annie ging an mir vorbei und setzte sich neben Ronnie,
während Cyrus sich hinter sie stellte. Darrell und Chad

blieben hinter den beiden Dämonen vor dem Fenster stehen.

»Bevor die Hexen kommen, wollte ich euch noch etwas über das Artefaktgebäude erzählen«, sagte Sterlyn, während sie und Griffin zu dem Platz unter dem Fernseher stapften, von dem aus sie uns alle sehen konnten. »Es gibt einen Grund, warum Kira nicht hier ist, und niemand sonst weiß, was wir euch gleich erzählen werden. Ich muss dafür sorgen, dass diese Information in diesem Raum bleibt, bis wir bereit sind, die Neuigkeiten dem Rat mitzuteilen.«

Als ihr Blick auf mir hängen blieb, schwirrte mein Kopf. Irgendwie hatte mein Körper die Zusammenhänge verstanden, aber mein Kopf ihn noch nicht eingeholt.

KAPITEL NEUNZEHN

SCHWARZE FLECKEN TRÜBTEN MEINE SICHT. Schließlich schaffte ich es, zu fragen: »Was fehlt?«

Wenn wir wüssten, womit wir es zu tun hatten, würde sich die Situation wenigstens etwas entspannen. Das Unbekannte war immer schlimmer.

Levi stand auf und kam auf mich zu.

Mein Herz wollte seine Nähe, besonders jetzt. Die Sache musste ernster sein, als ich es mir vorstellen konnte, um Sterlyn zum Innehalten zu bewegen. Wenn er mich jedoch tröstete, könnte ich zusammenbrechen, und ich war nicht sicher, wie viel Kraft ich noch haben würde, wenn wir die Wahrheit erfuhren.

»Wovon redest du?« Sein Blick wanderte zu mir, dann zu Sterlyn.

»Drei Artefakte sind verschwunden.« Sterlyn biss sich auf die Unterlippe. »Mit dem Schwert, das Levi genommen hat, sind es vier.«

Vielleicht wäre es besser, nichts zu wissen, denn das war schlimmer als gedacht. »Was für Artefakte? Könnten es Engelswaffen sein?« Wenn Azbogah hinter dem Diebstahl steckte, erwartete ich, dass es sich um Engelsschwerter handelte.

»Jemand müsste in die Hölle gehen, um die zu holen«, sagte Bune, während er sich mir zuwandte. »Dank Azbogah.«

Mein Gehirn schaltete sich kurz. Ich hatte seine Worte zwar gehört, aber nicht verstanden. »Die Waffen der Engel und Dämonen sind in Shadow City. Das hat Mutter gesagt.« Das wussten sie offensichtlich, und deshalb hatte sich Levi nach Shadow City geschlichen.

»Ja, die Dämonenwaffen sind dort, aber das Engelsschwert und der Dolch sind in der Hölle.« Bune kratzte sich am Kinn. »Levi, hast du deiner Partnerin denn *gar nichts* erzählt?« Er rümpfte die Nase, als er seinen Sohn musterte.

Ich lachte laut auf. Von allen hier hatte ich nicht erwartet, dass sein Vater so reagieren würde. »Kein Wort. Er hat mir nicht einmal erzählt, dass er das Dämonenschwert mitnimmt, um dich zurückzuholen. Ein weiterer Diebstahl, der meiner Mutter in die Schuhe geschoben werden kann.«

Bune schüttelte den Kopf. »Kein Wunder, dass sie sich gegen eure Verbindung wehrt.«

»Das ist nicht *hilfreich*, Vater.« Levi funkelte ihn an und drehte sich zu mir um. »Was meinst du damit, dass der Diebstahl deiner Mutter *in die Schuhe geschoben werden kann*? Warum sollte sie die Schuld dafür tragen?«

Ein schlauer Spruch lag mir auf der Zunge, aber ich hielt inne. Er verstand Shadow City nicht, und es war unfair, ihn dafür zu kritisieren. Ich verstand nicht, wie die Hölle funktionierte, und wir brauchten seine und Bunes Hilfe, um das Schwert und Eliza zu finden. »Wir vermuten, dass Azbogah hinter den Angriffen auf meine Mutter und Kira steckt«, sagte ich. »Die Wandler, die sie angegriffen haben, haben absichtlich eine aufgebrochene Tür zum Artefaktgebäude erwähnt, wo eine der Federn meiner Mutter gefunden wurde. Angesichts dieser Anschuldigung hat der Rat eine Bestandsaufnahme durchführen lassen, um sicherzustellen, dass nichts fehlt.« Obwohl ich mich bemühte, gefasst zu klingen, war meine Stimme von Emotionen durchsetzt.

Levis Gesicht verkrampfte sich.

Sterlyn runzelte die Stirn. »Azbogah muss den Rat zu seinen Gunsten umstimmen, da Rosemarys Eltern auf unserer Seite stehen, besonders nach dem Ausfall von Matthew und Ezra. Wir glauben, dass er mit Erin zusammenarbeitet.«

»Ist Yelahiah nicht im Rat?« Bune runzelte die Stirn. »Ich dachte, sie wäre eine der Engelsvertreterinnen.«

Die Frage war seltsam. »Yelahiah ist meine Mutter, und ja, sie ist im Rat.«

Bune richtete sich auf und rieb seine Stirn. »Aber du hast von *Eltern* gesprochen.«

»Pahaliah und Yelahiah sind meine Eltern.« Es war eigenartig, dass ich erklären musste, wer meine Eltern waren. Niemand hatte je infrage gestellt, wer sie waren, aber Bune hatte Shadow City verlassen, bevor ich geboren worden war.

Er taumelte leicht. »Moment mal. *Die beiden* sind zusammen? Aber sie und Azbogah ...« Er verstummte und blinzelte.

Sosehr es ihn schockiert hatte, zu hören, wer meine Eltern waren, sosehr überraschte es mich, dass er dachte, Azbogah und Mutter wären zusammen. »Bei den Göttern, nein. Sie können einander nicht ausstehen.«

»Alter, die gehen sich immer an die Gurgel«, meinte Griffin lachend. »So ähnlich wie diese beiden.« Griffin zeigte auf mich und Levi.

Meine Lunge versagte ihren Dienst. Levi und ich waren zerstritten, weil wir einander liebten, aber nicht miteinander klarkamen. Das konnte nicht das sein, was sich zwischen Azbogah und Mutter abspielte. Sie hätte mich informiert, als wir uns nach dem Feuer in der *Höhle der Elitewölfe* in der Wohnung unterhalten hatten.

»Das ist irrelevant.« Ich musste dieses Gespräch beenden. Wir verschwendeten nur Zeit. »Wann wird Kira den Rat über die Ergebnisse informieren?«

»Sie zieht den Rest der Inventur in die Länge. Sie hat darauf bestanden, den Raum zu inspizieren, in dem Ronnie ihren Dolch gefunden hat. Dort befinden sich die am stärksten bewachten Waffen, darunter alle Engel- und Dämonenartefakte, scharfe Waffen und alles, was besondere Kräfte besitzt. Sie ist also diejenige, die von den fehlenden Artefakten erfahren hat. Sie nimmt sich Zeit, während die anderen mit dem Lagerhaus weitermachen. Sie versucht, ihre letzte Bilanz hinauszuzögern, bis Levi mit dem Dämonenschwert zurückkommt, das er von uns *gestohlen* hat.« Sterlyn starrte Levi an und machte ihm klar, wie sie über seinen Verrat dachte.

Das war gut. Er sollte sehen, dass seine Taten nicht nur mir geschadet hatten.

Sein Bedauern schlug mir entgegen, als er an unserem Band zerrte. Zum ersten Mal nach eineinhalb Tagen des Schweigens nutzte er die Verbindung. *Ich wollte euch nicht alle in diese Lage bringen.*

Wie hätte es auch anders kommen können? Wenn du mit mir gesprochen hättest, bevor du dich davongeschlichen hast, hätte ich dir helfen können. Dieses Mal konnte ich die Wut nicht zurückhalten. *Ich habe dir gesagt, dass deine Entscheidung Auswirkungen auf meine Familie haben könnte, und du hast mich als dramatisch abgestempelt. Der*

Drang, ihn zu schlagen, überkam mich erneut. Ich wünschte mir fast, das alte Gefühl, ihn umbringen zu wollen, käme zurück. Das würde diesen ganzen komplizierten Schlamassel, den wir eine *vorherbestimmte Partnerschaft* nannten, vielleicht vereinfachen.

Er zuckte zusammen. *Ich habe angenommen, du meinst, weil sie in diesem blöden Stadtrat sitzt. Ich wusste nicht, dass ...*

Du nimmst viel an, nicht wahr? Ich ließ meine Verbitterung in die Verbindung einfließen. Es war so viel einfacher, sich daran zu klammern, obwohl mein Herz gebrochen war. *Hat man dir nicht beigebracht, dass Mutmaßungen idiotisch sind?*

»Wir müssen uns darauf konzentrieren, das Dämonenschwert aus der Hölle zurückzuholen und herauszufinden, wo die anderen Gegenstände sind«, sagte Alex. Er streckte seine Beine vor sich aus. »Wir alle wissen, dass Azbogah nicht nur Yelahiah aus dem Rat entfernen will. Er hat es auf uns alle abgesehen.«

»Er ist ein Feigling.« Ronnie schnaubte und lehnte sich zurück. »Er versteckt sich hinter anderen und lässt sie seine Drecksarbeit machen.«

Das war es, was meine Freunde immer wieder in Schwierigkeiten brachte. Sie unterschätzten ihn. »Er ist kein Feigling – er achtet lediglich darauf, sich die Hände nicht schmutzig zu machen.« Ich hatte ihn nie unterschätzt, dank meiner Eltern. Sie fürchteten ihn nicht, aber sie waren immer auf der Hut vor seinem Einfluss und seinen Fähigkeiten. Er war sehr intelligent, und ich war nicht in der Lage gewesen, seinen nächsten Angriff vorherzusehen, da ich nie wusste, wie er vorgehen würde, bevor er seine Karten ausgespielt hatte.

Annie legte den Kopf schief. »Wie?«

»Azbogah hat sich seit Äonen nicht verändert.« Bunes Lippen kräuselten sich. »Er will, dass ihn alle in einem goldenen Licht betrachten, also lässt er andere die Drecksarbeit machen. Niemand möchte jemandem folgen, der *befleckt* ist.«

Befleckt war der Begriff, mit dem Azbogah die Dämonen beschrieb. Ich hatte schon mehrmals gehört, wie er über sie gesprochen hatte – und er hatte sie genau so bezeichnet. Offensichtlich hatte Bune es direkt von ihm gehört, bevor er gegangen war.

»Dieses selbstgefällige Arschloch muss sterben.« Cyrus' Nasenlöcher weiteten sich. »Ich kann nicht glauben, dass die Leute auf seine Show hereinfallen.«

Midnight lehnte sich vor. »Sieh dir an, wie das Dämonenrudel gearbeitet hat. Tate hatte einen ähnlichen Einfluss, der sich über Jahrhunderte verfestigt hat. Wer weiß, wie alt dieser Engel ist.«

»Er ist locker über fünf Jahrtausende alt. Er war der erste Engel, der nicht die Macht eines Erzengels erhalten hat, und das hat ihn immer wütend gemacht.« Bune schmunzelte. »Marissa hat mir erzählt, dass er an jenem Tag, an dem er festgestellt hat, nicht die Macht der anderen zu besitzen, vorgegeben hat, so wie wir zu sein. Erzengel sind mächtig, und zum Zeitpunkt ihrer Erschaffung wurde auch eine Waffe kreiert, die ihre Magie verstärken konnte. Erzengel wurden vom Schicksal gesegnet, wie ein vom Schicksal auserkorener Krieger, und besitzen ein erhöhtes Verantwortungsbewusstsein, die *ganze* Erde zu schützen. Zumindest war dies bei den Dämonen so, bis sie gefallen sind. Das ist ein Grund, warum ich nicht verstehen konnte, wie Yelahiah – einer der besten Engel, die es je gegeben hat – Gefühle für ihn haben konnte. Er ist egoistisch und kümmert sich nur darum, seinen eigenen Status und den der Engel in dieser Welt zu stärken. Aber er ist charmant, was andere dazu verleitet, in ihm mehr zu sehen als das, was er wirklich ist.«

»Könnte das der Grund sein, warum er sich unbedingt beweisen will?« Darrell schürzte die Lippen. »Denkt daran, wie sich Chad und Theo verhalten haben, als Cyrus aufgetaucht ist, um die Führung zu übernehmen. Sie waren der Meinung, es sei nicht fair, dass er den Alpha spielte, vor allem, weil sie sich selbst für genauso stark hielten.«

»Alter.« Chad verdrehte die Augen, aber er grinste. »Danke, dass du mich in die Pfanne haust, aber ja, du hast nicht ganz unrecht. Ich habe meinen Verstand verloren, weil ich beweisen wollte, dass ich stärker bin. Aber Annie hat mich dazu gebracht, zur Vernunft zu kommen.«

»Du meinst, *ich* habe das getan.« Cyrus blähte seine Brust auf. »Ich habe dir in den Arsch getreten.«

»Aber Annie hat mich zur *Vernunft* gebracht. Es war nicht dein Arschtritt, der das geschafft hat«, sagte Chad und zwinkerte ihr zu.

Cyrus knurrte. »Pass auf, ihr mögt Freunde sein, aber sie gehört *mir*!«

»Ich finde, der Kleine verdient eine weitere Lektion.« Levi zuckte mit den Schultern, während er Cyrus' Gefährtenseite ermutigte, stärker hervorzutreten.

Hör auf! Wir haben ernste Dinge zu besprechen, schnauzte ich ihn an. Das Letzte, was wir gebrauchen konnten, waren zwei Hunde, die umeinander herumtänzelten und ihre Größe verglichen. Beide waren groß und stämmig, aber Cyrus' Haar verriet das Ende der Geschichte, eine Kampfansage war nicht nötig.

Levi trat auf mich zu. *Das ist eine ernste Sache. Niemand baggert die Schicksalsgefährtin eines anderen an. Das sollte dein Freund auch nicht vergessen.*

Seine Anspielung war eindeutig – Killian. Ich hatte ihm mehrfach versichert, dass Killian und ich nur Freunde waren, und ich würde mich nicht wiederholen. Nur ein Narr erwartete ein anderes Ergebnis.

Das Gespräch war so entgleist, dass es Sierras Werk hätte sein können. Aber bevor wir zu den fehlenden Artefakten zurückkehrten, musste ich eine Frage klären.

Ich sah Bune an. »Haben die Prinzen der Hölle Levi deshalb hergeschickt? Um das Schwert seiner Mutter zu stehlen?«

»Ja. Sie haben gewusst, dass er die Anziehungskraft des Schwerts spüren kann, wenn er nahe genug herankommt. Da er nicht gefallen ist, konnte er unbemerkt auf der Erde wandeln.« Bunes Unterkiefer zuckte. »Ich bin froh, dass Levi sich mit dem Schwert verbunden hat – immerhin ist das eine kleine Wiedergutmachung.«

Es ist besser, das Thema fallen zu lassen, verband sich Levi, während ihn noch mehr Schmerz erfüllte. *Aus Eifersucht auf ihre Stärke und darauf, dass ihre Bindung zu meinem Vater so stark war, dass er beschloss, in die Hölle zu gehen, um bei ihr zu sein, haben die Prinzen meine Mutter getötet.*

Meine Kehle war wie zugeschnürt. Die Prinzen der Hölle hatten so viel Schmerz verursacht, und ich würde wahrscheinlich nie von all ihren Gräueltaten erfahren. *Sie werden für alles bezahlen.* Obwohl ich wütend auf Levi war, hasste ich es, dass ihm jemand Wichtiges genommen worden war. Kein Wunder, dass er und sein Vater die Hölle hatten verlassen wollen.

Ein Handy klingelte und Annie zog ihres aus der Tasche. »Es ist Circe.«

Die Hexen mussten in der Nähe sein. Ich schaute aus dem Fenster und stellte fest, dass die Zeit nahte. Meine

Lieblingsfarbe Orange würde bald den Himmel färben, wenn die Dämmerung über uns hereinbrach.

Annie stellte das Gespräch auf Lautsprecher, damit wir es alle hören konnten. »Hallo?«, flüsterte sie. Sie war aufgeregt, nicht nur wegen des Wiedersehens mit den Hexen, sondern auch aufgrund der Möglichkeit, Eliza zu befreien.

»Wir biegen auf die Straße zu eurem Standort ein«, sagte Circe automatisch. Sie hatte es absichtlich vermieden, die Stadt und den Ort zu nennen, vielleicht, weil dieser Ort so viel Schmerz für sie bedeutete. »Wo treffen wir die Wölfe?«

Sterlyns Iriden leuchteten schwach, und ich nahm an, dass sie sich mit Killian verband. Killian hatte sich sowohl Griffin als auch Sterlyn unterworfen, aber sie waren nicht offiziell ein vollwertiges Rudel. Sterlyn hatte das Gleiche mit Griffin gemacht, um die Silberwölfe zu schützen. Vor kurzem hatten sie begonnen, über eine Zusammenlegung der Rudel zu sprechen, aber sie wollten die Dinge in Ruhe angehen. Es gab schon genug Spannungen, sodass dies zusammen mit der Aufarbeitung der Machtdynamik zwischen den Rängen das Wandlerdrama in Shadow City eskalieren lassen könnte.

»Sie haben darum gebeten, dass ihr euch mit ihnen an einem Rastplatz an der Straße etwa fünfzehn Kilometer vor der Abfahrt trefft«, sagte Sterlyn etwas lauter als sonst, da das Gehör der Hexe nicht so stark war wie das der anderen. »Er befindet sich auf der linken Seite und liegt an der Grenze zu Shadow Terrace, aber nicht dort, wo die Dämonen vermutlich lauern.«

Ich erinnerte mich an eine wichtige Beobachtung, die wir in diesem Gebiet gemacht hatten. Bei einer früheren Konfrontation hatte Annie dort Hexenknochen entdeckt, und wir hatten angenommen, dass Erin das Gebiet beobachtete. »Das ist nicht klug. Ihr benötigt einen anderen Treffpunkt. Wenn die Hexenknochen noch da sind und Circe und die anderen sich nähern, könnte das Erin alarmieren.« Hexenmagie war stark, und obwohl Eliza unbemerkt in die Nähe der Knochen gekommen war, könnten mehrere Hexen Aufmerksamkeit erregen.

»Sie hat recht«, erwiderte Circe. »Wir wollen nicht riskieren, dass eine von ihnen weiß, dass wir in der Nähe sind. Nicht, wenn ich mich darauf konzentrieren muss, meine Mutter zu retten.«

»Dann parkt an der Stadtgrenze beim Willkommensschild«, warf Griffin ein. »Killian und sein Rudel werden euch dort treffen.«

»In Ordnung. Und noch etwas – wir hoffen, dass Cordelia, Eliphas und Kamila nun ebenfalls bei euch unterkommen können. Wir können ihre Magie nutzen, um uns zu tarnen, und wenn es ein Problem gibt, können sie sich uns schnell anschließen.« Circe seufzte. »Obwohl ich sie nur ungern in *die Nähe* der Stadt bringe, glaube ich, dass dies die beste Strategie ist.«

Ein Teil der Last fiel von meinen Schultern ab. Circe dachte klar und ließ sich nicht von ihren negativen Gefühlen gegenüber Shadow City in ihrem Urteil beeinflussen.

»Das ist vollkommen in Ordnung«, versicherte Ronnie ihr.

»Ich habe mir gedacht, dass du das sagen würdest.« Circe hielt inne. »Wir sind gleich da.« Sie legte auf.

Annie stöhnte. »Sie ist *genau* wie ihre Mutter. Warum kann sich keine von ihnen jemals verabschieden?«

Ich bewunderte Sterbliche, die direkt waren. Sich zu verabschieden, zögerte das Gespräch in die Länge. Ich hatte es mir zur Gewohnheit gemacht, noch bevor ich diese wundervollen, schrecklichen *Gefühle* entwickelt hatte, weil Sierra sich ständig bei mir beschwert hatte und ich damit mein Leben vereinfachte.

Midnight kicherte und demonstrierte damit erneut ihre gute Seele. Der Gedanke, dass Eliza zurückkommen könnte, beunruhigte sie nicht im Geringsten. Sie betrachtete die Frau nicht als Konkurrenz, und nach allem, was ich gesehen hatte, würden viele anders empfinden. Ein weiterer Beweis dafür, dass Emotionen irrationales Handeln hervorriefen.

Ich hatte das leider aus erster Hand erfahren.

Eine Sache beschäftigte mich weiterhin. »Was meinst du damit, dass die Engelswaffen in der Hölle sind?« Ich hatte mich von dem Gespräch über meine Mutter und die Artefakte ablenken lassen.

Bune blinzelte. »Das weißt du nicht?«

Meine Schultern versteiften sich. »Hätte ich gefragt, wenn ich es wüsste?« Fragen, auf die man die Antwort kannte, waren sinnlos, es sei denn, man wollte herausfinden, ob jemand log – eine effektive Strategie, aber nicht in diesem Fall.

Er gluckste. »Du bist die Tochter deiner Mutter.«

Ich war mir nicht sicher, ob das als Kompliment oder als Beleidigung gemeint war, aber das spielte keine Rolle. Ich wollte Antworten. »Willst du uns etwas verheimlichen?«

»Nein. Ich finde es nur sympathisch. Mein Sohn ist für die Tochter Yelahiahs bestimmt.« Er schüttelte den Kopf. »Um deine Frage zu beantworten – ja, die Engelswaffen sind in der Hölle. Alle Engelswaffen sind einst in dem Gebiet gelagert worden, das später als Shadow City bekannt geworden ist. Mit der Erschaffung der Dämonen hat Azbogah die Artefakte der Engel versteckt, damit die gefallenen Erzengel nicht an sie herankommen konnten. Er hat sie von einer Hexe verzaubern lassen, was zu weiteren Spannungen zwischen Engeln und Dämonen geführt hat. Es hat mehr dämonische Erzengel als Engel gegeben, also hat Azbogah die Waffen gesichert – er hat gewusst, dass die Dämonen ihre Waffen würden mitnehmen wollen. Die Waffen sind gemeinsam mit ihren Besitzern gefallen.«

Wie hatten mir meine Eltern diese Information vorenthalten können? »Ich kann nicht glauben, dass ich das nicht gewusst habe.« Mein Blick landete auf Levi. »Warum hast du mir das nicht gesagt?«

»Es ist nicht wirklich zur Sprache gekommen«, antwortete er. »Außerdem ist das in der Hölle allgemein bekannt – ich habe nicht bedacht, dass du es vielleicht nicht weißt.« Levi hob die Hände. »Ich habe nicht versucht, etwas vor dir zu verheimlichen.«

Ich starrte ihn an.

»Okay, vielleicht wäre ich am Anfang nicht so mitteilsam gewesen, aber später, wenn ich gewusst hätte, dass du ...« Er zog eine Grimasse und verstummte.

Aber er war nicht schnell genug gewesen. »Weil du so offen zu mir gewesen bist, nachdem wir unsere Bindung vollzogen haben.«

Ronnie schnaubte. »Sie hat nicht unrecht.«

»Wenn Yelahiah und Azbogah damals zusammen gewesen sind, hatte sie dann etwas mit den Waffen zu tun?« Sterlyn hob ihr Kinn, ihr Gesichtsausdruck war unleserlich.

Das hatte ich mich auch schon gefragt, aber ich hatte mich nicht getraut, danach zu fragen. Die Emotionen vernebelten mein Urteilsvermögen.

Bune schüttelte den Kopf. »Ich glaube, das ist der Grund, warum Rosemary nichts davon weiß. Azbogah neigt dazu, allein zu handeln, besonders, wenn er etwas vertuschen möchte, das ihn schlecht aussehen lassen könnte. Zugegeben, daran habe ich bis dato nicht geglaubt.«

Mein Kopf schwirrte. »Inwiefern sollte ihn das schlecht dastehen lassen?« Mein Instinkt verriet mir, dass er damit nicht das Verstecken der Waffen meinte.

»Genau das meine ich.« Bune hob eine Hand. »Az...«

Griffin keuchte und alle drehten sich zu ihm um.

»Was ist ...«, begann Alex.

Griffin unterbrach ihn. »Circe und die Wölfe sind von Dämonen umzingelt.«

KAPITEL ZWANZIG

ICH ERSTARRTE VOR VERWUNDERUNG. Da Circe und die anderen Hexen sich mittels Magie tarnten, hatte ich nicht erwartet, dass sie von den Dämonen gefunden werden würden.

Annie und Ronnie eilten zur Tür, aber wir kannten noch nicht alle die ganze Geschichte.

»Wie ist das möglich?« Ich wollte nicht noch mehr Zeit verschwenden, wenn sie uns brauchten, aber ich musste verstehen, womit wir es zu tun hatten.

Ronnie blieb an der Tür stehen und warf einen Blick über ihre Schulter. »Ist das wichtig? Wir müssen ihnen helfen.«

Ihr Tonfall irritierte mich. »Ja, das müssen wir. Aber wir brauchen Details, damit wir uns vorbereiten können.« Ich war absolut dafür, jeden in dieser Gruppe zu schützen, auch die, die nur lose mit ihr verbunden waren. Die Hexen hatten uns in der Vergangenheit geholfen, auch wenn es zu ihrem Vorteil geschehen war. Aber Hilfe war Hilfe, und wir würden uns revanchieren.

Darrell bewegte sich auf die Tür zu, als wäre er bereit, bei Bedarf zu handeln. Chad folgte dicht hinter ihm.

Sterlyn nickte. »Du hast recht. Offenbar haben sich einige Dämonen unbemerkt in Shadow Ridge aufgehalten. Sie haben Killians Rudel beobachtet und ausreichend Abstand gehalten, um unbemerkt zu bleiben. Die Hexen haben ihre Tarnzauber vorübergehend aufheben müssen, als sie sich Killian und den anderen genähert haben. Die Dämonen haben sich dann zu erkennen gegeben und ihnen mitgeteilt, dass sie zwanzig menschliche Geiseln haben und keinerlei Probleme damit, sie zu töten *oder* zu verwandeln, sollten wir uns weigern, Bune und Levi auszuliefern.«

Verwandeln.

Mir wurde mulmig zumute.

Würden sie versuchen, eine neue Linie von Vampiren zu schaffen? Oder etwas anderes?

Wenn die Dämonen nun, nach einem ganzen Jahrtausend, Menschen verwandelten, könnte das eine ganz neue Spezies hervorbringen und das Gleichgewicht der Welt gefährden, was die Hexen zu einer Reaktion veranlassen musste.

Sie mochten schlau sein, aber wir würden sie besiegen. Dafür würde ich sorgen.

»Selbst wenn wir das täten, würden die Dämonen den Handel nicht vornehmen«, sagte ich. Vielleicht gab es irgendwo in diesem Universum Dämonen, denen man vertrauen konnte, aber ich war mir ziemlich sicher, dass die Dämonen, die menschliche Geiseln hielten, nicht dazugehörten. Die Prinzen der Hölle schienen mehr neutrale Dämonen ausgesandt zu haben, um von den Engeln in Shadow City unentdeckt zu bleiben.

»Schlagen die Hexen und Killians Rudel zurück?« Alex atmete laut aus. »In Shadow Ridge?«

Griffins Schultern strafften sich. »Das können sie nicht. Menschen könnten den Kampf im Vorbeigehen beobachten, oder andere Bewohner von Shadow Ridge könnten sich einmischen und noch mehr Menschen in Gefahr bringen. Die Dämonen wollen offensichtlich keinen Kampf, denn sie haben unseren Freunden angeboten, mit dem Dämon zu sprechen, der für die Rückführung von Bune und Levi verantwortlich ist. Und sie haben gesagt, wenn sie sich nicht innerhalb von zehn Minuten zu den Geiselnehmern zurückbegäben, würden diese mit den Menschen machen, was sie wollen – und sich noch mehr zum Foltern suchen.«

Levi schloss die Augen und sein Unterkiefer verkrampfte sich. »Sie werden den Aufenthaltsort der Geiseln nicht preisgeben. Unsere Freunde müssen sie begleiten und sich mit dem verantwortlichen Dämon treffen. Sie wollen, dass unsere Freunde, die menschlichen Geiseln und ihre Armee entsprechend postiert sind, wenn wir unweigerlich zur Rettung kommen.«

Circe würde den Hexen nicht erlauben, ihre Magie in der Nähe von Shadow City einzusetzen, da sie fürchtete, Erin könnte sie spüren. Wir befanden uns in einer absolut katastrophalen Situation. »Sagt den Dämonen, dass wir mit dem Handel einverstanden sind! Und findet den Treffpunkt heraus!«

Levi drehte sich zu mir um, sein Gesicht war voller Schmerz. »Ich weiß, dass du wütend auf mich bist, Liebes, *aber komm schon.* Ist dir klar, was passiert, wenn sie mich wieder da runterbringen?«

Zu jeder anderen Zeit hätte ich mich über ihn lustig gemacht, aber im Gegensatz zu einigen Leuten in unserer Gruppe wusste ich, wann Humor angebracht war und wann nicht. »Wir werden dich nicht wirklich ausliefern, aber das müssen die Dämonen ja nicht wissen. Wir müssen

Killian und die anderen glauben lassen, dass wir es *tun*, damit die Dämonen *ihnen* glauben.«

»Ich ...« Sterlyn schnitt eine Grimasse.

Es gefiel ihr nicht, ihre eigenen Leute anzulügen, und normalerweise wäre ich ganz ihrer Meinung. Aber wir beschützten sie mithilfe dieser versteckten Wahrheit. Wir wollten sicherstellen, dass wir ein Druckmittel hatten, damit die Dämonen nicht die *volle* Kontrolle erlangten. Alles, was wir tun konnten, war, uns einen kleinen Teil zurückzuholen, aber solange die Dämonen nicht direkt damit rechneten, sollten wir klarkommen.

Cyrus trat um die Couch herum. »Ich werde Killian informieren, dass wir Levi und Bune ausliefern. Ich habe kein Problem damit, die Rolle des Bösewichts zu spielen.« Er sah finster drein.

Zuerst war ich verwirrt, warum er so reagierte. Die Silberwölfe hatten Cyrus zeitweise nicht gemocht, also war er daran gewöhnt, dass sie mit ihm unzufrieden waren. Dann registrierte ich Sterlyns gequälten Gesichtsausdruck.

»So habe ich das nicht gemeint«, sagte sie traurig.

»Und so sollte es auch nicht rüberkommen.« Cyrus hob eine Hand. »Ich meinte, dass ich kein Problem damit habe, es zu tun.«

Obwohl ich jetzt verstand, dass er ihre Gefühle verletzt hatte, mussten wir pragmatisch bleiben und durften keine Zeit mit belanglosen Dingen verschwenden. Levi und ich waren uns uneinig, aber die Sicherheit der anderen war wichtiger als unser Missverständnis. »Wir haben keine Zeit für Empfindlichkeiten«, sagte ich.

Sterlyn nickte. »Ich kümmere mich selbst darum. Killian wird sonst Verdacht schöpfen.« Sie warf einen Blick auf Griffin und die anderen Wolfswandler im Raum. »Sorgt dafür, dass eure Geschichte mit meiner übereinstimmt!«

Chad verschränkte die Arme und runzelte die Stirn. »Ich hasse es, das zu tun, aber ich verstehe, warum wir es tun müssen.«

»Werden die Dämonen erwarten, dass wir unseren Freunden die Wahrheit sagen?«, fragte Griffin Bune und Levi. »Oder spielen wir ihnen in die Hände?«

»Sie werden nicht erwarten, dass Leviathan und ich freiwillig mitkommen, aber sie werden annehmen, dass die Silberwölfe zu ehrlich sind, um zu lügen, und dass jeder beteiligte Engel zu arrogant ist, um zu glauben, dass er die Wahrheit verbiegen müsste.« Bune sah mich an. »Ich bin überrascht, dass Rosemary es erwähnt hat, wenn man bedenkt, wer ihr Vater ist und so.«

Ich konnte nicht entschlüsseln, ob er meinen Vater beleidigt hatte, aber das spielte keine Rolle. Nicht in diesem Moment. Ich würde mich mit der Negativität auseinandersetzen, nachdem wir die Hexen, die Wölfe und die Menschen gerettet hatten.

Er hat es als Kompliment gemeint, verband sich Levi mit mir. *Er hat mir von deinem Vater erzählt, Pahaliah. Sie waren wohl befreundet, bevor ...* Er verstummte, weil er wusste, dass er den Satz nicht zu Ende zu führen musste.

Seine Andeutung war offensichtlich – vor Bunes Fall.

Annie lachte abrupt und ich fröstelte.

»Was ist so lustig?«, fragte Ronnie, als sie sich zu ihrer Schwester umdrehte.

Von Cyrus ging ein leises Knurren aus. »Die Dämonen haben sie in die Silberwolfssiedlung gebracht, in der wir gewohnt haben, als die Dämonenwölfe uns zum ersten Mal angegriffen haben.«

Natürlich kehrten diese seelenlosen Kreaturen an jenen Ort zurück, an dem wir Levi ursprünglich festgehalten hatten. Sie verspotteten uns und teilten uns mit, dass der

Dämon, der einst Levi hatte befreien wollen, entkommen war und ihnen den Aufenthaltsort mitgeteilt hatte. Die abgelegene Siedlung verfügte über möblierte Häuser, was ihr Unterfangen, Menschen als Geiseln zu halten, erleichterte.

»Dann wissen wir, wohin wir müssen.« Jetzt war ich diejenige, die sich auf die Tür zubewegte.

Jemand griff nach meinem Arm. Meine Haut kribbelte.

Levi.

»Wir haben noch keinen umfassenden Plan. Wenn wir ausgeliefert werden sollen, werden sie nicht erwarten, dass Vater und ich freiwillig mitkommen. Wie lautet dein Vorhaben?«

Levi entfernte seine Hand nicht, und mein verräterischer Körper schaffte es nicht, Abstand zwischen uns zu bringen. Es war schon viel zu lange her, dass ich seine Berührung gespürt hatte.

»Was ist mit den anderen Wolfswandlern?«, fuhr Levi fort und klang dabei selbstgefällig. »Werden wir sie dort treffen?«

»Nein«, murmelte Griffin. »Killian hat uns gerade darüber informiert, dass ein Dämon die Wolfsnachbarschaft von Shadow Ridge beobachtet. Ein weiterer Dämon ist außerhalb von Shadow Terrace stationiert, um sicherzugehen, dass wir nicht zu viel Verstärkung mitbringen. Sie haben Killian gebeten, die Zahl derer aufzulisten, die die jeweiligen Orte verlassen werden. Wenn mehr Leute aufbrechen, als die Dämonen erlaubt haben, werden sie alle Menschen verwandeln.«

In der Theorie würden die Menschen, wenn sie verwandelt würden, zu einer Art Vampir werden – nur schlimmer, da die Dämonen mit der Zeit immer weiter verdorben waren.

»Es ist in Ordnung.« Midnight stand auf und schaute jeden von uns an. »Ich habe diese Gruppe in Aktion gesehen, und wenn es jemand mit einer Horde Dämonen aufnehmen kann, dann wir.«

Obwohl ich eine Kriegerin war, die dieses Lobs würdig war, konnte eine schiere Masse an Feinden manchmal selbst die Besten überwältigen. Dennoch hatten wir nicht viele Möglichkeiten, und zumindest befanden sich mehrere vom Schicksal gesegnete Krieger unter uns – Sterlyn, Cyrus, Ronnie und ich.

»Wenn wir die Zahl der Fahrzeuge begrenzen sollen, müssen wir unser Auto nehmen«, Sterlyn deutete auf Griffin und sich selbst, »und das von Ronnie und Alex. Das wird eng.«

»Ich fliege über dem Fahrzeug, in dem sich Bune und Levi befinden«, unterbrach ich. »Sonst werden die Dämonen misstrauisch.« Engel flogen und wenn ich von diesem Plan abwich, würden sie ihn infrage stellen.

Alex runzelte die Stirn. »Ist es nicht merkwürdiger, wenn du nicht mit ihnen im Auto sitzt?«

»In der Luft kann sie mehr leisten.« Bune betrachtete mich. »Sie hat also recht. Es sieht glaubwürdiger aus, wenn sie über uns fliegt und auf jedes Anzeichen eines Fluchtversuchs achtet.«

Ein finsterer Blick erschien auf Levis Gesicht. »Sollte ich mir Sorgen machen, dass du und mein Vater ähnlich denkt?« Unbehagen breitete sich zwischen uns aus.

»Mein Sohn, du hattest nicht die Gelegenheit, für den Kampf zu trainieren, wie ich es vor meinem Fall getan habe.« Bune deutete auf mich. »Und sie ist die Tochter Yelahiahs. Es ist in ihrem Blut, eine Kriegerin zu sein. Wenn du weiterhin in solche Situationen gerätst – und ich habe das Gefühl, dass das jetzt zur Normalität wird –, dann wirst du anfangen, in die gleiche Richtung zu denken.«

Sterlyn konzentrierte sich auf die bevorstehende Aufgabe. »Dann werden Darrell, Chad, Bune und Levi mit Griffin und mir fahren. Auf diese Weise steht Ronnie nicht im Mittelpunkt, da die Dämonen über sie Bescheid wissen.«

Alex' Schultern entspannten sich ein wenig.

Ich wollte ihn warnen, dass das nicht von Dauer sein würde, aber ich hielt wohlweislich den Mund. Ich wollte seine Gefährteninstinkte nicht provozieren.

Ich seufzte. Sympathie war anstrengend. Ich war mir nicht sicher, wie meine Verbündeten das tagtäglich schafften. Ich bedauerte, dass ich ihnen gegenüber früher so kritisch gewesen war.

»Ich werde auch mit euch fahren«, sagte Cyrus, während er seine Gefährtin küsste.

Annies Kopf schnellte nach hinten. »Du begleitest Ronnie, Alex und mich nicht in deren SUV?«

Er biss sich auf die Unterlippe. »Babe ... du bist schwanger.«

»Genau – nicht krank.« Annie stemmte die Hände in die Hüften und fauchte ihn an.

Wir verschwendeten nur Zeit. »Annie, er sagt nicht, dass du keine starke Wölfin bist, sondern dass du eine sehr kostbare Fracht trägst, die viele begehren werden, besonders wenn die Dämonen herausfinden sollten, dass euer Kind ein Mischling sein wird.« Ich präzisierte nicht, welche Art von Mischling. Auch wenn ich Levi vertrauen *wollte*, konnte ich es nicht. Er hatte bewiesen, dass er nicht nur Dinge vor mir verheimlichte, sondern auch nicht bereit war, sich in meine Lage zu versetzen. Die traurige Wahrheit war, dass ich Bune mehr vertraute als meinem Partner. Bune war während seiner kurzen Anwesenheit hier zuvorkommender gewesen als Levi während seiner gesamten Zeit bei uns.

Dir ist klar, dass ich, auch wenn ich mir natürlich nicht sicher sein kann, weiß, dass sie das Baby eines Silberwolfs in sich trägt. Außerdem riecht sie ein bisschen nach Dämon. Levi wölbte eine Braue. *Ich vermute also, dass sie ein Dämonenwolf ist.*

Das war nicht mein Geheimnis, also machte ich mir nicht die Mühe, zu antworten.

Annie kicherte und ihre Schultern entspannten sich. »Rosemary, sieh dich an – du agierst als Vermittlerin.«

Erwischt. »Ich wollte mich nicht einmischen.« Ich hätte schweigen sollen. Es ging mich nichts an, aber ich hatte ein Interesse an ihrer Sicherheit.

»Das war nett gemeint.« Annie seufzte.

»Auch wenn es schwerfällt, sie hat recht.« Sterlyn trat neben mich und legte eine Hand auf meine Schulter. »Ich stimme zu, dass es sicherer wäre, wenn du und Midnight hierbleiben würdet. Wir sollten nicht riskieren, dass du die Gebietsgrenze überschreitest.«

Annie verdrehte die Augen und schaute finster drein. »Na schön. Es gefällt mir nicht und wenn ich nicht schwanger wäre, würde ich mitkommen. Ich bleibe nicht gern zurück, während ihr euch alle in Gefahr begebt. Und wenn ihr mich braucht ...«

»Natürlich, Babe.« Cyrus küsste sie.

Obwohl ich gern schwanger gewesen wäre, war ich in diesem Moment dankbar, dass ich es nicht war. Engel waren dazu bestimmt, zu kämpfen, also hätte mich selbst eine Schwangerschaft nicht abgeschreckt. Aber meine Bauchschmerzen waren schwächer geworden, nachdem Annie zugestimmt hatte, den Kampf auszusetzen.

»Jeremiah wird zurückbleiben und Annie und

Midnight beschützen«, sagte Darrell und brachte uns wieder auf das Thema zurück. »Er ist auf dem Weg.«

Meine Flügel lösten sich von meinem Rücken, und der Vorgang war befreiend. Ich hatte sie seit unserer Ankunft eingezogen, weil ich nicht in die Versuchung hatte kommen wollen, mich in die Lüfte zu erheben. Jetzt, da sie frei waren, juckte es mich, in der Luft zu sein und die kühle Nachtbrise auf meinem Gesicht zu spüren.

Ronnie öffnete die Haustür, als Annie Cyrus erneut küsste.

Mein Herz brach angesichts der Vorstellung, dass sie sich vorübergehend trennen mussten, aber es war das Sicherste für Annie.

Ich schlang meine Flügel um mich und marschierte nach draußen, in Richtung Hintereingang. Obwohl die Menschen das Gebiet wahrscheinlich schon verlassen hatten, wollte ich nicht riskieren, dass mich jemand von ihnen sah.

Ich war mehr als fähig, die Dinge selbst in die Hand zu nehmen.

Ich hörte Schritte, dann verband sich Levi: *Hey*.

Da ich nicht wollte, dass er den bevorstehenden Kampf nutzte, um mich zu manipulieren, unserem Band zu erliegen, blieb ich in Bewegung. Ich hatte bereits einen Fehler gemacht, als ich vorzeitig mit ihm geschlafen hatte.

Seine Schritte beschleunigten sich, aber ich weigerte mich, mein Tempo zu ändern. Ich wollte nicht, dass er dachte, er hätte Macht oder Einfluss auf mich, trotz meines rasenden Herzens. Aber dieser verräterische Muskel verhöhnte mich und freute sich, erneut seine Aufmerksamkeit zu haben.

Als er vor mich trat, blieb ich stehen. »Ja?«

»Sei vorsichtig«, flüsterte er, während er eine Haarsträhne hinter mein Ohr strich.

Die Geste trieb die Tränen in meine Augen und ein Klumpen bildete sich in meiner Kehle. Ich wollte nicht, dass er nett war, schließlich war ich noch immer sauer auf ihn. So funktionierte das nicht.

Die Mauern um mein Herz bebten, bereit, zu zerbröckeln. Bei unserem letzten richtigen Gespräch hatte Levi ein größeres Stück des dummen Organs gestohlen. Aber ich konnte nicht leugnen, dass ich ihn liebte. »Du auch.« Ich wünschte, ich könnte die Gegend abfliegen, aber damit würden sie rechnen. Ich würde so lange mitspielen müssen, bis wir nicht mehr warten konnten.

Ich drehte mich weg, bevor ich dazu nicht mehr in der Lage sein würde. Meine Beine fühlten sich wie Blei an. Ich wollte nicht einmal so tun, als würden wir ihn ausliefern, aber es gab keine bessere Alternative.

Mit jedem Schritt schmerzte mein Herz mehr.

»Rosey, wenn die Sache nicht gut ausgeht, sollst du wissen, dass ich dich *verdammt noch mal* liebe«, murmelte er.

Irgendwie verlieh der Tonfall seiner Worte ihnen so viel mehr Bedeutung. Auch wenn ich eher sterben würde, als ihn oder Bune den Dämonen zu überlassen, war ein Morgen nie garantiert. Ich blieb stehen und drehte mich wieder zu ihm um, weil ich wollte, dass er wusste, dass ich trotz allem ihm *gehörte*. »Ich liebe dich auch. Ich wünschte nur, das wäre genug.«

Ich drehte mich auf dem Absatz um und eilte in den Wald, vorbei an Jeremiah, der große Augen machte. Er hatte den ganzen Austausch mitbekommen, aber das war nicht mein Problem. Das hatte er davon, ein Wandler zu sein.

Sobald ich die Baumgrenze erreicht hatte, verbarg mich das Herbstlaub vor den Blicken der Menschen. Ich breitete meine Flügel aus, und nachdem ich weiter in den dichten Wald vorgedrungen war, erhob ich mich in den Himmel.

Die Dämmerung brach herein, und ich hasste es, dass ich den Sonnenuntergang verpasst hatte. Sonnenaufgang und Sonnenuntergang waren meine liebsten Flugzeiten. Dann färbte sich der Himmel in den imposantesten Farben. Waschbären und Flughörnchen huschten schläfrig unter mir umher, gerade aufgewacht, um ihre Nacht zu beginnen. Eine Eule heulte in der Ferne, als wollte sie mich warnen, wegzubleiben.

Die kühle Novemberbrise streichelte meine Haut, aber sie konnte den feurigen Schmerz der Hitze, die seit dem Moment mit Levi in mir brodelte, nicht dämpfen. Ich musste ihn verdrängen, um mich auf den unvermeidlichen Kampf zu konzentrieren.

Ich suchte die Gegend nach Personen ab, die ich nicht erkannte, oder nach einer Schattengestalt, die sich in der Dunkelheit verstecken könnte. Da ich wusste, dass nicht alle von ihnen rote Augen hatten, suchte ich nach allem, was auch nur einer Iris ähneln könnte.

Da ich nichts sah, schwebte ich eine etwa einen Kilometer von der Brücke – der Gebietsgrenze – entfernt und wartete darauf, dass die anderen mich erreichten. Ich wollte sichergehen, dass die Dämonen mich in der Nähe des Autos fliegen sahen, als Beweis dafür, dass Levi und Bune im Inneren waren.

Bald zogen der Navigator und der Mercedes SUV unter mir durch. Ich folgte ihnen im Tiefflug zum ehemaligen zweiten Wohnsitz der Silberwölfe.

Es dauerte nicht lange, bis wir auf die vertraute Straße abbogen und uns den Häusern näherten.

Als ich die Gegend absuchte, fand ich bald, wonach ich gesucht hatte – Killians Rudel und die Hexen. Und die Situation war schlimmer, als ich sie mir vorgestellt hatte.

KAPITEL EINUNDZWANZIG

MINDESTENS FÜNFZIG DÄMONEN in Schattengestalt schwebten über der Lichtung der Rudelsiedlung. Sie waren gleichmäßig auf beiden Seiten der behelfsmäßigen Straße verteilt, ihre roten Augen auf uns gerichtet. Sie achteten nicht auf die vier Silberwölfe und die acht Hexen, die einen Kreis um Sierra und Killian gebildet hatten. Unsere Freunde standen unterhalb der Dämonen auf der Straße, die in der Mitte der Siedlung verlief.

Die vier Silberwölfe in Tiergestalt kauerten dicht vor dem Kreis auf dem Boden und waren uns damit am nächsten. Aufgrund des Halbmonds entsprachen sie nur der Hälfte ihrer Maximalgröße. Das Licht des aufgehenden Monds spiegelte sich in ihrem Fell und machte deutlich, um welche Wolfsgattung es sich handelte.

Circe stand ganz hinten im Kreis. Ihre intensiven braunen Augen fixierten mich, als eine leichte Windböe Strähnen ihres mitternachtsschwarzen Haars, die aus ihrem Dutt gefallen waren, aufwirbelte und gegen ihr Gesicht peitschte. Obwohl ihr Gesichtsausdruck stoisch war, wirkte ihr normalerweise warmer beiger Teint blass, was mir ihre Besorgnis verriet. Ihre Position in der Gruppe deutete darauf hin, dass sie bereit war, Magie einzusetzen.

Zu ihrer Rechten befand sich ihre Tochter Aurora, die nur ein paar Jahre älter als Sterlyn war. Sie trug ein himmelblaues Shirt, eine Farbe, die sie zu bevorzugen schien, und ihr bronzefarbenes Haar fiel in Kaskaden über ihre Schultern. Sie betrachtete den Mond, und das Licht spiegelte sich in ihren kastanienbraunen Augen.

Aspen, der zwischen Aurora – seiner Tochter – und einer der jüngeren Hexen, Kamila, stand, zeigte seine Anspannung durch seinen zuckenden Unterkiefer. Die elfenbeinfarbene Haut seines Gesichts war angespannt. Sein tiefschwarzes Haar hatte fast den gleichen Farbton wie die Schatten.

Kamila blickte mit ihren tintenblauen Augen auf ihre Mutter Cordelia, die ihr gegenüber im Kreis stand. Kamilas gelocktes dunkelbraunes Haar war ein wenig wild, als hätte sie es mit den Fingern zerzaust, und ihr brauner Teint leuchtete, als würde der Mond ihr Kraft verleihen.

Jedes Mal, wenn ihre Tochter sie ansah, vertiefte sich Cordelias finsterer Blick und ließ sie älter als vierzig aussehen. Die goldene Wärme ihres braunen Teints war verschwunden, und ihr stark gelocktes mitternachtsschwarzes Haar war strenger als sonst zusammengebunden und hing über ihre Schultern. Ihre kohlegrauen Iriden nahmen alles in sich auf, und es bestand kein Zweifel, dass sie nach einem Ausweg suchte.

Eliphas legte eine Hand auf Cordelias Schulter, als wollte er seine Frau davon abhalten, zu ihrer Tochter zu gehen. Er war größer als ich, und seine schiefergrauen Augen verengten sich, als er die Luft nach Dämonen absuchte. Die Hexen konnten die Dämonen zwar nicht sehen, aber sie spürten ihre abscheuliche Energie und konnten sie bekämpfen, ohne die Hilfe eines Engelnachkommens zu benötigen.

Hinter Herne wehte ihr taillenlanges rubinrotes Haar, das mich an einen Umhang aus irgendeiner dämlichen Serie erinnerte, die Sierra mich hatte anschauen lassen. Herne war die zweitstärkste Hexe des Hexenzirkels und stand auf der anderen Seite von Circe und neben ihrer Tochter Lux. Sie strahlte eine Grimmigkeit aus, die ich schon bewundert hatte, bevor meine Gefühle ins Spiel gekommen waren. Ihre onyxschwarzen Augen trafen meine – sie wartete auf ein Zeichen.

Aber ich hatte noch keins zu geben.

Sei vorsichtig, gab mir Lux stumm zu verstehen, in dem sie ihre Lippen bewegte. Ihre arktisblauen Augen wirkten weiser als ihre neunzehn Jahre es vermuten lassen würden. Ihr Haar hatte einen dunkleren Farbton als das ihrer Mutter und erinnerte mich an das satte Rot eines kräftigen Rotweins.

Das musste sie mir nicht sagen. Ich wusste, dass wir in Schwierigkeiten steckten. Die negative Energie, die meine Haut bedeckte, erschwerte es mir, mit den Flügeln zu schlagen.

So hatte ich mich gefühlt, als ich gegen die Dämonen am Portal in der Nähe der Siedlung des Dämonenwolfsrudels gekämpft hatte. Nach kurzer Zeit würde ich mich daran gewöhnen. Die Abscheulichkeit würde mir immer noch Unbehagen bereiten, aber ich würde mich leichter bewegen können, ähnlich wie bei einem Sprung ins kalte Wasser. Am Anfang überwältigte einen die Kälte, aber dann gewöhnte sich der Körper daran.

Dann könnte ich jede einzelne dieser Abscheulichkeiten töten. Wenn ich diese wenigen auslöschte, würde sich das nicht auf ihre Gesamtzahl auswirken, aber es gäbe weniger Verkörperungen des Bösen, die im Universum herumschwirrten.

Anhand der Dämonen, die ich sehen konnte, betrug ihre Zahl leicht das Doppelte der unseren, und in den Wäldern könnten noch mehr lauern. Wo immer die Menschen waren, befanden sich vermutlich auch ein paar Dämonen.

Griffin schaltete den Navigator in den Leerlauf und Alex hielt direkt hinter ihm an.

Das war es also. Die ultimative Schlacht. Jetzt mussten wir schlauer sein als die Dämonen.

Um mich mit ihnen auseinanderzusetzen, landete ich vor dem Navigator, etwa zehn Meter entfernt von den vier nächstgelegenen Dämonen.

Bleib drinnen!, verband ich mich mit Levi.

Unmut wehte von ihm. *Du erwartest von mir, dass ich dich da draußen allein stehen lasse, während du mindestens fünfzig Dämonen gegenüberstehst? Verdammt, nein!*

Er ließ sich von seinen Gefühlen überwältigen, was ich nur zu gut verstand. Wir mussten pragmatisch bleiben, sonst würde keiner von uns hier lebend wegkommen. Obwohl sie zahlenmäßig stärker waren als wir, hatten wir Hexen, und zwar mächtige. Sie sollten uns einen Vorteil verschaffen können, auch wenn er nur vorübergehend war.

Sobald du rauskommst, werden sie angreifen. Wir mussten Zeit gewinnen und herausfinden, ob wir ihre Zahl besser einschätzen konnten. Wenn ich raten müsste, hielten sich mindestens fünfundzwanzig von ihnen versteckt, um uns zu überraschen. Das würde ich an ihrer Stelle zumindest tun.

Das ließ ihn innehalten. *Gut, aber Griffin kurbelt das*

Fenster herunter, damit wir alles hören können. Ein Zeichen, dass sie etwas vorhaben, und mein Arsch ist da draußen.

Ein Teil meiner Wut auf ihn taute auf. Mist.

Ich kann auf mich selbst aufpassen. Ich war eine Kriegerin. Seine Worte der Besorgnis hätten mein Herz nicht erwärmen, sondern mich wütend machen sollen. Meine Zuneigung zu ihm musste von dem Adrenalin herrühren, das mich durchströmte und mich auf den bevorstehenden Kampf vorbereitete. Das konnte den Verstand dazu bringen, unsinnige Dinge zu tun.

Eine Dämonin, die mir zur rechten Seite hin am nächsten stand, legte den Kopf schief. »Ihr seid hier, um einen Handel zu machen.« Ihre Stimme klang stark und selbstbewusst. Obwohl sie definitiv kein Erzengel war, hatte ihre Haltung etwas Kriegerisches an sich, das ich sogar in ihrer Schattengestalt erkennen konnte.

Rosemary, du musst vorsichtig sein, warnte Levi, und seine Furcht lastete schwer auf mir. *Dies sind einige der Dämonen, die normalerweise nicht auf der Erde wandeln, weil sie in der Hierarchie weit oben stehen.*

Aber das sollte nicht möglich sein. Wie sind sie hierhergekommen?

Sie sind nicht unbedingt stark, aber sie haben ihr ganzes Leben für den Kampf trainiert, erklärte er. *Sie bereiten sich immer auf den Krieg vor. Diese Dämonin befindet sich im inneren Kreis, hat aber nicht genug Macht, um die Engel zu alarmieren, dass sie auf der Erde ist. Die Prinzen der Hölle haben sie in ihrer Nähe behalten und auf den perfekten Zeitpunkt gewartet, um ihre Fähigkeiten zu nutzen.*

Und der war jetzt gekommen. Die Prinzen hatten jemanden geschickt, dem sie vertrauten und den sie auf einen Krieg mit den Engeln vorbereitet hatten.

»Ich schwöre, es ist, als wäre da nichts«, knurrte Sierra.

»Und dann ertönt eine verdammte Stimme aus dem *verdammten* Himmel. Das ist so gruselig wie in einem Horrorfilm. Diese Feiglinge verstecken sich vor uns. Sie wissen, dass sie es in ihrer hässlichen menschlichen Gestalt nicht mit uns allen aufnehmen könnten.«

Die großmäulige Blondine war im Begriff, einen Kampf anzuzetteln, bevor ich bereit war. Jetzt wäre ein guter Zeitpunkt für Killian, sie zum Schweigen zu bringen. Sie musste lernen, dass Schweigen manchmal die beste Lösung war. In angespannten Situationen wie dieser wurde sie immer lauter und unausstehlicher.

»Du wirst eine Horrorshow *erleben*, wenn du nicht die Klappe hältst«, schimpfte der Dämon zu meiner Linken, der mir am nächsten stand. »Wir sind nicht dumm und fallen nicht auf deine kindischen Mätzchen herein. Wir fühlen uns auf der Erde in unseren Schattenformen am wohlsten.«

Vielleicht war Sierras vorlautes Verhalten gar nicht so schlecht. Immerhin hatte sie uns mehr Einblick in die Dämonen verschafft. *Ist das wahr?*

Ja, denn in der Hölle bedienen wir uns überwiegend unserer Schattengestalt. Wir erkennen die Essenz der anderen, aber die Dämonen, die auf der Erde leben, bevorzugen ihre menschliche Form, um sich anzupassen, da sie die meiste Zeit hier verbringen. Levi seufzte. *Sie verwandeln sich, wenn sie fliegen müssen.*

Ich war mir nicht sicher, ob *fliegen* das richtige Wort dafür war. Es war eher ein Schweben oder Gleiten, aber sie erhoben sich durchaus in den Himmel. Ich biss mir jedoch auf die Zunge, um ihn nicht zu korrigieren.

Mir wurde klar, dass ich nicht nur versuchte, meine Freunde, sondern auch *ihn* zufriedenzustellen. Darum würde ich mich später kümmern. Ich hatte schon genug um die Ohren. *Warum warst du dann in Menschengestalt?*

Zuerst, weil ich dadurch nicht so bedrohlich auf dich wirke, aber ich bin mir nicht sicher, ob das der wahre Grund war. Er zögerte. Ich denke, ich wollte dir nicht zeigen, dass ich dein Feind bin. Es war schon schlimm genug, dass du ohnehin spüren konntest, dass wir auf verschiedenen Seiten stehen.

Er musste wie ich von Anfang an unsere vorbestimmte Verbindung gespürt haben.

»Wo sind die Menschen?«, fragte ich die Dämonen und zog die Stirn in Falten. Sie hatten nur unsere Freunde hier draußen gelassen, wahrscheinlich, damit die Mehrheit der Dämonen ein Auge auf sie haben konnte. Hätte eine kleinere Anzahl von Dämonen sie beobachtet, wie ich es im Fall der Menschen vermutete, hätten unsere Freunde eine bessere Chance gehabt, zu entkommen. Sie in den Mittelpunkt zu stellen, bedeutete nicht nur, dass sie im Blickfeld der Dämonen blieben, sondern könnte auch dazu führen, dass wir uns irrational verhielten.

Ich weigerte mich, ihnen in die Hände zu spielen.

Verdammte Dämonen!

»Ich bin sicher, sie sind hier *irgendwo*.« Die Dämonenkriegerin gluckste. Ihre roten Augen leuchteten, denn sie genoss den Moment und die Kontrolle, die sie über die Situation hatte. »Es sind Menschen, also, wen kümmert's?« Sie hob eine schattenhafte Hand. »Oh, *dich* schon, was?«

Der Typ zu ihrer Linken schnaubte. »Ein Engel. Oh, wie die Mächtigen *gefallen* sind.«

Aus ihnen sprudelte mehr Hass als aus den Dämonen, denen wir zuvor begegnet waren. Es wirkte … persönlich. *Wer sind die beiden?*

Hecate ist die Frau. Sie ist eine der Hauptgeliebten der

Prinzen, und obwohl sie kein Erzengel ist, war sie doch an vorderster Front dabei und ist mit ihnen gefallen. Sie hasst die Engel genauso abgrundtief wie die Prinzen es tun, erklärte Levi. Mir war klar, dass wir seit Tagen nicht mehr miteinander gesprochen hatten, aber ich konnte ihn hier nicht länger ignorieren. Nicht mit ihm zu sprechen, würde uns noch mehr in Gefahr bringen. *Der Mann neben ihr ist ihr Bruder, Pyro. Er ist nicht mit ihnen gefallen, aber er und Hecate standen einander schon immer nahe. Er ist ihre rechte Hand.*

Sie musste ihn ausgebildet haben. Ohne die Schwerter der Engel und Dämonen waren Stärke und Training unglaublich wichtig. Indem man sowohl Engeln als auch Dämonen die Engelswaffen nahm, wurden alle im Grunde gleich. Deshalb hatten die anderen übernatürlichen Rassen, nachdem sie den Bürgerkrieg in Shadow City gewonnen hatten, von den Engeln verlangt, ihre Waffen abzugeben. Ich hatte das gewusst – ich hatte nur nicht gewusst, dass die Waffen der Engel in die Hölle gebracht worden waren.

Ich verhielt mich ruhig. Ich wollte nicht, dass sie herausfanden, wie ich tickte, aber ich wollte den Eindruck aufrechterhalten, dass ich ein typischer Engel war – wie Azbogah und damit genau das, was sie erwartet hatten. »Sollen wir mit dem geistlosen Geplänkel weitermachen oder tatsächlich über wichtige Dinge reden?« Ich hasste Witze, die offensichtlich provozieren sollten. Er wollte mich ärgern und mich dazu bringen, zu erklären, dass ich nicht gefallen war.

Aber die Wahrheit war, dass ich gefallen war.

Alles an mir hatte sich verändert. Der hohe moralische Anspruch, den ich einst erhoben hatte, war dezimiert worden. Ich hatte andere verurteilt, weil sie *Gefühle* hatten und nicht *logisch* dachten, und ich hatte sie diskreditiert, weil ich sie nicht *verstanden* hatte.

Levi hatte mich zu Recht als voreingenommen bezeichnet. Ich hatte das Schlimmste von allen gedacht, auch von meinen Freunden, wenn die Zeiten hart gewesen waren und ich ungeduldig darauf gewartet hatte, dass sie ihre Gefühle überwanden.

Und jetzt war ich an ihrer Stelle – und trotz all des Herzschmerzes würde ich nichts daran ändern.

Ich war grausam gewesen, wenn auch nicht vorsätzlich, und ich hatte ihre Intuition missachtet, obwohl ich besser auf sie hätte hören sollen.

Sich zu verlieben und Gefühle zu empfinden, war nicht das Schlimmste, was passieren konnte, solange ich mein Herz und meinen Instinkt für richtig und falsch bewahrte.

»Hast du mich nicht gehört, Engel?«, fragte Pyro und klang enttäuscht. »Ich sagte, du bist *gefallen*.«

Hecate schnaubte. »Beim ersten Mal war es noch halbwegs lustig, aber jetzt nicht mehr. Hör auf damit!«

»Es war auch beim ersten Mal nicht lustig«, murmelte Sierra. »Und ich *mag* Witze auf Kosten anderer.«

»Du solltest still sein«, murmelte Kamila, aber alle hatten sie gehört.

Hecate wandte sich an Sierra und sagte: »Du solltest auf die *Hexe* hören. Sie ist offensichtlich schlauer als du.«

Bei allen Göttern – Sierra würde das nicht auf sich beruhen lassen. Nicht zu antworten, wäre so, als würde sie nicht mehr atmen können. Sie würde sterben. Leider könnte sie in dieser Situation, wenn sie weiterredete, wirklich sterben, und ich müsste eingreifen, bevor das passierte.

»Es gibt verschiedene Arten von Intelligenz.« Sierra schwang ihren dunkelblonden Pferdeschwanz, als wäre er eine Waffe. Sie scannte die Gegend, in der sich die

Dämonen aufhielten, ließ ihren Blick aber nirgends ruhen, da sie sie nicht sehen konnte. »Die intellektuelle, die gewiefte und die originelle Variante – was übrigens meine Spezialität ist. Dann gibt es noch eine Version, die aber gar nichts mit Intelligenz zu tun hat. Sie beschreibt eine Person, die auf die offensichtlichen Witze abfährt, die einfach da sind – wie Annie, die mit nacktem Hintern auf dem Rücksitz von Alex' SUV sitzt, auf der Suche nach Blutbeuteln, um einen sterbenden Vampir zu füttern.«

Obwohl ich keine Ahnung hatte, wovon sie sprach, stellte ich keine Fragen. Aber ich war mir verdammt sicher, dass ich trotzdem etwas über die Story erfahren würde, vorausgesetzt, wir kamen alle lebend aus dieser Sache heraus.

Cyrus' leises Knurren ertönte vom Heck des Navigators. »Sie muss damit *aufhören*.«

Killian schloss seine schokoladenbraunen Augen, kniff sich in den Nasenrücken und fuhr mit der freien Hand durch sein kurzes dunkles Haar. Er seufzte und sagte trocken: »Sierra, das ist nicht lustig.«

Warum ermutigte er sie? Dies war definitiv nicht der richtige Zeitpunkt, um sich über ihre Verrücktheiten zu amüsieren und sie in ihrem Wahn zu bestärken.

Ich habe ihre schnippischen Kommentare vermisst, verband sich Levi und seine Belustigung sprang auf mich über.

Auch Levi hatte den Verstand verloren. *Sie bringt sich in Gefahr.*

Sie stachelt sie auf, damit sie nicht vernünftig denken, antwortete er. *So wie Pyro es bei dir versucht hat. Aber er hat ein Ego, mit dem niemand mithalten kann.*

Auch ich nicht? Er nutzte eigentlich jede Gelegenheit, um sich über meine Herkunft lustig zu machen.

Etwas Schweres legte sich auf mein Herz, und ich merkte, dass es von ihm kam. *Am Anfang schon. Aber jetzt nicht mehr.*

Meine Brust wurde leichter, und mir wurde klar, dass seine Anerkennung mir mehr bedeutete, als ich zugeben wollte.

»Genau das meine ich«, sagte Sierra und holte mich in die Gegenwart zurück. »Es war nicht witzig, weil Alex im Sterben lag. Und genau das beschreibt den schrecklichen Witz des Dämons – es war, als wäre jemand krepiert. Und ich dachte schon, Dämonen hätten einen gesunden Sinn für Humor.«

»Du dumme *Bitch*«, brüllte Pyro.

Sierra warf ihre Hände hoch. »Jetzt sind wir wohl bei den Hundewitzen angelangt, was?« Sie sah erst mich an und schielte dann zur Seite. »Siehst du, Rosemary – Engel und Dämonen sind sich ähnlicher, als man meinen sollte.«

»Vergleiche mich *nicht* mit ihnen!«, fauchte Pyro.

Sie zuckte zusammen, dann räusperte sie sich, und ihr großspuriges Auftreten war zurück. »Du warst einer von ihnen. Stimmt's?«

»Ich werde dich umbringen«, schrie er.

Aus dem Augenwinkel sah ich, wie drei Dämonen aus dem Haus, das Sierra im Visier hatte und das eine Häuserreihe von uns entfernt lag, nach oben flogen. Ihre Blicke landeten auf mir, aber ich tat so, als würde ich sie nicht bemerken. Das Einzige, was mir auffiel, war, dass ihre Augen nicht rot, sondern in verschiedenen Brauntönen gehalten waren.

Pyro bewegte sich ruckartig auf Sierra zu – und meine Freundin hatte keinen blassen Schimmer. Sie stand einfach nur da, die Stirn gerunzelt, was nicht normal war. Sie war nervös, aber wie Levi schon gesagt hatte, wollte sie uns helfen.

Hecate schien ihren Bruder mit ihrem Schattenarm erwischt zu haben, denn er bewegte sich nicht mehr. Sie sprach laut: »Wir greifen *nicht* an. Denk daran, wir sind hier, um einen Handel zu machen!«

Die drei Dämonen, die erschienen waren, zogen sich hinter das Haus zurück. Aber das hatte mir eine Vorstellung davon gegeben, wo die meisten anderen Dämonen waren. Nicht alle, aber wenn es drei Unentschlossene gab, mussten auch ein paar bösartige Dämonen bei ihnen sein, um dafür zu sorgen, dass sie nicht aus der Reihe tanzten.

Sierra war schlauer, als ich es ihr zugetraut hatte. Wieder wurde ich daran erinnert, wie engstirnig ich gewesen war.

Ich könnte ein anderes Mal Reue zeigen. Im Moment musste ich mich auf den Kampf konzentrieren.

Es ist Zeit. Seid ihr bereit?, fragte ich und verschluckte mich fast. Da fast alle, die ich liebte, in eine weitere Schlacht ziehen würden, in der wir zahlenmäßig weit unterlegen waren, versagte meine Lunge ihren Dienst. Und Levis Anwesenheit verschlimmerte meine Angst noch.

Mein Blut wurde eiskalt. Ich hatte nicht bedacht, dass sie ihn zuerst angreifen würden. Das musste der Grund sein, warum Hecate hier war – um sicherzustellen, dass das Schwert so schnell wie möglich befreit wurde, damit ein Prinz der Hölle einspringen und sich mit ihm verbinden konnte.

Warte!, verband ich mich, aber die Tür hatte sich bereits geöffnet.

Hecate zog ein Messer und bestätigte damit meine Befürchtungen.

KAPITEL ZWEIUNDZWANZIG

ICH KONNTE NICHT GLAUBEN, dass ich so dumm gewesen war. Wir waren direkt in ihre Falle getappt, und ich hatte nicht einmal die Möglichkeit in Betracht gezogen, dass sie versuchen würden, Levi bei der ersten Gelegenheit zu töten.

Verdammte Scheiße! Natürlich. Das war genau die Strategie, die ich an ihrer Stelle anwenden würde, und ich hatte mich davon, dass meine Freunde in Gefahr waren und ich mich von Levi fernhalten wollte, ablenken lassen.

Das war es, wofür ich alle anderen kritisiert hatte, und hier war ich nun und musste alles zurücknehmen.

Ich flog auf die offene Tür zu, als Levi den Fuß auf die Erde setzte, und schlug die Tür gegen sein Bein.

»Was zum ...?« Levi klang schockiert, dann presste er sich gegen die Tür. *Das tut weh. Was machst du da?*

Besser ein geprelltes oder gebrochenes Bein als ein Messer in der Brust. Ich drehte mich so, dass ich mit dem Rücken zum Navigator stand, und breitete meine Flügel weit hinter mir aus. *Die Prinzen haben eine ihrer besten und erfahrensten Geliebten geschickt. Was denkst du, warum sie hier ist?*

Ich verkrampfte mich noch mehr – und dieses Mal ging es nicht von mir aus. Es waren Levis Gefühle, die mich durchströmten. Er verband sich: *Um mich zu töten, damit sie das verdammte Schwert an sich reißen können.*

Hecate ließ ihr Messer sinken, und ich musste ihr Gesicht nicht sehen, um mir ihren Ausdruck vorzustellen. Ihre roten Augen waren wie Flammen, die ihren Zorn widerspiegelten.

Jetzt war der Zeitpunkt gekommen, an dem ich aufhörte, mich von Gefühlen beeinflussen zu lassen ... oder zumindest so weit, dass sie mich in der Schlacht nicht beeinträchtigten.

Und dies *war* eine Schlacht, wenn nicht gar ein Krieg.

»Ich denke, als Zeichen des guten Willens solltet ihr ein paar von unseren Leuten zuerst gehen lassen.« Ich rief die alte Rosemary herbei. Ich hatte Hecates Plan durchschaut, kurz bevor sie ihn ausführen konnte, aber es war noch nicht vorbei.

Sie würde es wieder versuchen.

Informiere die anderen, bevor sie angreifen! Ich suchte das Gebiet erneut nach jeder Bedrohung ab, die ich finden konnte. Ich zapfte meine Magie an und ließ sie nach außen dringen. Eigentlich wollte ich meine Kraft nicht zu früh einsetzen, aber hier würde ich nur ein wenig davon brauchen. Da wir wussten, dass sie vorhatten, Levi sofort zu eliminieren, benötigten wir alle Informationen so schnell wie möglich. Ich hoffte nur, dass mir der Einsatz dieser kleinen Menge Magie nicht zum Verhängnis werden würde.

Der Großteil der Negativität befand sich wie erwartet direkt vor uns. Wenn ich mich so viel Bösem aussetzte, wurde mein Blut kälter, und die Magie der Dämonen kämpfte instinktiv gegen meine. Aber ich musste meine Magie nicht auf sie konzentrieren, sondern ließ sie um mich herum wirken.

»Du willst mich wohl verarschen«, zischte Hecate. Sie behielt ihr Messer in der Hand und machte sich nicht die Mühe, es zu verstecken. »Ihr seid in der Unterzahl, und ich habe nicht nur eure Freunde, sondern auch *Menschen*. Natürlich ist dir das vermutlich alles egal. Schließlich bist du Yelahiahs«, sie fauchte den Namen meiner Mutter, als wäre er eine Krankheit, »*Tochter*.«

»Woher weißt du das?« Mein Blut erkaltete weiter, und das hatte nichts mit meiner Fähigkeit zu tun, Dämonen aufzuspüren, sondern damit, wie viele Informationen sie über uns besaßen.

Sie lachte barsch. »Oh, ich habe meine Methoden. Es wäre nicht lustig, wenn ich dir meine Geheimnisse verraten würde, aber lass mich dir versichern, dass ich *überglücklich* bin, dass du hier bist.«

»Und sollte ich wissen, wer du bist?« Ich konnte meine Neugier nicht verbergen, und ich wollte, dass sie ihre Wut auf mich richtete. Ihre Abneigung gegen meine Mutter war unverkennbar, aber ich hatte in meinem langen Leben noch nie von einer Hecate gehört. Wenn sie jemand von Bedeutung wäre, hätte ich sicher von ihr erfahren. Ich wusste nur, was Levi mir erzählt hatte, und ich wollte verstehen, warum sie meiner Mutter so ablehnend gegenüberstand. Es schien nicht nur daran zu liegen, dass sie ein Engel war.

Hecate schwebte näher an mich heran, während die Dämonen, die uns umgaben, ihr langsam folgten. Sie hob eine Hand und befahl: »Bleibt, wo ihr seid!«

Ich nutzte die Ablenkung, um meine Magie weiter auszustrecken. Ich konnte negative Energie auf der rechten

Seite spüren, wo die drei Unentschlossenen hergekommen waren, und etwas davon im Wald. Ich konnte die Dämonen zwar nicht zählen, aber die Abscheulichkeit reichte bei Weitem nicht an die Kraft heran, die von der Dämonin ausging, die vor uns schwebte.

Was tust du da, Rosemary?, fragte Levi. *Du wirst sie verärgern und dann wird sie ihre Wut auf dich richten.*

Er tat so, als wüsste ich das nicht. Aber wir mussten uns vorbereiten, denn diese Pattsituation würde nicht mehr lange andauern. *Konzentriere dich darauf, einen Plan mit Sterlyn und den anderen zu schmieden! Einige Dämonen befinden sich in der Mitte der zweiten Häuserreihe auf der rechten Seite und ein paar in den Wäldern links und rechts von uns. Sag mir Bescheid, wenn ihr bereit seid, zu handeln!*

Um Energie zu sparen, hörte ich auf, meine Magie auszustoßen.

Ist das dein Ernst? Seine Wut war fast greifbar. *Sie ist bereit, jemanden zu verletzen, und hat es auf dich abgesehen. Was hast du vor?*

Macht einfach einen Plan! Das ist die einzige Möglichkeit. Sie wollen dich eliminieren, bevor wir reagieren können, und dann den Rest von uns ausschalten. Wenigstens wissen wir jetzt, wo die Dämonen sind, um den Angriff zu koordinieren. Er hatte klargestellt, dass wir uns keine Dinge erzählen mussten, die der anderen Person nicht gefallen würden. Er war in die Hölle gegangen und hatte mich zu der Annahme verleitet, er hätte mich zurückgelassen, weil ich mit seiner Entscheidung nicht einverstanden gewesen wäre. Nun, er wollte nicht, dass ich Hecates Wut auf mich lenkte, aber ich würde lieber gegen sie kämpfen, als sie Levi angreifen zu lassen. Sie war der am besten ausgebildete Dämon hier – und auf Rache aus. Ich hatte mein ganzes Leben lang dafür trainiert. Sollte er doch meine gefallenen Federn küssen.

Hecate schwebte auf mich zu, bis sie nur noch wenige Schritte von mir entfernt innehielt. Sie legte den Kopf schief, als sie mich musterte, und ich wünschte, ich könnte ihre menschlichen Züge erkennen.

»Ich bin Hecate«, sagte sie mit zusammengekniffenen Augen und beobachtete mich. Sie erwartete eine Reaktion, aber ich hatte keine Ahnung, welche. Ich hatte ihren Namen bis heute wirklich noch nie gehört.

»Okay.«

Ihre Hand zitterte so stark, dass dies trotz ihrer Schattengestalt zu erkennen war, und obwohl ich ihre Brust nicht sehen konnte, hörte ich, wie sich ihr Atem beschleunigte.

Obwohl ich wissen wollte, warum sie einen Groll gegen meine Mutter hegte, wusste ich zu schätzen, dass meine Unwissenheit sie mehr beschäftigte als Levi, der hinter mir im Auto saß. Ich trat von dem Fahrzeug weg, um sie von ihm wegzuführen. »Ich bin ratlos, also warum klärst du mich nicht auf?«

»Deine *Mutter* und ich waren eng befreundet, und sie hat mich auf die schlimmste Art und Weise betrogen.« Hecates Stimme zitterte mit unbändiger Wut.

Welches Unrecht hatte meine Mutter ihrer Meinung nach begangen? Ich wollte sie danach fragen, aber das könnte die Situation eskalieren lassen, und ich wollte so viele Informationen bekommen wie möglich, bevor es zu einem Kampf kam.

»Schwesterchen«, grunzte Pyro aus einigen Schritten Entfernung. »Wir müssen uns an den Plan halten.«

»Schön.« Sie wich einen Schritt zurück, aber ihr Fokus galt weiterhin mir. »Du willst also deine Freunde zurücktauschen, als würdest du dich tatsächlich für sie interessieren?«

Wenn sie mich für herzlos hielt, würde ich das ausnutzen können. Sie würde nicht auf die Idee kommen, meine Freunde gegen mich zu verwenden. »Warum sollte ich sonst hier sein?« Ich wölbte eine Braue.

Sie senkte den Kopf, ihre roten Augen glühten. »Wenn du deiner Mutter auch nur ein bisschen ähnlich bist, wirst du versuchen, die Anerkennung deines Vaters zu gewinnen. Vielleicht ist es dein Ziel, das Vertrauen deiner Feinde zu erhalten, um ihre Geheimnisse zu enthüllen.«

»Ich *habe* die Anerkennung meines Vaters. Ich muss nichts Besonderes leisten, um seine Gunst zu erlangen.« Wie dachte sie von Pahaliah? Ich kannte niemanden, der meinen Vater nicht mochte, außer Azbogah. Die meisten schätzten ihn sehr, was ihn zu einem effektiven Friedensvermittler zwischen allen Bewohnern von Shadow City machte.

»Dann beweist das, dass du ein herzloses Miststück bist, genau wie Azbogah.« Sie hob das Messer, ihren Blick auf die scharfe Spitze gerichtet.

Sie hielt Azbogah für meinen Vater – ihr Hass war also nicht verwunderlich. »Pahaliah ist mein Vater. Nicht Azbogah.«

Die Dämonen brachen in Gelächter aus, was mich unvorbereitet traf. Meine Haut kribbelte und meine Brust zog sich zusammen.

»Für einen Engel hast du einen anständigen Sinn für Humor.« Pyro gluckste, während seine Schattengestalt zuckte. »Ich kann nicht glauben, dass Azbogah es gutheißt, dass du das sagst.«

Ich verkrampfte mich. Sie hatten Shadow City vor dem Tod meines Onkels verlassen. Die Stadt war wahrscheinlich geschlossen worden, bevor Mutter und Azbogah sich endgültig voneinander getrennt hatten.

»Es ist die Wahrheit«, sagte Killian, der im inneren Kreis stand. Er ließ seinen Blick umherschweifen, um zu sehen, wer gerade auf meine Kosten lachte. »Ihr würdet es wissen, wenn sie gelogen hätte.«

»Wow.« Hecate schüttelte den Kopf und richtete sich auf. »Ich hätte nie gedacht, dass es eine Welt geben würde, in der die beiden nicht zusammen sind, aber wir haben genug Zeit verschwendet. Gib mir Levi und Bune!«

Unsere Zeit war abgelaufen. *Bitte sag mir, dass ihr einen Plan habt!*

Sobald sich die Gelegenheit bietet, werden die drei Wölfe in der Mitte zu den Menschen rennen. Der vierte wird mit Chad und Cyrus nach rechts gehen, Sterlyn, Griffin und Darrell nach links. Damit bleiben du, Ronnie, Vater, die Hexen und ich übrig, um es mit der Gruppe in der Mitte aufzunehmen.

Dieser Plan gefiel mir nicht im Geringsten. *Du musst den Platz von einem der Silberwölfe einnehmen. Hecate ist entschlossen, dich zu töten, damit ein Prinz das Schwert bekommen kann. Du kannst dich nicht in der Nähe von gut ausgebildeten Dämonen aufhalten.*

Ich werde dich nicht verlassen, antwortete er. *Sie ist verstört und hat es auf deine Familie abgesehen.*

Ich war mir nicht sicher, ob das schlimmer war als ihr natürlicher Hass auf mich, weil ich ein Engel war. Diese Art von Abscheu saß tief, und obwohl ich immer geglaubt hatte, ich hätte keine Gefühle, wusste ich jetzt, dass ich bereits negativ empfunden hatte, als ich noch eindimensional gewesen war.

Wenn er nicht zur Vernunft käme, würde ich mir einen eigenen Plan zurechtlegen.

Ich straffte meine Schultern. »Ich brauche ein Zeichen des guten Willens. Gebt mir wenigstens einen Wolf und eine Hexe, um zu beweisen, dass ihr den Handel machen wollt.« Sie würden nicht riskieren wollen, dass die Autos wegfuhren. Die Dämonen waren zwar schnell, aber ein Fahrzeug konnte als Waffe eingesetzt werden.

»Gut. Wenn die Sache damit beschleunigt wird, gebe ich dir den Klugscheißer und die junge braunhaarige Hexe.« Sie beobachtete mich und taxierte meinen Gesichtsausdruck.

Sie wollte meinen Frust sehen, weil sie der Meinung war, mir die beiden schwächsten Mitglieder der Gruppe zu überlassen. Aurora war fast so stark wie ihre Mutter, also mussten sie ihre Magie getarnt haben.

Ich rollte mit den Augen. »Natürlich.«

»Hey!«, knurrte Sierra von ihrem Platz in der Mitte aus.

Vor nicht einmal zwei Stunden hätte ich Sierra noch als Nervensäge abgetan, aber sie hatte mir geholfen, drei Dämonen auszumachen, die die Menschen bewachten, und jetzt wusste ich, dass sie unentschlossen waren. »Lass uns den Handel machen!« Ich hatte so viel Zeit geschunden, wie die Dämonen erlauben würden, und alles andere könnte unseren Plan gefährden. Außerdem hatten sich meine Haut und meine Federn an die Abscheulichkeit gewöhnt, die mich umgab. Ich würde jetzt leichter kämpfen und fliegen können.

»Lasst die Lästige zuerst durch!«, rief Hecate.

»Ich hoffe, sie redet nicht über mi...«, begann Sierra, doch als Hecate den Kopf in ihre Richtung riss, verstummte sie und ging schnell zwischen den Silberwölfen hindurch. Dieser Weg führte sie mitten durch die Dämonen.

Als sie mich erreichte, schwebte Hecate zurück und

brachte sich in Position. »Jetzt übergebt mir die beiden, dann lasse ich die zweite Person frei.«

Mein Magen rebellierte. Ich wollte Levi nicht in Gefahr bringen, aber das würde ohnehin geschehen. Sie würden nicht aufhören, ihn zu jagen, bis er tot war.

Obwohl meine Beine schwer waren, trat ich vom Auto weg. Während ich mich vorbereitete, musterte ich Hecate. Anders als beim ersten Mal hob sie ihr Messer nicht, aber die Spitze bewegte sich geringfügig. Sie versuchte, zu verbergen, dass sie sich bereit machte, es zu werfen. Sie musste herausgefunden haben, dass ich ihr Verhalten vorausgesehen hatte, was bedeutete, dass dieses Mal jemand anderes Levi angreifen könnte.

Vielleicht hatte sie auch mich mit den Informationen über meine Mutter manipuliert. Wir beide hatten versucht, den anderen zu zermürben.

Du bist besser vorsichtig. Ich würde nicht zulassen, dass Levi heute starb. Wenn man mich fragen würde, könnte ich behaupten, dass er am Leben bleiben musste, um die Prinzen davon abzuhalten, das Schwert zu benutzen. Natürlich war das korrekt. Aber die nackte Wahrheit war, dass ich es nicht zulassen würde, auch wenn die Prinzen das Schwert nicht benutzen könnten. Obwohl er mir wehgetan hatte, liebte ich ihn mit meinem ganzen Wesen.

Die Tür öffnete sich, und instinktiv wollte ich zurückgehen und sie zuschlagen, aber eine weitere Aktion wie diese würden sie nicht zulassen.

Levis süßer Duft umwehte mich und ich spürte ihn hinter mir. Er stieg aus dem Wagen und Pyro schleuderte eine Klinge, die er versteckt hatte.

Ich sprang vor Levi und schlang meine Flügel um meinen Körper.

»Rosey!«, rief er. Sein Entsetzen durchströmte mich,

aber darauf war ich vorbereitet. Der Dolch prallte an meinen Flügeln ab, als er schrie: »Nein!«

Ich drehte mich, schlang meine Arme um seine Taille und hob in die Luft. Er war schwer, aber ich war schon einmal mit einem Bärenwandler davongeflogen, den Sterlyn getötet hatte. Levi war definitiv leichter als er.

Bune verwandelte sich in seine Dämonengestalt und folgte mir.

»Schnappt sie euch!«, schrie Hecate und eilte uns nach.

Was zum Teufel, Rosey?, verband sich Levi, als sein Körper leichter wurde. *Du hättest sterben können. Was hast du dir dabei gedacht?*

Bald schwebte er in seiner Schattengestalt vor mir.

Es war seltsam, ihn so zu sehen, denn in meiner Nähe behielt er meist seine menschliche Gestalt bei. Aber dies war ein Teil von ihm, und ich war überrascht, dass es sich nicht falsch anfühlte, so mit ihm zusammen zu sein.

Du hast dich geweigert, mich zu verlassen, also habe ich die Sache selbst in die Hand genommen. Meine Flügel beschützten mich vor Waffen. Ich hatte in dem Moment die klügste Entscheidung getroffen. Ich blickte hinter mich und sah, dass uns zehn der fünfzig Dämonen verfolgten.

Wir würden kämpfen müssen, aber zuerst mussten wir mehr Abstand gewinnen. Im Moment lenkten wir sie ab, damit die anderen die Menschen befreien konnten, und die Hexen würden nicht zögern, ihre Magie einzusetzen ... zumindest hoffte ich das, trotz unserer Nähe zur Stadt.

Eine kleine Warnung wäre nett gewesen, knurrte er missmutig.

Wenn er versuchte, mir ein schlechtes Gewissen zu bereiten, dann hatte er sich geschnitten. *Ich dachte, wir informieren einander nicht über Pläne, die dem anderen nicht gefallen könnten.*

Der aufgehende Halbmond schimmerte in seinen mokkabraunen Augen und ließ sie dadurch fast silbern erscheinen. *Versuchst du ernsthaft, jetzt einen Standpunkt zu beweisen?*

Nein, das tue ich nicht. Wir hatten keine Zeit für einen Streit. *Ich habe eine strategische Entscheidung getroffen. Es war nichts Persönliches.*

Nicht einmal der Geruch von zerstoßenen Teeblättern in der Herbstluft spendete mir Trost. Der bewölkte Himmel trug nicht dazu bei, mich zu verbergen. Ich wollte schneller fliegen, aber wir durften die Dämonen und meine Freunde nicht zu weit zurücklassen. Wir mussten möglichst zügig zurückfliegen, um den anderen zu helfen.

Zwei Dämonen lösten sich von der Gruppe und näherten sich uns. Wir mussten uns auf sie konzentrieren und nicht auf unseren Beziehungsstreit. »Wir haben ein Problem«, sagte ich laut, damit Bune an dem Gespräch teilhaben konnte.

»Wenn wir uns aufteilen, dann müssen sie es auch tun.« Bune holte zwei Messer aus seiner Tasche, die er von den Wölfen auf dem Weg hierher erhalten haben musste.

»Ich hasse diesen Vorschlag, aber wir haben keine andere Wahl.« Levi sah sich um. »Ich sollte sie wegführen, während ihr euch in Stellung bringt, um sie anzugreifen.«

Das war ein furchtbarer Plan. »Seid ihr beide kampferprobt?« Ich beugte mich nur ungern seiner Forderung, aber die Dämonen wollten vor allem seinen Tod, nicht meinen.

»Ja, wir sind beide ausgebildet.« Bune seufzte. »Aber wir sollten in der Nähe bleiben, falls wir einander helfen müssen.«

Das war ein guter Plan. Ich konnte mich nicht zu weit von Levi entfernen. »Okay.«

Levis Zufriedenheit erfüllte mich. *Ich mag es, wenn wir*

für dasselbe Team spielen. Dann sprach er laut: »Seht ihr die kleine Lichtung neben dem Bach?«

Ich scannte den Boden unter uns. Der Wasserlauf war auf beiden Seiten von einer sanften Böschung eingerahmt. Am Rand standen weitere Büsche, bevor die Bäume wieder dichter wurden. »Ja.«

»Das ist unser Fokuspunkt.« Levi schwebte nun tiefer und in Richtung Wasser. »Wir können uns aufteilen, aber bleibt in einem Radius von einem Kilometer.«

Sich aufzuteilen, war die beste Lösung, denn die Dämonen würden uns ebenfalls im Auge behalten müssen.

Bune reichte mir eines seiner Messer, aber ich schüttelte den Kopf. »Du wirst es brauchen. Ich habe meine Flügel.«

Er nickte, und mir wurde warm ums Herz, weil er mir sein einziges Mittel zum Schutz angeboten hatte. Er reichte das andere Messer an Levi weiter.

Pass auf dich auf, Rosey! Levi stöhnte neben mir auf. *Ich liebe dich.*

Mit klopfendem Herzen erwiderte ich: *Ich liebe dich auch.* Das wusste er, aber obwohl ich fest entschlossen war, dass wir es lebend herausschaffen würden, war das nicht garantiert. Er *musste* wissen, wie ich mich fühlte, falls ich nicht überlebte.

»Los geht's!«, sagte Bune.

Wir drei flogen in verschiedene Richtungen, und nach einem knappen halben Kilometer bremste ich ab und beobachtete, wie die beiden anderen in die ihnen zugedachte Richtung weiterflogen. Mit meinen langen Flügeln musste ich mich den Dämonen nicht so weit nähern, um sie zu köpfen, also hoffte ich, dass mehr als drei mir folgten.

Ich schwebte in der Nähe des Wassers, wo ich gut sichtbar war.

Noch bevor meine Füße den Boden berührten, hörte ich einen Schrei: »Da!«

Ich blickte zum Himmel und sah, dass fünf der zehn direkt auf mich zusteuerten. Zwei zogen ihre Langschwerter.

Wenn ich Angst zeigte, würden sie selbstbewusster handeln. Ich musste ihnen beweisen, dass sie mich nicht nervös machten, also drehte ich meine Flügel um ... und stürmte direkt auf sie zu.

KAPITEL DREIUNDZWANZIG

DIE BEIDEN DÄMONEN mit den Schwertern zögerten nicht, als ich mich auf sie stürzte. Die drei unbewaffneten Dämonen schwebten etwas weiter hinten unsicher in der Luft.

Ihr Verhalten verriet mir alles ... oder was sie mich glauben machen wollten. Sie hatten kein Vertrauen in ihre Kampffähigkeiten, was darauf hindeutete, dass die beiden Schwertträger die besten Kämpfer waren. Wenn ich sie erst einmal ausgeschaltet hatte, sollten die anderen ein Kinderspiel sein.

Das hoffte ich zumindest.

Ich würde die drei im Auge behalten müssen. Ich konnte sie nicht völlig unbeobachtet lassen – die Vorsichtigen gerieten entweder in Panik und rannten davon oder wagten einen leichtfertigen Versuch, während ich abgelenkt war.

Ein Krieger wusste, dass er jede Bedrohung ernst nehmen musste, selbst die Gegner, die im Kampf ungeschickt wirkten.

Der Dämon zur Linken hob sein Schwert und wirbelte

es über seinem Kopf. Er lachte tief, als er auf mich zustürmte.

Swirly hatte offensichtlich keine Ahnung, was er da tat, und ich war ein wenig enttäuscht. Ich hatte einen würdigen Gegner erwartet – und stattdessen das bekommen.

Da ich keine Zeit damit verschwenden wollte, einem Dämon zu erlauben, sich zu profilieren, stürzte ich mich auf ihn, wobei mich meine Flügel höher in den Himmel katapultierten. Gerade als ich die Spitze der nächsten Zypresse erreichte, trafen Swirly und ich aufeinander.

Er richtete das Schwert auf meinen Hals, und ich ließ mich mit starren Flügeln fallen. Das Schwert zischte über meinen Kopf und ich flog wieder nach oben.

Mit aller Kraft flog ich vor ihm her, bevor er die Kontrolle über sein Schwert wiedererlangte. Es kostete mehr Energie, eine wilde Waffe zu kontrollieren, als das Ziel zu treffen, also hatte ich ein paar Sekunden Zeit, bevor er sich wieder auf einen neuen Angriff konzentrieren konnte.

Ich drehte meine Federn auf die scharfe Seite und wirbelte herum. Swirlys Augen weiteten sich eine Sekunde, bevor ich ihn mit meinen Flügeln köpfte. Blaues Blut benetzte meine Federn, und ich zwang mein Gesicht, neutral zu bleiben. Ich wollte nicht, dass jemand dachte, der Tod des Dämons würde mich stören, denn dem war nicht so. Vielmehr erschwerte das dicke blaue Blut das Fliegen – und war außerdem äußerst ekelerregend.

Konzentriert sah ich zu, wie sein Kopf von seinem Körper fiel. Der Rest seines Schattens blieb einen Moment lang aufrecht, da sein Körper ihn noch nicht eingeholt hatte. Ich ließ meine Flügel erstarren und mich so weit fallen, dass ich die Klinge des Schwerts ergreifen konnte. Kaum hatte ich es erreicht, erschlaffte sein Körper. Leider hatte sein

Griff nicht nachgelassen, und das Gewicht seines Körpers sorgte dafür, dass die scharfe Klinge meine Finger verletzte.

Mit der freien Hand löste ich die verletzte Schattenhand vom Schwert und ignorierte den Schmerz, der durch meine Finger schoss, sowie den Gestank meines Bluts.

Levi verband sich alarmiert: *Rosey, ich komme!*

Verdammt! *Konzentriere dich auf deinen Kampf! Es geht mir gut.* Das Letzte, was ich gebrauchen konnte, war, dass er verletzt wurde. Dann wären wir beide panisch und die Dämonen im Vorteil.

Aber etwas stimmt nicht, argumentierte er.

Gerade als ich fürchtete, nicht in der Lage zu sein, das Schwert zu befreien, bevor meine Finger abgetrennt wurden, entriss ich dem Dämon den Griff und sein Körper stürzte zu Boden.

Den Göttern sei Dank!

Wir befinden uns in einer Schlacht. Natürlich ist es möglich, dass ich verletzt werde. Ich wollte verständnisvoll sein, aber mein Fokus musste dem Kampf gelten. *Ich sage dir Bescheid, wenn ich dich brauche. Versprochen. Tu das Gleiche für mich!*

Mit meiner unverletzten Hand umfasste ich den Griff und ließ die Klinge los. Als meine Finger befreit waren, schmerzten sie noch stärker als zuvor, als die Klinge in sie eingedrungen war. Mein Atem stockte, und ich versuchte, meinen Schmerz zu unterdrücken, um Levi nicht noch mehr zu beunruhigen.

Na schön, antwortete Levi schließlich. *Aber ich schwöre, wenn dir etwas passiert und du es mir nicht sagst ...*

Das werde ich, erwiderte ich.

Zu meiner Linken näherte sich etwas; ich sah, wie das Mondlicht in einer Klinge reflektiert wurde.

Der Dämon versuchte, mich heimlich anzugreifen, und

wenn ich nicht den Instinkt einer Kriegerin gehabt hätte, wäre ich nun tot.

Ich schwang das Schwert, und die Klingen trafen sich mit einem lauten Klirren. Ich stemmte mich gegen das Schwert. Der Dämon hatte nicht damit gerechnet, dass ich ihn blockieren würde. Er grunzte laut und zog sich so weit zurück, dass meine Klinge ihn nicht erreichen konnte.

Mit einem Blick auf meine Brust schwang der Dämon sein Schwert nach meiner Seite. Er hielt sich zurück, die Klinge bewegte sich nicht so schnell wie bei seinem Angriff auf mich, als ich abgelenkt gewesen war.

Er versuchte, mich auszutricksen, und schien zu erwarten, dass ich in Panik geriet und meine Flanke schützte, damit er meine Brust oder meinen Magen durchstoßen konnte. Wenn ich ihn nicht abblockte, würde er es auf meiner Seite versuchen. In jedem Fall rechnete er damit, mich auf irgendeine Weise zu verletzen.

Aber er unterschätzte mich gewaltig. Ich tat so, als wollte ich ihn mit meinem Schwert abwehren. Er hätte mein Zögern sehen müssen, aber er war zu arrogant. Er veränderte seinen Angriff, wie ich es erwartet hatte, und zielte auf meine Brust.

Ich hatte mit diesem Ziel gerechnet, weil er einen Blick darauf geworfen hatte, bevor er vorgegeben hatte, auf meine Seite zu zielen. Ich flog zurück, um mir mehr Zeit zu verschaffen und mein Schwert vor die Brust zu ziehen.

Er neigte überrascht den Kopf nach hinten, korrigierte sich und zielte höher auf meinen Hals. Meine Federn waren blutverklebt, aber es gelang mir, sie zu bewegen und mich nach rechts zu wenden. Sein Messer erwischte nur Luft, und ich rammte die Klinge in den Magen des Schattens.

Ein schmerzhaftes Keuchen entwich ihm, als ich das Schwert aus seinem Körper riss.

Die einzige Möglichkeit, einen gefallenen Dämon zu töten, bestand darin, ihn zu enthaupten.

Dunkelblaues Blut quoll aus seinem Bauch, und der Dämon zischte: »Greift sie an! Sofort!«

Er hatte erkannt, dass er durch meine Hand sterben könnte, und rief nach Verstärkung.

Da ich ihm nicht vorgaukeln wollte, er könnte diesen Kampf lebendig überstehen, grinste ich. »Es gibt keine Hoffnung für dich.« Mit dem Schwert seines Freundes köpfte ich den Dämon. Seine roten Augen verdunkelten sich, als sein Körper und sein Kopf zu Boden fielen.

Über mir murmelte ein Dämon: »Äh ...« – seine Stimme klang tief und unsicher.

Ich drehte mich zu den dreien um und musste lachen, als ich sah, wie sie einander ansahen. Offensichtlich fühlte sich nicht jeder Dämon hier in der Lage, zu kämpfen.

Ich flog zu der Zypresse neben mir und wischte die Klinge an dem nächstgelegenen Ast ab. Ich entfernte das überschüssige Blut, damit es nicht tropfte, wenn ich das Schwert schwang, aber ein paar Rindenschuppen blieben an der Klinge hängen.

Um die drei noch nervöser zu machen, ließ ich mir Zeit. Ich wollte sehen, wie sie reagierten, vor allem, wenn sie mich fürchteten.

Zum Glück ging von Levi kein Schmerz aus. Auch wenn ich mich über ihn geärgert hatte, wäre ich genauso besorgt gewesen, wenn ich gespürt hätte, dass auf seiner Seite unserer Verbindung etwas nicht stimmte. Diese Abscheulichkeiten waren hier, um ihn zu töten, und eine momentane Ablenkung war alles, was sie für ihren Erfolg benötigten.

Der Dämon, der am weitesten rechts schwebte, wurde länger – vermutlich streckte er sich – und zog einen Dolch aus seiner Tasche, dessen Klinge an der Seite gebogen war.

Der Anblick der Waffe bereitete mir Bauchschmerzen. Gerade oder gezackte Klingen waren furchtbar, aber krumme Klingen schmerzten noch mehr, wenn sie in die Wunde eindrangen und die Umgebung zerfetzten.

Ein Engel namens Eleanor hatte mich während der Ausbildung verletzt. Sie war einer der wenigen weiblichen Engel in meiner Ausbildungsklasse und bestenfalls unterdurchschnittlich gewesen. Sie hatte mich heimlich angegriffen, als wir unsere Sparringspartner ausgewählt hatten, und mir einen Stich in die Seite versetzt. Sie hatte gegrinst – und dann hatte ich ihr eine Lektion erteilt. Trotzdem war es eine der schmerzhaftesten Verletzungen gewesen, die ich während meiner gesamten Ausbildung erlitten hatte.

Die beiden anderen zogen ihre Waffen zögerlicher. Der linke zückte ein Kurzschwert, das etwas länger als ein Dolch war, während der mittlere einen normalen Dolch hervorholte.

Die drei sahen einander an, als wollten sie einen Angriff koordinieren. Das war eine gute Strategie, und wenn Levi, Bune und ich nicht in der Unterzahl gewesen wären, hätte ich diese Taktik auch gewählt.

Vielleicht waren sie gar nicht so unvorbereitet, wie ich angenommen hatte, sondern zögerten nur, zu kämpfen. Ich unterdrückte ein Gähnen, um ihnen das Gefühl zu vermitteln, als würden sie mich überhaupt nicht beeinflussen.

Die Wahrheit war, dass ich Levi finden wollte. Ich hasste es, von ihm getrennt zu sein, aber meine Strategie, die meisten Dämonen zu mir zu locken, war aufgegangen. Sobald ich diese drei getötet hatte, würde ich nach ihm suchen und dafür sorgen, dass er in Sicherheit war.

Meine Hand schmerzte noch immer an der Stelle, an der mich die Klinge geschnitten hatte, aber ich wollte keine Magie einsetzen, um mich zu heilen. Man konnte nicht wissen, wem ich im Laufe dieser Schlacht noch helfen müsste. Jedes Mal, wenn wir gegen Dämonen kämpften, gab es Tote, und ich wollte mich nicht wegen einer Hand verausgaben, die leicht von selbst heilen konnte. Ich riskierte nichts mehr für meinen Komfort.

Die drei Dämonen hatten sich nicht bewegt und mir damit Zeit gegeben, mich mit meinen Gedanken abzulenken. Ich wollte, dass sie angriffen, aber wir könnten die ganze Nacht hier sein, wenn ich die Sache nicht selbst in die Hand nahm.

Ich flog auf sie zu, und die Augen von Kleinschwert verengten sich ein wenig ... als würde er lächeln.

Die drei wollten mir weismachen, dass sie nicht qualifiziert waren. Die Worte meines Ausbilders hallten in meinem Kopf wider: *Unterschätze niemals deinen Gegner und achte auf Anzeichen von Tricks!* Das hatte ich bei Eleanor nicht getan – und ich hatte meine Lektion gelernt.

Da ich nichts überstürzen und keine Fehler machen wollte, schwebte ich mehrere Meter entfernt in der Luft. Meine Flügel flatterten und hielten mich an Ort und Stelle, während ich jeden von ihnen erneut musterte. Sie wollten, dass ich mich ihnen näherte. Normaldolch beäugte meine linke Seite, während Kleinschwerts Aufmerksamkeit immer wieder auf meinem Hals landete. Krummdolch ließ seinen Blick wandern und schaute überallhin, nur nicht auf mein Herz. Jeder von ihnen wartete auf den richtigen Zeitpunkt, um zuzuschlagen. Sie setzten darauf, dass mindestens einer von ihnen einen Treffer landen würde.

Ich konnte mir nicht anmerken lassen, dass ich ihren Plan durchschaut hatte. Meine Hand umschloss das

Schwert fester, als ich mich zum Angriff bereit machte. Wenn ich nicht jede Bewegung perfekt abpasste, könnte ich leicht zum nächsten Opfer werden.

Krummdolch neigte seine Waffe geringfügig in meine Richtung, und das schien ihr Signal gewesen zu sein.

Wie erwartet, stürmten die drei nach vorn und nahmen die vermuteten Ziele ins Visier. Ich ließ mich etwa drei Meter tiefer fallen, und die drei hielten kurz inne und blickten auf mich herab.

Ich musste schnell handeln, bevor sie gemeinsam angriffen.

Mit einem kräftigen Flügelschlag katapultierte ich mich nach oben, gerade als Krummdolch sich mir zuwandte. Ich schlug nach der Hand, die den Dolch hielt, und die Waffe flog in die Tiefe. Ein erstickter Schrei entfuhr ihm, als er seine blutige Hand hochhielt.

Normaldolch schwebte nach unten, bis er sich direkt oberhalb meines Kopfs befand. Ich nutzte die Gelegenheit, hob das Schwert und rammte es in seine schemenhaften Beine.

Er stöhnte und zuckte zurück. Kurzschwert hob die Waffe über seinen Kopf und stürzte sich auf mich. Ich wirbelte herum und bewegte meine Flügel, um mich nach links zu katapultieren, während ich Krummdolchs Kehle aufschlitzte.

Normaldolch stieß ein ersticktes Wimmern aus, und Kurzschwert schnellte nach oben, um zu sehen, was los war.

Das war eine der schlimmsten Entscheidungen, die jemand treffen konnte. Wenn ein Krieger in einen Kampf verwickelt war, sollte er sich auf seinen eigenen Kampf konzentrieren, bis er in Sicherheit war.

Kurzschwert war definitiv nicht in Sicherheit.

Ich nutzte seine Ablenkung und wandte mich ihm zu.

Seine roten Iriden waren auf mich gerichtet, als meine Klinge seinen Hals durchbohrte. Das Schwert war scharf, selbst nach der Enthauptung anderer, und durchschnitt die Knochen ohne Probleme.

Eine Sekunde ... ein Moment der Ablenkung war alles, was ich gebraucht hatte, um ihn zu erledigen.

Der Wind drehte sich und spritzte sein Blut über mein Gesicht und in meine Augen. Galle kroch in meine Kehle, als der süßliche, metallische Geruch meinen Mund erfüllte. Wie Vampire sich danach sehnen konnten, war mir unbegreiflich. Auch wenn sie nie von Dämonen oder Engeln tranken – Blut war Blut.

Ich bewegte mich etwas nach rechts, um der Blutfontäne auszuweichen und zu verhindern, dass Normaldolch mich angriff. Ich blinzelte, aber das Blut blieb in meinen Augen, sodass ich sie am liebsten herausgekratzt hätte.

Mit meiner verletzten Hand umklammerte ich den Saum meines Shirts. Meine Hand brannte, als stünde sie in Flammen. Es tat zwar weh, aber diese Qual war mir allemal lieber als eine feurige Explosion – oder, von Levi verlassen zu werden. Diese Art von Schmerz konnte ich größtenteils ignorieren, also konzentrierte ich mich darauf, das ekelerregende Blut aus meinen Augen zu bekommen.

Widerwillig zapfte ich meine Magie an, denn ich musste spüren, wo der Dämon war, der noch lebte und eine Bedrohung darstellte.

Als ich meine Augen abtupfte, spürte ich, wie sich die negative Energie verflüchtigte.

Ich zupfte mein Shirt wieder zurecht und richtete meinen Blick auf die sich zurückziehende Gestalt. Es ärgerte mich, dass der Clown glaubte, ich würde ihn fliehen lassen. Kein Soldat ermöglichte einem Feind, der die Absicht hatte, seine Liebsten zu töten, die Flucht.

Obwohl es unengelhaft war, spuckte ich, um das Blut aus meinem Mund zu bekommen. Ich würde eine Dusche, eine Zahnbürste und ein Antiseptikum brauchen, sobald wir wieder im Haus angekommen waren. Je schneller ich unseren Erzfeind tötete, desto schneller würde ich dieses Ziel erreichen.

Ich ließ mich von meinem Drang leiten und verfolgte den Dämon im Eiltempo. Ich musste sicher sein, dass er mich nicht in eine Falle lockte, obwohl ich bezweifelte, dass sie Zeit gehabt hatten, einen Notfallplan zu erstellen. Wie auch immer, Vorsicht war mein Freund.

Ich entdeckte die rot glühenden Augen des Dämons, als dieser einen Blick nach hinten warf. Sie weiteten sich, als er feststellte, dass ich ihn verfolgte und immer näher kam. Seine Beinverletzung beeinträchtigte sein Tempo.

Plötzlich regte sich ein Gefühl des Unbehagens in mir, und ich wusste sofort, dass es nicht mein eigenes war.

Levi.

Ich öffnete unsere Verbindung, um nach ihm zu sehen, und mir wurde klar, dass ich ihn dafür gescholten hatte, als er das Gleiche getan hatte. Wenn ich eine Verbindung herstellte, während er im Kampf war, würde ich ihn ablenken.

Mein Atem beschleunigte sich, während die Verzweiflung das Blut durch meine Adern pumpte. Ich musste dies zu Ende bringen, damit ich zu Levi gelangen konnte. Ich konnte diesen Dämon nicht am Leben lassen – er würde wieder versuchen, mich oder jemanden, den ich liebte, zu töten. Er war nur geflohen, weil er verletzt war und gesehen hatte, wozu ich fähig war.

Obwohl meine Federn blutverkrustet waren, schlug ich schneller mit meinen Flügeln. Ich hasste es, dass das Blut mich ausbremste, wenn auch nur geringfügig, aber jede

Beeinträchtigung meiner normalen Fähigkeiten machte mich wütend. Unsere Flügel waren unsere stärksten Waffen und der Hauptgrund dafür, dass Engel starke Gegner waren, auch ohne Klingen oder Waffen.

Er war nur noch wenige Meter von mir entfernt und stöhnte vor Anstrengung und angesichts seines Blutverlusts. Er hinterließ eine Blutspur, und auch wenn er sich versteckte, würde ich ihn problemlos finden.

Knurrend wirbelte er auf mich zu. Er war verzweifelt und wusste, dass dies seine letzte Chance war, zu überleben.

Unterschätze niemals den Lebenswillen einer Person! Verzweifelte Leute waren am gefährlichsten.

Er schlug wahllos um sich, wobei er ein willkürliches Muster verwendete, damit ich nicht wusste, welche Richtung er als Nächstes wählen würde.

Er hatte ein entscheidendes Puzzlestück übersehen – ich hatte meine Flügel, um mich zu schützen.

Ich drehte mich so, dass meine Flügel ihm zugewandt waren, und wehrte die Hiebe mit meiner persönlichen Schutzbarriere ab. Als er ein zweites Mal zustechen wollte, hob ich das Schwert über meine Schulter und rammte es ihm in den Arm, der den Dolch hielt.

Ein unterdrückter Schrei entwich ihm, aber ich wollte seinen Tod.

Ich musste nach Levi sehen.

Während ich das Schwert aus seinem Arm zog, köpfte ich ihn mit meinen Flügeln. Dann konzentrierte ich mich auf Levi und unsere Verbindung, wobei ich darauf achtete, dass ich mich nicht mit ihm verband. Der Sog würde mich zu ihm führen. Auf dem Weg überprüfte ich die Umgebung auf Bedrohungen oder etwas Ungewöhnliches.

In diesem Moment war alles so ruhig wie in jeder

anderen Novembernacht. Der Himmel war wolkenlos und eine kühle Brise strich über mich hinweg. Der Geruch des Herbstes hing schwer in der Luft, trotz des Blutgestanks, der mich umgab.

Bald erreichte ich wieder den Bach, an dem wir drei uns getrennt hatten. Ich flog weiter nach Norden und folgte dem *Zerren*.

Das Unbehagen wurde zu einem Schmerz.

Etwas stimmte definitiv nicht.

Ich trieb mich weiter an und flog über die immer dichter werdenden Bäume. Mein Puls stieg rasend schnell, während ich verzweifelt nach dem Mann suchte, den ich liebte.

Plötzlich öffneten sich die Baumkronen und das *Ziehen* wurde stärker, als hätte ich ihn fast erreicht. Als ich näher kam, sah ich einen Dämon, der Levi gegen einen Baumstamm am Boden drückte, und eine andere Dämonin, die mit einem Flegel vor ihm schwebte. Sie hielt den großen Griff senkrecht nach oben, die Stahlkette war mit einer stacheligen Kugel verbunden.

Sie schlug mit der Waffe auf ihn ein, und erneut durchströmte Schmerz unser Band.

Mein Blut kochte, und ich flog schneller als je zuvor in meinem Leben.

Jeder, der meinen Gefährten verletzte, musste sterben.

KAPITEL VIERUNDZWANZIG

TROTZ MEINER GESCHWINDIGKEIT blieb die Zeit stehen. Ich sah hilflos zu, wie die Dämonin meinen Gefährten ein weiteres Mal mit der Stachelkugel attackierte. Sie lachte und genoss den Schmerz, den sie ihm zufügte. Genau wie die Prinzen der Hölle, die Levi fast zu Tode geprügelt hatten.

Sein Schmerz prasselte auf mich ein, und ich konnte mir nur vorstellen, wie viel intensiver dieser sich auf seiner Seite anfühlte. Meine Lunge zog sich zusammen und trieb mich an, mich noch schneller zu bewegen.

Der Idiot hatte mir nicht gesagt, dass er in Schwierigkeiten steckte. Wenn er starb, weil er zu stur gewesen war, es mir zu sagen, würde ich einen Weg finden, ihn wieder zum Leben zu erwecken, damit ich ihn selbst töten konnte.

Seine Aufmerksamkeit fiel auf mich. *Es sind Hecate und Pyro. Sie will dich auch töten. Du musst zu Sterlyn gehen und mehr Leute finden, die an deiner Seite kämpfen.*

Er war ein Dummkopf, zu denken, ich würde ihn zurücklassen. Ich fürchtete nicht meinen Tod, sondern seinen. *Das wird nicht passieren. Sie wird dich töten, und das werde ich nicht zulassen.* Ich könnte es nicht ertragen, ihn zu verlieren. Ich liebte ihn, in guten wie in schlechten Zeiten, und ich lebte lieber auf einer Erde, auf der auch er wandelte – ob wir nun zusammen waren oder nicht –, als in einer Welt, in der ich nie wieder sein Gesicht sehen oder seine Stimme hören würde.

Unsere Verbindung saß tief und es gab nichts, was ich dagegen tun konnte oder wollte.

Die Dämonin mit dem Flegel bemerkte Levis Ablenkung und drehte sich zu mir um. Ihre Augen leuchteten heller. »Sieh mal an, der Engel hat uns gefunden. Ich kann euch beide gleichzeitig töten«, trällerte Hecate.

Ich hielt etwas entfernt inne und plusterte mein Gefieder auf, damit sie dachte, ich wolle sie einschüchtern. Wenn sie mich für einen typischen Engel hielt, könnte ich sie vielleicht überrumpeln.

Vor einem Monat hätte sie mit Recht annehmen können, dass ich wie Azbogah und so viele andere zu selbstsicher war, aber das hatte sich drastisch geändert, als ich Levi kennengelernt hatte. Er hatte mir die Augen für meine Vorurteile und, wenn auch widerwillig, für meine Gefühle geöffnet. Aber ich würde nichts daran ändern, denn ich hätte sonst nie das extreme Glück oder die Qualen erlebt, die nur ein vorbestimmter Partner bereiten konnte.

»Ich nehme an, es gibt einen Grund dafür, dass er nicht tot ist«, sagte ich emotionslos.

Sie wippte mit dem Kopf und schwenkte ihre Waffe. »Ich habe mir Zeit gelassen, ihn den Schmerz des Verrats an seinem Volk spüren lassen. Und ich habe gehofft, dass du uns findest. Schließlich scheinst du nicht zu wollen, dass wir das Dämonenschwert in die Hände bekommen.«

»Ich habe dir ja gesagt, dass wir uns beeilen sollten«, sagte Pyro unwirsch. »Jetzt ist *sie* hier.«

Meinen Gefährten zu verletzen, war ihre Form der Unterhaltung. Es hätte mich nicht überraschen sollen, aber ich wusste, dass sie keine Ahnung hatte, dass er mein Partner war.

Die Dämonin schnippte mit ihrem Handgelenk – so zumindest meine Vermutung, in ihrer Schattengestalt war es schwer zu erkennen. »Schön. Nur zu, töte ihn! Die Prinzen sind immer noch nicht zufrieden mit deiner Leistung, Pyro. Das sollte dein Ansehen in ihren Augen erhöhen. Und *ich* übernehme Yelahiahs Tochter. Es ist nur angemessen, dass ich ihr ihr Kind wegnehme, so wie sie mir meins genommen hat.«

Mein Körper versteifte sich. Ich hatte keine Ahnung, was sie da von sich gab.

»Mit Vergnügen«, sagte Pyro glucksend. »Verpasse ihr einen zusätzlichen Stoß, bevor du sie für mich tötest. Auch wenn Azbogah nicht ihr Vater ist, kommen wir wohl fürs Erste nicht näher an ihn heran.«

All dieser Groll gegen Azbogah deutete darauf hin, dass mehr dahintersteckte, als mir klar gewesen war. Er hatte den Deal zwischen den Dämonen und den Engeln ausgehandelt, aber nicht zu fairen Bedingungen. Wenn sich die Geschichte in Bezug auf den dunklen Engel wiederholte, konnte ich irgendwie verstehen, warum die Dämonen so über ihn dachten … über uns. Er manipulierte seine eigenen Leute in Shadow City, um ein Mitspracherecht bei allen engelhaften Dingen zu erlangen, und versuchte, das Einzige zu beseitigen, das ihm im Weg stand – meine Mutter. Wenn er die Dämonen verraten hatte und die Engel ihn dabei unterstützt hatten, verachteten uns die Dämonen zu Recht.

Da ich wusste, dass die Zeit drängte, schoss ich an Hecate vorbei und schwang mein Schwert gegen Pyros

Hals. Pyro lockerte seinen Griff um Levi und wich zurück, um sich aus meiner Reichweite zu entfernen.

Er war nicht schneller als mein Schwert.

»Nicht so schnell«, schnarrte Hecate und griff nach meinem Arm, der das Schwert hielt. Zum Glück hielt ich den Griff fest umklammert und das Schwert fiel nicht hinunter. Stattdessen knackte mein Handgelenk, und ein scharfer Schmerz schoss in meine Hand und meinen Arm hinauf.

Hecate hatte zu lange gewartet, um mich zurückzuhalten, und Levi stürzte sich auf sie und befahl: »Lass sie los!«

Sie ließ nicht locker, aber drehte ihren Kopf in Richtung der drohenden Gefahr. Die Hand, die die Waffe hielt, bewegte sich nach oben, was darauf hindeutete, dass sie sie gegen Levi einsetzen wollte. Ich schwang meine Beine und trat ihr in den Magen.

»Argh!«, stöhnte sie und zuckte zurück. Da sie mich weiterhin festhielt, taumelte auch mein Körper nach vorn.

Mit meinen Flügeln stoppte ich meine Vorwärtsbewegung, aber das richtete auch sie wieder auf.

Pyro stürmte auf Levi zu. Der Dämon zückte eine Sichel, die mich an einen Dämon erinnerte, gegen den ich einst gekämpft hatte.

Bekämpfe Pyro!, verband ich mich. *Ich übernehme Hecate.* Selbst wenn wir versuchen würden, zu tauschen, würde die Frau mich töten wollen.

Was? Nein! Levi duckte sich, kurz bevor die Sichel durch die Luft zischte – genau dort, wo sein Kopf gewesen war.

Diese Dämonen waren wirklich skrupellos. Sie hatten es nicht auf tödliche Treffer abgesehen, sondern auf schmerzhafte Verletzungen, die jeden hoffen ließen, dass der Tod unmittelbar bevorstand.

Hecate schleuderte ihre Waffe nach mir, die Kette wirbelte durch die Luft, während die stachelige Kugel auf mein Gesicht zu segelte. Ich drehte mich und schlang meine Flügel um meinen Körper. Die scharfen Federn schlitzten ihre Haut auf, während die Stachelkugel an mir abprallte.

Levis Panik erhöhte meinen Herzschlag. Wir waren zu sehr aufeinander konzentriert.

Wir müssen uns auf jeweils einen Gegner fokussieren, sonst sterben wir beide. Der beste Weg, dies zu überstehen, ist, dem anderen zu vertrauen, dass er sich in einem Kampf behaupten kann. Das fiel mir schwer. Ich wusste nicht viel über Levis Training, aber diese beiden waren eindeutig ausgebildet und hatten Spaß daran, Schmerz zuzufügen. Sie waren die schlimmste Art von Gegner.

Den meisten Engeln machte der Kampf nichts aus, aber wir suchten ihn nicht. Wir kämpften aus der Not heraus, für eine Sache, nicht zum Vergnügen. Diese Dämonen hatten einen Auftrag, aber das war nicht der einzige Grund, warum sie hier waren. Sie genossen die Folter.

Hecate stöhnte, als wir zu Boden sackten. Sie löste ihren Griff um mein Handgelenk und versuchte, sich von meinen Federn zu befreien. Ihr blaues Blut tropfte auf den Boden und ich bohrte meine Federn tiefer in ihr Fleisch, um ihren Arm so stark wie möglich zu zerstören. Als Nächstes würde ich ihren anderen Arm ruinieren, wenn ich ihr nicht problemlos das Genick brechen konnte.

Gut, aber nur, wenn wir schwören, ehrlich zueinander zu sein, wenn wir Hilfe brauchen, erwiderte Levi. Seine Unzufriedenheit überflutete mich und lastete auf meinem Körper.

Auch wenn mein Bauchgefühl dagegen sprach, hatte er recht. So sollte eine gesunde Partnerschaft funktionieren.

Ich konnte nicht mehr verlangen, alles selbst zu machen, wenn ich wollte, dass er sich wertgeschätzt fühlte. Wir mussten beide geben. *Ich verspreche es.*

Ich auch. Er seufzte und machte sich auf den Weg zu Pyro. Seine Verletzung ließ ihn zusammenzucken, als er sein Messer aus der Scheide zog.

Meine Glieder entspannten sich. Er hatte seine Waffe nicht verloren. Eine größere Waffe wäre zwar praktischer gewesen, aber sein Messer war besser als nichts.

Hecate trat mir zwischen die Beine – ein billiger Schlag. Ich hatte damit gerechnet, und bei dieser Geschwindigkeit kamen wir dem Boden bedenklich nahe. Ich öffnete meine Flügel und ließ sie fallen, während ich mit kräftigen Flügelschlägen in Richtung der Baumkronen schoss.

Ihre Füße berührten die Erde und wirbelten Schmutz auf, aber bevor ihr ganzer Körper zu Boden sinken konnte, bewegte sie sich wieder auf mich zu.

Ich knirschte mit den Zähnen. Ich hatte gehofft, ihr Körper würde aufschlagen und sie ihr Bewusstsein verlieren. Sie war zwar verletzt, aber nicht in dem Maße, wie ich es mir gewünscht hatte.

Ich nutzte die kurze Verschnaufpause und schaute zu Levi hinüber, der einen Schlag von Pyros Sense abwehrte. Mit der freien Hand schlug er dem Dämon ins Gesicht, was mir mehr Vertrauen in seine Kampffähigkeiten gab. Abgesehen davon, dass er einst einen tödlichen Schlag für mich eingesteckt hatte, war er mir bis jetzt noch nie in Aktion begegnet.

Ich konzentrierte mich wieder auf Hecate und bereitete mich auf den Angriff vor. Sie kämpfte wahrscheinlich ähnlich wie ich und war es nicht gewohnt, dass ein anderer die Oberhand hatte. Ihre Iriden waren so leuchtend rot, dass sie fast blendeten. Offensichtlich verstärkten ihre Wut und ihr Hass die Farbe.

Sie schwang ihren Flegel über dem Kopf und schrie. Obwohl jeder andere sie als einschüchternd empfunden hätte, war ich sicher, dass das nicht ihre Absicht war. Sie war einfach wütend.

Wut war sowohl gut als auch schlecht. Das Adrenalin würde ihr einen Vorteil verschaffen, weil sie den Schmerz besser aushalten konnte, aber es könnte sie auch irrationaler machen. Aus diesem Grund mussten Emotionen im Krieg unter Kontrolle gehalten werden. Persönliche Rachefeldzüge führten oft zum Tod.

Ich scannte meine Umgebung und bewegte mich vor eine große Eiche. Einige der orangefarbenen, roten und gelben Blätter waren abgefallen, sodass ich den Stamm leichter erreichen konnte.

Mein Plan stand fest, aber ich musste den richtigen Zeitpunkt abwarten.

»Ich werde dich töten«, zischte Hecate, als sie etwa zwei Meter von mir entfernt zum Stillstand kam, »und mindestens einen deiner *Freunde* am Leben lassen, damit er dich in die Stadt zurückbringen kann. Ich werde aus der Ferne zusehen, wie sie in die Stadt fahren, weil ich weiß, dass Yelahiah dann das fühlen wird, was ich seit einem Jahrtausend fühle.«

Sie sprach, als hätte meine Mutter ihr Kind getötet, aber das würde sie nicht tun, nicht einmal unter Azbogahs Einfluss – insofern das Kind unschuldig war. Wenn sie das Kind von Hecate getötet hatte, dann aus einem triftigen Grund.

Hecate ließ ihren Flegel los, und die mit Stacheln besetzte Kugel sauste samt Kette auf mich zu. Ich versteifte meine Flügel und ließ mich ein Stück fallen. Die Waffe traf auf den Baumstamm und blieb stecken – mein Plan war aufgegangen. Ich würde ihr nicht erlauben, sie zurückzuholen.

Ich flog wieder nach oben und stieß sie von ihrer Waffe weg. Sie segelte zurück, bevor sie stoppen konnte, und lachte dann schallend. »Du wurdest gut trainiert.«

Manche würden ihre Worte als Kompliment auffassen, aber ich wusste es besser. Sie hatte eine Tatsache ausgesprochen und nichts weiter als die Worte selbst gemeint. »Genau wie du.« Wenn ich ein anderer Engel gewesen wäre, hätte sie mich schon längst überwältigt. Aber ich war eine der wenigen vom Schicksal gesegneten Kriegerinnen, wie es das Violett meiner Augen verriet.

»Wir könnten jemanden wie dich in der Hölle gebrauchen«, meinte Hecate. »Und wir könnten sogar Levi am Leben lassen, wenn du dich uns anschließt.«

Mit so einem Angebot hatte ich nun wirklich nicht gerechnet. Ich lachte, behielt aber meine ganze Aufmerksamkeit auf sie gerichtet. Glaubte sie wirklich, dass ich dieses Angebot in Erwägung ziehen würde? »Ich denke, du kennst meine Antwort bereits.«

»Ich würde es mir gut überlegen. Es könnte viele Leben retten, auch das deiner Freunde in der Siedlung.« Sie schwebte vor mir und legte den Kopf schief.

Und Dämonen bezeichneten Engel als arrogant. »Ich muss keinen Deal mit dir abschließen, weil wir es lebend rausschaffen *werden*. Auch wenn ich nicht mit allem einverstanden bin, wofür die Engel stehen, werde ich meinem Volk, der Menschheit und den Personen, zu deren Schutz wir *geschaffen* wurden, nicht den Rücken kehren.«

Sie gackerte. »Ist es das, was du zu tun glaubst?«

Ich hatte genug. Sie schindete Zeit, obwohl ich mir

nicht sicher war, warum. Ich *wollte* wissen, wovon sie sprach, und darauf baute sie.

Ich flog auf sie zu und zielte mit meinem Schwert auf ihren Hals. Das war er, der Moment, in dem sie endlich sterben würde.

Sie ließ sich fallen, aber damit hatte ich gerechnet und meinen Angriff um den Bruchteil einer Sekunde verschoben.

Dann hob sie ihre Arme, eine Saigabel in jeder Hand haltend. Sie benutzte eine der langen Metallzacken, um meine Waffe zu blockieren, dann brachte sie meine Klinge zwischen die beiden gebogenen Zinken.

Ich knirschte mit den Zähnen. Damit hatte ich nicht gerechnet. Bevor sie die zweite Waffe einsetzen konnte, wirbelte ich herum und gab dem Schwert einen kräftigen Ruck. Hecate ließ eine Saigabel los, und ich packte sie schnell und steckte die Waffe in meine Gürtelschlaufe.

»Argh!«, schrie Hecate und stürmte auf mich zu.

Sie schwang die verbliebeneWaffe und zielte damit direkt auf mein Herz. Sie hatte genug von den Spielchen.

Ich wehrte sie mit meinem Schwert ab und verpasste ihr mit meiner verletzten Hand einen Schlag ins Gesicht. Sie drehte sich auf den Rücken und rammte ihre Füße in meine Brust.

Ich prallte mit dem Rücken gegen einen Ast der Eiche, dessen Zweige meine Arme und mein Gesicht zerschnitten. Hecate raste auf mich zu, und ich schaffte es nicht, rechtzeitig aus den Ästen zu flüchten. Ich schlug meine Beine über den Kopf und befreite mich, während Hecate dort, wo meine Füße gewesen waren, in die Luft schnitt.

Ich schwang mich um den Baumstamm und gewann an Höhe.

Sie konterte meine Bewegung und kam aus der entgegengesetzten Richtung um den Baumstamm herum, ihre Saigabel auf mein Auge gerichtet.

Ich ließ mich von meinen Instinkten leiten und drehte mich, wobei ich meine Flügel als Waffe einsetzte. Darin war ich schließlich am geschicktesten. Die Saigabel streifte meine Federn nur, aber ich spürte eine kalte Hand an meinem Bein.

Nein! Ich versuchte, sie mit meinem anderen Bein wegzutreten, aber bevor mein Fuß sie erreichen konnte, rammte sie den langen Zacken der Saigabel in meine Wade.

Schmerz durchzuckte meinen Muskel, und ich biss auf die Innenseite meiner Wange, um keinen Laut von mir zu geben. Den Gefallen würde ich ihr nicht tun.

Ich hatte genau das getan, was man mir beigebracht hatte, nicht zu tun: Ich war zu selbstsicher geworden. Ich war mir sicher gewesen, dass ich sie töten würde, und sie hatte die Oberhand gewonnen.

Mehr aus Frustration über mich selbst als über sie beförderte ich mein unverletztes Bein in ihr Gesicht. Ihr Kopf schnellte zurück, und sie ließ sich fallen, bevor sie sich wieder aufrappelte. Ich nutzte die Gnadenfrist, um mich zu sammeln, bückte mich und griff nach der Saigabel, die in meinem Bein steckte. Meine Hand schrie dort, wo mich die Klinge vorhin erwischt hatte, aber ich musste den Zinken aus meiner Wade ziehen. Je länger er drinblieb, desto mehr Schaden würde er anrichten, obwohl ich feststellen konnte, dass keine größeren Arterien getroffen worden waren.

Ich zerrte die Waffe aus meinem Bein. Meine Augen tränten, während das Brennen in meiner Hand und der scharfe, quälende Schmerz in meiner Wade die Galle in meine Kehle trieben.

Blut tropfte von meinem Bein und meiner Hand. Ich hatte die Verletzung an meinen Fingern und meiner Hand verschlimmert, aber ich hatte keine andere Wahl gehabt. Diese Wunden würden später heilen.

Ich wusste, dass ich Levi versprochen hatte, ihm Bescheid zu sagen, wenn etwas Schreckliches passiert war, und verband mich, bevor er sich bei mir meldete. *Ich bin okay. Sie hat auf mich eingestochen. Nichts Schlimmes.* Ich zuckte zusammen. Ich hätte den Teil mit der Stichwunde weglassen sollen; das könnte ihn dazu bringen, ungehalten zu reagieren. Ich war immer noch nicht an die ganze emotionale Seite dieser Verbindung gewöhnt. Dass ich meinen Fehler bemerkt hatte, bevor er reagieren konnte, machte es noch schlimmer. Ich fügte schnell hinzu: *Es ist nur mein Bein. Mir geht's gut – und ich werde sie jetzt umbringen.*

Zuerst reagierte er nicht, und ich überlegte schon, ob unsere Verbindung vielleicht unterbrochen war. Ich hob rechtzeitig den Blick, um zu erkennen, wie er Pyro sein Messer in den Arm rammte.

Als Levi mich ebenfalls ansah, zog er eine Grimasse, während seine Iriden so braun wie Kaffee wurden. *Ich weiß nicht, wie ich darauf reagieren soll, Liebes. Du tust so, als wäre es keine große Sache, niedergestochen zu werden.* Obwohl seine Worte sanft waren, konnte ich den Aufruhr spüren, den er zu verbergen suchte.

Meine Verbitterung ihm gegenüber wurde etwas schwächer. Obwohl er es nicht wollte, respektierte er meine Wünsche. *Ich habe schon Schlimmeres erlebt.* Und das war die Wahrheit. Er hatte nicht gesehen, in welchem Zustand ich mich am Tag des Brandes befunden hatte. Offenbar hatte er es aber gespürt, so wie ich gespürt hatte, dass er gefoltert worden war.

Nicht hilfreich, Rosey. Er schüttelte den Kopf und

konzentrierte sich wieder auf Pyro, als der Dämon seine Sense nach seinem Bauch schwang. Levi wich aus.

Hecate bewegte sich in meine Richtung, und ich beobachtete sie. Da die Waffen der Dämonen in den Schatten verborgen waren, bis sie sie benutzten, hatte ich keine Ahnung, wie viele sie noch bei sich haben könnte. Das war das Problem mit der Schattenform – ich konnte nicht sehen, welche Werkzeuge sie zur Verfügung hatten.

Sie bewegte sich, als wollte sie flüchten, aber ich wusste, dass ich nicht darauf hereinfallen sollte. Sie hatte einen Plan. Ich hatte jetzt beide Saigabeln, wenn sie also keine anderen Waffen bei sich hatte, war es am wahrscheinlichsten, dass sie versuchte, ihren Flegel zu holen ... und ihre Bewegungen sollten mich vermutlich von dem Baum, in dem dieser steckte, weglocken.

Dieses Mal würde ich meine Deckung nicht lockern.

Sie musste glauben, dass ich auf ihren Trick hereinfiel, und so stürzte ich mich auf sie, wobei ich einen Punkt hinter ihr fixierte, als wollte ich angreifen, wenn sie sich weiter von mir entfernt hatte. Ich bereitete mich geistig und körperlich darauf vor, mich nach hinten zu bewegen, sobald sie Anzeichen zeigte, nach dem Flegel zu greifen.

Ich schwebte noch einen guten halben Meter näher an sie heran und machte mich bereit. Ich musste schnell handeln, wenn sie nicht wissen sollte, dass ich ihr auf der Spur war. Ich riss meinen Körper in die Höhe, als wollte ich angreifen, und wie erwartet, segelte sie unter mir durch.

Ich verlagerte mein Gewicht, drehte mich und schwang das Schwert mit aller Kraft, wobei ich meine Flügel benutzte, falls sie versuchen sollte, zu entkommen.

Nun war sie diejenige, die überrascht wurde. Ihre Augen weiteten sich, als meine Klinge ihren Hals durchtrennte. Als ich sah, wie ihr Kopf fiel, war meine Kehle wie zugeschnürt. Ich wollte wissen, was Hecate bezüglich meiner Mutter gemeint hatte.

Ihr Tod bedeutete nicht, dass ich keine Antworten finden konnte. Es musste einen Weg geben.

Ein unangenehmes Knirschen ertönte unter mir, gefolgt von einem dumpfen Geräusch in meiner Verbindung zu Levi. Ich drehte mich um – voller Furcht vor dem, was ich entdecken würde.

KAPITEL FÜNFUNDZWANZIG

AUF DER ANDEREN Seite der kleinen Lichtung hatte Levi Pyro gegen eine Zypresse gedrückt, etwa drei Meter über dem Boden. Unser Band erlaubte es mir, zu spüren, bei welchem Schatten es sich um Levi handelte, genauso wie ich die Boshaftigkeit spüren konnte, die von Pyro ausging.

Ich machte mich darauf gefasst, dass Levi Schmerzen haben würde, aber mehr als ein leichtes Unbehagen drang nicht durch unser Band. Ich wollte ihn fragen, ob es ihm gut ging, aber ihn nicht ablenken.

Ein leiser Schrei entwich Pyro, und sein Schattenhandgelenk war unnatürlich gekrümmt. Der Schrei schien jedoch nicht physischer Natur zu sein, denn er starrte mich mehr als hasserfüllt an.

Er wusste, dass ich seine Schwester getötet hatte.

Er blickte zu der Stelle, an der Hecate gefallen war, und bestätigte damit meinen Verdacht. Seine negative Energie verzehnfachte sich, und die Schwere, an die ich mich gewöhnt hatte, verdichtete sich um mich herum.

Trotzdem konnte ich den Göttern nicht genug danken, dass Pyro verletzt worden war und nicht Levi.

Das musste auch so bleiben. Leider wusste ich seit Levis Weggang aus erster Hand, dass Herzschmerz ein tödlicher Motivator war.

Ich nahm mir einen Moment, um den Kampf mit Hecate abzuschütteln. Wir konnten nicht wissen, was mit unseren Freunden geschah, und wir mussten nach Bune sehen, da er von zwei Dämonen verfolgt worden war. Hoffentlich war Bune in der Lage, uns zu alarmieren, wenn er Verstärkung benötigte.

Mit klarem Kopf schwebte ich auf Levi und Pyro zu. Wir mussten diese Sache ein für alle Mal beenden.

Levi holte zum Schlag gegen Pyros Kopf aus, aber Pyro hob seine gebrochene Hand und blockte ihn ab. Obwohl Levis Faust das gebrochene Handgelenk traf, grunzte oder stöhnte Pyro nicht. Er kämpfte weiter, was mich glauben ließ, dass das Adrenalin und der Kummer seine Sinne überlagerten.

»Ich hatte vor, Levi zuerst zu töten, um die Prinzen der Hölle glücklich zu machen, aber sie werden es nicht erfahren, wenn ich es zur Priorität mache, *dich* zu töten«, knurrte Pyro.

Obwohl sie vielleicht zwanzig Meter entfernt waren, hätten es genauso gut Kilometer sein können. Ich bewegte mich zwar schnell, aber ich konnte sie nicht schnell genug erreichen, um Levi zu helfen. Entsetzt beobachtete ich, wie Pyro mit seiner unversehrten Hand, in der er die Sense hielt, nach meinem Gefährten schlug.

Levi!, verband ich mich. Verzweiflung haftete meinen Gedanken an, sogar durch unsere telepathische Verbindung. Bevor ich meinen Gedankengang zu Ende führen konnte, griff Levi über seinen Körper und blockierte die Sense mit seinem Messer.

Sekunden, bevor ich sie erreichte, trat Levi Pyro in den Magen, und der Dämon kippte nach vorn.

Pyro richtete sich wieder auf und schwang seine Sense gegen Levis Seite. Mein Gefährte wich zurück, und mein Blut gefror, als die Waffe an Levis Brust vorbeirauschte.

Er hatte sich kaum aus der Reichweite des Dämons entfernen können. Soweit ich wusste, ähnelten Vampire den Dämonen in dem Sinne, dass ein Vampir, der sich für das Böse entschieden oder sich von seiner Menschlichkeit abgewandt hatte, nur durch Enthauptung getötet werden konnte. Wenn sich ein Dämon jedoch nicht für diesen Weg entschieden hatte – *Levi!* – konnte er wie jeder andere auch getötet werden, durch einen Stoß ins Herz oder durch Verbluten.

Bevor Levi sich aufrichten konnte, stürmte Pyro knurrend auf ihn zu. Er rammte Levi und schleuderte ihn zu Boden.

Es kam mir wie eine Ewigkeit vor, aber schließlich erreichte ich sie. Ich stürzte mich auf Pyro, schlang meine Arme um seinen Oberkörper und riss ihn von meinem Gefährten. Levi fiel noch etwas weiter, aber er stabilisierte sich vor dem Aufprall, während Pyro seine Sense auf mich richtete. Ich bewegte meine Flügel, um meine linke Seite zu schützen. Die scharfe Spitze seiner Waffe traf meine Federn, aber sie blieben unversehrt und schützten mich vor Verletzungen.

»Tu ihr nicht weh!«, brüllte Levi, als er auf uns zustürzte.

Meine Federn haben ihn blockiert. Ich bin okay. Was ist mit dir? Ich habe dein Unbehagen gespürt, als du Pyros Hand gebrochen hast.

Ich nahm die Saigabel aus meiner Gürtelschlaufe und rammte sie in Pyros Magen.

Pyro knurrte in mein Ohr und griff mit seinem gebrochenen Handgelenk nach der Saigabel. Obwohl er den Schmerz nicht spürte, erwischte er den Griff nicht, da er seine Hand nicht richtig bewegen konnte.

Zischend nahm Pyro seine Sense und schwang sie gegen meinen Hals.

Um meinen Hals in diesem Winkel zu schützen, musste ich den Dämon loslassen – was genau das war, was er beabsichtigt hatte.

Es war nur die Art, wie ich mich bewegt habe. Als ich ihn geschlagen habe, hat sich die Verletzung in meinem Bauch wieder gemeldet, versicherte mir Levi. *Konzentriere dich einfach darauf, ihm den Arsch zu versohlen!*

Unter anderen Umständen hätte ich es amüsant gefunden, dass er derjenige war, der mich zurechtwies. Er hatte recht. Ich hatte gesehen, dass es ihm gut ging. Ich sollte ihn nicht mit Fragen belästigen, die er später beantworten konnte.

Verdammte Gefühle.

Pyro entfernte sich und nutzte meine vorübergehende Ablenkung, um die Sense unter seinen Arm zu klemmen und die Saigabel aus seinem Bauch zu entfernen.

Immerhin hatte er jetzt ein gebrochenes Handgelenk, und sein Magen war schwerer verletzt als Levis. Ich gönnte ihm keine Pause, sondern stürzte mich auf ihn. Ich hatte angenommen, dass Hecate und Pyro die stärksten Krieger unter diesen Dämonen waren, aber ich hatte auch gedacht, dass sie zurückbleiben und wir sie bei unserer Rückkehr bekämpfen würden. Offensichtlich wollten sie Levi so schnell wie möglich eliminieren und nicht darauf warten, dass wir zurückkamen, um unsere Freunde zu retten.

Außerdem war Hecates Wunsch, mich zu töten, fast zwanghaft gewesen.

Ich streckte mein Schwert aus, bereit, Pyro zu enthaupten. Als ich die Waffe schwang, lachte dieser und schleuderte die Saigabel in Richtung meiner Brust.

Ich zog meine Flügel ein, ließ mich fallen und neigte mich dann nach rechts. Die Waffe segelte an meinem Kopf vorbei, und die scharfe, von blauem Blut durchtränkte Spitze streifte meine Ohrmuschel.

Schmerz durchzuckte mein Ohr, aber die Wunde war nur oberflächlich. Ich atmete aus. Ich war nur knapp einem tödlichen Treffer ausgewichen, was meine Vermutung über sie bestätigte.

Levi stürmte auf Pyro zu und bewegte sich dabei schneller, als ich es je gesehen hatte. Er tauchte hinter dem Dämon auf. Ich konnte sein Gesicht nicht erkennen, aber die Wut, die unser Band durchströmte, war deutlich zu spüren.

Mir wurde flau im Magen, weil ich befürchtete, dass Pyro so tat, als würde er ihn nicht sehen, und angriff, wenn er nah genug war. *Nein, nicht!*, rief ich durch unser Band, obwohl Pyros Fokus voll auf mich gerichtet war.

Ohne zu zögern, rammte Levi sein Messer in Pyros Hals. Die Augen des Dämons weiteten sich und er stürzte sich auf meinen Gefährten.

Er konnte Pyro nicht enthaupten, was bedeutete, dass wir noch nicht außer Gefahr waren.

Ich musste Levi helfen.

Ich preschte nach vorn und verbrauchte jedes Quäntchen Kraft, das ich hatte, um sie rechtzeitig zu erreichen.

»Dummer Unentschlossener«, fauchte Pyro und machte Anstalten, Levi mit der Sense aufzuschlitzen.

Mein Gefährte zuckte zurück, aber es war vergeblich.

Bevor die Spitze in sein Herz eindringen konnte, verpasste ich Pyro einen kräftigen Tritt in die Seite und schleuderte ihn nach rechts.

Wie durch ein Wunder traf die Sense Levis Oberarm und nicht seine Brust.

Der Schmerz, den ich zuvor erwartet hatte, durchzuckte mich, aber ich unterbrach meinen Angriff nicht. Ich schlug Pyro ins Gesicht, und er ließ alle seine Waffen zu Boden fallen. Ich verzichtete darauf, ihm eine Pause zu gönnen, und verband mich mit Levi, während ich dem Dämon in seinen verletzten Bauch trat. *Nimm mein Schwert und enthaupte ihn! Die Klinge ist länger und schärfer als dieses Messer.*

Ja, ich habe versucht, seinen Hals zu durchtrennen, und es war, als würde ich einen Baum abstechen, antwortete Levi, als er neben mir erschien.

Pyro packte meine Knöchel und hob mein Bein an, wodurch ich aus dem Gleichgewicht geriet. Levi schnellte zu mir und nahm mein Schwert, während er sich unserem Feind zuwandte.

»Ich bringe euch beide um«, stöhnte Pyro, als er seinen Griff löste und sich auf meinen Gefährten stürzte.

Doch dazu kam es nicht. Ich hatte mein Gleichgewicht bereits wiedergefunden, wirbelte herum, beförderte meinen Fuß unter Pyros Kinn und brachte seinen Kopf in eine Position, in der Levi den tödlichen Schlag leicht ausführen konnte. *Jetzt!*

Knurrend trennte Levi Pyros Kopf von seinem Körper. Genau wie seine Schwester schwebte sein Körper noch einen Moment in der Luft, während sein Kopf bereits zu Boden stürzte. Selbst im Tod blieben sie Schatten.

Ich schlug träge mit den Flügeln, um in der Luft zu bleiben. Mein Herz pochte so stark, dass jeder Schlag in meinen Ohren widerhallte. Das war anstrengender gewesen als die meisten Kämpfe, die ich bisher bestritten hatte, aber wir hatten es überlebt.

Pyros Körper fiel zu Boden und Levi zog mich in seine Arme. Ich hatte immer gedacht, dass es mich stören würde, wenn wir uns in seiner Schattengestalt berührten, aber das tat es nicht. Noch einer meiner dämonischen Vorurteile, die ich überwinden musste.

Ich atmete seinen süßen Rosen- und Pflaumenduft ein. Sein Geruch passte perfekt zum Duft des Herbstes, und ich konnte mir keine verlockendere Kombination vorstellen. Nicht einmal das rote Blut, das dort, wo die Sense ihn verletzt hatte, aus seinem Bauch rann, konnte mich dazu bringen, mich aus seinen Armen zu lösen.

Geht es dir gut? Er zog sich zurück, seine mokkabraunen Augen waren auf mich gerichtet.

Mein Verstand schrie, dass ich immer noch verärgert sein sollte, dass die Probleme, die wir hatten, nicht gelöst waren, aber es schien mir egal zu sein. Ich war mir sicher, dass sie alle zurückkommen würden, aber im Moment war er trotz seiner Verletzungen am Leben, und ich musste seine Berührung spüren.

Es geht mir gut. Du bist derjenige, der blutet. Ich zog mich zurück, um ihn nicht noch mehr zu verletzen. Ich konnte seine Gesichtszüge nicht sehen, also könnte er es problemlos verbergen, sollte ihm meine Umarmung noch mehr Unbehagen bereiten. Ich versuchte, ihn zu mustern, aber ich konnte nichts anderes erkennen als die Stellen, an denen das Blut aus seinem Körper tropfte.

Er berührte mein Gesicht und meine Haut kribbelte dort, wo seine kühle Schattengestalt die Verbindung herstellte. Er schwor: »Ich bin okay. Versprochen.«

Obwohl ich am liebsten hiergeblieben wäre, nur er und

ich, brauchten unsere Liebsten unsere Hilfe. Kein Geruch deutete darauf hin, dass er log, und ich hatte keinen Grund, ihm nicht zu vertrauen. »Okay, dann müssen wir zuerst Bune finden, und dann die anderen.«

Er atmete aus. »Du hast recht. Es ist nur, dich im Kampf gegen Hecate zu sehen ...« Er hielt inne, als seine Sorge und Liebe in mich eindrangen und mein Herz erwärmten.

Ich verstand ihn nur zu gut. »Du musst nichts sagen.«

Ein Schrei hallte durch den Wald, nur wenige Kilometer entfernt.

Bune.

Vater!, verband sich Levi und flog auf das Geräusch zu.

Sein Vater war in einen Kampf verwickelt. Wir mussten ihm helfen.

Ich folgte Levi schnell und schlug kräftig mit den Flügeln, als sich unsere Verbindung zueinander öffnete. Meine Magie kollidierte mit seiner, sie vermischten sich und ich gewann an Geschwindigkeit.

Der Mond stieg höher und illuminierte die Gegend. Zum Glück nahm er zu und die Silberwölfe gewannen an Stärke. Ein Silbermond wäre ideal gewesen, während wir dem Feind zahlenmäßig unterlegen waren.

Bald erreichten wir wieder den Bach. Das Wasser plätscherte und zusammen mit den Lichtern, die darin glitzerten, erinnerte mich das Bild an eine Sanduhr.

Aus dem Augenwinkel sah ich etwas Dunkles – das Mondlicht beleuchtete zwei schattenhafte Gestalten. Mein Körper verkrampfte sich. *Dort.* Ich drehte mich zu den beiden kämpfenden Personen um.

Levi folgte meinem Beispiel und eilte mir nach. Verärgerung flammte in ihm auf, aber er sagte kein einziges Wort.

Ich hatte das Gefühl, dass es ihm nicht gefiel, dass ich den Angriff anführte, aber er war klug genug, seine Gedanken für sich zu behalten. Das musste ich ihm zugestehen. *Du gehst nach rechts und ich nach links. Es scheint sich um deinen Vater und einen Dämon zu handeln. Wir können den Dämon überrumpeln, bevor er uns bemerkt.* Das wäre ideal, aber ich hatte gelernt, dass die Dinge selten nach Plan liefen. Trotzdem war es besser, eine Art Strategie zu haben.

Gut, aber pass bitte auf, dass du den richtigen tötest!, sagte Levi halb im Scherz.

Ich konnte die beiden Schatten aus der Ferne nicht unterscheiden, also war es eine berechtigte Sorge. *Du und dein Vater, ihr strahlt keine Bösartigkeit aus. Solange ich darauf und auf die Augenfarbe achte, ist dein Vater in Sicherheit.* Ich würde dafür sorgen, dass ich die entsprechende Person enthauptete.

Seine Sorge wurde schwächer. *Ich vertraue dir.*

Seine Worte erwärmten mein Herz, aber jetzt war nicht der richtige Zeitpunkt für … Sentimentalitäten.

Hier, nimm das Schwert! Levi streckte mir die Waffe entgegen.

Ich schüttelte den Kopf. *Ich habe meine Flügel und bin geübt darin, Dämonen damit zu enthaupten. Du brauchst das Schwert, dein Messer ist nicht stark genug.*

Nachdem das geklärt war, flog ich nach rechts, während er nach links abdrehte. Ich hielt mich von den Gestalten fern, da ich nicht wollte, dass der feindliche Schatten mich entdeckte.

Ich hätte es besser wissen müssen. So wie ich diese negative Energie spüren konnte, mussten sie auch meine positive Energie spüren können.

Die eine Schattenfigur hielt inne und sah mich gerade-

wegs an. Seine roten Augen leuchteten und kennzeich-
neten ihn als unseren Feind.

Bune nutzte die Unterbrechung und rammte sein
Messer in den Hals des Dämons, doch als er ihn
enthaupten wollte, rutschte seine Hand vom Griff ab.

Der Dämon umklammerte seinen Hals, erwischte den
Griff und zog die Klinge heraus. »Du wagst es, mich zu
verletzen? Mir wurde aufgetragen, dich nicht zu töten, aber
jetzt habe ich eine Rechtfertigung, dich wie einen Engel zu
rupfen.«

Ich war mir nicht sicher, ob die Formulierung stimmte,
aber seine Absicht war klar.

Der Dämon hatte das Messer gehoben und zielte auf
Bunes Brust, als Levi von einem nahen Baum heran-
schnellte. Der Kopf des Dämons schnellte in die Richtung
meines Gefährten, aber er hatte keine Zeit, zu reagieren. Er
kreischte wie eine Todesfee, und Levi durchtrennte sein
Genick, was uns eine wohltuende Stille bescherte.

Ich rieb meine Ohren und wünschte, das ohrenbetäubende Klingeln des Schreis würde verschwinden. »Warum
schreien Dämonen so?«

Bunes Hand verschwand auf Höhe seines Brustkorbs
und ich konnte nur vermuten, dass er ihn berührte. Er sagte:
»Es ist eine wirksame Ablenkung. Wer nicht daran gewöhnt
oder nicht für den Kampf trainiert ist, will sich die Ohren
zuhalten, anstatt anzugreifen.«

»Es ist wirkungsvoll. Ich bin trainiert – und trotzdem
schmerzt es mich.« In gewisser Weise würde ich mir lieber
wieder das Ohr abstechen lassen, als diesem Gejammer
zuzuhören. Wenn sie so schrien, erinnerten sie mich
irgendwie an Sierra.

Levi drehte sich um und überprüfte die Gegend. »Wie
viele Dämonen hast du bekämpft?«

»Das war der dritte. Was ist mit euch beiden?«, fragte Bune.

»Zusammen sieben«, sagte ich. Das bedeutete, dass alle zehn tot waren, und wir zurückgehen konnten, um meinen Freunden zu helfen.

Levi drehte sich zu mir. »Warte, du hast sechs getötet?«

Er klang überrascht. Ich hob mein Kinn, stemmte die Hände in die Hüfte und zuckte wegen meiner verletzten Finger zusammen – eine Laune des Schicksals, mich daran zu erinnern, nicht hochmütig zu werden, sondern auf dem Boden zu bleiben. »Ja. Glaubst du mir nicht?« Mit den letzten Worten verlor ich etwas an Überzeugung.

»Doch, das tue ich.« Er seufzte. »Du bist nur so unglaublich, dass es mir manchmal schwerfällt, zu glauben, dass du mir vorbestimmt bist.«

»Ganz meine Meinung.« Dass das Schicksal uns beide zusammengebracht hatte, war komisch, aber er war wahrhaftig für mich bestimmt ... wenn er nur lernen würde, mir seine Geheimnisse anzuvertrauen.

Levi wölbte eine Braue. »Du teilst meine Meinung, dass du unglaublich bist? Oder dass es schwer zu glauben ist, dass das Schicksal uns ausgewählt hat, eine Seele zu teilen?«

»Ich würde das Wort *unglaublich* nicht unbedingt verwenden. Ich bin eine fähige Kämpferin, aber der Gedanke ist der gleiche.« Leute mit Ego hatten es nötig, Bestätigungen wie diese zu bekommen. Und obwohl es angenehm zu hören war, brauchte ich solche Worte der Anerkennung nicht.

Sein Vater grinste. »Mit ihrem Selbstbewusstsein erinnert sie mich an ihre Mutter.«

Obwohl wir drei im Moment in Sicherheit waren,

bedeutete das nicht, dass die anderen es auch waren. »Ich muss meine Freunde und die Silberwölfe verteidigen.«

»Wir sind jetzt eine Familie.« Bune gestikulierte in Richtung des Rudelhauses. »Also werden wir deine Freunde gemeinsam beschützen.«

Familie. Obwohl ich mit Eltern aufgewachsen war, hatte ich diesen Begriff noch nie benutzt. Aber er gefiel mir, und ich wollte gar nicht erst darüber streiten, dass er nicht passend war. »Lasst uns gehen!«

Etwas Undefinierbares durchströmte unser Band, aber ich wollte es nicht analysieren.

Unser Kampf würde erst zu Ende sein, wenn alle, die mir etwas bedeuteten, in Sicherheit waren.

Ich schwebte zurück zum Rudelhaus, während Bune und Levi mich flankierten. Ich fühlte mich ... beschützt. Nicht, dass meine Freunde nicht ihr Leben für mich geben würden, aber das hier war anders.

Fast ... heilig.

Mein Gefährte und sein Vater. So etwas hatte ich noch nie erlebt.

Als wir die Rudelunterkunft erreichten, sah ich Sterlyn mit dem Rücken zu einem Dämon stehen, als wüsste sie nicht, dass er hinter ihr war. Die Leute hinter ihr hatten sie nicht gewarnt.

Als der Dämon seine Hände hob, verkrampfte sich mein Magen.

»STERLYN!« Ich zapfte Levis Magie an und borgte mir einen weiteren Boost, um schneller bei meiner entfernten Cousine zu sein. Doch selbst mit dieser Kraft würde ich sie nicht rechtzeitig erreichen.

Aber ich musste es versuchen. Nichts zu tun, war keine Option.

Sie drehte sich zu mir um, ihre lavendelsilbernen Augen leuchteten, und suchte die Umgebung nach einer Bedrohung ab.

Als der Dämon seinen Angriff nicht fortsetzte, wurde mir mulmig zumute. Ich beobachtete die Gruppe, die sie umgab: Circe, Griffin, Alex, Ronnie, Killian und Sierra. Sie standen alle angespannt und aufmerksam da, aber sie befanden sich nicht in Kampfposition.

Circe hob eine Hand. »Es ist okay. Er ist verzaubert und unter Kontrolle.«

Ich landete neben ihr und stellte mich dem Dämon gegenüber. Ich war mir nicht sicher, warum sie diese Bedrohung am Leben gelassen hatten. »Ich kann ihn töten.«

»Hey!« Der Dämon hob seine Schattenhände. »Hör zu, ich bin keine Bedrohung.«

Keine Bedrohung? Okay, vielleicht waren manche Dämonen doch lustig. Ich lachte.

»Die neue Rosemary ist mir etwas unheimlich«, flüsterte Sierra laut.

Killian seufzte. »Ich bin Rosemarys Meinung. Wir sollten ihn töten. Tatsächlich sollten wir *alle* Dämonen töten.« Er hatte offensichtlich beschlossen, Sierras Bemerkung zu ignorieren und sich auf das eigentliche Thema zu konzentrieren.

Das war ein Grund, warum er und ich uns so gut verstanden.

Levi und Bune erreichten uns, und sobald ihre Füße den Boden berührten, verwandelten sie sich in ihre menschliche Gestalt. Jetzt wurde mir klar, dass sie das taten, damit wir uns wohler fühlten, obwohl sie es anders gewohnt waren.

»Er stellt kein Risiko dar«, sagte Levi und drehte dem Gefangenen den Rücken zu, während er unsere Umgebung scannte. »Wo sind die anderen, damit ich ihnen helfen kann?«

»Der Kampf ist vorbei, und wir wollten gerade einen Ortungszauber anwenden, um euch drei zu finden«, sagte Ronnie, während sie auf mich deutete. »Aber hier seid ihr.«

Mir wurde flau im Magen. Ich hoffte, ich hatte genug getan, um die Silberwölfe und meine Freunde zu schützen. Aber diese Gruppe würde nicht mit einem Gefangenen herumstehen, wenn dem Rest unserer Verbündeten etwas zugestoßen wäre.

Ich konnte Stimmengewirr hören. »Wie viele haben wir verloren?« Die Silberwölfe waren fast ausgestorben, und jeder Tod war tragischer als der letzte. Ihre einzige Hoffnung war, dass viele Silberwölfe Nachkommen zeugten. Die Engelsmagie verwässerte nicht wie andere übernatürliche Magie über Generationen hinweg, aber Silberwölfe verzeichneten eine niedrige Geburtenrate, und die meisten Paare bekamen nur ein Kind.

»Niemanden.« Sterlyn ließ vor Erleichterung die Schultern sinken. »Aber nur wegen der Hexen. Wenn sie nicht gewesen wären, hätte das Ergebnis anders ausgesehen.«

Hexen waren sehr mächtig, aber wie bei jeder übernatürlichen Rasse hatte die Magie immer ihren Preis. Die Magie von Silber- und Dämonenwölfen war an die Mondphasen gebunden. Hexen erschöpften sich schnell, vor allem, wenn nicht ihr ganzer Hexenzirkel mit ihnen arbeitete. Engel brauchten lange, um ihre Magie wiederzuerlangen, wenn sie nicht im Licht des Himmels waren. Die Liste ließe sich beliebig fortsetzen. Das perfekte Gleichgewicht bot sich, wenn man eine so vielfältige Gruppe wie die, die wir gegründet hatten, besaß. Von denjenigen außerhalb unserer Gruppe wurden wir dadurch allerdings als größere Bedrohung betrachtetet.

Griffin schob die Hände in die Taschen seiner Khakihose. »Es hat auch geholfen, dass die beiden klügsten der verantwortlichen Dämonen hinter euch drei her waren.«

»Dass ihr drei euch von uns getrennt habt, war nicht Teil des Plans, also war der dritte Dämon, der das Sagen hatte, nicht darauf vorbereitet, die Führung zu übernehmen«, sagte Alex, während er Ronnies Hand nahm. »Das und Ronnies Fähigkeit, in ihre Dämonenform zu wechseln und sich unter die Unentschlossenen zu mischen, haben uns einen Vorteil verschafft.«

Das war die Sache mit der Strategie. Jedes Zögern konnte das Momentum verschieben, und in dieser Situation hatte es sich zu unseren Gunsten gewendet. Das war eine der besten Eigenschaften unserer Gruppe: Wir konnten schnell denken und uns voneinander leiten lassen. Ich hatte nicht daran gedacht, Ronnies Schattenform zu unserem Vorteil zu nutzen. Die Dämonen waren so sehr auf die anderen Personen konzentriert gewesen, dass sie sie nicht ohne Weiteres bemerkt hatten – im Gegensatz zu Bune und Levi, ihren Hauptzielen.

In jedem Fall mussten wir alle Bedrohungen ausschalten. Ich wirbelte auf den unentschlossenen Dämon zu und er wich zurück. Es war jedoch so, als würde er gegen eine Wand hinter sich prallen, obwohl der nächste Judasbaum mehrere Meter entfernt war. Es gab nichts, was ihn hätte aufhalten können, aber die magische Barriere, die Circe um ihn gelegt hatte, hielt ihn in Schach.

Seine dunklen Augen erinnerten mich an schwarze Diamanten mit Kristallsplittern darin.

Die Prinzen der Hölle mussten ein Druckmittel gegen ihn haben, sonst wäre er nicht hier.

»Wir dürfen uns nicht irren.« Ich hatte meine Flügel zur Seite geschoben, bereit, die Bedrohung zu beseitigen, als Levi meinen Arm ergriff, zwischen den Dämon und mich trat und die Bewegung meiner Flügel stoppte ... gerade noch rechtzeitig.

Hätte er es eine Sekunde später getan, hätte ich ihn stattdessen getötet. Ich biss die Zähne aufeinander. »Was stimmt nicht mit dir?«

»Mit mir?« Levi fasste sich an die Brust. »Sie haben ihn festgenommen, aber du willst ihn einfach so töten, ohne darüber nachzudenken?«

Killian knurrte: »Vielleicht solltest du einfach beide Dämonen töten. Wo kein Kläger, da kein Richter.«

Der Gedanke, dass Levi sterben könnte, brachte mich um den Verstand, der aufgrund des Aufruhrs zwischen uns und seiner Verletzungen bereits angeschlagen war. »Zu *weit*.« Beinahe hätte ich ihn *Köter* genannt, aber das hatte Killian nicht verdient. Meine Gefühle übermannten mich, und wenn ich an Killians Stelle gewesen wäre, hätte ich wahrscheinlich etwas Ähnliches gesagt oder die Sache selbst in die Hand genommen.

»Warum kümmerst du dich nicht um deine eigenen Angelegenheiten, *Welpe*?«, zischte Levi voller Verachtung. »Ich habe mit meiner *Gefährtin* gesprochen, nicht mit dir.«

Der Dämon hinter ihm schnappte nach Luft. »Wow – Gefährtin. Wolltest du deshalb neulich nicht gehen?«

Mein Körper verkrampfte sich, als ich die Bedeutung erfasste. »Warte! Ist *er* derjenige, der dich in jener Nacht, als die Dämonen uns angegriffen haben, aus dem Haus geholt hat?« Ich kannte die Antwort bereits, aber ich wollte herausfinden, ob er versuchen würde, die Wahrheit zu verdrehen, ohne direkt zu lügen. Die Dämonen hatten mich und die Silberwölfe, die Wache gehalten hatten, angegriffen, als Levi unser Gefangener gewesen war. Aurora und Lux hatten ihn in ein Haus gebannt, aber ein Dämon hatte unseren Kampf genutzt, um alle wegzulocken und Levi zur Flucht zu verhelfen. Als ich erkannt hatte, was passiert war, hatte ich mich beeilt, zurückzukommen und schließlich Ronnie entdeckt, die *diesen* Dämon, der den Bann des Hauses durchbrochen hatte, gejagt hatte. Aber Levi war zurückgeblieben.

Levi warf einen Blick über seine Schulter. »Zagan, du bist keine *Hilfe*.«

Sein Versuch, meine Frage zu ignorieren, brachte mein Blut in Wallung. *Du solltest deine nächsten Worte mit Bedacht wählen. Meine Geduld ist fast am Ende.*

Liebste, du warst noch nie die Geduldigste. Er kniff sich in den Nasenrücken.

Und wieder lenkte er ab. *Nenn mich noch einmal Liebste und ich bringe dich zum Schreien!*

Ein verruchtes Glitzern spiegelte sich in seinen Augen. *Ist das ein Versprechen?*

Ja, es ist ein Versprechen. Ich werde dich so sehr verletzen, dass du mich bitten wirst, aufzuhören. Warum war er so amüsiert? Ich hatte Flügel, und wenn ich ihn auch nicht töten würde, so könnte ich ihm doch eine Menge Schmerzen bereiten.

Er zwinkerte mir zu. *Ich bezweifle, dass ich jemals will, dass du aufhörst. Sex mit dir ...*

Ich starrte ihn ungläubig an. *Ich spreche nicht von Sex.* Er provozierte mich mit voller Absicht, und ich ließ es geschehen. Ich atmete tief ein, um mich zu konzentrieren. »Ist *er* derjenige, der in jener Nacht versucht hat, dich zu befreien?«, wiederholte ich und schob meine Wut und Frustration durch die Verbindung. Er sollte *spüren*, dass ich mit meiner Geduld am Ende war.

Klugerweise ließ er sein arrogantes Grinsen fallen. »Ja, weil die Prinzen der Hölle der Meinung gewesen sind, ich sei zu lange weg gewesen. Aber ich bin nicht gegangen, wenn du dich richtig erinnerst.«

»Oh, das tue ich.« Ein kleiner Teil von mir wünschte, er wäre gegangen. Dann hätten wir die Bindung nicht vollzogen, und vielleicht wäre diese ganze Katastrophe nicht passiert.

Aber die nackte, ehrliche Wahrheit war, dass es so oder so passiert wäre. Vielleicht Jahrhunderte später, aber das Schicksal hatte die Angewohnheit, den Kreis zu schließen, und dazu gehörte auch, dass Levi und ich die Bindung vollendeten. Ich wünschte mir nur, dass wir auch einen Weg finden könnten, zusammen zu sein. »Du hattest das Schwert noch nicht geholt.«

»Das war nicht der einzige Grund, und das weißt du.« Seine Iriden erhellten sich, und mein Herz setzte einen Schlag aus.

Bune stellte sich hinter Levi und den Dämon und sagte: »Zagan ist ein *guter* Dämon. Er hat einfach keine Familie und tut das, was er glaubt, tun zu müssen, um zu überleben.«

Meine Alarmglocken schrillten. »Die Prinzen haben keinen Einfluss auf ihn und er macht das trotzdem?«

»Wieso zum Teufel ist er dann noch unentschlossen?« Griffin zog die Stirn in Falten. »Das klingt, als wäre er auserwählt.«

»Wohin soll er denn?«, fragte Levi herausfordernd. »Er ist hier nicht willkommen, und jeder Dämon, der sich entschieden *hat* – und das umfasst den Großteil der Dämonen auf der Erde –, würde ihn angreifen, weil er sich nicht fügt. Er hat nicht viele Möglichkeiten.«

Ronnie kaute auf ihrer Unterlippe und fröstelte. »Levi hat nicht ganz unrecht. Ich habe es gehasst, in Gruppenheimen zu leben, aber es war besser, als in neue Pflegefamilien zu kommen. Manchmal ist das Böse, das man kennt, besser als das Unbekannte, das einen anderswo erwartet. Ich wusste, wie man in einem Gruppenheim überlebt.«

Ein weiterer Punkt, über den ich mir noch nie Gedanken gemacht hatte. Mein ganzes Leben lang hatte man mir beigebracht, dass *alle* Dämonen böse waren, aber durch Levi hatte ich gelernt, dass das nicht stimmte. Und jetzt informierten uns Dämonen, dass unentschlossene Dämonen festsaßen, weil sie sich weder sicher fühlten, zu gehen *noch* zu bleiben.

»Wir haben *Wichtigeres* zu tun, als uns um diesen Dämon zu kümmern.« Circe winkte mit der Hand in Zagans Richtung. »Es ist mir völlig egal, was wir mit ihm machen. Wir müssen irgendwo übernachten und uns erholen. Morgen früh brechen wir auf. Cordelia, Eliphas und Kamila können zurückbleiben und euch helfen, das Schicksal, das ihr ihm zudenkt, zu besiegeln. Wie auch immer, wir müssen weg von all der Magie, damit uns nichts daran hindern kann, unseren Plan zu verwirklichen. Dann kann unser Hexenzirkel wieder nach Hause zurückkehren.«

Sie blieb vage, um Zagan nicht auf die Details unserer Pläne aufmerksam zu machen, was ich zu schätzen wusste. Die Hexen hatten das gleiche Vertrauen in die Dämonen wie Killian und ich, also war ich nicht überrascht. Wie auch immer, Circe hatte vor, ihre Mutter zu retten und so bald wie möglich nach Hause zu gehen.

Glücklicherweise beabsichtigte sie auch, sich auszuruhen, sodass Levi Zeit haben würde, sich zu erholen. Obwohl wir nicht darüber gesprochen hatten, wusste ich, dass er vorhatte, mit den Hexen zurück in die Hölle zu gehen. Schließlich war er der Einzige, der das Schwert, das er dort zurückgelassen hatte, benutzen konnte. Obwohl mir der Gedanke, dass er gehen würde, nicht gefiel – schließlich waren die Prinzen der Hölle entschlossen, ihn zu töten –, gab es keine bessere Option.

Ein großer Teil meines Herzens wünschte sich, ich könnte mit ihnen gehen, aber die Prinzen würden auf meine Anwesenheit aufmerksam werden, sobald ich durch das Portal trat. Außerdem musste ich an Ort und Stelle bleiben, falls meine Eltern mich brauchten. So wie Levi seinen Vater nicht im Stich lassen konnte, konnte ich meine Eltern nicht enttäuschen.

Circe wippte nervös auf den Fußballen vor und zurück. Sie hatte große Angst, dass der Hexenzirkel von Shadow City erfahren könnte, dass sie zurück waren. Sie vermutete, dass dieser Saga und Dick Harding bei der Entführung der kleinen Aurora geholfen hatte – um Eliza zu zwingen, Cyrus kurz nach seiner und Sterlyns Geburt zu entführen. Das Letzte, was wir gebrauchen konnten, war, dass die Hexen aus Shadow City auftauchten, also stimmte ich zu, die Dinge mit Bedacht zu handhaben.

Sterlyns Augen leuchteten. »Alex, Cyrus bittet um deine Hilfe. Die Menschen sind völlig aus dem Häuschen, und sie brauchen Hilfe, um sie zu beruhigen. Die Hexen haben nicht viel Glück mit ihnen.«

Ihr politischer Scharfsinn kam wieder einmal zum Vorschein. Hätte ich nicht genau gewusst, worauf sie anspielte, wäre ich ahnungslos gewesen.

Worüber reden sie?, fragte Levi und trat näher an mich heran. Seine Hand berührte meinen Arm, und ich hatte nicht die Kraft, zur Seite zu treten.

Es gab keinen Grund, ihm nicht alles zu sagen. Er gehörte zu unserer Gruppe, auch wenn wir in einer Sackgasse steckten, was unsere Beziehung betraf. *Die Hexen werden keine gute Seele beeinflussen, wenn sie nicht willkommen sind. Vampire haben kein Problem damit, den Verstand anderer zu manipulieren, auch wenn eine Person protestiert. Alex macht das nicht gern, aber er versteht, dass es manchmal notwendig ist, um unsere Existenz geheim zu halten.* Alex hatte sogar auf Ronnies Geheiß Annies Gedanken manipuliert, nachdem sie die traumatische Erfahrung gemacht hatte, der Blutbeutel eines bösen, abtrünnigen Vampirs zu sein, bevor wir gemerkt hatten, dass sie übernatürlich war.

Wir müssen alles tun, was nötig ist, um zu überleben. Die Hexen wissen das sicher. In Levis Antwort lag kein Urteil.

Es fällt ihnen vermutlich leicht, sich zu weigern, da sie wissen, dass ein Vampir eingreifen wird, um zu verhindern, dass die Information nach außen dringt. Es geht ihnen um das Gleichgewicht, und sie wissen, dass es eine Alternative dazu gibt, jemandem ihre Magie aufzuzwingen, der das nicht will. Das ganze Motto der Hexen war, niemandem zu schaden.

»Ich werde auch helfen«, bot Ronnie an und nahm die Hand ihres Gefährten. »Sie vergessen oft, dass ich jetzt auch Gedankenmassage betreiben kann.«

Sierra schüttelte den Kopf. »Du solltest *beleidigt* sein, dass sie dich nicht um deine Hilfe gebeten haben. Aber mach dir keine Sorgen. Ich *bin* beleidigt genug für uns beide.«

Killian zuckte mit dem Unterkiefer und warf der großmäuligen Blondine einen Seitenblick zu. »Jetzt ist nicht die Zeit dafür.«

»Dafür ist nie Zeit«, schnaubte Alex, während er in Richtung des Hauses eilte, in dem ich die drei unentschlossenen Dämonen zuvor gesehen hatte.

Mit einem Knoten im Magen drehte ich mich zu Zagan um. »Wo sind die anderen beiden Unentschlossenen?« Vielleicht hatte er uns abgelenkt, damit seine Kameraden Verstärkung herbeischaffen konnten.

Seine Augen weiteten sich. »Was?«

Ich hasste es, dass ich seinen Gesichtsausdruck nicht sehen konnte. Seine Schattenform war wirklich problematisch. »Spiel keine Spielchen und sag mir die Wahrheit! Ich weiß, dass du deine Dämonenform benutzt, um Dinge vor uns zu verbergen.«

»Wir haben die anderen beiden getötet.« Circe verschränkte die Arme vor der Brust. »Sie haben uns angegriffen, er nicht. Das ist der einzige Grund, warum er noch am Leben ist.«

Meine Lunge funktionierte wieder. Vielleicht hatten

wir noch etwas Zeit, bevor weitere Dämonen kamen. Wir mussten unsere Leute in die Hölle und wieder zurückbringen, bevor die Prinzen den Verdacht schöpften, dass etwas schiefgelaufen war. Glücklicherweise verfügten Engel und Dämonen nicht über Rudelverbindungen wie die Tierwandler und wurden nicht alarmiert, wenn einer der ihren starb. Das hätte viel mehr Probleme verursacht. »Sind wir sicher, dass keiner entkommen ist?«

»Ja. Wir haben gerade Zagan zu genau diesem Thema verhört, als ihr angekommen seid.« Sterlyn legte den Kopf schief, während sie den Dämon anstarrte. »Er scheint nicht zu lügen und behauptet, sicher zu sein, dass ihm niemand gefolgt ist.«

Bune trat auf Zagan zu und sagte: »Man kann ihm vertrauen. Er ist für mich wie ein Sohn und für Levi wie ein Bruder. Ich habe ihn aufgenommen, als seine Eltern gestorben sind, kurz nach Marissas Tod.«

Marissa? Diesen Namen hatte ich noch nie gehört.

Levi zog die Stirn in Falten, und mein Herz verkrampfte sich wegen des Schmerzes, den er ausstrahlte. *Meine Mutter.*

Ich wollte mehr über seine Mutter und Zagans Eltern erfahren, aber jetzt war nicht der richtige Zeitpunkt dafür. Vielleicht, wenn wir wieder in Shadow Terrace waren.

»Warum nimmst du nicht als Zeichen des guten Willens deine menschliche Gestalt an, damit sich diese Leute wohler fühlen?« Bune wölbte eine Augenbraue und sah Zagan an.

»Ja, das wäre nett, schließlich können wir ihn nicht alle sehen.« Sierra blinzelte, als erwartete sie, dass er auf magische Weise vor ihr auftauchte. Sie starrte eine Stelle links von ihm an, was deutlich machte, dass sie sich nicht sicher war, wo er stand.

Zagan stieß ein lautes Schnauben aus, aber anstatt zu protestieren, überraschte er mich, in dem er dem Rat tatsächlich folgte.

Seine lehmbraune Haut glitzerte im Mondlicht, und sein schulterlanges rabenschwarzes Haar hing über sein Gesicht. Er trug kein Shirt, sodass sein athletischer Körper für alle sichtbar war.

»Heilige Scheiße!« Sierra keuchte und wischte sich den Mundwinkel ab, um zu sehen, ob sie sabberte. »Er ist *genauso* heiß wie Levi. Der Ausdruck *höllisch heiß* ergibt jetzt so viel mehr Sinn.«

Zagan sah sie mit einem überheblichen Grinsen und einem Kopfschütteln an, als wäre er sich dessen bewusst und überrascht zugleich.

Ich bewegte mich und versperrte Levi die Sicht auf Sierra. Obwohl ich zustimmte, dass Levi köstlich war, wollte ich nicht, dass sie das kommentierte. Er gehörte *mir*.

Ich liebe deine eifersüchtige Ader. Levi gluckste hinter mir.

Eifersüchtig. Ich hasste dieses Wort. *Nicht eifersüchtig. Nur besitzergreifend, aber komm nicht auf dumme Gedanken. Wir haben immer noch unsere Probleme.*

Aber besitzergreifend bedeutet, dass ich es nicht vollkommen vermasselt habe und es noch Hoffnung gibt.

Seine Wärme explodierte in meiner Brust. Alles, was ich sagen könnte, würde ihn ermutigen, aber ich wollte ihn auch nicht abschrecken. Ich *wollte* mit ihm zusammen sein. *Wir sollten nichts überstürzen.*

Herne eilte herbei, Aurora und Lux dicht auf den Fersen. Die ältere Frau sagte: »Wir müssen gehen. Alex will, dass wir von hier verschwinden, bevor er und Ronnie fertig sind. Er hat Angst, dass die Erinnerungen der

Menschen wieder hochkommen könnten, wenn sie uns sehen.«

Der menschliche Verstand war sehr manipulierbar, aber wenn die Menschen getriggert wurden, konnten einige der Erinnerungen zurückkommen. Wir benötigten einen sauberen Schlussstrich.

Die anderen Hexen und Wölfe ließen Ronnie und Alex mit den Menschen allein. Ich drehte mich in ihre Richtung und entdeckte ein Paar, das ich neulich gesehen hatte, als ich auf dem Weg nach Shadow City gewesen war. Sie waren auf dem Rückweg von der Blutbank gewesen, und der Mann hatte sich damals genauso um seine Frau gekümmert, wie er es jetzt tat. Er legte seinen Arm um sie und sie vergrub ihr Gesicht in seiner Brust.

Ihre Liebe schien so pur zu sein. Vielleicht hatten sogar Menschen Seelenverwandte. Sie verdienten kein Leben, das von schrecklichen Erinnerungen heimgesucht wurde.

»Bringt Zagan zum Navigator!«, wies Sterlyn an und blickte zu Cyrus, Darrell und Chad. »Ihr setzt euch alle um ihn herum und passt auf, dass er nicht versucht, zu fliehen. Wenn er es versucht, tötet ihn!«

»Hier«, sagte Levi, während er Cyrus sein Schwert reichte. »Ich weiß, dass er uns nicht verraten wird, aber du weißt es nicht. Dieses Schwert wird es leicht machen, ihn zu töten.«

Zagan öffnete überrascht den Mund. »Was zur Hölle, Levi?«

Mein Herz machte bei Levis Aktion einen Satz. Er hatte deutlich gemacht, dass er auf unserer Seite war. Ich legte meine unverletzte Hand auf meine Hüfte. »Wenn du nicht versuchst, zu fliehen, dann solltest du kein Problem haben.«

»Levi hat recht.« Bune wollte Zagan auf den Rücken

klopfen, aber seine Hand konnte die Barriere nicht überwinden. »Wir vertrauen dir, aber sie nicht. Wir müssen
ihnen Gewissheit verschaffen.«

Circe schwenkte ihre Hand. »Die Barrieren sind weg.
Ich werde auch im Navigator mitfahren, nur für den Fall.
Herne, du fährst den Van – los geht's! Ich will weg von
hier.«

Unsere Gruppe löste sich auf, und ich erhob mich in
die Luft.

Dieses Mal verwandelten sich Bune und Levi in ihre
Dämonengestalten und flogen neben mir her. Nachdem ich
heute mit ihnen gekämpft und den Wunsch der Prinzen der
Hölle gesehen hatte, sie zu töten, hatte ich keinen Grund,
ihnen nicht zu vertrauen. Das Letzte, was einer von ihnen
wollte, war, dass Dämonen, Engel, Wandler und Hexen sie
jagten.

Sie hatten schon genug Feinde.

Wir flogen schweigend zurück nach Shadow Terrace.
Levi sprach nicht einmal durch unser Band mit mir.

Mein Herz pochte. Ich hatte gehofft, dass er versuchen
würde, die Dinge zwischen uns wieder in Ordnung zu bringen, bevor er in die Hölle zurückkehrte. Vor allem, da er
behauptet hatte, zu hoffen, dass er seine Chance vielleicht
doch nicht vertan hatte.

Ich versuchte, mich auf die kühle Luft und die Wolken
zu konzentrieren, konnte aber immer noch keine Ruhe
finden. Aber als ich ein paar Waschbären und Eulen sah,
die auf der Jagd nach ihrer nächtlichen Mahlzeit durch den
Wald huschten, verflog ein Teil meiner Angst. Sie kamen
nicht aus ihren Löchern, wenn Dämonen in der Nähe
waren, und obwohl ich nichts Böses wahrnahm, beruhigte
mich die Tatsache, dass die Tiere sich wohlfühlten.

Als wir uns Shadow Terrace näherten, ließ ich mich

langsam fallen. »Wir müssen in der Nähe der Bäume fliegen, falls Menschen am Stadtrand sind.« Obwohl sie alle auf dem Weg zur Blutbank sein sollten, war es weiterhin am besten, auf Nummer sicher zu gehen. Wanderer konnten sich verirren, und obwohl das nicht oft vorkam, reichte es aus, wenn eine Person etwas sah und weglief, bevor wir sie eines Besseren belehren konnten.

Die beiden folgten mir, und wir landeten am Rande der Baumgrenze bei unserer vorübergehenden Unterkunft. Levi und Bune nahmen wieder ihre menschliche Gestalt an, wahrscheinlich, um Jeremiah nicht glauben zu lassen, dass Dämonen angriffen, zumal wir die anderen längst überholt hatten.

Ich marschierte auf die Hintertür zu, denn ich wollte nicht trödeln und Levi den Eindruck vermitteln, dass ich unbedingt mit ihm reden wollte.

Man konnte andere nicht zwingen, sich zu ändern, wenn sie das nicht wollten oder nicht bereit dazu waren. Ich hatte schon zu oft gesehen, wie manche es versucht hatten und gescheitert waren.

Eine starke Hand umschloss meinen Arm und zerrte mich sanft zu sich. Meine Haut kribbelte, und mein Herz machte einen Sprung, als Levi sagte: »Vater, macht es dir etwas aus, schon mal reinzugehen und Rosemary und mich einen Moment allein zu lassen?«

»Überhaupt nicht«, sagte Bune. Als er an mir vorbeiging, hielt er inne und flüsterte mir ins Ohr: »Hör ihn einfach an, bitte!«

Jeremiah sprang in seiner Wolfsgestalt aus den Bäumen hinter uns. Er scharrte mit den Pfoten auf dem Boden, und es war klar, was er wollte. Ich beantwortete die Frage: »Du kannst auch gehen. Ich kann Wache halten.«

Fröhlich trottete er in Richtung Haus.

Mit mulmigem Gefühl atmete ich ein und versuchte, das Kribbeln zwischen seinem und meinem Fleisch zu ignorieren. Ich hatte gedacht, dass Levi sich mit mir versöhnen wollte, aber Bune hatte suggeriert, dass das nicht der Fall war. Ich würde mich dem stellen, was auch immer er sagen wollte, und nicht vor Konflikten zurückschrecken. Selbst wenn er das, was von meinem Herzen übrig war, zerfetzte.

KAPITEL SIEBENUNDZWANZIG

OBWOHL SICH MEINE Lunge mit Luft füllte, wurde mir schwindelig. Mein Mund war wie ausgetrocknet, als bräuchte ich dringend ein Glas Wasser, aber ich weigerte mich, mich zu rühren. Was auch immer er zu sagen hatte, ich wollte es hören.

»Ich richte Annie und Midnight aus, dass ihr beide gleich reinkommt«, rief Bune, während er an dem ausgebrannten Haus am Ende der Straße vorbei zu dem Haus, in dem unsere Freunde warteten, lief.

Levi fing meinen Blick auf und ich fröstelte. Seine Intensität raubte meinen Atem und schwarze Punkte trübten meine Sicht.

Ich versuchte, die Verbindung auf meiner Seite zu unterbrechen. Ich war noch nie vor Anspannung bewusstlos geworden, doch Levi war in vielerlei Hinsicht eine Premiere für mich. Aber er musste das Ausmaß meiner Gefühle für ihn nicht kennen.

Ein Lachen sprudelte aus mir heraus. Ich war wirklich eine Närrin, wenn ich glaubte, er täte das nicht.

Er schürzte die Lippen, während seine Besorgnis mich durchströmte.

Bei den Göttern! Ich hatte andere immer so angesehen, als hätten sie ihren Verstand verloren. Mir war das noch nie widerfahren – und das Gefühl war nicht angenehm.

Ich brauchte Klarheit, trat einen Schritt zurück und löste meinen Arm aus seinem Griff. Seine Berührung verbesserte die Situation nicht. Ich verschränkte die Arme und wartete darauf, dass er etwas sagte.

Seine Miene verfinsterte sich. »Du machst es mir nicht gerade leicht.«

»Ich bin mir nicht sicher, was du meinst.« Ich stand hier und wartete darauf, dass er mir mitteilte, was er auf dem Herzen hatte. Wenn ich es ihm schwer machen wollte, würde ich ihn ignorieren und hineinmarschieren. »Ich bin hier.«

Er fuhr mit der Hand über sein Gesicht. »Ich weiß, aber du machst einen distanzierten Eindruck auf mich.«

»Oh.« Ich ließ die Hände fallen und betrachtete die Entfernung zwischen uns. »Mir war nicht klar, dass du willst, dass ich näher komme.« Das konnte ich wohl tun, wenn es das Gespräch beschleunigte.

Er schloss die Augen. »Das habe ich nicht gemeint.«

»Was *dann*?« Ich wünschte, er käme zum Punkt. Meine Achselhöhlen schwitzten, was nie passierte, auch wenn ich mich körperlich enorm anstrengte. Leider hatte das alles mit diesem Mann vor mir zu tun und damit, dass ich wissen wollte, was er zu sagen hatte.

Er hatte die Augen noch immer nicht geöffnet, und ich hätte am liebsten geschrien. Wenn er versuchte, grausam zu sein und mich zu quälen, dann hatte er Erfolg. Ich wollte, dass er mir sagte, was er auf dem Herzen hatte, damit ich hineingehen und meine Wunden lecken konnte. Angesichts der Art und Weise, wie er das Ganze in die Länge zog, konnte es unmöglich gut sein.

Ich konnte nicht länger hierbleiben und auf die Worte warten, die er unter Verschluss hielt. Das war nicht richtig, und ich war es leid, nachgiebig zu sein. »Weißt du was? Es ist okay. Du musst nichts sagen. Es gibt ohnehin so viele Dinge, die gegen eine Beziehung zwischen uns sprechen, und es ist wahrscheinlich das Beste, wenn wir das nicht weiter in die Länge ziehen.« Die Worte kratzten in meiner Kehle, aber sie mussten gesagt werden. Ich hatte es uns leichter gemacht, indem ich sie ausgesprochen hatte. Jetzt konnten wir damit umgehen, wie auch immer unser Leben ohne den anderen aussehen würde. »Aber du musst trotzdem das Dämonenschwert zurückholen. Nicht nur für unsere Sicherheit, sondern auch für Bunes, Zagans und deine eigene.« Wenn die Dämonen Levi töteten, hätten sie das Schwert und könnten mit noch mehr Schrecken regieren.

Er verzog das Gesicht vor Schmerz und mir wurde warm.

Da ich nicht länger in seiner Nähe sein konnte, drehte ich mich weg, aber er hielt mein Handgelenk fest.

»Verdammt, Rosey!«, knurrte er. »Du bist so ungemein kompliziert.«

Hatte er *mich* gerade kompliziert genannt? »Entschuldige, dass ich es auf den Punkt bringe und sage, was du so schwer zu vermitteln weißt. Es gibt keinen Grund, sich weiter mit unserem Schmerz und unseren Gefühlen zu befassen. Dieses Hin und Her muss ein Ende haben. Ich habe es dir *leichter* gemacht, indem ich gesagt habe, was du offensichtlich nicht sagen kannst.«

»Das ist es ja.« Er machte einen Schritt auf mich zu und sein süßer Duft überwältigte meine Sinne. Mit seiner freien Hand hob er meinen Kopf an, sodass er mir direkt in die Augen sehen konnte. »Du bist so klug und die meiste Zeit kommst du vor allen anderen auf die Lösung. Du hast diesen erstaunlichen Verstand, der normalerweise das große Ganze sieht, aber du hast einen fatalen Makel.«

Er hatte mir zuerst ein Kompliment gemacht, sich dann anders entschieden und mich beleidigt. Das war das Hin-und-Her-Szenario, auf das ich gerade hingewiesen hatte, aber ich konnte mich nicht umdrehen und weggehen. Ich wollte, nein, ich *musste* wissen, worin seiner Meinung nach meine Schwäche bestand. »Und der wäre?« Ich trat einen Schritt zurück, sodass sein Finger unter mein Kinn rutschte, aber ich hielt meinen Kopf erhoben. Ich wollte nicht, dass er dachte, er sei der Grund, warum ich meinen Kopf hochhielt.

Er ließ die Hand sinken und lachte trocken. »Du bist *abgestumpft.*« Er stöhnte. »Du erwartest das Schlimmste und dass jeder, der nicht zu deinem inneren Kreis gehört, dich enttäuscht.«

»Nicht abgestumpft, sondern realistisch.« *Erwarte das Schlimmste!* Das war etwas, das ich immer anstrebte. Auf diese Weise war ich vorbereitet, und wenn sich die Umstände verbesserten, war es einfacher, den Kurs zu ändern. »Man zieht nicht in die Schlacht und erwartet, dass Trompeten erklingen und auf magische Weise Frieden einkehrt. Man geht mit der Erwartung von Enttäuschung, Herzschmerz und Zerstörung hinein.«

»Richtig, aber der Unterschied ist, dass nicht *alles* eine Schlacht ist.« Er ballte seine Hände zu Fäusten. »Unsere Beziehung ist nicht einfach, das kann ich bestätigen, aber es ist kein *verdammter* Krieg. Und *ich* werde nirgendwo hingehen.«

Er hatte den Verstand verloren. »Du musst in die Hölle gehen – du bist der Einzige, der das Schwert zurückholen kann.«

Er ließ seinen Kopf in die Hände sinken und machte das seltsamste Geräusch, das ich je gehört hatte. Es war eine Mischung aus Knurren, Lachen und Schreien. Dann räusperte er sich. »Das habe ich nicht gemeint.« Er richtete sich auf und seine Augen leuchteten, als er den Abstand zwischen uns verringerte. »Du nimmst alles wörtlich, also lass mich Klartext reden.«

Es brannte, als ich versuchte, zu atmen. Was auch immer er als Nächstes sagte, würde alles zwischen uns entscheiden.

»Du bist alles für mich, Rosey, und ich bin in jeder Hinsicht dabei.« Er streichelte meine Wange und fuhr fort: »Ich habe es satt, dagegen anzukämpfen, und heute Abend hast du mir die Augen dafür geöffnet, was aus uns werden kann, wenn wir aufhören, gegeneinander zu kämpfen, und anfangen, *füreinander* zu kämpfen.«

Eine schmerzhaft süße Wärme breitete sich in mir aus, aber ich versuchte, einen klaren Kopf zu bewahren. Ich durfte nicht die Nerven verlieren, weil er nette Worte zu mir sagte. Seine Taten stimmten nicht mit ihnen überein, und sie waren der eigentliche Beweis für eine gesunde Beziehung. »Ich will das auch, aber als du gegangen bist …«

»Es war falsch, dir das anzutun«, unterbrach er mich. »Ich weiß, dass ich gesagt habe, dass ich im Recht war und keine andere Wahl hatte, aber heute Abend, als du dein Leben riskiert hast, um meins zu retten, ohne mich auch nur zu *informieren* …« Er atmete tief ein. »Ich habe verstanden, was du gemeint hast. Ich hätte dir alles sagen sollen, besonders nachdem wir unser Band gefestigt hatten. Aber ich habe gedacht, ich würde das Richtige tun. Ich habe erst auf der anderen Seite stehen müssen, um zu begreifen, wie sich das anfühlt. Dabei hast du mich nicht einmal verlassen. Ich kann nicht glauben, wie viel Schmerz ich dir zugefügt habe, aber ich bin bereit, es wiedergutzumachen ... *für immer*, wenn du mich lässt. Was ich getan habe, war falsch, und es tut mir so leid.«

Mein Herz wurde so voll, dass ich mir ziemlich sicher war, es könnte explodieren. »Wenn du das nur sagst, um ...« Ich verstummte, weil ich nicht wusste, wie ich den Satz beenden sollte. Es gab so viele Möglichkeiten, aus denen resultieren könnte, dass er unbedacht mit Worten um sich warf, aber die Emotionen, die von ihm ausgingen, untermauerten seine Behauptung.

»Wenn ich lügen würde, wüsstest du das.« Er legte seine Stirn an die meine. »Du würdest die Lüge riechen, die Veränderung in meinem Herzschlag hören und sie sogar durch unser Band spüren. Ich gehöre dir ... wenn du mich noch haben willst.«

Meine Kehle war wie zugeschnürt und ich konnte nicht sprechen. Da er aufrichtig war und alles für mich aufs Spiel setzte, konnte ich ihn auf keinen Fall abweisen. Er war das, was mein Herz und meine Seele wollten. Selbst mein Kopf schrie keine Warnungen mehr, was merkwürdig war. »Okay«, murmelte ich.

Er hob leicht den Kopf und ein Lächeln breitete sich langsam auf seinem Gesicht aus. »Wirklich? Du bist dabei, so wie ich dabei bin? Wir machen das wirklich?«

Meine Lippen kräuselten sich. »Solange du dein Wort hältst. Aber das ist deine *letzte* Chance.« Ich konnte nicht immer wieder mein Herz öffnen, nur damit er es zerriss. Jedes Mal wurde der Schmerz schlimmer, aber ich musste es ein letztes Mal versuchen, um es nicht zu bereuen. Die Ewigkeit war eine lange Zeit, um mit Was-wäre-wenns zu leben.

»Ich brauche keine vierte, aber du darfst nicht immer das Schlimmste von mir erwarten. Wenn du das tust, dann haben wir keine Chance. Ich verdiene das, was du deinen Freunden zugestehst – einen Vertrauensvorschuss, bis du die Chance hast, mich anzuhören.« Er leckte sich über die Unterlippe. »Kannst du mir das geben?«

Die Frage erschütterte mich. Er hatte recht. Ich hatte das Schlimmste von ihm erwartet. Fairerweise musste man sagen, dass er meine Ängste jedes Mal bestätigt hatte, aber wahrscheinlich war das auch der Grund gewesen, warum er mir nicht sofort die Wahrheit gesagt hatte. Eine Beziehung musste eine Partnerschaft sein, und ich konnte nicht so tun, als wäre Levi der einzige Grund, warum wir Probleme hatten. Wenn er sich um mich bemühte, verdiente er das Gleiche im Gegenzug. »Ich verspreche es.«

»Den Göttern sei Dank«, murmelte er und küsste mich.

Seine Lippen waren weich und fest – mit anderen Worten, perfekt. Ich erwiderte den Kuss mit aller Entschlossenheit, denn ich wollte die Anziehung und Hingabe zwischen uns nicht länger leugnen. Schließlich hatte ich ihm gerade versprochen, nicht abgestumpft zu sein.

Ich öffnete meinen Mund und begrüßte seine Zunge, denn ich sehnte mich nach seinem Pfefferminzgeschmack. Es waren nur wenige Tage vergangen, seit wir uns zuletzt geküsst hatten, aber bei all dem Aufruhr zwischen uns hätte es genauso gut ein ganzes Leben sein können. Seine morgige Abreise in die Hölle würde die Sache auch nicht besser machen. Es war, als stellte sich jedes Mal, wenn wir einen Schritt nach vorn machten, etwas zwischen uns. Aber dieses Mal würden wir nicht zulassen, dass seine Abreise uns mehrere Schritte zurückwarf.

Ich liebe dich, sagte er, während er seine Hände um meine Taille schlang.

Diese Worte waren mein Verhängnis. *Ich liebe dich auch.* Ich hätte ihn am liebsten sofort in unser Schlafzimmer gezerrt, aber die anderen würden jeden Moment hier sein. Unsere Bindung war zwar wichtig, aber unser Überleben dringender. Außerdem war er verletzt, und das Letzte, was ich wollte, war, ihn noch mehr zu verletzen.

Obwohl wir keine Zeit mehr hatten, konnte ich ihm zeigen, dass ich ihn begehrte. Ich schlang meine Arme um seinen Hals, drückte meinen Körper an seinen und hielt inne. *Habe ich dir wehgetan?* Ich hatte seine Bauchverletzung vergessen.

Er stöhnte auf, als seine Finger unter mein Shirt glitten, sich in meine Haut bohrten und mich an sich zogen. *Es gibt nichts auf der Welt, was mich davon abhalten könnte, dich jetzt an meinen Körper zu pressen.*

Meine Haut wurde heiß. Ich hatte schon immer auf härteren Sex gestanden; es war eine Möglichkeit gewesen, die Dinge auf die einzige Art zu spüren, die ich gekannt hatte. Bei Levi brauchte ich das nicht, aber er bot mir trotzdem die perfekte Balance: nicht zu süß, aber trotzdem zärtlich, mit genau der richtigen Menge an Härte.

Griffins Automotor schnurrte, als er sich uns näherte, und es war, als würde uns jemand mit kaltem Wasser übergießen. Ich wollte mich nicht von Levi losreißen, aber wir mussten unsere nächsten Schritte bestimmen, um sein Überleben zu sichern und zu verhindern, dass meine Mutter für die fehlenden Artefakte verantwortlich gemacht wurde.

Als ich mich zurückzog, murrte Levi: »Natürlich

tauchen sie *jetzt* auf. Hätten sie uns nicht ein oder zwei Stunden Zeit lassen können?«

»Oh, mach dir keine Sorgen! *Das* wird heute Abend passieren.« Ich ließ meine Hand nach unten gleiten, streichelte ihn durch seine Jeans und genoss es, dass er mich ebenso verzweifelt wollte wie ich ihn. »Und ich brauche mehr als zwei Stunden.«

»Gut«, sagte er, als er mich wieder an sich zog. *Denn ich glaube nicht, dass ich jemals genug von dir bekommen werde.*

Das sollte er auch gar nicht erst versuchen.

Da ich wusste, dass wir einen Moment brauchten, um uns abzukühlen, küsste ich ihn ein letztes Mal und löste mich widerwillig von seinem Körper. »Wir brauchen eine Verschnaufpause.«

»So kann man es auch ausdrücken.« Der Geruch seiner Erregung lag schwer in der Luft.

Das Auto hielt vor dem Haus, und ich nahm seine Hand und führte ihn in dessen Richtung, damit wir alle begrüßen konnten. Mein Körper brannte vor Verlangen, unsere Bindung zu bestätigen, jetzt, da wir endlich auf derselben Seite standen, aber das würde noch eine Weile warten müssen.

Gerade als wir die Vorderseite des Hauses erreichten, stiegen die anderen aus dem Navigator und dem Van. Alex und Ronnie fehlten noch, aber ich nahm an, dass sie bald hier sein würden.

Sierras Blick fiel auf unsere vereinten Hände, und sie legte eine Hand auf ihre Brust. »Den Göttern sei Dank, dass ihr beide euch endlich versöhnt habt. Es hat einen Kampf und einen weiteren Beinahe-Tod gebraucht, um euch dazu zu bringen, aber ich hoffe, dass es jetzt besiegelt ist. Ich weiß nicht, wie viele Trennungen wir noch verkraften können.«

Natürlich hatte sie einen bissigen Kommentar parat, um den Moment zu würdigen. Doch nicht einmal das konnte das Lächeln aus meinem Gesicht vertreiben oder meine Freude dämpfen.

Der finstere Blick auf Killians Gesicht blieb nicht unbemerkt.

»Das Schicksal zwingt immer seine Hand«, warf Herne ein.

Circe warf einen Blick auf die Häuser. »Ich nehme an, das ist das Haus, in dem Annie auf uns wartet. Bei euch Wandlern kann ich mich nicht immer darauf verlassen, dass das Licht brennt, wenn jemand zu Hause ist.«

»Ja, aber drinnen wird es eng«, sagte Sterlyn, während sie sich zu den Silberwölfen umdrehte und in Richtung Wald nickte. »Darrell, warum gehst du nicht nach Hause zu Martha, und Chad, du solltest dich ebenfalls in deinem eigenen Zuhause ausruhen. Jeremiah macht sich gerade auf den Weg, um ebenfalls mit euch zurückzugehen, und Kodi und Hugo kommen, um euch drei abzulösen. Wir kommen in der Zwischenzeit zurecht.«

Wie aufs Stichwort öffnete sich die Haustür, und Jeremiah trat zu uns nach draußen. Er machte einen Schritt auf den Wald zu und hielt dann inne. »Ich kann bleiben, bis ...«

»Geh!«, sagte Cyrus, während er vom Rücksitz kletterte und dabei dicht bei Zagan blieb. »Du benötigst Zeit mit deiner Gefährtin, nachdem ihr ein paar Tage getrennt wart, und Chad, du brauchst eine Pause. Ihr habt so oft das Kommando übernehmen müssen.«

Die drei Silberwölfe sahen einander an, wahrscheinlich kommunizierten sie über ihre Rudelverbindung. Dann machten sie sich auf den Weg in den Wald, während

Darrell über seine Schulter rief: »Sagt uns Bescheid, wenn ihr uns wieder braucht!« Er verschwand und eilte zurück in Richtung Shadow Ridge.

Cyrus' Augen funkelten. »Geh rein, Dämon, und mach keine Dummheiten!«

Mit einem tiefen Stirnrunzeln ging Zagan auf das Haus zu. Wohlweislich sagte er kein Wort.

Aurora und Lux kicherten, als sie den Dämon beim Betreten des Hauses beobachteten. Ihre Gesichter waren errötet, und es war nicht schwer zu erkennen, dass sie den Dämon attraktiv fanden. Wäre Levi nicht gewesen, hätte ich Zagan vielleicht auch ansprechend gefunden, aber mein Blick galt nur dem, was mir vorbestimmt war.

Eliphas und Aspen blieben im hinteren Teil der Gruppe und beobachteten die Gegend. Auch Cordelia und Kamila waren in Alarmbereitschaft und stellten klar, dass die einzigen beiden Hexen, die nicht auf der Hut waren, Aurora und Lux, die Jüngsten der Gruppe, waren.

»Kommt schon!« Griffin ging zur Eingangstür und benahm sich mehr denn je wie ein Diplomat. »Lasst uns reingehen, damit wir über den morgigen Tag sprechen können.«

Ich ließ alle vor, weil ich die Gelegenheit nutzen wollte, die Gegend ein letztes Mal zu überprüfen, bevor ich ins Haus ging. Obwohl die Bedrohung vorübergehend beseitigt, musste ich eine letzte Inspektion durchführen, besonders jetzt, da niemand mehr Wache hielt.

Levis Hand legte sich fester um meine. *Stimmt etwas nicht?*

Nichts wirkte ungewöhnlich. Ein Flughörnchen sprang in unserer Nähe von Ast zu Ast. *Nein, ich lasse nur den anderen den Vortritt.* Als ich das Flughörnchen sah, fühlte ich mich gleich viel wohler.

Ich zog meine Flügel ein und wir gingen ins Haus.

Das Wohnzimmer als beengt zu bezeichnen, wäre eine Untertreibung.

Circe schnippte mit einer Hand in Richtung Zagan und sagte: »So. Der Barrierezauber ist vollendet. Er kann das Haus nicht verlassen, ohne dass jemand von außen hilft oder einer von uns den Zauber aufhebt.«

Ohne weitere Ermutigung eilte Cyrus zu der Couch, die am weitesten von der Tür entfernt war, und stellte sich hinter Annie, die in der Mitte saß. Er berührte ihre Schulter, um ihr nahe zu sein.

Unruhig setzte sich Midnight auf Annies rechte Seite. Sie nickte den Hexen zu, als Bune sich hinter sie stellte und versuchte, für alle anderen Platz zu machen.

»O Göttin!«, keuchte Lux, die an der Wand hinter der Couch stand, die der Eingangstür am nächsten war. »Annie, du bist so schwanger. Ich kann nicht glauben, wie groß du in so kurzer Zeit geworden bist.«

Sierra schnaubte, hakte sich bei Aurora ein, zog die junge Hexe zur gegenüberliegenden Couch und sagte: »Das klingt sehr nach Rosemary.«

Ich würde die Sterblichen nie verstehen. Für Lux war es in Ordnung, so etwas zu sagen, aber wenn ich es gewesen wäre, hätte Sierra mit mir geschimpft.

»Wölfe und Engel sind nicht lange schwanger.« Annie strahlte, während sie ihren Bauch rieb. »Und dafür bin ich dankbar.«

»Ich kann es kaum erwarten, unser kleines Mädchen kennenzulernen«, gurrte Cyrus, und ich verzog keine Miene angesichts seiner Verliebtheit.

Herne folgte Lux hinter die Couch, und Circe und Aspen reihten sich hinter ihr ein.

Als Kamila neben Aurora saß und Cordelia sich ihr

gegenübersetzte, hatten endlich alle Platz genommen. Eliphas stand hinter seiner Frau, und Killian lehnte an der Wand auf der anderen Seite des Raums.

Sterlyn, Griffin, Levi und ich standen vor der Wand, an der der Fernseher montiert war, während Zagan in der Ecke schmollte, die am weitesten von der Eingangstür entfernt war.

Circe gähnte und bedeckte den Mund mit ihrer Hand. »Wissen wir, ob es Ronnie und Alex gut geht?«

»Sie haben vor ein paar Minuten angerufen.« Annie lehnte sich zurück. »Sie haben Vampire geschickt, um den Menschen zu ihren Autos zu helfen, damit sie sofort nach Hause fahren können. Alex und Ronnie wollen nicht riskieren, dass sie in der Nähe bleiben und sich triggern lassen.«

»Inwiefern unterscheidet sich das von den Menschen, deren Erinnerungen in den Blutbanken gelöscht werden?« Kamila schlug ihre Beine übereinander. »Wenn bei ihnen Erinnerungen ausgelöst werden könnten, hätten dann nicht alle Menschen dieses Problem, wenn sie nach der Blutspende in der Stadt blieben?«

Diese Frage bewies, wie wenig sich die Hexen mit anderen übernatürlichen Rassen auskannten. »Die Blutspenden sind nicht traumatisch. Die Vampire verpassen den Menschen eine Gehirnwäsche, damit sie spenden, was unter Menschen eine gängige Praxis ist. Was sie vergessen, ist die Nötigung und die seltsame Uhrzeit, zu der die Spende stattgefunden hat. Was diese Menschen heute erlebt haben, war wirklich traumatisch.«

»Und solche Erinnerungen sind nicht leicht zu vergessen.« Annie rieb ihre Arme. »Glaubt mir. Ich dachte, ich würde verrückt werden, als ich etwas Ähnliches durchgemacht habe.«

Es war unwirklich, wie gut Annie die Erinnerung daran

verkraftet hatte, dass sie einen ähnlichen Schrecken erlitten und Ronnie fast getötet hatte, während sie unter der Gedankenkontrolle eines abtrünnigen Vampirs gestanden hatte. Erst als wir erfahren hatten, dass sie übernatürlich war, hatte es Sinn ergeben, dass sie dem Zwang widerstanden hatte, ihre Pflegeschwester zu töten.

Sterlyn seufzte. »Höchstwahrscheinlich wurde die Erinnerung ausgelöst, weil es um Ronnie ging. Es ist schwer, Abstand zu gewinnen, wenn die eigene Familie im Spiel ist.«

Cordelia tätschelte Annies Arm und murmelte: »Es ist alles so gekommen, wie es kommen musste.«

Das Schicksal hatte eine seltsame Art, dafür zu sorgen, dass ihr Plan befolgt wurde.

»Wie die Hexen schon gesagt haben, wartet morgen eine lange Nacht auf uns. Wir brauchen alle Zeit, um uns zu erholen und zu heilen.« Levi zerrte mich in Richtung Eingangstür. »Rosemary und ich werden im anderen Haus unterkommen. Ich möchte meine Wunden versorgen und mich ausruhen, denn die Dämmerung wird schneller kommen, als wir denken.« *Und bis dahin muss ich dich noch mehrmals ausziehen.*

Oh, du wirst mich nur einmal ausziehen müssen. Meine Klamotten ziehe ich erst wieder an, wenn du aufbrechen musst. Mein Herz schmerzte bei dem Gedanken, aber es musste getan werden. Es führte kein Weg daran vorbei.

Er grinste frech. *Das klingt himmlisch.*

»Wir acht können hier unten schlafen«, bot Circe an. »Ich weiß, dass wir unter dem Radar bleiben wollen, und wir haben kein Problem damit, auf den Sofas und dem Boden zu übernachten. Wir würden gern zusammenbleiben.«

»Im Wäscheschrank oben im Schlafzimmer sind Laken,

Bettdecken und Kissen«, erklärte Annie. »Ich weiß das, weil sie im Haus nebenan auch so gelagert werden.«

»Es ergibt Sinn, wenn der Großteil von uns hierbleibt, um außerdem ein Auge auf Bune zu haben.« Sterlyn zeigte auf die einzelnen Personen, die sie namentlich erwähnte. »Annie, Cyrus, Killian, Sierra, Rosemary und Levi gehen rüber, während der Rest von uns hierbleibt. Ich möchte hier sein, wenn Ronnie und Alex zurückkommen, und auch die anderen können es sich hier gemütlich machen.«

Damit meinte sie, dass sie Annie auf Distanz halten wollte, falls etwas passierte und Killian und Sierra keine Dämonen sehen konnten. Wahrscheinlich wollte sie sich nicht mit Levi streiten, da er in die Hölle ging, um das Schwert zu holen, und er bei voller Kraft sein musste. Ihre Logik ergab Sinn, aber ich wünschte, es gäbe einen anderen Weg.

»Genug geredet.« Circe musterte die Mitglieder ihres Hexenzirkels mit hochgezogener Braue. »Es ist Zeit, zu ruhen.«

Ich verließ sie nur ungern, aber sie hatten recht. Ich hoffte, vierundzwanzig Stunden voller Sex mit Levi zu verbringen, aber wir brauchten auch Ruhe. *Komm schon, lass uns ins Bett gehen.* Ich ging auf die Tür zu, zögerte aber. »Sagt uns Bescheid, wenn ihr uns braucht. Ich kann in Sekunden hier sein.«

»Keine Sorge. Das werden wir.« Griffin legte einen Arm um die Schultern seiner Gefährtin. »Glaub mir, wenn ich sage, dass ich dich immer auf unserer Seite haben möchte.«

Levi zerrte mich zur Tür, weil er unbedingt mit mir allein sein wollte. Als wir uns nach draußen begaben, trat noch jemand durch die Tür.

Killian – und mit ihm seine Milchschokoladenaugen – gesellte sich zu uns. »Ich möchte kurz mit dir sprechen.«

Ein leises Knurren entrang sich Levi, als sich seine Wut in mir entlud.

Ich hatte keine Lust darauf, dass die beiden sich wieder stritten. Es war an der Zeit, dass ich sie in ihre Schranken wies.

KAPITEL ACHTUNDZWANZIG

ICH STELLTE MICH VOR LEVI, um ihn von Killian fernzuhalten, und verband mich mit meinem Partner: *Warum fühlst du dich von ihm so bedroht? Du weißt, was ich empfinde und dass du der Einzige für mich bist. Er ist nur ein Freund.*

Levis Verärgerung flammte auf. *Ich weiß, was ihr beide fühlt, und er will dich noch immer.*

Obwohl ich nicht selbstverliebt war, hatte ich mich seit einem Jahrtausend pragmatisch einschätzen können. *Ich bin eine starke Kriegerin und nicht hässlich. Es ist nicht verwunderlich, dass er mir gegenüber mehr als freundlich gesinnt ist, obwohl er ein Wolf ist. Möchtest du andeuten, ich sei es nicht wert, begehrt zu werden?*

Was? Nein. Seine Ungläubigkeit traf mich wie ein Blitz und er atmete tief aus. *Du bist heiß, aber du gehörst mir. Er muss aufhören, sich zwischen uns zu drängen. Versuch nicht, die Sache auf mich zu schieben!*

Soweit wir wissen, könnte Killian über die Zeit reden wollen, in der er und unsere Gruppe gefangen gehalten wurden. Und du behauptest, ich würde das Schlimmste von anderen denken. Ich schleuderte ihm seine eigenen Worte entgegen, weil ich wollte, dass er erkannte, dass er mit den gleichen Problemen zu kämpfen hatte wie ich.

Ich wandte meine Aufmerksamkeit wieder Killian zu, der auf die Stelle starrte, an der meine Hand mit Levis verbunden war. Er musste Levi unbedingt beweisen, dass dieser falschlag, aber es sah so aus, als würde er das Gegenteil erreichen. Ich versuchte, mir meine Frustration nicht anmerken zu lassen, aber ich war müde und wollte mit Levi allein sein. »Ja?«

Killian schüttelte den Kopf, als wäre er in die Realität zurückgekehrt. »Ja, tut mir leid. Ich wollte nur sagen, dass die Dämonen, die uns gefangen halten haben, bestätigt haben, dass es sich um Eliza handelt.«

Mein Herz raste. Das hatten wir zwar schon herausgefunden, aber es war schön, eine Bestätigung zu haben. »Was haben sie gesagt?«

Er schloss die Tür, kam näher und senkte seine Stimme auf ein leises Murmeln. »Sie haben gesagt, dass sie eine der Hexen erwischt haben, die für das Schließen des Portals verantwortlich waren. Und sie haben uns dafür gedankt, dass wir sie ihnen so einfach übergeben haben. Offenbar brauchen sie eine Hexe, die sich nicht für das Böse entschieden hat, um den Zauber auszuführen, mithilfe dessen sie die Hölle unbemerkt verlassen können.«

Levi drehte sich um mich herum, damit er an dem Gespräch teilhaben konnte. »Dann ist es ja gut, dass wir Eliza *und* das Schwert zurückholen werden.«

Natürlich brauchten die Dämonen Eliza – wahrscheinlich wegen des Gleichgewichts zwischen Gut und Böse, das sie davon abhielt, auf die Erde zu reisen, da ihre negative Welle die Engel auf ihre Anwesenheit aufmerksam machen würde. Vielleicht konnte die Hexe ihre Energie verbergen.

»Wann wirst du dem Hexenzirkel den Plan der Dämonen für Eliza mitteilen?«

»Sie wissen bereits Bescheid, aber ich wollte nicht, dass sie mitbekommen, wie ich dich informiere, damit sie sich nicht erneut aufregen. Sie haben heute Abend viel Magie eingesetzt und wir brauchen sie in ihrer stärksten Form. Wir werden morgen weiter darüber sprechen.« Killian schnitt eine Grimasse.

Das war klug; morgen würden alle rationaler denken.

Killian wollte die beschützen, die ihm etwas bedeuteten, und diese Hexen hatten es in sein Herz geschafft. Ich sagte: »Vielleicht geben sie uns ja jetzt, da sie von Elizas Rolle wissen, einen Einblick in das, was die Dämonen planen.«

»Rosey, wir sollten uns ausführlich mit den verschiedenen Szenarien befassen«, erklärte Levi. »Das sollte mindestens eine Stunde dauern, wenn nicht sogar zwei.« *Auf diese Weise sollten wir eine Runde ohne Publikum hinbekommen.*

Eine Runde? Das war ein merkwürdiger Satz, aber dann schaltete sich mein Gehirn ein. Er meinte Sex. *Wir sollten in dieser Zeit mindestens drei oder vier Runden schaffen.* Wenn wir es richtig anstellten, würden die Orgasmen schnell kommen. Wir brauchten keine Stunde, um uns auf einen vorzubereiten. Das wäre Zeitverschwendung.

Nicht bei dem, was ich für uns geplant habe. Er drehte seinen Kopf und zwinkerte mir zu.

»Ja, ich bin sicher, dass es so lange dauern wird.« Killian schnaubte. »Ich gehe besser wieder rein, damit ihr zwei euch etwas … ausruhen könnt. Ihr hattet eine harte Nacht.«

Oh, es wird hart werden. Levi wackelte mit den Augenbrauen. »Ja, danke, Mann.«

Er zerrte an meiner Hand und ging auf das Haus nebenan zu.

Die Haustür öffnete sich, aber Killian hielt inne. »Oh, und wenn du ihr noch einmal wehtust, trete ich dir in den Arsch. Es ist mir egal, ob ich dich in deiner Dämonengestalt sehen kann oder nicht. Ich werde einen Weg finden, dich zu töten. Niemand tut meiner Familie so weh, schon gar nicht mehr als einmal.«

»Familie, hm?«, fragte Levi, als er stehen blieb und über seine Schulter zu Killian sah. »Das kann ich nachvollziehen. Ich war ein Trottel, und ich werde diesen Fehler nicht noch einmal machen. Sie bedeutet mir mehr als alles andere im ganzen Universum.«

Levi strahlte keine Feindseligkeit mehr aus, wie er es getan hatte, als Killian nach draußen getreten war. Vielleicht hatten sie ja doch Fortschritte gemacht. Ich hatte mittlerweile zwar tiefere Emotionen, aber das bedeutete nicht, dass ich Männer plötzlich verstand. Manche Rätsel ließen sich nie lösen – und das war eines davon.

»Gut, denn dich zu töten, würde sie verletzen, und ich möchte ihr keinen Schmerz zufügen.« Killian lächelte traurig. »Ich möchte, dass sie glücklich ist. Das ist das Wichtigste für mich.«

Meine Augen brannten, und in meiner Brust wurde es warm. Killian war ein erstaunlicher Mann, einer der besten, die ich je kennengelernt hatte. Die selbstverliebte Playboy-Fassade war nur gespielt gewesen, um den Verlust seiner Eltern und seiner kleinen Schwester zu verbergen. Dann war Sterlyn aufgetaucht und hatte sowohl ihn als auch Griffin in ihre Schranken gewiesen. Jetzt war er dabei, der Mann und Alpha zu werden, der er sein sollte, und ich hoffte, dass er eines Tages eine würdige Gefährtin fand, die ihm zur Seite stehen würde. »Und ich wünsche mir das Gleiche für dich.«

Er ließ die Schultern hängen und musterte das Kopfsteinpflaster. »Ich weiß. Ich wünsche euch beiden eine gute Nacht. Ich kann euch mindestens eine Stunde verschaffen, bevor wir anderen rüberkommen.«

Levis finsterer Blick verschwand, und er beschleunigte sein Tempo wieder. *Wir haben keine Sekunde zu verlieren.*

Ein Lachen brodelte in meiner Brust. Obwohl ich mich immer mehr an Gefühle gewöhnte, war dieses bei Weitem das seltsamste von allen. Es war nicht unangenehm, aber ich fühlte mich völlig außer Kontrolle, als könnte ich es nicht unterdrücken, selbst wenn ich es gewollt hätte.

Sobald wir das Haus betraten, riss mich Levi von den Füßen. Ein leiser Aufschrei entkam mir, als er auf die Treppe zuraste.

Sein Enthusiasmus löste etwas in mir aus, und mein Körper erwärmte sich in Erwartung. Oben angekommen, stellte er mich auf die Füße, und wir eilten in das Zimmer, in dem ich geschlafen hatte. Über die Schulter sagte er: »Mach die Dusche warm und hol uns ein paar Handtücher! Ich bringe die Klamotten.«

Ich hatte nicht erwartet, dass wir duschen würden, aber jetzt, da er es erwähnte, realisierte ich, dass wir beide blutig und verschwitzt vom Kampf waren. Ganz zu schweigen davon, dass wir unsere Bindung zum ersten Mal vollzogen hatten, als wir miteinander geduscht hatten. Vielleicht wollte er also eine Wiederholung. Das störte mich nicht im Geringsten.

Im Bad zog ich meine Kleider und Schuhe aus. Ich lief über die kühlen rötlichen Eichenholzfliesen und ging an dem weißen Marmorwaschbecken und der Toilette vorbei.

Als ich die Duschwanne erreichte, lehnte ich mich hinein, um die Brause einzuschalten.

Während das Wasser warm wurde, bückte ich mich, holte zwei saubere Handtücher aus der Schublade und legte sie auf den Waschtisch.

Obwohl Levi keinen Laut von sich gab, als er das Bad betrat, spürte ich, wie sich die Luft um mich herum auflud und mich auf seine Anwesenheit aufmerksam machte. Ich drehte mich um und sah, wie er meinen Anblick in sich aufnahm.

In der einen Hand hielt er eine orangene Yogahose und ein weißes Shirt, in der anderen eine schwarze Pyjamahose für Männer. »Bei den Göttern, Rosey! Du bist so verdammt umwerfend.« Er warf die Klamotten auf die andere Seite des Waschtisches, schlug die Tür zu und schloss sie ab, bevor er zielstrebig auf mich zuging.

Meine Aufmerksamkeit galt jedoch den Blutspritzern auf dem dunklen Shirt, das er trug. Jetzt, da sie getrocknet waren, konnte ich sie nicht mehr so gut sehen, aber ich nahm weiterhin den intensiven Geruch seines Bluts wahr.

Bevor wir uns wieder vereinigten, musste ich ihn heilen. Ich wollte nicht, dass er sich durch unseren Spaß noch mehr verletzte, und er musste für seine morgige Reise in die Hölle fit sein.

»Hier, lass mich dich schnell heilen, bevor wir reingehen.« Ich zapfte meine Magie an, und meine Hand glühte, als ich nach seinem Bauch griff.

Er fing mein Handgelenk auf und gluckste: »Nicht so schnell, Rosey. Es ist kein Wettrennen.«

Das habe ich auch nicht behauptet. Es gab Zeiten, in denen ich das Gefühl hatte, mit Sterlyn und ihren Freunden zu reden und nicht mit ihm. Er war genauso alt wie ich, aber seine Sprache war viel moderner, was wahrscheinlich daran lag, dass neue Dämonen erschaffen wurden und die schwächeren auf der Erde herumlaufen durften. Trotzdem gefiel es mir nicht, ständig verwirrt zu sein. Ich sollte zurück an die Shadow Ridge University gehen, um modernere Kurse zu besuchen, und mich weniger beschweren, wenn Sierra mich zwang, diese schrecklichen Dinge zu sehen, die sie romantische Komödien nannte. *Ich will einfach nur Sex.*

Sein Lächeln wurde so breit, dass auf beiden Wangen Grübchen entstanden. *Oh, dazu kommen wir noch, aber wir werden uns Zeit lassen.*

Ich wollte mir keine *Zeit* lassen. Ich wollte es hart, schnell und so vernichtend wie möglich, bevor die anderen rüberkamen und wir leiser sein mussten. *Ich will morgen nicht ohne Unbehagen gehen können.*

Zischend knirschte er mit den Zähnen. »Ich hätte nie gedacht, dass es so verdammt heiß sein würde, dich das sagen zu hören. Und eines Tages werden wir das tun. Ich werde dafür sorgen, dass du am nächsten Tag nicht mehr laufen kannst, wenn du das willst, aber nicht heute.«

Ich atmete tief ein und schwieg sowohl mit meinem Mund als auch mit meinen Gedanken. Ich wollte mich beschweren, aber wenn er es langsam und langweilig wollte, würde ich ihm den Gefallen tun. Schließlich würde er morgen in die Hölle reisen.

Du schmollst. Er lachte, als er langsam sein Shirt auszog und vor Schmerz leicht stöhnte.

Übelkeit machte sich in meinem Magen breit, als ich sah, wie schlimm sein Unterleib zugerichtet war. Trotz seiner übernatürlichen Genesungszeit klafften immer noch große Wunden in seinem Bauchbereich, wo die Kugel des Flegels ihn mehrmals getroffen hatte. Sie waren so tief, dass sie nicht verkrustet waren, und aus den Wunden sickerte immer noch Blut.

Die Luft war warm, und das nicht nur wegen meines Verlangens; das Wasser war heiß und Dampf erfüllte den Raum. Er trat seine Tennisschuhe weg und zog seine Jeans und Boxershorts aus.

Ich konnte mich nicht zurückhalten und starrte ihn an. Alles. Jeden leckbaren ... köstlichen ... Zentimeter. Ein kleines bisschen Vernunft verließ meinen Verstand und seine Verletzung war das Einzige, was mich auf dem Boden hielt.

Das musste ich ändern.

»Das muss wehtun.« Ich mochte es nicht, wenn er Schmerzen hatte. Ich würde lieber die Hauptlast tragen und ihm weitere Unannehmlichkeiten ersparen.

Er streichelte meine Hand und betrachtete meine Finger. »Deine Verletzung ist genauso schlimm, wenn nicht noch schlimmer. Was hast du denn gemacht? Eine verdammte Klinge festgehalten?«

»Es war ein strategischer Zug. Ich habe das Schwert gebraucht, und der Dämon hatte den Griff. Ich wusste, dass ich einen tödlichen Schlag ausführen würde, um die Waffe zu bekommen.« Obwohl meine Flügel großartig waren, war ein zusätzlicher scharfer Gegenstand ideal, vor allem, weil ich dann nicht auf die Aerodynamik meiner Flügel Rücksicht nehmen musste.

Sein Mund blieb offen stehen. »Du hast ernsthaft nach der Klinge des Schwerts gegriffen? Du hättest deine Extremitäten verlieren können.«

So weit hätte ich es nicht kommen lassen. Er ruinierte die Stimmung, also zog ich meine Hand weg und wandte mich der Dusche zu. *Lass uns duschen, damit ich dich heilen kann und wir zusammen am Abbau unserer Frustrationen arbeiten können!*

Als er nicht widersprach, wollte ich meine Faust zum Sieg recken. Ich würde doch noch meinen Willen bekommen.

Ich stieg in die Wanne und ließ das Wasser über meinen Körper laufen. Das fast brühend heiße Wasser tat meinen verspannten Muskeln gut, und ich drehte mich um, sodass es meinen Rücken dort traf, wo meine Flügel verbunden waren.

Er schlüpfte nach mir in die Dusche und schlang seine Arme um meine Taille. Ich hob meinen Kopf und sah ihm in die Augen, woraufhin er meine Wange streichelte. Wärme breitete sich zwischen uns aus, als er fragte: *Bist du okay?*

Mehr als okay. Mit ihm zusammen zu sein, war richtig. Streiten und getrennt zu sein, war nicht natürlich. *Das* war unsere Bestimmung.

Er fuhr mit den Fingern durch meine Strähnen und neigte meinen Kopf nach hinten, sodass das Wasser mein Haar benetzte. Genau wie beim ersten Mal wollte er sich um mich kümmern. Da ich wusste, dass ich nicht widersprechen sollte, genoss ich den Anblick, als er sich umdrehte, das Shampoo holte und es in mein Haar einmassierte.

Meine Hand wanderte zu seinem Bauch, um ihn zu heilen, aber er wich zurück und räusperte sich: »Lass mich erst mal für dich sorgen. Es geht mir gut.«

Ich warf ihm einen bösen Blick zu, aber da kein Unbehagen durch das Band drang, ließ ich es dabei bewenden. Er schien keine allzu starken Schmerzen zu haben, sonst hätte er sie nicht verbergen können.

Nachdem er mein Haar und meinen Körper gesäubert hatte, massierte er meine Kopfhaut und meinen Rücken und ich entspannte mich. Noch nie hatte sich jemand so um mich gekümmert, und wenn es jemand anderes gewesen wäre, hätte ich es nicht zugelassen. Bei Levi fühlte ich mich so sicher, dass ich meine Deckung fallen lassen konnte.

Nachdem er meine verletzte Hand sanft gewaschen und meinen Arm gesenkt hatte, gab er mir einen Klaps auf den Hintern und befahl: *Beweg dich, damit ich mich auch waschen kann!*

Ich ergriff seine Schultern und tauschte den Platz mit ihm. *Du hast mich gewaschen. Jetzt werde ich mich um dich kümmern.*

Seine mokkabraunen Augen wurden fast milchig, als sie aufleuchteten. *Da bin ich dabei.*

Ich nahm sein Gesicht und neigte seinen Kopf nach hinten.

Er zuckte zusammen, woraufhin sich mein Unterkiefer zusammenzog. Ich sagte: »Lass mich dich heilen!« Das war mehr als lächerlich, vor allem, wenn sein Bauch die Ursache für seine Qualen war.

»Das ist nicht das Problem.« Er presste seine Lippen aufeinander, aber ich konnte seine Belustigung durch unsere Verbindung spüren. »Du hast lediglich meinen Kopf zu weit nach hinten geneigt, das ist alles.«

Meine Wangen brannten. Sanft und fürsorglich zu sein, war eindeutig nicht meine Stärke. *Es tut mir leid.* Ich ließ meine Hände fallen, weil mir das seltsame Gefühl nicht behagte. Am liebsten hätte ich mein Gesicht vor Verlegenheit versteckt.

Das muss es nicht. Er nahm meine unverletzte Hand und lehnte sich zurück, bis sein Haar nass war. *Ich liebe, was du tust. Hör nicht auf. Bitte hör nicht auf.*

Ich holte das Shampoo und erkannte, dass ich zuerst etwas erledigen musste, bevor ich ihn einseifen konnte. Ich zapfte mein Innerstes an und ließ die Magie meine verletzte Hand erfüllen, um sie zu heilen. Ich hasste es, Magie an mich selbst zu verschwenden, aber ich wollte in der Lage sein, mich um ihn zu kümmern.

Innerhalb weniger Minuten heilte die Haut und er schüttelte den Kopf. *Es ist unglaublich, dir dabei zuzusehen.*

Offensichtlich hatten die Dämonen diese praktische Fähigkeit verloren, als sie gefallen waren, was Sinn ergab, da sie ebenfalls ihre Flügel eingebüßt hatten.

Jetzt war es an mir, ihn zu waschen.

Ein kehliges Knurren entwich ihm, als ich seinen Körper gründlich wusch, wodurch ich an Selbstvertrauen gewann. Seinen Bauch berührte ich erst zum Schluss, da er sich jedes Mal beschwerte, wenn ich versuchte, meine Magie an ihm einzusetzen.

Sanft legte ich meine Hand auf seine Verletzung und zapfte meine Magie an. Dieses Mal klagte er nicht und ich ließ meine Magie in ihn eindringen. Seine kühle Essenz wirbelte um die meine, und die beiden Temperaturen prallten aufeinander. Aber es fühlte sich anders an, so, als würde sich keiner von uns beiden zurückhalten.

Unsere Magie vermischte sich, und ich ließ mehr von meiner in ihn einfließen. Ihn zu heilen, erforderte mindestens doppelt so viel Magie, als bei jeder anderen übernatürlichen Rasse. Obwohl ich spürte, wie sich meine Magie erschöpfte, zerrte etwas in mir – ein verzweifeltes Bedürfnis nach ihm, das meine Seele erfüllte.

Er stöhnte. *Unsere Seelen verlangen danach, sich zu vereinen. Es ist, als wüssten sie, dass wir nicht mehr gegen die Verbindung ankämpfen.*

Das war die perfekte Beschreibung. Ich brauchte ihn,

aber es war anders als all die anderen Male. Zuvor waren wir hektisch gewesen, als hätten unsere Seelen versucht, uns zu zwingen, zusammenzukommen. Heute Abend war es ein Bedürfnis, aber eines von einer tieferen Art von Verbundenheit ... von wahrer Liebe.

Er küsste mich und ich öffnete bereitwillig meinen Mund.

Seine Zunge glitt hinein, und ich ließ immer mehr von meiner Magie in ihn einfließen. Seine Verletzung war fast verheilt. Während sich unsere Energien verbanden, tanzten unsere Münder miteinander.

Ich war mir nicht sicher, wie viel Zeit vergangen war, aber Levi zog sich schließlich zurück und ließ mich atemlos zurück.

»Lass uns ins Schlafzimmer gehen«, murmelte er, küsste mich auf die Wange und stellte das Wasser ab.

Warte! Nein. Lass uns erst hier Sex haben! Jetzt, da seine Verletzung verheilt war, ließ ich meine Hand tiefer sinken.

Er bewegte sich rückwärts, erwischte mein Handgelenk und gluckste. »Ins Schlafzimmer, Rosey!«

Sein Befehl erregte mich und machte mich zugleich wütend. Doch mein Körper sehnte sich zu sehr nach Erleichterung, als dass ich mich dagegen hätte wehren können. Wir beide schlüpften aus der Dusche und trockneten uns ab. Ich schnappte mir die Klamotten vom Waschtisch und eilte ins Schlafzimmer, ohne sie anzuziehen. Es hätte mich nicht gewundert, wenn er gesagt hätte, wir sollten uns anziehen und unten eine Tasse Tee trinken, bevor wir miteinander schlafen konnten.

Ich würde mir *jetzt* meine Erlösung holen, ob es ihm nun gefiel oder nicht.

Er folgte mir dicht auf den Fersen, und sobald er uns im

Schlafzimmer eingeschlossen hatte, warf ich die Kleidung auf den Boden, nahm ihn in die Hand und streichelte ihn.

Bei den Göttern, ich liebe es, wie du das Kommando übernimmst und mich genau wissen lässt, was du willst. Er bewegte seine Hüften im Rhythmus mit meiner Hand und schob mich dabei rückwärts zum Bett.

Als meine Beine die Matratze berührten, beugte er sich über mich, während ich seinen Körper weiter bearbeitete.

Leg dich hin, Rosey! Er rutschte neben mich aufs Bett. Als wir uns niederließen, steigerte er das Tempo meiner Bewegungen, indem er seine Hände zwischen meine Beine schob und mich massierte.

Die Reibung wuchs sofort, und ich wollte mich aufsetzen, aber er hielt mich fest. *Lass es uns langsam angehen!*

Als er meine empfindliche Stelle intensiver umkreiste, ließ ich mich von der aufkommenden Lust mitreißen. Die Ekstase gewann die Oberhand. Mein Körper zuckte, aber er verlangsamte sein Tempo nicht. Stattdessen intensivierte er seine Bemühungen.

Ich verlor das Zeitgefühl, als ein Orgasmus nach dem anderen meinen Körper durchströmte. Als er gesagt hatte, dass wir es langsam angehen würden, hätte ich nicht gedacht, dass er mich vor Vergnügen keuchen lassen würde. Ich war so empfindlich, dass ich bei jeder Berührung fast wieder über die Schwelle kippte.

Aber es war immer noch nicht genug.

Levi, bitte! Ich war dem Betteln nicht abgeneigt. *Ich brauche dich.*

Ein freches Grinsen glitt über sein Gesicht, als er sich auf mich rollte und sich zwischen meine Beine schob. *Darauf habe ich gewartet – den Göttern sei Dank! Ich bin mir nicht sicher, wie lange ich das noch durchgehalten hätte.*

Er glitt langsam in mich hinein, beugte sich über mich und küsste mich.

Wir bewegten uns im Einklang, unsere Seelen verbanden sich wahrhaftig. Ich war noch nie von jemandem mit so viel Sorgfalt und Liebe behandelt worden.

Langsam war nicht langweilig. Es war auf seine eigene Weise betäubend. Ich schlang meine Beine um seine Taille, und er stöhnte, als er tiefer in mich eindrang.

Wir beschleunigten unser Tempo ein wenig, und ich grub meine Nägel in seinen Rücken, um ihn auf irgendeine Weise zu markieren.

Seine Lust durchströmte mich, als unsere Körper sich der Schwelle näherten.

Ich liebe dich mehr als das Leben, schwor er und hob seinen Kopf, um mir in die Augen zu sehen. *Ich werde dich nie wieder so verletzen. Alles, was ich fortan will, ist, dich zum Lächeln zu bringen und dir das Gefühl zu geben, dass du geliebt wirst.*

Geht mir genauso. Ich drängte ihm meine Gefühle auf, denn ich wollte auch nicht, dass er an mir zweifelte. *Ich liebe dich so sehr, dass es wehtut, zu atmen.*

Unsere Lust vermischte sich, als ein Orgasmus uns beide zeitgleich erschütterte. Es war das intensivste Vergnügen, das ich je erlebt hatte, und wir ritten auf den Gefühlen, während wir den Blick des anderen hielten und das Gelübde besiegelten, das wir uns gerade gegeben hatten.

Als sich unsere Körper beruhigten, zog er mich in seine Arme.

Und als ich einschlief, machte ich mir keine Sorgen, dass er gehen könnte.

DEN NÄCHSTEN TAG verbrachten wir im Bett. Überraschenderweise störte uns niemand, und wir verließen nicht einmal das Zimmer, um eine Mahlzeit einzunehmen.

Wir unterhielten uns, hatten noch mehr Sex und schliefen, wobei ich versuchte, nicht daran zu denken, was in den nächsten Stunden passieren würde.

Irgendwann klopfte es an der Tür und mein Herz setzte aus.

Killian räusperte sich. »Ich störe nur ungern, aber wir müssen ein paar Dinge besprechen.«

Es war offiziell. Unsere Zeit war vorbei, und die nächste Bedrohung wartete.

KAPITEL NEUNUNDZWANZIG

MEIN HERZ KLOPFTE WIE WILD, aber wir konnten nichts dagegen tun. Levi und ich hatten das Thema, dass er uns verlassen würde, absichtlich gemieden, aber die Zeit war fast gekommen.

Levi schnaubte, als sich seine Arme um mich schlossen. *Können wir ihn einfach ignorieren? Vielleicht geht er weg, wenn wir wirklich still sind. Er könnte denken, wir seien nicht hier.*

Die Luft stinkt nach Sex. Auf keinen Fall würde Killian glauben, dass wir fort waren. *Und wir wissen beide, wenn wir es aufschieben, werden die Prinzen der Hölle merken, dass hier auf der Erde etwas schiefgelaufen ist.*

Er küsste meinen Kopf und löste sich langsam von mir.

Der Drang, meine Beine um ihn zu schlingen und ihn zum Bleiben zu überreden, durchströmte mich, aber ich hatte ihn gerade für diese Gedanken gescholten.

Je länger er und Bune auf der Erde blieben, desto prekärer könnte die Situation in der Hölle werden. Sie mussten da runter und das Schwert und Eliza zurückholen, solange die Dämonen noch glaubten, dass Hecate und die anderen planten, Levi zu töten.

»Treffen wir uns nebenan?« Ich stand auf und schnappte mir die Klamotten, die ich nach unserer Dusche gestern Abend hastig beiseite geworfen hatte.

Ich hörte Schritte auf der anderen Seite der Tür, und Killian antwortete: »Ja. Wir haben versucht, dich anzurufen, aber du hast nicht abgenommen. Also bin ich rübergekommen, um euch zu holen – wofür ihr mir beide etwas schuldig seid. Sierra wäre nur zu gern selbst gekommen.«

»Danke dafür.« Sierra hätte uns aufgezogen und unpassende Bemerkungen gemacht, die mich geärgert hätten. Besser Killian als sie.

Nachdem ich Levi seine Unterwäsche und Shorts zugeworfen hatte, schlüpfte ich in meine orangefarbene Yogahose. »Wir sind in ein paar Minuten drüben.«

Levi folgte meinem Beispiel mit einem Stirnrunzeln im Gesicht.

Keiner von uns beiden wollte wissen, was als Nächstes passieren würde. Wir waren endlich auf einer Wellenlänge, wollten unsere Beziehung zum Funktionieren bringen, und er begab sich ohne mich in eine gefährliche Situation – schon wieder.

»Klingt gut.« Killian zögerte unbehaglich. »Aber wenn ihr euch nicht beeilt, schicke ich Sierra.«

»Das wird nicht nötig sein.« Das war das Letzte, was ich wollte.

Ich weiß nicht, warum du dem temperamentvollen Mädchen das Leben so schwer machst. Levi zog sich ein Shirt über den Kopf und seine Bauchmuskeln kräuselten sich.

Wenn wir nicht gerade mindestens ein Dutzend Mal Sex gehabt hätten, würde ich meine Hände nicht von ihm lassen können. Allein sein Anblick weckte in mir den Drang, wieder mit ihm ins Bett zu hüpfen, und so war es ein Glück, dass ich mich mit Selbstbeherrschung auskannte, sonst wäre Sierra gleich auf der Matte gestanden. *Das tue ich nicht. Sie genießt es, auf allen anderen herumzuhacken. Ich möchte nicht hören, wie sie über unseren Sexgeruch spricht oder darüber, wie gern sie jemanden wie dich finden würde, um ihn über ihren Körper zu drapieren.*

Sie lebte gefährlich, wenn sie irgendwelche sexuellen Bemerkungen über meinen vorbestimmten Partner machte. Sie hatte schon mehrmals deutlich gemacht, dass sie ihn heiß fand, und das war schon schlimm genug.

Mach dir keine Sorgen, Liebste. Er zwinkerte mir zu und kam ein paar Schritte näher. *Es gibt nur eine Person, über deren Körper ich mich drapieren lasse. Du hast nichts zu befürchten.*

Ich zog das weiße Shirt an und verlagerte mein Gewicht auf eine Seite. *Oh, ich weiß. Wenn dir jemand auch nur zu nahe kommt, seid ihr beide tot.*

Er gluckste, aber als sich mein Gesichtsausdruck nicht veränderte, verschwand seine selbstgefällige Miene. Er kratzte sich im Nacken und rieb seine Arme, während er sagte: »Manchmal jagst du mir eine Heidenangst ein, weil ich nicht glaube, dass du Witze machst.«

»Oh, das tue ich auch nicht.« Jedes Mal, wenn Sterlyn, Griffin, Annie, Cyrus, Alex und Ronnie so mürrisch und besitzergreifend geworden waren, hatte ich gedacht, sie würden sich lächerlich machen. Meine Meinung hatte sich nicht unbedingt geändert, aber schon der Gedanke, dass jemand anderes Levi nahe kommen könnte, bereitete mir Bauchschmerzen.

»Gut.« Er nahm meine Hand und führte mich zur Eingangstür.

Mit jedem Schritt wurde ich unruhiger. Ich hasste die Vorstellung, dass er ging, vor allem ohne mich. *Ich wünschte, ich könnte mitkommen.*

Um ehrlich zu sein, bin ich froh, dass du es nicht kannst. Als wir das Ende der Treppe erreichten, legte er seine Hand fester um meine. *Mir ist es lieber, dass du hierbleibst.*

»Pass besser auf, was du als Nächstes sagst!« Ich stemmte meine Füße fest in den Boden und zerrte an seiner Hand, um ihn zu mir umzudrehen. »Ich bin eine Kriegerin und weigere mich, bevormundet zu werden.«

»Glaub mir, ich weiß«, sagte er und streichelte meine Wange. »Aber das heißt nicht, dass ich mich nicht darüber freuen kann, dass du in Sicherheit bist.«

Okay, das würde ich ihm zugesehen. Mir wäre es einfach am liebsten, wenn er hierbliebe und ebenfalls in Sicherheit wäre.

Als ich nicht widersprach, küsste er mich auf die Lippen und führte mich durchs Wohnzimmer und zur Haustür hinaus.

Die Sonne ging gerade unter, und die Dämmerung würde in den nächsten zehn Minuten über uns hereinbrechen. In seiner Gegenwart hatte ich das Zeitgefühl verloren, was mir sonst nie passierte.

Ich weiß, wo das Schwert aufbewahrt und wo Eliza festgehalten wird. Er drückte tröstend meine Hand, als wir die Tür zum anderen Haus erreichten. *Wir werden nicht lange in der Hölle bleiben müssen.*

Das Schlimmste ist, dass wir nicht in der Lage sein werden, zu kommunizieren. Wenn das Schwert hier gewesen wäre, hätten wir uns wenigstens verbinden können, solange ich in der Nähe bliebe. Er ging in eine andere Dimension, und unsere Verbindung würde schwächer sein. Ich würde es nur erfahren, wenn etwas schiefginge, wie beim letzten Mal. *Aber ich komme schon klar. Du musst dich konzentrieren, damit du zu mir zurückkehren kannst.*

Als wir das Haus nebenan erreichten, herrschte Stille. War überhaupt jemand da? Die Hexen mussten einen Zauber gewirkt haben, um ihrer aller Anwesenheit zu verbergen.

Er öffnete die Eingangstür. *Ich schwöre, mein ganzer Fokus wird darauf gerichtet sein, alles so schnell wie möglich zu erledigen, damit ich es zu dir zurückschaffen kann.*

Seine Entschlossenheit durchströmte mich, und ich hatte keine Zweifel an seiner Aufrichtigkeit.

»Sie sind da«, sagte Circe, die wie in der Nacht zuvor am Fenster stand, mit Aspen zu ihrer Rechten und Lux zu ihrer Linken. »Wir müssen uns auf den Aufbruch vorbereiten.«

Alex und Ronnie standen mit Killian an einer Wand, Sterlyn und Griffin ihnen gegenüber an einer anderen. Alle anderen hatten ihre Plätze vom Abend zuvor wieder eingenommen. Der einzige Unterschied bestand darin, dass Zagan ein Shirt trug, wodurch ich mich etwas wohler fühlte. Er stand mit verschränkten Armen und einem finsteren Gesichtsausdruck in der Ecke.

Ich machte mir nicht die Mühe, Zeit auf ihn zu verschwenden. »Gibt es noch etwas zu tun, bevor ihr aufbrecht?« Ich hasste es, nicht auf dem Laufenden zu sein, aber Zeit mit Levi zu verbringen, war wichtiger gewesen.

Herne schüttelte den Kopf. »Wir müssen gehen, solange wir noch unentdeckt sind. Wenn die Dämonen dahinterkommen, auch während wir in der Hölle sind, wird es noch schwieriger.«

»Sind wir sicher, dass es klug ist, einen Haufen Hexen dorthin zu schicken, wenn sie bereits Eliza für ihre Zwecke benutzen wollen?« Das Letzte, was ich wollte, war, dass Levi dort unten ungeschützt war, aber ich wollte den Dämonen auch nicht noch mehr Hexen in die Hände spielen und ihnen die Arbeit erleichtern.

Sierra verzog den Mund. »Willst du deinen Gefährten an die Dämonen ausliefern?«

»Natürlich nicht.« Ich ärgerte mich, dass sie diese Frage überhaupt gestellt hatte. »Aber wir müssen alle auf einer Wellenlänge sein. Vielleicht wäre es besser, wenn ich mit ihm hinuntergehen würde und nicht ihr fünf.«

Levi drehte sich zu mir um und hob eine Hand. »Sie würden dich spüren, sobald du durch das Portal gehst. Die Hexen und ich können uns unter die Leute mischen, die schon da unten sind. Ein Engel wäre wie ein Leuchtfeuer, das allen signalisiert, dass wir angekommen sind.«

»Wir können Levi und Bune sowie uns selbst dort unten verbergen.« Circe rieb ihre Hände aneinander. »Wie Levi schon gesagt hat, sollten wir uns unbemerkt bewegen können, wenn unsere Energien sich vermischen und wir uns tarnen.«

Sollten.

Das war das Problem.

»Sie haben recht«, sagte Sterlyn und berührte meinen Arm. »Ich weiß, es ist schwer, vor allem, weil er dein Gefährte ist. Ich würde mich an deiner Stelle genauso fühlen, aber ich sage dir als Freundin, dass dies die beste Strategie ist, die wir haben.«

Sie hatte recht. Ich reagierte irrational, weil ich nicht wollte, dass er ging.

»Wenn etwas schiefgeht, können sie sich an uns wenden.« Cordelia stand von ihrem Platz neben Annie auf. »Dann werden wir ihnen folgen, um zu helfen. Hoffentlich wird es nicht so weit kommen, aber wenn sie in Schwierig-

keiten geraten, können sie damit mit uns kommunizieren.«
Sie hielt einen Pyrit-Pendelanhänger hoch. Der goldene
Stein funkelte im Licht.

Meine Brust entspannte sich ein wenig, und es fiel mir
leichter, zu atmen. Alles, was ich gebraucht hatte, war die
Bestätigung, dass sie einen Notfallplan hatten, und dass ich,
falls es dazu kommen sollte, den Hexen beistehen könnte.
»Okay.«

»Vielleicht sollte ich mit ihnen gehen.« Ronnie schürzte
ihre Lippen. »Ich könnte hilfreich sein.«

Alex knurrte, und die Röte in seinen Augen machte
deutlich, dass ihm dieser Vorschlag nicht gefiel.

»Du musst hierbleiben, falls etwas passiert und der Rat
einberufen wird.« Griffin legte einen Arm um Sterlyn. »Es
ist wahrscheinlich, dass etwas vorfallen wird, und wenn du
weg bist, würde das Fragen aufwerfen.«

»Er hat recht«, sagte ich. Auch wenn ich gern mehr
Leute mitschicken würde, konnten wir zu Hause nicht
unvorsichtig sein.

Aspen bewegte sich auf die Haustür zu. »Wir müssen
gehen, wenn wir wollen, dass die Dämmerung uns
Deckung gibt.«

Die Zeit war gekommen. »Wir sollten mit euch zum
Portal gehen.«

»Nein, es ist besser, wenn ihr euch fernhaltet. Wenn ihr
zu nahe herankommt, könnte das die andere Seite auf
unsere Anwesenheit aufmerksam machen«, warf Bune ein.

*Hast du mich deshalb daran gehindert, den Dämon zu
jagen, als wir uns das erste Mal begegnet sind?* Hatte Levi
mich seit unserer ersten Begegnung beschützt, oder war das
nur Wunschdenken?

Er zog mich an seine Seite und antwortete: *Ja.
Dämonen hätten jederzeit durch das Portal kommen und*

zurückfliegen können, um andere zu warnen, dass ein Engel in der Nähe ist. Nachdem ihr die anderen eliminiert hattet, war es meine Befürchtung, dass jemand kommen könnte, um nach dem Rechten zu sehen und Verstärkung mitzubringen.

»Und da sie wissen, wo sich das Portal geöffnet hat, sind sie sehr wachsam.« Zagan steckte die Hände in die Taschen und zuckte mit den Schultern. »Also ist es am besten, wenn ihr nicht zu nah herankommt. Seit Hecate hierhergeschickt wurde, haben sie Hexen in der Hölle.«

Ich war in der Unterzahl und musste mich fügen. Sie hatten gute Argumente, und ich verstand nicht, wie die Hölle funktionierte.

»Pass auf dich auf, junger Grashüpfer!«, sagte Sierra, während sie Aurora umarmte. »Denk an mich, wenn du dort bist, und tue, was ich tun würde!«

»Bloß nicht.« Killian schüttelte den Kopf. »Bitte nicht – du wirst noch in Schwierigkeiten geraten.«

Lux gluckste. »Macht euch keine Sorgen! Ich werde ihre Stimme der Vernunft sein.«

»Das ist nicht sehr beruhigend«, stichelte Aurora.

Aspen, Circe, Lux, Aurora, Herne und Bune näherten sich der Tür, aber ich brauchte noch einen Moment mit Levi. Es war mir egal, ob ich eine Szene verursachte.

Ich wandte mich ihm zu und legte meine Stirn an seine. *Wehe, du kommst nicht sicher zurück zu mir!*

Nichts auf der Welt könnte mich davon abhalten. Er berührte meine Wange und sah mir tief in die Augen. *Rosey, du bist mein Leben, und ich werde zu dir zurückkommen. Alles andere ist unmöglich. So sehr liebe ich dich.*

Ein schweres Pochen erfüllte meine Brust, und meine Kehle wurde trocken, als ich die Tränen zurückblinzelte. Ich könnte jederzeit zusammenbrechen, aber das wäre ihm gegenüber nicht fair. Ich musste stark sein, damit er in die

Hölle gehen und sich konzentrieren konnte, ohne sich um mich zu sorgen.

Ich liebe dich auch. Und wenn etwas passiert, werde ich kommen und für dich kämpfen. Ich drängte ihm all die Liebe entgegen, die ich für ihn empfand, und küsste ihn, damit er meine Liebe emotional und körperlich spüren konnte.

Seine Zunge glitt in meinen Mund, und ich erwiderte den Kuss mit Nachdruck. Dies war zumindest vorübergehend unser letzter Kuss und ich weigerte mich, etwas zurückzuhalten.

»Äh ... Killian? Fangen so Pornos an?«, murmelte Sierra. »Ich habe noch nie einen gesehen, aber sie verschlingen sich praktisch gegenseitig. Das muss der Anfang eines Pornos sein.«

Und schon war die Stimmung ruiniert. *Genau deshalb nervt sie mich.*

Killian hustete, als hätte er sich verschluckt. »Warum fragst du mich?«

Sie neckt Killian – da bin ich voll an Bord. Levi löste sich von mir und seine mokkabraunen Augen funkelten belustigt.

»Bitte!« Sierra verschränkte die Arme vor der Brust. »Als wüssten wir das nicht. Du warst so ...«

Alex stellte sich vor Killian und sagte: »Und es ist Zeit für den Aufbruch. Wir sollten nicht zulassen, dass Sierra uns zu diesem Thema hinreißen lässt.«

Obwohl ich kein Problem mit Leuten hatte, die sich Pornos ansahen, stimmte ich zu, dass ich Killian nicht auf diese Weise sehen wollte.

Ich zwang mich, einen Schritt zurückzutreten und ein wenig Abstand zwischen uns zu bringen. Ansonsten würde ich immer weitere Ausreden finden, um Levi zu küssen und ihn hierzubehalten.

Eliphas legte seine Hände auf Cordelias Schultern. »Pass auf dich auf! Wir sind hier, wenn ihr uns braucht.«

Wenn ich geglaubt hatte, ich hätte die härtesten Momente meines Lebens bereits durchgestanden, dann hatte ich mich gewaltig getäuscht. Zu sehen, wie Levi zur Tür hinausging und sich in Gefahr begab, während ich zurückbleiben musste, brachte mich fast um. Obwohl sich alle sieben als würdige Krieger erwiesen hatten, gefiel es mir, Teil der Schlacht zu sein. Wenn etwas passierte, war ich da, um zu helfen und mit ihnen eine Lösung zu finden. Diesmal war ich der Situation völlig entrückt, und das schmerzte.

Ein Schluchzen bildete sich in meiner Brust, aber ich schluckte es hinunter. Ich konnte nicht zusammenbrechen, schon gar nicht jetzt. Er konnte meine Gefühle spüren, und ich würde mich nicht von ihnen überwältigen lassen.

Im Raum war es still.

Obwohl niemand sonst einen Gefährten in die Gefahr geschickt hatte, lastete ihre Abwesenheit schwer auf unseren Herzen. Und nicht nur das – wir würden Eliza nur zurückbekommen, wenn ihre Mission erfolgreich war.

»Levi und Bune kennen sich da unten aus. Sie sind stark«, sagte Zagan unbeholfen aus der Ecke des Raums. »Wenn jemand das schaffen kann, dann sie.«

Zum ersten Mal hoffte ich, dass ein Dämon recht hatte.

DIE NÄCHSTEN DREISSIG Minuten vergingen schleichend. Sierra hatte eine dämliche Show angeschaltet, aber ich konnte mich nicht konzentrieren, um etwas davon mitzubekommen. Wie immer ging es um einen Kerl und ein

Mädchen, die ihre Beziehung ausfochten, was mich an Levi und mich erinnerte.

Sterlyn, Griffin, Alex und Ronnie waren draußen und unterhielten sich mit den Silberwölfen, die Wache hielten. Ich war zu aufgewühlt, also blieb ich drinnen und tat so, als würde ich fernsehen, während ich mich an mein Band mit Levi klammerte.

Wir sind am Portal und begeben uns jetzt ins Innere. Levis Stimme tauchte in meinem Kopf auf. *Ich werde bald zurück sein.*

Passt auf euch auf! Mein Herz drohte, zu zerspringen, aber ich atmete tief ein und versuchte, ruhig zu bleiben.

In dem Moment, als er durch das Portal trat, wussten Annie und ich Bescheid. Annie keuchte auf und berührte ihre Brust, als die Wärme meines Bands mit Levi lauwarm wurde.

Ich hatte damit gerechnet, aber das hielt die Panik nicht davon ab, in mir zu brodeln. »Sie sind w-weg.« Meine Stimme versagte.

»Jetzt warten wir darauf, dass sie mit Eliza nach Hause kommen.« Annie seufzte, während sie ihren Kopf an Cyrus' Schulter lehnte.

Und mit dem Schwert. Aber diesen Teil verschwieg ich wohlweislich. Sowohl Ronnie als auch Annie machten sich mehr Sorgen um ihre Pflegemutter.

»Ich verstehe nicht, was wir hier anschauen.« Zagan atmete aus. »Warum kämpfen die beiden auf diese Weise gegen ihre Verbindung?«

»Das ist nur eines dieser Liebesdramen.« Kamila schlug die Beine übereinander. »Mom und ich sehen uns solche Filme jeden Freitagabend an.«

»Das tun wir, aber Eliphas geht ins Bett und liest

Biografien«, sagte Cordelia. Sie tätschelte ihrem Mann die Schulter.

Eliphas, der vor ihr auf dem Boden saß, drehte sich um und schüttelte den Kopf. »Ich lese lieber etwas, das wirklich passiert ist, als mir ein erfundenes Drama anzusehen.«

Da konnte ich mich nur anschließen, zumal ich nicht hier sitzen und zwei verliebten Leuten zusehen wollte. Meine Gedanken drehten sich um Levi.

Die Haustür flog auf und Sterlyn stürmte herein. Ihr Blick blieb auf mir haften. »Rosemary, es geht um deine Mom. Sie braucht dich. *Jetzt*.«

KAPITEL DREISSIG

EIN KLOSS BILDETE sich in meinem Hals. Ich hatte vorgehabt, mein Handy zu holen, nachdem Levi gegangen war, aber ich hatte es vergessen. »Was hat Azbogah getan?« Für mich gab es keinen Zweifel, wer diese Krise verursacht hatte.

»Es ist ...« Sterlyn kniff sich in den Nasenrücken. »Sie haben die Liste der vermissten Artefakte und werden bald den Rat alarmieren.«

Verdammt! Ich sprang auf, denn ich musste so schnell wie möglich nach Shadow City kommen.

»Wartet ... das ist doch gut.« Sierra unterbrach die Fernsehsendung. »Die werden schon sehen, dass sie sie nicht hat.«

Wenn unsere Welt nur so einfach funktionieren würde. »Wenn sie zum Haus gehen, um nach ihnen zu suchen, wird Azbogah sicherstellen, dass sie nicht mit leeren Händen zurückkommen.« Er würde dafür sorgen, dass etwas da war. Ich machte mich auf den Weg zur Tür. »Sie muss mich angerufen haben.« Und ich hatte sie im Stich gelassen. Sie hatte so viel für mich getan, und jetzt war ich nicht da, obwohl sie mich brauchte.

»Sie weiß nicht, dass die Inventur abgeschlossen ist, also wird sie nicht rechtzeitig gewarnt, um das Haus erneut zu kontrollieren. Wir wollten nichts tun, was Azbogah oder andere Ratsmitglieder darauf aufmerksam machen könnte, dass wir benachrichtigt worden waren. Kira hat uns über das Burner-Phone, das wir ihr gegeben haben, vorgewarnt.« Sterlyn trat zur Seite. »Du musst gehen. Wir sind direkt hinter dir.«

»*Burner*-Phone?« Ich hatte natürlich mein eigenes Handy, aber ich hatte es noch nie als brennend bezeichnet.

Ich war auf den Beinen, bereit, mich auf den Weg zu machen. Aber ich musste wissen, was das war, falls es zur Sprache käme.

»Das ist ein unregistriertes Handy. Niemand, außer der Person, die es hat, weiß davon.« Sierra verdrehte die Augen, aber ihre Stimme klang angespannt und besorgt. »Über Terminologien reden wir später. Wenn du dich dem Rest der Welt anpassen willst, musst du an deinen modernen Sprachkenntnissen arbeiten, aber wenigstens nennst du es nicht mehr Mobiltelefon.«

Ich wusste nicht, was dieser letzte Teil bedeutete, aber ihre Botschaft war klar. Ich war alt, obwohl ich jung aussah, und musste mich wieder auf mein Studium an der Universität konzentrieren. Aber das würde später geschehen, wenn Levi zurück und meine Mutter von allen unangenehmen Anschuldigungen befreit war.

Ich hatte bekommen, was ich brauchte. Kira hatte weder eine Hexe noch sonst jemanden eingesetzt. Griffin oder Sterlyn hatten ihr das Mobilt... Handy gegeben. Das bedeutete, dass vermutlich niemand außer der Polizei und unserer Gruppe alarmiert worden war.

Die Zeit drängte, also eilte ich an Sterlyn vorbei und zur Tür hinaus. Dann wurde ich langsamer. Auch wenn ich unbedingt loswollte, musste ich den Anschein von Gelassenheit erwecken. Ich durfte nicht die Aufmerksamkeit von Menschen oder Vampiren in der Nähe auf mich lenken.

Griffin erreichte Sterlyns Seite, als meine Füße das Kopfsteinpflaster berührten. Alex und Ronnie waren gerade in ihren Geländewagen gestiegen, und Alex ließ den Motor an.

»Wir folgen dir«, schwor Griffin und seine Augen leuchteten auf, als er eine Hand auf sein Herz legte.

Seitdem er mich gebeten hatte, mein Leben für das seiner Mutter zu riskieren, war er mir gegenüber weicher geworden. Wir hatten durch Sterlyn auch zuvor schon eine Art Freundschaft entwickelt, aber ich hatte das Gefühl, dass wir nun darüber hinausgingen ... oder meine Gefühle erlaubten mir, die Dinge anders zu sehen. Jedenfalls wurde mir klar, dass er vorhatte, meine Mutter zu retten, genau, wie ich seine gerettet hatte. »Verhaltet euch so normal wie möglich!« Obwohl mein Herz hämmerte und sich Schweiß unter meinen Armen sammelte, musste ich sie daran erinnern, rational zu bleiben. »Sonst erkennen sie, dass wir etwas wissen.«

»Mit anderen Worten, fahrt nicht wie eine gesengte Sau?« Er wölbte eine Braue.

Dieser Satz war unsinnig.

»Wenn damit gemeint ist, dass ihr zu nicht schnell fahren solltet, dann ja. Wir müssen dafür sorgen, dass sie nicht erfahren, dass wir alarmiert wurden, damit ich das Haus durchsuchen und alles finden kann, was dort platziert worden sein könnte. Wenn etwas da ist, hoffe ich, dass ich Zeit habe, es zu entsorgen.« Und je schneller ich dort sein konnte, desto eher würde ich mein Ziel erreichen können.

Griffin nickte. »Wir werden Kira bitten, sie so lange wie möglich aufzuhalten.«

Obwohl ich Kira nie gemocht hatte, war sie eine gute Verbündete, und daran musste ich denken. Ich konnte nicht zulassen, dass mich meine Eifersucht darüber, dass Levi sich mit ihr angefreundet hatte, von den Tatsachen ablenkte. Ich hatte das geschehen lassen, und ich weigerte mich, das weiterhin zu tun. »Ja, aber sie soll sich keinen Ärger einhandeln.« Aus Angst, ich könnte meine Worte zurücknehmen, wandte ich mich der Rückseite des Hauses zu und bewegte mich schnell auf die Baumgrenze zu.

»Ich werde Sterlyn bitten, sie sofort anzurufen.« Seine Augen leuchteten schwach, was darauf hindeutete, dass die beiden ihre Rudelverbindung zur Kommunikation nutzten.

Wenn ein Vampir mich dabei erwischte, dort gen Himmel zu steigen, wo ein Mensch mich sehen könnte, würde das dem Rat gemeldet werden – auch wenn Alex und Ronnie versuchten, einzugreifen. Obwohl die Vampire in Shadow City die Tore nie verlassen hatten, versorgten die Vampire von Shadow Terrace die Stadt täglich mit Blut. Deshalb sprachen die Vampire miteinander und der Rat könnte auf diese Weise informiert werden.

Zwei Silberwölfe in ihrer Tiergestalt waren an den rückwärtigen Ecken des Hauses postiert. Sie hielten sich tief genug in den dichter werdenden Baumreihen auf, sodass kein Mensch sie bemerken würde und die Vampire aktiv suchen müssten, um sie zu sehen.

Sobald ich tief genug im Wald war, trat ich hinter zwei große Eichen, die nebeneinanderstanden. Meine Flügel lösten sich von meinem Rücken, und ich stieg in den Himmel auf. Mit der Dunkelheit, die jetzt über uns lag, und der Höhe der Bäume sollte ich es bis zur Skyline schaffen, ohne entdeckt zu werden, und wenn ein Mensch mich sähe, würde er mich für einen großen Vogel halten.

Der Silberwolf scharrte mit den Pfoten und wimmerte vor Sorge. Er konnte die Anspannung spüren, die von mir ausging.

Großartig, ich machte keinen guten Job, meine Angst zu verbergen. Die Gefährdung meiner Mutter und die Tatsache, dass ich Levi nicht so stark spüren konnte, machten mich nervös. »Es findet kein Angriff statt«, beruhigte ich ihn, obwohl er sich wahrscheinlich schon mit Sterlyn und Cyrus verbunden hatte.

Ein paar Waschbären huschten in Richtung der Stadt, verzweifelt auf der Suche nach Nahrung. Etwas Nervosität fiel von meinem Körper ab. Zumindest war das ein Zeichen dafür, dass sich keine bösartigen Dämonen in der Nähe befanden. Dass wir sie vorhin nicht hatten spüren können, war eine ganz andere Geschichte, aber Annie hatte das Aufflackern des Portals durch ihre Dämonenverbindung erst gespürt, als Levi und die anderen hindurchgegangen waren.

Wir sollten für den Moment sicher sein.

Sowohl der Navigator als auch der Mercedes waren unterwegs, als ich die Baumkronen erreichte. Als ich mich höher in die Wolken begab, sah ich, wie sie langsam auf die Stadt zufuhren.

Gut, sie befolgten meinen Rat.

Da ich wusste, dass man mich so weit oben nicht sehen konnte, beschleunigte ich mein Tempo. Ich konnte ameisengroße Leute sehen, die zwischen den flackernden Gaslaternen herumliefen.

Innerhalb von Sekunden flog ich bereits über die Brücke, die Shadow Terrace mit Shadow City verband. Die kühle, frühe Novemberbrise streichelte meine Haut, aber sie brachte mir keinen Trost. Da Mutter in Gefahr und Levi verschwunden war, konnte nicht einmal die Kühle das kochende Blut in mir beruhigen.

Jetzt, da ich mich innerhalb des magischen Bannkreises befand, der die Brücke und Shadow City vor den Augen der Menschen verbarg, ließ ich meinen Körper fallen, damit die Vampirwächter meine Ankunft registrieren konnten. Manchmal wünschte ich mir, die Kuppel wäre nicht mit Glas bedeckt, sodass ich einfach hineinfliegen könnte, aber das war der Preis des Schutzes.

Mit meinem heutigen Wissen konnte ich nicht entscheiden, ob sie die Bewohner vor Bedrohungen von außen oder davor schützte, die Wahrheit über unseren korrupten Rat zu erfahren. Je mehr übernatürliche Wesen ich außerhalb unserer Stadt traf, desto mehr Korruption und verborgene Wahrheiten entdeckte ich innerhalb der Stadt.

Ich zwang mich, tief und ruhig zu atmen, und konzentrierte mich auf mein Band zu Levi. Obwohl es deutlich kühler war als noch vor einer Stunde, klammerte ich mich an das laue Gefühl. Levi war weder tot noch verletzt.

Ich straffte meine Schultern und hielt mein Kinn hoch, als meine Füße den Zement der Brücke berührten. Die goldenen Seile, die von den Türmen herabhingen, schwangen sanft in der Luft und gaben ein leichtes Knarren von sich, das fast zu natürlich wirkte ... zu menschlich.

Ein lautes Kurbelgeräusch ertönte, und das Holztor öffnete sich knarrend. Ich machte ein paar Schritte nach vorn, begierig darauf, darunter hindurchzuschlüpfen. Wäre ich nicht besorgt gewesen, ängstlich zu wirken, hätte ich mich jetzt auf den Bauch gelegt und wäre unter dem Tor hindurchgeschlüpft. Aber das wäre sehr auffällig gewesen, und das war das Letzte, was ich gebrauchen konnte. Nervöse Energie durchströmte mich, und der Drang, herumzuhüpfen, war fast unkontrollierbar.

Beruhige dich, Rosemary!, schimpfte ich mit mir selbst. Es war nicht das erste Mal, dass ich es mit einer prekären Situation zu tun hatte. Aber ich hatte so etwas noch nie mit all diesen Gefühlen bewältigen müssen, die jetzt an der Oberfläche lauerten. Angst und Sorge waren ganz neue Erfahrungen für mich, und ich ertappte mich wieder dabei, mich in die anderen hineinzuversetzen, die sich zuvor in ähnlichen Situationen befunden hatten.

Als das Tor etwa hüfthoch angehoben war, konnte ich nicht länger warten. Ich zwang mich, nicht zu schnell zu gehen, sondern duckte mich darunter hindurch und flog erneut los. Ich machte mir nicht die Mühe, mit dem Vampir in der Wachbaracke zu sprechen, und Schuldgefühle überkamen mich.

Diese seltsamen Gefühle waren schlimmer als zuvor. Ich hatte keine Ahnung, was mich bedrückte, aber mein Magen kribbelte.

Mit dem zunehmenden Mond waren mehr Vampire unterwegs. Auch wenn die, die in der Stadt lebten, ihre Menschlichkeit nicht verloren hatten und im direkten Sonnenlicht sicher waren, bevorzugten Vampire die Nacht. Die Dunkelheit war ihr Freund, wahrscheinlich wegen ihrer blassen Hautfarbe. Selbst Vampire mit dunkelbrauner Haut hatten einen blassen Schimmer.

Ich flog höher, und all ihre süßlichen Gerüche verursachten ein unangenehmes Gefühl in meinem Magen.

Die Lichter der Kuppel flackerten um mich herum. Der Rauch des Feuers hatte sich verzogen, und die Lichter waren wieder normal. Sie waren zwar nicht so hell wie am Tag, aber enthielten immer noch Energie, was mir half, meine Magie wieder aufzuladen. Die Heilung meiner und Levis Verletzungen hatte mir einiges abverlangt, aber in wenigen Minuten würde ich wieder auf der Höhe sein.

Ich flog auf das Kapitol zu, da ich es passieren musste, um den Engelsbereich der Stadt zu erreichen. Ich flog schneller als normal, aber nicht mit einer Geschwindigkeit, die man als ungewöhnlich bezeichnen würde. Wenn mich jemand beobachtete, sähe es so aus, als wäre ich auf eine Aufgabe und nicht auf eine echte Mission konzentriert.

Das größte Problem, das mir immer wieder durch den Kopf ging, war die Frage, was ich tun würde, wenn sich tatsächlich Artefakte in dem Haus befänden. Ich konnte sie nicht zurück zum Artefaktgebäude bringen – jemand würde mich mit ihnen sehen –, aber ich konnte auch nicht zulassen, dass sie im Haus blieben und Mutter für etwas büßen musste, was sie nicht getan hatte.

Es war nicht ideal, aber das beste Versteck war der Waldrand, dort, wo sich die Unterkünfte der Engel befanden. Ich würde nur ungern riskieren, dass die Wandler sie in die Finger bekamen, aber wenn wir diese Angelegenheit schnell klärten, könnten wir eine Strategie entwickeln, die Artefakte zurückzugeben, wenn sich die Lage beruhigt hatte.

Ich segelte über das Kapitol, registrierte, dass die Lichter aus waren, und machte mich auf den Weg in Richtung Wald. Der Rat und die Polizei waren eindeutig nicht im Kapitol, sodass es nur zwei Möglichkeiten gab: Sie waren noch im Artefaktgebäude ... oder sie waren bereits im Haus meiner Familie.

Ich verharrte länger als nötig im Westen, um zu sehen, ob ich Aktivitäten am Artefaktgebäude beobachten konnte. Wenn sie noch dort waren, hatte ich eine Chance, die

Gegenstände zu verstecken, bevor sie unser Gebäude erreichten.

Das große Lagergebäude befand sich zwischen dem Stadtrand und dem Wald. Es war der am wenigsten befahrene Bereich der Stadt. Die meisten Leute hielten sich entweder mitten in der Stadt oder in den Wäldern der Wandler auf, weil sie sich dort frei bewegen konnten. Als ich das abgelegenere Gebiet erreichte, entspannten sich meine Schultern. Azbogah, Mutter, Vater, Erin, Grady, Diana und Breena marschierten auf die Eingangstür des Artefaktgebäudes zu.

Kira musste den Rat angerufen haben, um ihm mitzuteilen, dass die Inventur abgeschlossen war, und nun waren die Mitglieder gekommen, um zu besprechen, was fehlte. Wenn ich die Gegenstände finden würde, könnte ich sie entfernen, ohne dass meine Eltern involviert wurden.

Ich hatte zwar gelernt, nichts vor ihnen zu verheimlichen, aber ihre Unwissenheit würde ihnen im Falle einer Befragung bessere Chancen einräumen. Je plausibler die Bestreitbarkeit, desto besser.

Vielleicht würde sich die Sache ausnahmsweise mal zu unseren Gunsten entwickeln, ohne dass es uns allzu viel kostete.

Jetzt, da ich den Wald erreicht hatte, hielt ich mich nicht mehr zurück. Ich flog über die Zypressen, Judasbäume und Eichen, die noch das gesunde Grün des Sommerlaubs zeigten. Obwohl Shadow City im Südosten von Tennessee lag, wurde die Temperatur hier kontrolliert, und es war das ganze Jahr über angenehm warm.

Das Hochhaus aus Engelsglas kam in Sicht, und mein Blick fiel auf den obersten Balkon, der in unsere Wohnung führte. Der Mond war gerade am Himmel aufgegangen und warnte mich, dass meine Zeit ablief.

Mondmagie durchströmte mein Blut, ähnlich wie der Wunsch nach Gerechtigkeit für meine Mutter es tat, aber es fühlte sich an, als würde der Mond mich verhöhnen.

Verdammte Emotionen!

Das Blut raste durch meine Adern, und das Klopfen meines Herzens hallte in meinen Ohren wider. Jeder Augenblick brachte Azbogah und die Behörden näher.

Die meisten Engel waren wahrscheinlich in ihren Häusern, lasen Kampfstrategien, spielten Schach oder gingen einer anderen geistig anregenden Tätigkeit nach, die ihnen Spaß machte. Als ich unser Gebäude erreichte, sah ich drei der Männer, die mich ausgebildet hatten, in der Luft schweben und mit Schwertern kämpfen. Sie griffen einander gnadenlos an, jeder entschlossen, seine Überlegenheit zu beweisen.

Wenn es nur *das* wäre, worüber ich mir Sorgen machen müsste.

Im Vorbeifliegen winkte ich ihnen zu und versuchte, entspannt auszusehen.

Auf unserem Balkon zog ich meinen Hausschlüssel aus der Tasche. Wie erwartet, war die Glasschiebetür verschlossen, aber das hatte nichts zu bedeuten. Die Polizisten hatten für Notfälle Schlüssel zu jedem Haus in der Stadt, also hätte Azbogah leicht an unseren kommen können.

Ohne mir die Mühe zu machen, das Licht einzuschalten, schlich ich auf Zehenspitzen durch die Wohnung. Ein Teil von mir erwartete, mitten im Raum etwas zu finden, aber das wäre unglaubwürdig. Der gestohlene Gegenstand musste irgendwo versteckt sein.

Mein erster Instinkt war, nach einem großen Gegenstand zu suchen, aber das würde einen diskreten Plan zunichtemachen und bemerkt werden ... irgendwann. Was auch immer platziert worden war, musste klein und leicht zu verstecken sein.

Ich durchquerte den großen Raum und betrachtete die Kargheit der Einrichtung. Zwei Sofas waren die einzigen Möbel, die wir hier hatten. Die Kissen ...

Meine Brust zog sich zusammen, als ich zu den Sofas eilte und jedes Kissen nahm, um nach einer kleinen Aussparung zu suchen, in der man leicht etwas verstecken könnte. Jede Naht war jedoch an ihrem Platz, und ich fuhr sogar mit den Händen an der Ober- und Unterseite entlang, um nach Beulen zu tasten.

Aber nichts.

Ich knirschte mit den Zähnen. Die Küche war komplett aus Glas, und auch der Tisch und die Stühle konnten nichts verbergen.

Wo sonst hätte man die verbotenen Sachen platzieren können?

Wenn ich eine manipulative Person wäre, die keinen Zweifel daran wecken wollte, wer die Artefakte gestohlen hatte – wo würde ich sie dann unterbringen?

Ich wünschte, Levi wäre hier, um mir zu helfen, das herauszufinden. Er hatte recht – es fiel mir schwer, Grau zu sehen. Alles, was ich wahrnahm, war Richtig und Falsch. Wie eine Kriminelle zu denken, zwang mich dazu, meine Komfortzone zu verlassen.

Dann traf es mich wie ein Blitzschlag.

Ihr Schlafzimmer. Die Sachen mussten sich auf der Matratzenseite meiner Mutter befinden. Ihr Kopfkissen wäre kein gutes Versteck.

Mit neuer Entschlossenheit lief ich zu ihrem Zimmer auf der rechten Seite des Hauses.

Es ähnelte dem meinem, aber das Bett war etwa dreißig Zentimeter länger. Der Bettrahmen bestand aus Glas, und die flauschige graue Bettdecke könnte fast als Wolke durchgehen. Ich eilte zur rechten Seite, auf der Mutter schlief – für einen Fremden wäre es ein Leichtes, ihre Seite zu bestimmen, denn ihr Lotosduft war dort am stärksten.

Ich schob meine Hand zwischen die Matratze und das Bettgestell und fuhr mit ihr an der Kante entlang. Nach der Hälfte hielt ich inne.

Ich hatte sie gefunden.

Ich rutschte auf die Knie und hob die Matratze an, als sich Wärme in meiner Brust ausbreitete. Ich hatte damit gerechnet, länger mit der Suche beschäftigt zu sein, also würde ich mich nicht beschweren.

Ein Teil des Glases war herausgeschnitten worden. Wer immer das getan hatte, war geschickt im Umgang mit Glas, aber das war nicht das Überraschendste. Ich hatte nicht nur ein Artefakt gefunden, sondern gleich drei: einen klobigen goldenen Ring, einen Totenkopfschlüssel mit einem Schloss in Form eines Rückgrats und einen einzelnen roten Rubin.

Noch überraschender war ein handgezeichnetes Bild von Mutter und Azbogah in inniger Umarmung aus ihrer gemeinsamen Zeit. Aber jetzt war nicht der richtige Moment, sich darauf zu konzentrieren.

Von beiden Artefakten ging eine Kraft aus, die ich noch nie zuvor gespürt hatte, obwohl der Ring eine ähnliche Signatur wie der meiner Mutter trug.

Ein Thema für einen anderen Tag.

Ich schnappte mir alle drei Gegenstände. Als ich den Schlüssel in die Hand nahm, durchfuhr mich ein kleiner Stromschlag. Vor Schreck hätte ich ihn fast fallen lassen, aber ich hielt die Artefakte fest.

Das war seltsam, aber ich hatte keine Zeit, darüber nachzudenken.

Ich ließ das Bild zurück, das mich für den Rest meines Lebens verfolgen würde, und schob die Matratze wieder an ihren Platz zurück. Ich hoffte, Mutter würde nie erfahren, was ich gefunden hatte.

Da ich wusste, dass mir die Zeit davonlief, stürmte ich auf die Schiebetür zu. Wenigstens würden sich diese kleineren Gegenstände leicht im Wald verstecken lassen. Ich musste nur aus dem Haus kommen.

Doch als ich die Tür aufschob, fiel mein Blick auf Mutter, Vater, Azbogah und Ingram. Sie waren fünfzig Meter entfernt, und ihre Aufmerksamkeit galt sofort mir – und dann meiner geballten Faust.

Nein!

Wenn ich es bis vor das Stadttor schaffte, hatte ich vielleicht eine Chance, diese Gegenstände zu verstecken, bevor jemand beweisen konnte, dass sie hier gewesen waren.

Ich machte mir nicht die Mühe, die Tür zu schließen, sondern hob ab und flog eilig aufs Tor zu.

»Rosemary!«, rief Mutter verzweifelt, aber ich ließ mich nicht aufhalten.

Ingrams gelbbraune Flügel sahen am Nachthimmel fast so dunkel aus wie Azbogahs. Er rief: »Munkar, Phul und Ishim, haltet Rosemary auf!«

Die drei Engel, die in der Luft miteinander gekämpft hatten, richteten ihre Aufmerksamkeit auf mich. Munkar zog seine dunklen Brauen zusammen, aber Ishim keuchte: »Spürst du die Kraft, die von ihr ausgeht?«

»Sie hat die fehlenden Artefakte!«, brüllte Azbogah. »Schnappt sie euch!«

»Fehlende Artefakte?«, wiederholte Phul, dann schwang er sein Schwert nach mir.

Ich wich in letzter Sekunde aus, sodass sein Schwert durch die Luft zischte. Er wollte mich nicht töten, sondern vielmehr ablenken, während die anderen mich umzingelten.

Ich versuchte, auszuweichen und weiterzufliegen. Diese drei Engel waren Krieger und älter als ich, und ich respektierte sie. Sie hatten mir beim Training geholfen und ich wollte sie nicht verletzen. Sie befolgten Befehle, obwohl sie nicht verstanden, was auf dem Spiel stand.

Ich ließ mich fallen und hoffte, dass ich genug getan hatte, um zu entkommen. Sie waren stark, aber ich war leichter und schneller.

»Nicht so schnell«, knurrte Ishim, als er direkt vor mir auftauchte.

Er griff nach meiner Taille, und ich verpasste ihm einen Tritt ins Gesicht. Sein Kopf schnellte zurück, aber er streckte weiter die Hände aus und versuchte immer noch, mich zu ergreifen.

Ich drehte mich und sauste Richtung Boden. Da die anderen beiden über mir waren, war es keine Option, nach oben zu steigen.

Munkar ließ sich direkt über mich fallen. Ich spürte seine drohende Präsenz – ich musste weg, bevor es zu spät war.

Als ich mit den Flügeln schlug, um schneller zu werden, traf mich etwas Festes am Hinterkopf. Schmerzen schossen durch meinen Schädel, und die Welt wurde unscharf. Ich schüttelte den Kopf und versuchte, mich zu konzentrieren. Ich hatte keine andere Wahl. Ich musste fliehen.

Ich konzentrierte mich auf einen Baum und flog auf ihn zu. Wenn ich meine Balance halten könnte, während die Welt sich drehte, hätte ich eine Chance. Aber meine Flügel wurden träge, was darauf hindeutete, dass ich durch den

Schlag wahrscheinlich eine Gehirnerschütterung erlitten hatte.

Große Arme umschlangen meine Taille und hielten mich fest, und Ingrams moosartiger Duft stieg mir in die Nase. Er knurrte: »Hast du wirklich geglaubt, du könntest entkommen?«

Nein, aber ich hatte es versuchen müssen. Auch wenn ich das vor ihm nie zugeben würde.

Azbogah, Vater und Mutter erschienen vor mir. Mutters Augen nahmen ein dunkleres Jägergrün an und weiteten sich, als ihre Aufmerksamkeit auf meine Hand fiel. Vaters sonst so ruhiges Wesen war angespannt, und sein Unterkiefer zuckte, was mich noch nervöser machte. Die Welt drehte sich immer schneller.

»Öffne deine Hand!«, befahl Azbogah.

Ich konnte nichts anderes tun. Sie hatten mich in ihrer Gewalt, und ich konnte nirgendwo hinfliegen und mich verstecken. Also tat ich, worum er mich gebeten hatte. Wenigstens würden diese Gegenstände in das Artefaktgebäude zurückgebracht werden.

Ich straffte meine Schultern so gut ich konnte, ohne darauf zu achten, dass Ingram seinen Oberkörper gegen meinen Rücken drückte. Langsam streckte ich meine rechte Hand aus und öffnete meine Handfläche.

Die drei Gegenstände lagen wackelig darauf und um mich herum knisterte eine merkwürdige Energie. Es war seltsam, ich hatte die Kraft, die mich umgab, bis jetzt nicht bemerkt.

»Rosemary«, keuchte Mutter und blickte erst zu mir und dann zu Azbogah. Sie sah finster drein und ihr Gesicht verhärtete sich.

Ich war mir nicht sicher, ob dieser Ausdruck mir, Azbogah oder uns beiden galt.

Vaters Mund blieb offen stehen und er kam nicht an meine Seite. Stattdessen blieb er ein Beobachter und sah zu, wie sich alles entwickelte.

Irgendwie tat das noch mehr weh.

Schmerzen durchzuckten meine Brust, aber ich musste glauben, dass sie sich so verhielten, weil sie keine andere Wahl hatten, als mitzuspielen. Keiner meiner Elternteile würde sich von mir abwenden. Ich hatte das getan, um sie zu schützen ... um *meine Mutter* zu schützen.

Ich war mir nicht sicher, ob sie tatsächlich vom Schlimmsten ausgingen oder ob sie glaubten, ich wäre dazu fähig, weil ich mich mit einem Dämon verbunden hatte. So oder so, ihre Handlungen verletzten mich.

Mir kam ein Zitat in den Sinn, das Sierra immer verwendete, wenn sie wütend war: *Die Hölle selbst kann nicht wüten wie eine verschmähte Frau.*

Azbogah und seine Anhänger hatten keine Ahnung, mit wem sie sich da anlegten. Ich würde nicht nur ausharren und aus der Sache herauskommen, selbst wenn es mich umbringen würde – nein, Levi und meine Freunde würden mir zur Seite stehen und Azbogah würde die Wut eines Dämons zu spüren bekommen, dem er Unrecht getan hatte.

»Bringt sie ins Gefängnis!«, befahl Azbogah barsch.

Ein tiefes Glucksen vibrierte in Ingrams Brust, als er mir ins Ohr raunte: »Ironischerweise ist die meine die letzte männliche Berührung, die du je spüren wirst.«

Mein Blut kochte und die Ränder meiner Sicht verschwammen. Ich warf den Kopf zurück und traf dabei Ingrams Nase. Ein lautes Krachen erfüllte die Luft und sein Griff um mich lockerte sich.

Ich hatte mein Ziel getroffen, und ich drehte mich um, bereit, es mit ihm aufzunehmen.

Wenn ich schon ins Gefängnis musste, dann sollte es sich auch lohnen.

Dieser Plan war eine grobe Fehlkalkulation gewesen. Ich hatte so sehr gehofft, ihn ohne Probleme ausführen zu können, aber dies war die schlimmste Situation, in der ich je gewesen war. Jetzt konnte ich nur beten, dass ich einen Ausweg fand ... und Levi mir vergab.

ÜBER DEN AUTOR

Lesen war schon immer eines meiner liebsten Hobbys, schon als kleines Mädchen. Als Kleinkind haben mir meine Eltern immer wieder Geschichten vorgelesen. Ich hörte sie so oft, dass ich die Bücher auswendig kannte und die Geschichte Wort für Wort aufsagen konnte.

Zu meinen Lieblingsgenres gehören Fantasy, Paranormales und zeitgenössische Liebesromane. Deshalb schreibe ich natürlich auch am liebsten darüber.

Ich habe einen Mann, zwei kleine Töchter und einen Mini Australian Shepherd. Ich habe die meiste Zeit meines Lebens in Tennessee gelebt und liebe diesen Staat.

Ich bin extrem koffeinsüchtig und trinke für mein Leben gerne Kaffee und Lattes.

Ich freue mich sehr, wenn du auf meiner Seite vorbeischaust. Du kannst mich gerne kontaktieren.

E-Mail: authorjenlgrey@gmail.com

www.jenlgrey.com

Shadow City: Der Silberwolf

Unverhoffte Gefährten

Der Aufstieg der Dunkelheit

Silbermond

Shadow City: Königliche Vampire

Verfluchte Gefährtin

Vom Schatten gebissen

Dämonenblut

Shadow City: Dämonenwolf

Zerstörte Gefährten

Gebrochener Fluch

Vom Schicksal bestimmt

Shadow City: Dunkler Engel

Gefallener Gefährte

Von Dämonen gezeichnet

Dunkler Prinz

Der Wolf in mir

Geheime Schicksalsgefährten

Blutsgeheimnisse

Erwachte Magie